陈早春 /著

增订版

人民文学出版社

图书在版编目(CIP)数据

蔓草缀珠/陈早春著.—增订本.—北京:人民文学出版社,2017
ISBN 978-7-02-012798-6

I.①蔓… II.①陈… III.①散文集—中国—当代 IV.①I267

中国版本图书馆 CIP 数据核字(2017)第 101272 号

责任编辑　郭　娟
装帧设计　黄云香
责任印制　王重艺

出版发行　人民文学出版社
社　　址　北京市朝内大街 166 号
邮政编码　100705
网　　址　http://www.rw-cn.com

印　　刷　三河市鑫金马印装有限公司
经　　销　全国新华书店等

字　　数　332 千字
开　　本　710 毫米×1000 毫米　1/16
印　　张　26.5　插页 3
版　　次　2005 年 3 月北京第 1 版
　　　　　2017 年 11 月北京第 2 版
印　　次　2017 年 11 月第 1 次印刷
书　　号　978-7-02-012798-6
定　　价　56.00 元

如有印装质量问题,请与本社图书销售中心调换。电话:010-65233595

1978年参与16卷本《鲁迅全集》编注工作时摄

2002年参与18卷本《鲁迅全集》修订工作时摄

1992年与台湾光复书局林春晖先生（右）在建国饭店举行《世界文库》版权交易签字仪式上

在北京朝内大街166号人民文学出版社大门前，2015年摄

目　录

自序	1
增订本序	5

童子军装
　　——忆母亲　　　　　　　　　　7
我的朋友　　　　　　　　　　　　12
心祭　　　　　　　　　　　　　　15
父亲二三事　　　　　　　　　　　20
无情的父爱　　　　　　　　　　　28
六亲不认的小胖胖　　　　　　　　37
送方方归国琐记　　　　　　　　　41

家乡的小桥　　　　　　　　　　　49
竹笋赞　　　　　　　　　　　　　53
"偷"的忆念　　　　　　　　　　　56
野孩子的野趣　　　　　　　　　　62

我的文学缘　　　　　　　　　　　68
迫不得已的出风头
　　——"五七"干校生活点滴　　　71

蔓草缀珠

知识的饥饿
　　——忆大学的开头两课　　　　　　　　80
哑然失笑的痴情　　　　　　　　　　　　90
书房的尴尬　　　　　　　　　　　　　　92
新隆中学·隆回二中忆往　　　　　　　　98

牛汀掠影　　　　　　　　　　　　　　　107
追忆冯雪峰的晚年　　　　　　　　　　　112
漫忆包子衍　　　　　　　　　　　　　　135
冯雪峰与我放鸭子　　　　　　　　　　　141
不像"长"和"家"的楼适夷　　　　　　　149
我的初小老师　　　　　　　　　　　　　152
我看君宜同志　　　　　　　　　　　　　159
回望雪峰　　　　　　　　　　　　　　　167
冷清地活着，又冷清地走了
　　——忆林辰同志　　　　　　　　　　175
非师非友、亦师亦友的蒋路同志　　　　　182
不应遗忘的角落
　　——记张嘉兴老师　　　　　　　　　191
　　附：来信来文各一　　　　　　　　　200
怀念颜雄　　　　　　　　　　　　　　　205
为鲁迅代笔
　　——近四十年前听冯雪峰闲聊　　　　209
编辑家牛汉琐记　　　　　　　　　　　　219
在人文社领导层中的李曙光　　　　　　　229
出版界的老黄牛王仰晨　　　　　　　　　237
折翅仍在飞翔的舒芜　　　　　　　　　　252
编辑龙世辉　　　　　　　　　　　　　　260

目 录

张琳,应该请入人文社"凌烟阁"	269
孙用晚年行藏拾记	276
多面手王笠耘	289
附:王笠耘来信一束	295
楼适夷——一个纯真的人	303
聊答李霁野先生	313
附:几则通信	318
说"小"议"大"	323
"名著热"的袭击	327
大师的教诲	329
造名术记略	331
会海无涯,何处是岸	334
论吃饭之难	336
人走茶自凉	338
乡思	342
访台三愿	346
感受尼亚加拉瀑布	348
杜荃是谁	352
附:徐庆全《"杜荃(郭沫若)"——惊动高层的	
〈鲁迅全集〉一条注释》(摘录)	367
《英烈传》校点说明	378
致朱正	
——奉《鲁迅传略》稿审读意见	382
《䌷短集》编后记	389
《续英烈传》校点说明	393

《中国文史人物故事书箱》出版缘起	*398*
《冯雪峰评传》修订后记	*400*
《激战无名川》出版记	*405*
《法律行者》序	*411*
《李吉庆装帧艺术》序	*415*
贺《网聚乡情》出版（代序）	*418*

自　序

十多年前，一位也算是相当托熟的同事，曾直言不讳地说我"只开花不结果"，至今也未知何所指。其实，我从未露过"尖尖角"，没开过花，更不用说结果了。

听说一位在国内享有很高声誉的作家，曾向我的同事为我抱屈过，说让我干那些杂事是"浪费人才"。意谓我是个"人才"，则更不敢当了。其实，我只能是个苦力，叫干哪行就干哪行。

写作这一行，从来就不是我的专业，不是领导分给我的任务，至今仍然如此。记得一九八一年鲁迅诞辰一百周年时，在北京要举办国际学术讨论会，而作为北京"三鲁"之一的人民文学出版社鲁迅编辑室因没有论文提供，不能与会，同事们的心态有点不平衡，公推我去赶写文章争出一口气。既是赶写，就得占用一点工作时间，呈请社领导准假。领导批得相当干脆："不准！"我只能开六个通宵的夜车，完成了一篇三万六千多字的论文。文章在《中国社会科学》刊物上发表了，也被这次学术讨论会采用了，因而争来了几个与会的名额，算是为大家争了口气。可是我却差点使自己断了气。写下文章最末的一个字，就晕倒在沙发上，半天起不来，可见干编辑这一行，得安分守己，硬拼不来的。

俗话说："木匠家里凳没脚，和尚家里鬼唱歌。"为人家做嫁衣裳的我辈大都难得为自己做几件好衣裳，当然天才例外，不是坐班的非专职者例外。但自己终究是个文字工作者，稍有空闲，就难免心挂挠钩，手也痒痒，时不时利用星期六晚上和星期日整天这点属于自己的时间,去涂鸦稿纸。开始是结合工作,在别人的文章里看风景,捡遗漏,写一些所谓学术性的论文,说得冠冕堂皇一点,是结合工作搞研究。领导也不好说什么,因为用不着他们劳神去审批请假条,肚子里的腹稿,B超也看不着。那时写作欲望极旺,计划写个三五本书,还为一大学牵头领了个国家社科研究项目。可是正当此时,却被民选为单位头头,而且是个主管全面工作的头头。虽然三次打上门去,向主管机关请辞而未果,被赶着鸭子上了架。上了架就下不来,被烟熏火燎烤了十多年。好容易因年迈出炉了,结果可想而知。自上架之后,几乎终止了写作,一部已在刊物上连载了两年的书稿,不得不被自己腰斩了。

我是一介书生,自己尚且料理不好,怎能去管别人。所以这个头头当得很苦,哪还有写作的灵感,伏案的时间。加之自己是个死心眼,叫背犁就背犁,叫当骖马绝不当辕马。守着本分,心不旁骛,不会弹钢琴,不会抽空去种自己宅前宅后的那三分地。

我没有当过散文编辑,没有受过名家的熏陶,没能濡染散文的大千世界,原本就没想要写散文,更不敢以散文名世。后来也居然写了一些,这得感谢我所在单位的一些老编辑。他们除干自己的本行外,大都兼擅写作。一次,为宣传计,我为香港一作家的创作,写了一篇豆腐干式的文章,在香港某报发表了。自己写了也就忘了,没有留剪报。但有同事见到过,于是劝我:"你太忙,大块论文没时间写,就抽空写点散文吧。你的评论文章写得像散文,耐看。"曾是我上级的一位著名诗人几乎一见面就劝我:"杂事少管些,多写点文章吧。"有一位早已退休的同事只要见到我发表的散文,就要犯职业病,给我来信,"奉告"他的审读意见。在他们的催促鼓励下,我也就断断续续写了些急就章。可是越写越不敢写了。散文似乎谁都可以写,但要写好的确很难。它是普普通通的萝卜、白菜,不是名厨,很难做出口味来。

当今写散文的人很多,据说流派也很多。中国人很注重招牌,

自　序

就是卖点家常酒,也要高高地挑出个酒幡子。我写的这些篇什,也许不入流,因此也就无所谓派,只是对写的对象心有所思,潮有所涌,就写了,有无技巧,未曾追求过,因此也就不知道。

集中的大部分文章,大都是有关自己的心路历程以及亲情、友情的记述和回忆,是所谓回忆散文。人到回头看以往征程的时候,大抵是已进入生机不旺的暮秋季节了。"男儿本自重横行",临到一步一回首去"临晚镜,伤流景"的时候,已是没什么出息的了。好在回忆过往时,抚摸一下已愈或将愈的伤疤,也是一种慰藉甚至乐趣。回忆是为了忘却,忘却是一种解脱或超脱。人之所以爱看悲剧,盖由于此也。至于回忆中自然要涉及过往的人事环境甚至时代的侧影,世事的痕迹。虽然时过境迁,大都是模糊不清而泛黄的旧影像,但不敢冒充时下看重的老照片。

除这类散文之外,还收辑了一些随笔、杂文和书籍的前言后记等。古代武士讲究十八般武艺,木匠也得学会劈锯刨凿各行,并行行都会。唯其不会才试着去学哩。

也许是由于这些原因,这些急就章,居然还有些许读者,特别是中学语文教师这个阶层的读者。记得我的散文刚发表十数篇时,一位曾是高中语文教师的北京广播电台的主持人,就曾两次将它们配乐广播过。最近我因外出,儿子还代我与一家音像公司签了一份将录制拙作的协议。听说某些篇章已选入中学教科书。

这些文章大都构思或成篇在月黑星稀的夜晚。这时,万籁俱寂,大千世界似乎没有了生机,只有野蔓却在充分利用地气,酿造满茎满叶的露珠。我自忖不是园圃中有科目可属的花卉,更不是高山峻岭中的参天大树,只是野地里的一缕蔓草。蔓草长在路边、田边,地不分肥瘠,都有它的踪迹。它不与同类争夺空间,无需人工侍候。它无花可供欣赏,也没有果实可饱口腹,只无偿地为大地点缀一点绿色,并为晨曦奉献自己身上的点点滴滴。对此,古人就曾吟咏过:"野有蔓草,零露漙兮。"我心仪这野蔓上的露珠,就将

书名叫作"蔓草缀珠",算是敝帚自珍吧。

这些文章,大都在报刊上发表过或即将发表,基本上保持原貌,有个别篇改了题目。辑集时,大致以类相从,类中则以文章发表时间先后为序。后面附有两组来信,它们都是品评或专门点评拙作的,似可代做名家的序言或专评。在我看来,它们写得随意而实在,对一般读者来说,也许较为实用。当然,其中难免有过誉之词,读者千万别上当。

增订本序

《蔓草缀珠》于二〇〇五年出版后，不断有亲朋好友向我索要，特别是南方的故旧，说是跑遍书店都寻觅不到，于是我就请身边的好友去网上搜索，也没能如愿。一次，与同事郭娟女士说及此事，本是希望她在网上留意为我搜索一下，她却说，它既是人文社出版的，何不再版一次，有电子版，再版很容易。我说原电子版是在社外排的，搞得很乱，当时连校样都很难看下去，原版不能再用，得重排。重排得劳民伤财，加之现在读者都在玩手机，成了"低头族"，很少有人正襟危坐去埋首故纸堆。而出版社又成了企业，上面年年下达创利指标，所在职工又得养家糊口，而我们这代人，又无能写出哗众取宠的华章，如果这样再版，肯定是赔钱货，坑出版社一把，于心不忍。未曾想到，社领导积极推动，社长并已签备了出版合同。于是出书的事，又在心头活泛了起来。曾经拟出版一本新作，叫《人文社群星掠影》，连前言都写好了。如果出版这样一本新作，趁便搭上《朝内166号》的顺风车，也许还有点销路。因我生正逢时，在朝内166号待了四十多年，认识那里的几代人，原《蔓草缀珠》已写了一批老领导、老同事，前几年又断断续续写了十来人，合起来，分量已足够了。但这样做，又怕怠慢了原《蔓草缀珠》的一批读者。该书出版时，虽未登广告，未作任何宣传，所印的五千册，不到一个月，就被抢光了，可能只在北京一地，外地的读者没有见到。为了顾及这部分读者，经编辑部同意，就出版它的增订本。

增订本沿袭《蔓草缀珠》的编法,只将新写的编入同类中。个别篇增写了题注和补记。同一件事在不同文章中重复的事,则予以删除重复部分。而王笠耘、张嘉兴的信函,不另行置于附录栏内,而附在有关文章后面。

此书得以出版,首先得感谢社领导管士光、刘国辉和一再加鞭力促并任责编的郭娟。我的糟糠之妻为我复印资料,东奔西突,为之收拾打包。而且她作为文章的第一位读者,直说她的读后意见。好在她是自家人,就用不着客套致谢了。

2017.2.22 日

童子军装

——忆母亲

在十三年前的一个春寒料峭的季节,我接到农村老家大弟拍来的告母"病重"的电报。电报并未要求我回家,但我凭直觉,断定这份电报就是噩耗。母亲病重已多年,折腾得总想安乐死,但她从未在儿女面前叫过苦,并不允许家人将她的病情告诉我。她说:"人总是要死的,何必连累活人!"她一生总是为别人设想,临死不变。我虽然断定这份电报就是噩耗,但仍存有一点侥幸心理,总想赶回家能见上她一面,为她送终。但当我赶入家门时,没有见到她倚门而望,热泪伴着盈盈笑脸的身影,只见堂屋中摆着已经封殓的棺材,棺材前点着一盏其光如豆的神灯。这时,母亲一生的辛酸史,夹着她对我的千般抚爱、万般期待,从我脑海中一晃而过。我尚未哭出声来,就瘫倒在棺材前,不省人事。后来虽然醒过来了,却卧病在床,在办丧事的过程中,没能采取任何方式寄托自己的哀思,更不用说尽孝心了。

自此之后,我没有回老家为母亲扫过一次墓,也没有沉下心来怀念过她。不是不愿,而是不忍和不敢:怀念是痛苦的,特别是怀念含辛茹苦一辈子的母亲。她出身贫苦的农家,早年丧父,十二岁作为家累卸给我父亲成为童养媳,大半辈子衣不蔽体、食不果腹,为了母爱,她要付出比一般母亲更高昂的代价。

时间能够冲淡一切,她离开我已十多年了,距离越来越远,才敢逐渐接近她、想起她。她生前的一些生活断片和细节,因某种触

媒,冷不防地就从脑中浮泛了出来。

今年全国政协会议期间,有一家合资公司发给与会代表一张买高档西装的优惠卡。我因生活条件在不断改善,又时有应酬宾客和出国访问的任务,就持卡去购买了一件。在买西装的前前后后,不知为什么,我脑子里不时浮现出母亲为我制作"童子军装"的情景。由于这事不是太辛酸、难忍,我也就没有对自己的思绪下剪刀。

那是一九四七年,我正在青天白日旗下读高小,学校当局决定,每周例定设童子军操课,上课时必着童子军装。它既是体育课,也是操行课,县里还不时派官员来"督察",学生非参加不可。我的服装一向是由母亲用大人穿破的衣服改做的,家中没有经济实力为我特做或专买这样的衣服,所以一直不敢向父母开口,只想蒙混应付过去。但学校"训育"老师已三次将我从童子军操的队伍中拉了出来,并扬言"如再不着装将开除学籍"。我怕丢了学籍,不得不请假回家向父母提出恳求。父亲骂骂咧咧数落了学校和我一顿,制装的事根本不予理睬。母亲却站在我一旁,先是向父亲说情,继是与他争辩,热战了两天两夜仍无结果。可我是不见衣服不去学校的,死乞白赖、横蛮无理在家里使性子、耍脾气。母亲见我心事重重、心情沉重,就撇开父亲自作主张摸着我的脑袋说:"活人还被尿憋死!这事我包了!"她已拿定主意,决定向邻居借布,为我剪裁制作一套童子军装。

我知道,母亲在村里是个剪裁里手,她能量体裁衣,邻里不少大人、小孩子的衣服都是求她剪裁的,婚嫁的礼服更得求她这一高手了。但她只熟稔剪裁对襟衣、开襟衣、灯笼裤之类的传统服装,对中山装、青年装之类的新式服装,却从未缝制过,也很少见过。她应承制作类似中山装的童子军装,无疑是次迫不得已的冒险。

童子军装的布料是黄色的卡其布,次的也得用黄竹布。但这样的布料,在当时的穷乡僻壤中却是奢侈品,只有富裕家庭才有。

童子军装

农民家只有一色的家织布。这布是人工用纺车纺的纱线，往往粗细不匀，还间有结疤，然后使家用织布机编织，又往往厚薄疏密不匀，很不美观，但价廉耐用。母亲从不向富裕人家求贷，一怕狗眼看人低，二怕还贷不起，她向穷人家借来的只能是家织白布。为此，她再三向我表示歉意，要我"将就将就"。

母亲为找童子军装的样子来"依样画葫芦"，跑遍了整个村子。好容易在一家找来了一套破旧不堪的军装。这军装已面目全非，补丁叠补丁，样式模糊了，线路不清了，母亲将它翻来覆去，拎着端详，摆着端详，左比划、右比划，整整端详、比划了一天一夜，才敢下剪刀。

剪刀下去了，咔嚓几下，就听见她唉声叹气起来，原来她借的布，尺寸是可着我的身子量的，没有计算出兜布。裤兜还可含混过去，左右裤线上开两条缝，明有暗无的虚设，也是可以遮住人眼的，但上衣的四个兜都摆在明处，不好欺人耳目。母亲为此犯难，问我"兜能不能小一点"。我觉得太难为她了，再说有聊胜于无，只要可以交差，能保住学籍就可，便说了声"行"。

母亲熬了两个昼夜，一针针一线线地缝了拆，拆了缝。她时而比着旧军装，时而比着我的身架子，终于大功告成，叫我试穿一下。农家没有大镜子，且眼不见为净，不管它。但母亲的眼睛却死死盯在上衣的四个兜上，不断地摇头。这引起了我的注意，低头一看，才发现四个兜大小不成比例，且安置得不是地方，总之，显得极不协调，像是赘生的尤物，我不由得皱起眉头。

母亲为此不断向我表示歉意，也不断安抚我：穷人的孩子不要跟人家比穿着，要比志气，比学习。为此，她引经据典，这经典，有的是她亲眼目睹的，有的是代代口耳相传的，如"囊萤夜读""凿壁偷光"之类，总之，都是些苦学成材的典型。她在安抚我时，也发了不少牢骚。在她看来，学校搞童子军操，着童子军装，完全是瞎胡闹，学校除了操功课，还操他娘的什么军操；她还认为，衣服上裁

那么多兜,也是瞎胡闹,对襟衣、灯笼裤,省料省工又舒服,人活着,何必自找麻烦……

母亲为制作童子军装付出的操劳,对我表示的歉意,进行的安抚,以及为此所发的牢骚,我很能理解。这童子军装虽然料不好,做工不好,但我不忍心苛求,好歹就是它了。可童子军装需要黄色的,而它的布料却是本色的,该怎么办?

我犯难,母亲却若无其事。她叫我上山采一种名叫黄珠子的野果。这野果我知道,是一种灌木果,里外呈黄色,棱状壶形,时当盛秋,漫山遍野都可找到。我遵命上了山,大自然对穷人是很慷慨的,不一会儿,我就摘回一筐这样的野果。母亲将它们捣成烂泥,滤渣过汁,按她熟知的比例兑了水,和童子军服一起熬煮,边煮边搅拌。待到一定的火候,取出漂洗,一件本色的童子军服就成黄色的了。她还边染边传授给我有关这方面的知识:染青色的用什么野果,染蓝色的用什么野果,掌握怎样的兑水比例和火候,说来如数家珍。原来这些都是她作为家庭主妇的主要课业,全家人所着的新装,都是经她手着的色。

待童子军装上色晾干,我就赶回了学校,在例行的童子军操课上,我穿上母亲缝制的衣服,终究"着装"了。老师一声"立正",我昂首、收腹、挺胸、并膝、眼睛平视前方,动作做得很规范。但当"向左看"一声令下时,我感到后人不是在看前人鼻端,而是人人都探头探脑地看我,浑身很不自在。临到"稍息"令下,队列就乱了,有交头接耳的,有掩嘴葫芦笑的。我意识到他们在笑我、说我。这时,我只能耷拉着脑袋,胸挺不起来了,四肢酥软了,动作跟不上号令,左、右、后转总是弄错了方向,老师不断地训斥我,上前手脚并用地纠正我的动作。我越怕招人注意,越是成了大家注目的焦点。有时,老师还将我叫出队列,要我在众目睽睽之下,将所学过的动作重复一遍、两遍,甚至无穷遍。我觉得他在恶作剧,是在当众出我的洋相,出我母亲的丑。当时,真恨不得手中有一杆枪,由童子军变成正规军,把他们打个落花流水!

那时,上一次童子军操课,我就要登台献一次丑。我出丑固然是童心所受的凌虐,但连及母亲的尊严所受的侮辱,是最不堪忍受的,所以每逢假日回家,从不忍在母亲面前提及童子军装的遭遇。

也许是国民党军队在内战场上的节节溃败,对自己来日无多的局面已了然于心了,他们已无意整肃军容,培备准军人了,童子军操课很快就停了,因此我的童子军服也就躲进了箱底。后来,母亲将它改做了弟妹的衣衫。

这已是四十七年前的事了,随着时代的进步,我们这一代,包括我儿子辈和孙子辈已解决了温饱问题,不必为生存而尝尽辛酸,绞尽脑汁,并付出牺牲。这庶几可以告慰母亲的在天之灵。但我想,当今世界,也许还有不少小孩在过着我过去那样的童年,仍有不少母亲像我母亲那样,为了儿子的生存,在苦海中挣扎着,因此,我才不惮其烦写下了我母亲的身影,写下了她为我制作童子军装的情景。

一九九五年清明节

我 的 朋 友

我的朋友元元,是我的孙子,今年两岁,小我五十多岁。我们是真正的忘年之交。

我们订交时,他刚出生不久,可说还是一条虫蛹。当时我们没有语言交流,但有感情的交流,相互爱抚,眉目传情。

他不到一岁时就在牙牙学语,"爷爷"是他初学阶段的必修词汇。他开始叫我时,把我当歌唱,总是"爷爷爷爷爷——爷……"地叫半天,其中夹有不少重叠音和休止符。他叫得很吃劲,眉头紧锁,气喘吁吁,直到我"嗯嗯"地应承他时,他才停止"唱歌"。盈盈地笑着,挥舞着双手,高兴极了。

随着他年龄的不断增长,我们的交谊逐渐加深。每逢我要外去时,他总是到鞋架上去给我拎来鞋子;上下班时,进行接送。特别是下班回家时,他只要听到了我的脚步声,就在门内雀跃起来,开门是他的专利,不容许别人插手;接包是他的本职,拎不动就拖,不许别人代劳。

他总想为他的朋友干些力所能及甚至力不从心的事。当他得知我累了时,他要么抱着我的双腿,要么从沙发上搂着我的头,耸起双肩地说:"抱抱爷爷。"削水果时,他就来夺刀,坚持说:"我削!"直到前不久他为此削伤了指头见了血之后,才不固执己见自行其是了,但总是颇有歉意地说:"等元元长得高高的,再削呀!"

我这位小朋友,很讲信誉,颇懂"言必信"的交友之道。我们住的是楼房,虽有百多平米的面积,总不够他折腾,经常嚷着要

"外外"（现已能准确地叫"外去"）。带小孩外去玩，可不是件轻松事。鉴于他有求于我，我免不了大人的"世故"，拿他一下，与他约法三章：一、不许胡闹，一切听大人指挥；二、累了也得自己行走，大人不能抱；三、摔倒了不许哭。他一到楼外，总是随兴之所至，不上正轨。一下往草丛中钻，一下又往车道中撞，看见黄色的出租车，总是扬起小手叫"打的"。对他这匹脱缰的野马，我不得不跟踪搜捕，弄得气喘吁吁也无济于事，只好念"紧箍咒"，向他提及"约法三章"中的第一章。这时，他翻过脸来，看到我严肃的表情，就乖乖地停止了胡闹。至于其他两章，他不折不扣地遵奉行事。走累了，就蹲一会儿，稍事休息再继续他玩的课业，从不烦劳大人；摔倒了，总是自己爬起来，伤了皮肉，也强噙住眼泪不哭出声来。

他听大人的话，讲信誉，但绝不盲从。如果他受了委屈，对他批评有失分寸，训斥过于严厉，要求过于苛刻时，他不仅不接受，且敢于犯上作乱，要么骂一声"臭爷爷"，要么扬起小手，叫一声"打你"。不少次要他叫我的同事为"爷爷"或"奶奶"时，他总要将对方的年龄与自己爷爷、奶奶作番比较，相当接近的，他会遵命去叫；不相当的，比我们小的，却改叫阿姨或叔叔。因为他曾经在供幼儿学习的磁带中学过："爸爸的爸爸叫爷爷，爸爸的妈妈叫奶奶，爸爸的弟弟叫叔叔……"

我与这位小朋友，并非相处怡怡，特别是最近一段时期以来，经常发生着摩擦，甚至冲突。这倒不是因为他时有犯上之举，主要是彼此交流时经常发生身份的错位。

我在他面前，往往说小孩话；而他在我面前，却又总是说大人话。每天早晨，他来到我卧室，命令式地叫："还不起床，看几点了！"同桌吃饭，又下达命令："好好吃哇，不要掉了啦！""唉、呀、嗯、啦、嘛……"一系列表示感情色彩的惊叹词和语尾词，他用得极泛且滥。他俨然成了我们家的"老佛爷"，居高临下地向所有家庭成员、他的长辈们下达命令、进行劝勉、提出警告……

他有时还有点嘲弄人,在模仿大人的动作时,将之戏谑化。当你背着手在迈八字步时,他会忽然出现在你的背后,亦步亦趋,背着手,佝偻着腰,活像一个小老头;当你闲坐跷起二郎腿时,他也怡然自得地抱着一条腿向另一条腿上架;架不好时,弄得人仰马翻;你抽烟时,他会死乞白赖地抢去一支,不管烟支的倒顺,叼在嘴中,巴达巴达地咂吧着,尽管烟并未点着,也往烟灰缸中磕烟灰;你生气骂人,他也声色俱厉地跟着骂,而且骂声还比你的尖且脆,是有板有眼的和声乐章。

尽管如此,我们的友情并未受到伤害,种种摩擦,是种种考验;越经考验,友情越深。

人对第二代的儿女,大都保持着父道的尊严,很难成为朋友。而对第三代,却偏多钟爱,可作为最契合的朋友。自古以来,含饴弄孙,是人生的一大乐趣和享受。其乐趣和享受,盖缘于一种纯洁的童心。人之已老或将老,在宦海浮沉中,人生搏斗中,利禄争逐中,与生俱来的童心受到了损伤、泯没,他只得从第三代的童心中去寻求弥补,去寻求自我童心的回归。我与我的孙子成为忘年交,莫非也是如此?果然如此,那我们的友谊将永存于世。

原载日本《中国语》月刊 1995 年第 4 期

心　祭

抗日战争胜利后的一九四六年，我考入高小，偶然看到一首边塞诗，句云"可怜无定河边骨，犹是春闺梦里人"。阅后，涕泪零零，湿透了掩面的袖子。其时，我刚十一岁，情窍未开，但因它而联想起了我伯父伯母一家的命运，不得不为他们全家哭泣。

伯父在我的印象中，个头不高，比起他那务农的壮实如牛的弟辈来，像树林中的一棵灌木。他虽然是农民，却像个教书先生。他生有五个子女，家累很重，很少过问我这个侄儿。他与我的缘分，是为我取了一个名字，而这还是我后来从父母口中听来的。我与他除了有一点血缘关系之外，并无很深的感情。这也难怪，他们兄弟五人，他的大弟和三弟，经他手，于一九三五年送给了贺龙将军的部队，西去参加二万五千里长征。大弟还留下了妻小两口，四弟年幼在外面学徒，二弟即我父亲，一家已有四口。上有多病的老母，房无片瓦，地无一垄，都是为生计而自顾不暇，家庭愈大，交往愈少。道理上他是我的伯父，我是他的侄子，情谊上却如路人。

但他有两件事，却给我留下了刻骨铭心的印象。

还在我刚有记忆的孩提时代，就常见他被荷枪实弹的丘八们五花大绑地捆起，牵牲口一样地把他带走，长则几个月，短则十几天又放了回来。回来若是在夏天，总见他光着身子坐在阶沿上，露着纵横的斑斑血迹和累累伤痕，有的渗着血，有的灌了脓，苍蝇围着他打旋圈。每逢这时，我总是双手擎着大蒲扇，为他驱赶苍蝇。他默默地望着我，时不时用红肿的手掌抚摸一下我的头。我看着

他那可怜的样子,不禁哭了。他却说:"男孩子要长成大丈夫,不能哭!"

另一次刻骨铭心的印象是发生在一九四二年顷,家里忽然被乡丁包围了,包围圈向我伯父的住房收缩,没过多久,伯父就成了一大群鹰爪下的小鸡,被拖曳到禾坪上,按倒在地。忽见一乡丁抽出了剃头刀,我以为他们要割他的喉管,吓得连爬带滚躲进了房中。事后才得知,这剃头刀还是派了它特有的用场,剃了伯父花白的头发和红棕色的胡子,将他"美容"成一个壮丁的模样。其时他已年过半百,却被强行充作壮丁押往了抗日战争的前线。

他去了前线之后,听说曾给家中来过一封信。信中说了一些抗日的大道理,并说师团长官很看重他的文笔和修养,派他做些文书之类的工作。可是自此之后,却音讯杳无了。

有人说:"你伯父吃亏就吃在多读了一些书。农民应该本分,读什么书!"有人却说:"他是个难得的秀才,旧学底子很好,新学也在行,琴棋书画,样样是高手,在陈氏家族的豪绅中,论本事,没有一个能盖过他。"据知,他读过私塾,又读了六年新学。读书入了迷,农活和生计都不在行,生活过得很艰苦。但又很不"本分",土地革命战争时期,参加了中国共产党,任当地农民协会委员长。他不仅在本乡本土搞土地革命,一九二七年,还率领一批农民武装去攻打宝庆府,兵临城下,长沙发生了"马日事变",他见大势已去,为隐蔽实力,不得不率众偃旗息鼓潜回老家。"四·一二"事变后,他自然成了阶下囚,但他共产党员的身份一直没有暴露,才免于一死。他并未因此"洗心革面",一直做着"刁民"和"顽民",处处与当局和土豪劣绅作对。为民请命,农民诉讼的事,他都包揽了。一次,他为一农民写卖山契约。写完后就暗暗告诉卖主,"明日可招几十人,将山上所有成材的树木,全部采伐运回,伺机卖出。"卖主不敢,他应允一切后果由他承担,且不要分文报酬。卖主照办了,买主气急败坏地诉诸衙门。由于他早在卖契上做了文章,买主败诉了。从此,伯父作为"讼棍""恶棍"和作为"当代包公"的恶名和美名并存。他经常捉弄权势者、为富不仁者,总是毁之者有之,誉之者也有之。贺龙将军所部经过家乡西去长征时,他又一次成了风云人物,迎来送往,安置伤病员等都由他操持,并动员农民参军,在他的号召下,本家十多个男丁都参加了红军。

由于他"恶习不改",愤世嫉俗,玩世不恭,理说不过他,法奈何不了他,要去掉这个肉中刺、眼中钉,并非易事。抗日战争爆发,他们便假以民族大义,强行让他这个小老头做了壮丁。他们认为,这一去,他即使不成炮灰也会被拖死累死,有去无回。

他们果然达到了目的。抗战后期,战线扩展到我们的邻乡,经常听到枪炮声,看到连绵不断往后撤的国民党伤兵。全家人都在枪炮声中做着可怕的想象和猜测,都偷偷地躲在路边的灌木丛中偷看伤兵中有无他的踪影。抗战胜利了,仍不见他的音讯,其死已无疑了。不知他死在何处,他的白骨该是早已化作烟尘了!

他虽然是被绑着押往前线的,但他既到了前线,却并无怨艾,这可以从他的来信中看出。的确,他为了阶级的解放,已付出了青春的代价;为了民族的解放,自然也会义无反顾地去赴汤蹈火,献出自己的生命。

死者已矣,但生者却极其艰难!

伯父走了,留下了多病的妻子和五个未成年的子女,这是需要他照料和抚养的;还有年迈体弱的母亲,未成年的幼弟,和他那去长征的大弟的孤儿寡母,对此他也有分担赡养和照顾的义务。一大家十多口,只有我父亲一个劳动力,没有任何家产,就是一副铁肩膀也挑不起这样的重担。他死了,怎能瞑目于九泉!

他走后,全家人特别是祖母和伯母眼睛哭得半瞎了,邻里的各种安慰和劝解都不起作用。我也许是少不更事,也许是认命,不像他们那么悲伤,只是每到夜晚,一边望着东方的星星,想象着东方的战事和伯父的行踪;一边望着西边的星星,想象着参加长征的二

伯父和四叔。大人告诉我,前者是从东方去的,后者是从西方去的。望着冷清清的夜空,驰骋着伤残的想象的翅膀,不愿想却常常想。

抗战胜利后,伯母幻想伯父生还的希望破灭了。她经年累月借着月光编织草鞋以糊口的活计忽然断了,总是见她打着饱嗝,或哭或笑,时又自言自语,时又放声嚎叫,通宵达旦。邻里不得安宁,但谁也不忍心去责怪。每到这时,我又想起了伯父,想起了我所目睹的凄惨的场景,想象他在战场上的白骨,朦朦胧胧中做着噩梦。每逢刮风下雨的夜晚,噩梦做得更为频仍和可怕。

我总想尽一切可能帮助伯母一家,但一双稚嫩的手,除了有时为她剪剪草鞋的毛茬之外,只能不断从家中偷运粮食和饭菜给她。伯母只要听见我进厨房,就守候在厨房外面的角落里接应。久而久之,父母发现了我的偷盗行为,但他们没有过多责备我,只是说:"我们明里已给他们一份了,你暗里再给他们,以后就谁也不要吃喝了。"我本知道自己一家的艰难,吃饭常年有三分之二的日子是"瓜菜代",从此之后,我很少这样偷盗,但秋收过后仓有成担的粮食时除外。

父母那有限的接济和我那可怜巴巴的偷盗,对伯母一家来说,只是杯水车薪,无济于事。她的五个儿女,我眼睁睁地看着死去了三个。三个死去的堂弟妹们,都是本家伯伯一手安葬的。从此我不知为什么,特别恨他,认为他是个没心肝的刽子手,直到我成年时才不念旧恶。

每年农历七月中旬的前几日,是乡俗的鬼节,家家户户供奉回家"探亲"的列祖列宗,让他们品尝刚刚收获的新鲜五谷、瓜果,活人尝新,亡魂也得尝新。供奉的对象只限于寿终正寝者,凡夭折者、战死客死他乡者不得享受这样的供奉。据说他们属于"野鬼",只能于七月十四晚在岔路口或桥边享受一点冥钱。每到这晚,祖母必然领着伯母,除携带一些例备的冥钱和香火外,还额外备一果盘,盛着新米、瓜果,去一拱桥边供奉他们已成野鬼的亲人。每到这时,我才又一次记起伯父以及未曾见过面的去参加长征的二伯和四叔,还有夭折了的堂弟妹们。

更为可怕的是幸存的亲人也终至成了路人。伯母为死去的亲人和活着的儿女折磨得不成人形了。眼睛半瞎,佝偻着腰,走路总是把握不住重心,向一侧倾斜着,神经兮兮的,喜怒无常,语无伦次,小孩们都躲着她。在一个阴冷的冬季里,她撑着一把黑伞,从后门悄没声地走了,带着比我小一岁的堂弟。堂姐早在一个多月前,已被人家用花轿抬去作童养媳了。当时家人没有一个人为她送行,大人们也不许小孩们去张望。事后才知道,伯母带着一个"拖油瓶"改嫁了,男人是个半残废的老头,靠制作箱笼冥具为生。从此,我再也没见到伯母了。据说,有时就是亲人和熟人见了她,谁也不主动跟她打招呼。这种状况直到解放之后才有所改变。

中国的抗日战争,死亡了千千万万的人,破坏了无数的家庭,连带遭殃的不知是它的多少倍数。一部中国近代史和现代史,是用烈士的鲜血蘸写成的;人民共和国的雄伟殿堂也是用他们鲜血之水,骨骼的钢筋,肉躯的泥沙构筑而成的。岂止烈士,还有他们的女人和儿女!我对于他们,一辈子铭记着、崇敬着。

草于抗日战争胜利五十周年前夕
原载《散文》1995 年第 7 期

父亲二三事

父亲生于民国元年,大半生是在乱世度过的,乱世人不如太平犬,更何况是草芥式的农民。

我不想为父亲立传,所以我隐其名姓,略其简历,只记下他几件值得一写的小事。

父亲一生劳作,像中国亿万农民一样,没有什么可称道的。只是他的长相特别。小时候给我的印象是铁铸似的,骨头很粗很硬,手指粗壮而僵硬,老是半拢着拳,不能伸屈,也许是他长期劳作的结果;臂胫四楞四方,一到农闲的冬天,四肢就长满了茸茸的毫毛,我怀疑他是野人。他高额隆准,浓眉大眼,经常紧蹙眉头,眼睛射出的是一道道冷光,望而生畏。据看相先生说,他长的是贵人相。但他一辈子压在权贵们的脚下,直到解放后才翻身。

他几乎是个哑巴,很少听他说过话,跟任何人都保持相当的距离。我的舅舅、姑爷等亲戚来了,他张眼瞧一下就算是打了招呼。跟母亲祖母也很少说话。至于作为儿女的我们,都不敢靠近他。他也好像不需要我们靠近。在我的印象中,他从来没有抱过我们,更不用说常人都有的那种舐犊之情了。

他一辈子可能有许多委屈,经受了许多磨难,但总是打落牙齿和血吞,从不向人诉说,不求别人的理解和同情,哪怕是对自己的亲人。只有在忍无可忍时,他才会不顾一切,如火山爆发。但他很能体贴别人,帮助别人。他与村里的穷哥们的关系很好。只要人家有困难,他有求必应。他是村里最棒的劳力,常人干不了的活,他去;谁家缺了劳动需要的箩筐篾篓,他编。解放后由于他的勤俭,家里粮满仓,猪满圈,谁家缺钱米,都向他求借,能还就还,不还不追债。但他对家里人却很吝啬。妈妈常说他是铁公鸡,钱把得紧紧的,一个子儿也抠不出来。

他的性格倔,倔得有点出奇。青黄不接家里缺粮吃,从不向人告贷,宁肯饿着肚子吃对时饭(即一日一餐),或以野菜充饥。再穷也不去给富人当脚夫,抬轿子,打短工或做长工。不知为什么,他对权贵们似有一种与生俱来的敌意,与他们从来不搭话。本家有一位给地主打长工的伯伯,一见地主就点头哈腰,如果多得了几个赏钱,更是五体投地。他看不惯,不让我们与他家交往,骂这人没骨头,没志气。为征壮丁的事,保甲长多次勒索、讹诈他,榨得家里的猪被抬走了,全家惟一的一床被子也被掳走了。人家都劝他去向保甲长求情。不劝则已,一劝倒激起他的火来,跑去揪住甲长就是一顿饱拳,招来了荷枪实弹的乡丁们的追捕。从此他再也归不了家,在外地流浪了多年,直到抗战结束。

解放之后,他的性格似乎变了点,偶尔能够见到他的笑脸,与母亲也间或拉拉家常。儿女们历来害怕他,不敢与他讲话,倒是他时不时叫一声我们的小名。我们做错事了,他叫着小名,瞪一下眼,骂一声"血牲";事情做对了,他也叫着小名,照样是一句"血牲",但面向的是盈盈笑脸。他对我们只是说"血牲"这个词,至今我仍不知这个词是什么意思。

然而他那倔得出奇的性格却依然没变。一九五一年,我祖母去世,后辈们忙着寻坟穴,选那"风水"好的地方。他历来不迷信,也不信"风水",说是"何处黄土不埋人"。后来叔叔们选中了一块"风水"地,但本家的另一房却不准安葬。这可把他惹火了,说:"不准葬,偏葬!"那一房的长者是村里当时的农会主席,有权有势。家里人怕惹麻烦,退让了。而他却一状纸告到区政府(他虽然只有小学文化程度,但文字还通顺,意思也表达得清楚),双方对簿公堂。区长见了状纸,只说了一句话:"谁不准葬,就葬到谁家去!"这位农会主席不作申辩就退堂了。

一九五八年"大跃进","大办食堂",家家户户的锅碗盆勺都集中,凡属铁的,都砸了送进小高炉,"大炼钢铁"。父亲却直骂干部们"头脑发昏",从搜家的大队人马手中夺回了一口破锅,自己一人单独在家开伙,"大食堂"刚开办时,天天宰猪杀羊,烹鸡焖鸭,过了一段"共产主义"的"大康"生活。他一次也不去享受,母亲偷偷为他带回一些,他也星点不沾,似乎在进行"绝食"斗争。他成了全公社惟一反对"三面红旗"的典型。

既是"大跃进",就得做出"大跃进"的样子,浮夸风刮得很狂劲。粮食亩产万斤、十万斤,广播喇叭吹得震天价响。粮食缘何这样高产?干部们只好说,靠的是积肥。于是县上干部要来检查"积肥"。村干部无奈,只得动员全村老少妇幼,连夜搜集各家的稻草搬到路边、田埂边,摞成堆,在上面撒些土,做成堆肥的样子。干部们为了完成任务,应付上面的检查,集体奋战是当作军令执行的,谁也不得违抗。父亲就是抗命不从,而且不许家里人去"胡闹"。为此,生产队长带来几个壮实汉子,扬言要将他绑去,绑不去,就要用猪架子将他抬去。父亲站在门口,背后横握着一条扁担。横眉竖眼,摆出应战的架势。来人知道他是远近闻名的大力士,吓得目瞪口呆,乖乖地退下阵去。

父亲虽然斗胜了,但他仍不善罢甘休,连夜用他那点有限的墨水,写了几首打油诗,张贴在街上。我只记得其中一首:

　　亩产粮食超万斤,
　　胡编乱造头发昏!
　　满垄堆肥是假货,
　　不信刨开看个真。

父亲二三事

他张贴的目的是想让上面检查团"看个真"。第二天检查团来了,对大队的积肥给予了充分肯定,还说要在全县发通报表扬。父亲怎能料到,这样的打油诗是绝不会让上级看到的,撕下它只是举手之劳而已。

为此事,我们这个大家庭的后院起火了。我叔叔是大队干部,这"堆肥"的"功劳"自然有他一份。父亲听到这样弄虚作假的怪事居然受到了表扬,气得脸红脖子粗,叔叔跟他打招呼,接二连三叫他哥哥,他不仅不理,还怒目相视。有一天,不知为什么,叔叔在骂骂咧咧,并满肚子委屈地诉说,"谁愿干,是上面压下来的任务!"父亲憋粗了脖子,迸出四个字:"配做人吗!"于是两人卷袖管抡拳头。好在母亲、叔母奋不顾身死死抱住各自的丈夫,我也正逢在家度暑假,拉着弟妹们阻隔其间,才避免了一场"阋墙"的格斗。

"三面红旗"继续在哗啦啦地飘扬,"大炼钢铁",为"超英赶美",说是在我们的山地中也要修铁路,于是将山上树木砍了个光,小的作劈柴炼钢铁,大的留作枕木(后来成了朽木)。父亲的脾气越来越坏,跟他做干部的弟弟关系越来越紧张,跟谁也无话可说。当时为了歌颂"三面红旗",动员全民写诗。父亲也诗兴大发,我看了他寄给我的诗,几乎首首都是讽刺挖苦"三面红旗"的,绝对不能外传,我是它惟一的读者。也许是"愤怒出诗人"吧,其中不少诗,远在当时一些风派著名诗人的水平之上。我偷偷地保存着它们,直到"文化大革命"浩劫中才不得不付之一炬。

父亲倔了一辈子。倔人都没好下场,草芥小民也不例外。父亲就是因倔而丢了老命。

"文化大革命"刚开始不久,"破四旧"的风火相当炽烈。邻村有一个队长借"破四旧"之名,行封建迷信之实。他买通了公社一位管政法的郑副书记,将我家的祖坟挖了,把骨殖扔得满地,将空穴安葬了这队长家的祖宗。据说这队长老抱怨他的祖宗不庇荫他,官当得不大,子孙也不成器。而我们一大家,却出了个大官连长（我的堂兄），还有我这个所谓"在中央工作的研究生"，以为是祖宗占了好风水，泽及子孙，使他艳羡不已，于是就干出了这样鸠占鹊窠的事。挖掘祖坟，中国人哪怕觉悟再高，也是难以接受的，何况对方干的是打着红旗走黑道的坏事，族人聚集起来，硬拉着父亲跟随去找那队长理论。队长家正在摆狗肉宴，宴请嗜狗肉如命的公社郑副书记。他们食欲正酣，耳根发热，酒气增添了豪气，没料到碰到了这样扫兴的事。这书记冲出门来，一面命队长集合民兵，一面向着来人训斥："你们聚众闹事，破坏征兵，破坏兴修水利，该当何罪！民兵来了，把你们一个个押到公社去！"来"理论"的队伍见到了这书记的虎威，纷纷作鸟兽散。父亲年事已高，本不愿意参与这样的事，是被大伙硬拉来作壮阵陪衬的，但一听到这书记讲的歪理，他就走向前去，没好气地面向这书记，"破坏征兵？破坏兴修水利？瞎扯淡！"这样的反话，算是摸了老虎的胡须，哪能了得！于是这书记就下令将父亲捆绑起来。开始，没有一个民兵从命，谁也不愿意干这样缺德亏理的事。父亲听说要捆绑他，倔脾气大发作，冲向这书记瞪白眼。这书记大发雷霆，"看你犟嘴，就绑你！"他亲自上阵扭父亲的胳膊，并上来一批少不更事的毛头小伙子，硬是将父亲按倒在地，七手八脚捆绑了起来。然后由民兵压阵，游行示众十多里，押往公社。沿途父亲多次挣断了绳索，挣断了再绑，强行从路边农家箩筐上解下结结实实的棕绳，一道一道地绑，像绑死囚一样。

　　绑到公社，立马升堂三审问罪。父亲气得发抖，一言不发，只有怒目相向，拳头攥得紧紧的。审问一无所获，派出所的枪杆子都用上了，比划着，似非枪毙他不可。父亲不惧淫威，大声喊叫："黑天了！"官衙治他不住，就将他当作"死硬分子"，投进了私设的监牢，不给他吃喝，不许他外出大小便。牢外戒备森严，如临大敌。这样关押了几天，过堂再审，他们得到的审问结果，仍是"黑天了"那句话。然后就给判"劳动改造"，霜降天要他赤脚下地干重活，活干完了就要他去淘衙门内的所有厕所。他们自觉理亏,也许还有不少公道人去说情,也许官们自己也想找一个台阶体面地下了,说是只要父亲承认错误就可放人。但父亲仍然"死硬"到底,回敬的仍是"黑天了"那句话。

家里不得不打电报将我召回。我到家时,父亲已被不明不白地放回家了。他没有向我诉说这一切的经过,只是感叹地说:"你伯父是民国十五年的共产党员,农民协会委员长,后来被国民党害死。你二伯父和大叔在民国廿五年,你出生的那会,跟随贺龙的部队去长征,杳无音讯。他们都有家小,加上你年迈的祖母,一大家子的担子都是我挑着,我硬挺着盼来了解放……"他从来没有与我说过这么多的话。我历来敬惧他,对他是敬鬼神而远之。这时,我顿觉与他亲近了,我理解了他一辈子沉默寡言、宁折不弯的性格,也使我了解了中国现代农民的苦难史,忍辱负重的挣扎史。接着,他又唾沫四溅地说:"没想到解放十多年了,天黑了,黑天了!国民党的保甲长我都敢拼,非跟他们拼了这条老命不可!"看来,他实在咽不下这口恶气,如果不是共产党的天下,凭他的性格,也许早就去拼了。还有村里一大帮主持正义的人,都主张去拼,大伙一起去拼。我怕事情弄大,就去找公社的第一把手周书记,因为我们是百分之百地相信党的,包括主张去拼的人。周书记倒是很客气,不待我说明来由,就主动地说:"你父亲是个好老头,虽然倔一点。他没有错,是我们错了。得便时,我会与郑副书记一起登门向你父亲和全家赔礼道歉。"正当我与周书记在房里交谈时,那位副书记却在外面大发虎威:"听说他儿子是中央一个什么社的,什么屁大的社,难道比我们公社还大!再大也不怕,刘少奇、邓小平不也打倒了吗!"我觉得这类人充当党的书记,是我们党的耻辱,不屑与他纠缠,只当没听见。

后来,书记登门赔礼道歉的语言没有兑现,父亲忍无可忍,抱着对党的一线希望,就一纸状告到县法院,这状纸还是由我转交

的，法院也不予理睬。从此，他忧愤成疾，本来他一辈子没患过病，忽然中风了，接连五次，最后死于脑溢血。他的确死得冤枉。他的死，也给我很大的刺激。革命先烈的血是否白流了！五六十年代的干群关系是否一去不复返了！"民如水，可以载舟，也可以覆舟"，这句并非马列主义的老话，为历代当官的所记取，可是我们一些讲马列的官员却听不进去。当然，这事发生在不正常的"文化大革命"中，可以作为例外来看，但就是这位为非作歹的副书记，"文革"之后，照样为官作恶，鱼肉百姓，甚至打人致残。现在大家都在说农业问题，窃以为是农村问题，虽然两者只有一字之差，其含义却有天壤之别。我一直在关注着农村官儿们的德政，凡所关注都令人失望，所以我离乡背井几十年，近廿年来一直不愿回家去拜谒那些父母官。但愿我老家在全国是个例外，但愿现在的父母官变好了。

言归正传，回过头来再说父亲。本来我与他缺乏一般父子之间的亲情，我从小就离开了家，彼此甚少沟通，所知甚少，无意为他立本传，写谀赞。而且他是一介草民，我也只是一个普通的知识分子，不可能"子因父贵，父因子荣"。但他那身傲骨，那清正坦荡的为人，敢想，敢怒，敢于逆潮流，撕破各种假面具以伸张正义的倔劲，却令我钦佩和敬仰。这不是出于一种父子之间的私情。通观古往今来的历史，真正的正义和良知，往往存在于民间社会、平民社会，"卑贱者最聪明"，叱咤风云、万民景仰的英雄们、领袖们只不过是他们的代表而已。而今，一些精神贵族和某些土皇帝，已厌烦称农民为"兄弟"了，"历史是群众创造的"名言更成了他们嘲讽的对象。在他们眼里，"群众"是"群氓"，可以任意驱遣、奴役，惟有他们才是上帝。如果我们多一点平民意识，将高昂的头俯视一下民间，真正深入群众，那么我们的历史将不至于演出那么多的悲喜剧。那些出尽风头的精神贵族们土皇帝们是无可指望的，他们多半像鲁迅所嘲笑的，总在奴才和主子之间不断换位，现在不可一世,比主子还主子,曾几何时却在做十足的奴才,不如草民们硬气。如果我们多一点平民意识,特别是那些身居要位的人,在颐指气使一切的人,那么我们的民族和社会将大有希望,不会人为地制造"百慕大三角",吞没那些有棱有角的人。但愿后来人,活得自由潇洒,不至于在各种淫威之下夭折,像我父亲那样;而能寿终正寝,以享天年。

原载《中华散文》1998年第6期

无情的父爱

现在做父亲的,对他们的独生子女,待如皇上,视如珍宝,抱在怀里怕冻了,含在嘴里怕化了,不知如何侍弄才好。由此联想起自己的父亲,与现今的父亲们相比,真是恍如隔世!

在别的文章里我曾写到过父亲:"他的长相特别,给我的印象是铁铸似的,骨头很粗很硬……经常紧蹙眉头,眼睛射出的是一道道冷光,望而生畏。""作为儿女的我们,都不敢靠近他,他也好像不需要我们靠近",缺乏"常人都有的那种舐犊之情"。他,是无情的,但也并非缺乏父爱。

他沉默寡言,作为严父,很少有"过庭之训",课子用的是另一套自己发明的办法。

我到了五岁就上学,当时全身长满了脓泡疮,手指握不了笔,启蒙老师不得不为我经常挤脓清洗。放学回来,父亲先是硬迫着我写字,笔杆压着伤口,钻心地痛。接着是叫我背书,背不顺溜,稍作停顿,就扬手给一栗凿。他的骨节有如钢锉,落到额上,就应声长出一个硬包。好在我还算乖巧,上学期间,只吃过他一个栗凿。不然,我的脑袋要么早就成了粉末,要么满头都是硬包,成了多角兽。

让我背书,似乎成了他的业余爱好。往往在晚饭后,天要黑不黑时,就叫我默诵当天刚学过的课文。这一课,在小学阶段,是每天必上的;到了读初中阶段,因在外地住校,这一课躲过了,但躲过

无情的父爱

初一躲不过十五,寒暑假回家,就来个集中补课。往往是到家的当天晚上加上第二天早晨,他令我将所学过的语文、历史课本拿出来交给他。开始是要我挨篇背下去,也许是不耐烦老听小和尚念经吧,从逐篇背改为抽篇背,他随便翻到哪一篇就叫背哪一篇。待他盈盈一笑表示满意时,我胆子大了,便忽起捉弄他一下的邪念,对他说:"外语课文老师是要求背的,你要我背吗?""背那鸟语干什么!"他边说边走开去忙他的事去了。

我读高中了,寒暑假回家仍躲不过这一关。高中的语文课,有的是短篇小说,课文很长,也很不好背,并向他说明学校老师并不要求背。他期期以为不可。为此得反复与他交涉,费尽了口舌。"那总有要背的吧",我只好如实招供,背那些确实要求背的课文。这些课文中有古文,他只有小学程度,我自认为好对付,反正他听不懂,背不出来就胡诌几句,糊弄过去。但没想到他真是老谋深算,凡背古文时,他根据课文每句字数来对应我的声音,加减一个字他都能听得出来。逢到此时,他就大喝一声:"你怎么搞的!"我真是小看他了。好在这时的我,在农村已算是个大知识分子了,身份比他高,钢锉似的栗凿没有再吃了。

直到我读大学时,这一课才完全免了。只是我读的是中文系,他怎么也不能理解,总是说:"读了十多年书了,连中文字还没全认识,怎么搞的!"

我之所以上学读书,走"士人"的道路,纯属出于无奈和偶然。

小学毕业后,父亲认为我识了几个字,会写几个数码子,可以记记账,足矣。他一心一意想把我培养为他的接班人:劳动能手。

小学毕业时,我的老师陈阜东多次找父亲开导。陈阜东也是父亲的老师,在族中很有地位,算得上是个"君子",所以开导时不无指责:"死脑筋!这孩子是根好苗子,族里有'励学谷',只要他成绩好,一年给你几担,不就解决困难了吗?'励学谷'包在我身上!"君子无戏言,"死脑筋"似曾活动了一会儿,但临到分手时,不得不向我们两辈的老师说:"谢谢你了,实在没法子!他读书就算不花钱,我这一大家子怎么办?"的确,当时我们一大家就他一根顶梁柱。他上有老母亲要赡养,他大哥因二十年代参加共产党搞农民运动被国民党害死,二哥及大弟跟随贺龙部队参加长征,他们的家小都扔给了他。他小弟还年幼,在外面当学徒糊口,加上他自己的三个儿女,全家十几口,都靠他一双手。虽然我想读书,但我能体谅他的难处,便下决心一辈子在农村为他当帮手。只是当每年都去代人考学而又百发百中时,曾产生过一些怨尤,怨自己生不逢辰。

家里家外的活儿我都争着干,力所不及的活儿也试着干,还打过短工,一天挣一升米的报酬;当过肩挑小贩,走村串舍叫卖豆豉、瓷碗……人人似乎都是势利眼,不把我当生意人,几乎没有人光顾。父亲责备我太"死板"。

除了生意清淡外,干其他的活儿,父亲无可挑剔,但他总觉得我还没过大关,于是对我进行了高强度的体能测试。自然这也是生存形势所迫。

我十三岁那年年关,家家户户已充满了节日的气氛,我们家却格外显得冷清,一点年货都没有。父亲叫我跟他去贩碗来卖。南方山区的冬天,照样下雪,很冷,一双草鞋裹一匹棕,挑一担换碗的米就上路了。当日因原拟去的窑厂熄火无货,不得不转到外县的一个窑厂,一天赶了百多里地,担子把我压成了牛粪堆,勾头驼背脚弯曲,就是撑不直。父亲看着我的狼狈相,一路骂骂咧咧:"让你读几年书,就残废了!我十四岁就'当春'(农业劳动的全面手,即全劳力),瞧你这块料,哪行!"我自愧不如,不敢也顾不上哭,只专注着自己不要摔倒。临到晚上住伙铺,就更出洋相了。饭粒一颗也咽不下,只顾喝水。这伙铺好像故意刁难人,铺在楼上,楼梯又很陡。父亲先上去睡了,我却怎么也爬不上。父亲睡一觉醒来不见了儿子,才下楼把我背到铺上。他在恼我,也可怜我,面色阴

无情的父爱

沉,却没有骂,第二天挑着碗往回赶路。我是连走路都挪不动步子了,担子逐渐递减,最后全摞在了他肩上。我将扁担当拐棍,挂着摇摇欲坠的身子,好容易到半夜才赶到家。一到家,他愤愤地向我母亲告起状来,说我如何没出息,从没见过这样一块朽料。他的状没告准,母亲见我的模样,大哭了一场,也大闹了一场。我也哭了。父亲也在耸鼻子,但他没有哭,我们从未见他哭过。

这一次测试彻底失败了,他对我的期望落空了,但他培养我作为接班人的决心仍不放松。于是到第二年春耕时,又对我进行了一次超强度的体能测试。当时我还未满十四岁。

是做田人都得养牛,耕田耙田靠的是它。而我们家却穷得"一腿牛"(四户合买的牛,各占四分之一)都没有。没有牛也可以租牛,日租金要高出人工价好几倍,精打细算的父亲舍不得也花不起这样的高价。听说在我未作候补农民之前,父亲往往用我舅舅来代牛耕地。舅舅缺乏牛劲,受不了这样的累,坚辞不干了。于是他就转而打我的主意。我先天不足,后天失调,历来很瘦弱,人称我为"豆芽苗",哪能跟牛比,且个子也不及牛的一条腿高。父亲历来是说一不二的,在家中,他的话就是圣旨,谁也拗不过他,何况我这个作为他儿子的小字辈哩,只得遵命!

在一个春寒料峭的日子里,我们父子俩下到水田中。水蓄得深深的(据说可以减轻犁田的负荷),齐腿凉得起鸡皮疙瘩。这一点我还能忍受,因为从孩提时候起就经受过这样的锻炼。接着在水田中举起一个用硬木做成的木架,我在架子前面当牛,父亲在架子后面把犁。人背犁的活儿开始了。我觉得这玩意儿新鲜,从未玩过,凭着一股爆发劲,哗哗地背了两圈。父亲在背后不断地指点:"还行。人要往前倾,全身的劲要集中在肩膀上。"这时我已上气不接下气,劲也使尽了。"前倾"的指点,操作起来总是不得章法,开始狗啃屎地摔跤了,全身陷入泥水中。头几次,还能立即爬起来,临到下午时,趴下就挣扎不起来了,父亲不得不前来将我扶起。这时,他反常地惊叫:"快上田埂,看你全身的蚂蟥!"我挣扎到田埂上,看到全身的蚂蟥,就像死虫身上叮满的蚂蚁,不剩一点空隙。我吓得麻通了全身,一根根地抓。父亲走到我身边,用巴掌一下下拍,告诉我,"要拍!一根根抓,抓到何时!"四个巴掌接连不断地拍,露体部分快要拍干净了。父亲又马上叫我脱下衣裤,我很不好意思,怕羞,上衣脱了,裤子是他硬扯下的。结果也发现了不少蚂蟥,阴部肉嫩,离下肢近,叮的最多。折腾了半天,总算弄干净了,没有成为蚂蟥嘴里的尸肉。最后又把我的头按到他胸前,从头发茬里也抓了好几条蚂蟥。这时我全身都是血,也许是劳累过度,鼻孔也在哗哗地流血,父亲用尽了一切止血的土办法都无效,只好班师回朝。

　　回到家里,父亲唉声叹气,没想到他心目中的接班人竟给他开了这样一个大玩笑,"死不争气,没出息!"他骂不绝口。这时,我的鼻血越流越厉害,嘴里、鼻孔里三孔并流,父母都慌了手脚,母亲一边痛心疾首地哭,一边忙着烧纸,用纸灰往我鼻孔里塞,好容易把血止住了。母亲看着我的模样,边哭边骂我父亲:"太残忍了!把儿子不当人,只要他有个三长两短,我这条命也不要了!"父亲似乎感到理亏,没有还嘴,悄悄地走到屋外去了。母亲为此伤心透了,接连几天罢工绝食。加之我的鼻血还在时断时续地流,最后流出的只是一些淡红色的水,小小年纪就得了失眠症,这就更加深了母亲对父亲的敌意。

　　母亲不放心我去接父亲的班,于是她去说通了做木工的舅父收我为徒弟。舅父历来喜欢我,欣然同意。只是当时我还举不起那劈圆木的重斧头,拉不动那解木板的大解锯,只算注册登记作为预备木工。

　　一九四九年冬,家乡解放了,农民都欢天喜地。我开始萌发了上学读书的意念。次年初春,我背着父亲去报考当地的一所中学,待到录取通知单下发后,才去与父亲交涉。父亲沉思了很久才说:

无情的父爱

"凭你的身体,在农村是活不下去的。人总得有谋生的手段,如果你能读出个名堂来,将来当个教书先生,也算是一条活路。"父亲默认了,而且他没有"万般皆下品,惟有读书高"的传统观念,考虑问题很实际,期望值不高,读书也不过是一种"谋生的手段",于我没有多大的压力。

终于我从候补农民和预备木工变为学生了。但读书的道路也不顺畅,命运似乎老在捉弄我。刚在中学念了不到两个月,因缴不出"膳食"而停餐,不得不卷起铺盖回家,照样当候补农民。白天跟着父亲干活,晚上在桐油灯下看课本,农活学习两不误。当时学校管理不严,不上学也允许去参加期末考试。考试结束张榜时,我各科成绩都在九十分以上,取得了全班第一名。第二学期开始时,学校统一命题,举行全校的作文、数学和大字比赛,我分获一、二、三名,连续三次上台领奖,不少老师、同学都不认识我,以为我是外来的插班生。而父亲却仍不满意,认为每门功课必须得一百分,他说他读小学时就这样;三项比赛仅仅一项得第一名,那两项怎不能得头奖?他要我包打天下,包揽一切。但我在校却因此出尽了风头,一贯严如老虎的校长亲自与我谈心,并给予我高额助学金,免去一切学杂费用,上学不花一分钱。父亲从我同学那里得知这一情况后,对我不再那么严神厉色了,但他不仅不表扬我,反而向我说教:"不要自以为了不起,骄兵必败。"

从此,他不再将我当作他的接班人搞体能测试了。但劳动课,外加操行课,却一直常抓不懈,直到我当了研究生。

在他看来,劳动既是一种本领,也是操行的一个部分,而且劳动还可延年却病。

初中、高中的每年暑假,我尚未到家,有关我的劳动日程表就已经安排好了。每个暑假都命我放一棚鸭子,少则六七十只,多则百多只,从毛茸茸的毛鸭养到成年的肉鸭,恰好是个暑假的周期。从天蒙蒙亮到日落西山,我整日在外面日晒雨淋,与鸭群相伴。晚上，他就把我赶出家门，或去村里的扫盲班当教师，或去访贫问苦，理由是要我放下架子，去与老百姓打成一片，了解民间疾苦。

我是从农村里滚爬出来的，哪有什么"架子"。为"架子"的事，我曾与他进行了一次交涉。读初三时，我的眼睛已深度近视，坐在教室的前排也看不见黑板上的字，不得不配了眼镜。回到家中，他厉声喝道："把那框子摘下来，摆什么地主老爷模样！"我不得不向他作详尽的解释。可是他还有理："不看书还戴它干什么，路上人家见了你，人家能理解你吗？"我申辩说："摘下眼镜，我就不认人了，碰到熟人不打招呼，人家不就要说我是摆架子嘛。"他也感到了两难，只好听之任之，但他逢人就代我作解释："我儿子是个睁眼瞎，不戴眼镜不认人。"他生怕自家出了个"老爷模样"的人。

我读大学了，我的"架子"问题更为他所关注。有年暑假回家，我一进门就要我脱下鞋袜。他的理论是："只有地主老爷们才蔫风脚（意即残疾），人不沾地气，怎行！"本来我初入大学时还打着赤脚，后来校长以"有碍观瞻"为由，制订了必须穿鞋的纪律，这才重新穿上。对此我不作任何申辩就遵命执行。

但是，冥冥中似有什么总在与我为难，与我父亲开玩笑。赤着脚干活，脚板上起泡，扎进小砂石，划个小口子，这都是能够忍受的小创伤。没料到一天在搬旧木料时，忙乱中发现右脚背上露出一截三棱的屋梁锈铁钉。低头细看，这是一颗长足三四寸的大铁钉，从脚心穿透脚背，家中几个人死劲将它拔出。我血流如注，好在一把草药敷上，没有感染化脓，只是留下了至今仍可触及的一个硬疤。从此，父亲对我大失所望，明显地出现了代沟。我是否穿鞋子、戴眼镜，他都懒得管了。

我大学毕业了又读了三年研究生，家乡人都向他打听我的情况，他只是说："还在读书哩。"人家总以为我是成绩差的留级生，他也不作任何解释。他的儿子书读得再多再好，他也只认为是一种"谋生的手段",丝毫不值得夸耀,更无"光宗耀祖"的观念。

父亲早已说过"懒得管"我了,但在我工作前仍管过我的闲事。

一是我的婚姻。他从多方面打听到我没有女朋友,并下决心在工作前绝不谈恋爱,这使他急了。从来不愿多谈话的他,也唠叨起来:"读了几年书,有什么了不起!你不去照照镜子,看你长得像什么模样,老柴兜一个……人是平等的,只要人好,城里人配个农村女,知识分子找个劳动人,也蛮般配……你这样的人,谁愿嫁给你,哪个小伙子不比你强……"他这么一数落,我倒真的有点自卑感,虽然同学们给我起的绰号都是什么"斯基"之类的大名人,是不是人家在挖苦我?我从来不照镜子瞧自己的长相,不关心自己是啥模样,他这么一说之后,我偷偷地找来一块破镜子,尽量搜索脸上的毛病。任怎么吹毛求疵,也不像是个"老柴兜",可见父亲仍在打我的"架子"。

另一件事是我新婚之夜的第二天早晨,天刚蒙蒙亮,他就笃笃地来敲门,叫我快去地里翻薯藤。闹新房把我们折腾到下半夜,刚入梦乡就来叫门,我很不高兴,觉得父亲太不近情理。新娘子也爬起来,想跟着去。我不让去,略表对我父亲的抗议。当然,综观他的为人,他做出这样不近情理的事,并非是有意要再来打我的"架子",或在新娘子面前要摆他家长的威风,因为他固执地认为,劳动是一种天职,人就是劳动的动物,没有任何时间和场合的例外。

父亲一辈子没有哄过我,没有当面说过我一句好话,也没有在人前夸耀过我,当我在学校和社会上小有名气时,邻里的乡亲们仍不知我在何地从事何种职业。他待我之严,近乎苛酷,常人难以忍受。一九八〇年,当时他已三次中风,半身已失去知觉,知道有生之日不长了,便只身瘸着一条腿,来到北京,向我的家人告别。临别的先天晚上,他哭成了泪人,哽咽着向他的孙儿孙女们说:"你们的父亲跟我吃尽了苦头……是生错了人家。……他读书,是苦

读出来的,是他自己争取到的机会。我是半截身子进土的人了,愿你们像父亲那样,好好做人,你们要好好孝敬他……"人之将死,其言也善。我觉得他这些出自肺腑的真言,是临死时的喟叹。看来他对我还是充满了父爱的。他嘱咐他的孙儿孙女们孝敬我,而我却从未孝敬过他。当我的日子稍稍好过一点,有能力孝敬他时,他已成了一抔黄土,再也分享不到我的成功和欢乐。虽然他生前从未有过这样的企求,在他看来,生儿育女,不是放债,只求儿女们各有"谋生的手段",好好做人。越是这样,越使我自咎。我是应该孝敬他的,是他,教会了我怎样为人处世,怎样把生活看成是一种斗争,怎样锤炼自己以越过可能遇到的刀山火海,面对人生的一切挑战。是他,教会我尊重别人,关心下层社会,关心民间疾苦,人可以出人头地,但不能高人一等,人只有职业的不同,没有尊卑的区别。如果我还算得上是一个对社会对人群多少有点用处和益处的人,首先是得益于父亲那近乎严酷的教诲和锤炼。

一九九八年清明节
原载《当代》1998年第4期

六亲不认的小胖胖

我的外孙女小胖胖,被我的老伴——她的姥姥"绑架"来我家已是第三天了,仍然六亲不认。

为了迎接她的到来,全家老少,像迎候国宾似的,忙乎了好几天。她的舅妈将早已弃置的小摇篮从破烂堆中找了出来,一遍一遍地清洗干净,缝制了为她专用的被褥。舅舅为她买了洋娃娃。小姨为她准备了各种小食品,在幼儿园上学的元元——她的表兄接连几天逃学,将他玩过的各式各样的小汽车清点了一遍,挑出几辆最好的,准备作为送给新客人的见面礼。临到接飞机的那天晚上,全家人都争着要去,我只好行使家长的权力,由我一人调遣:元元是非去不可的,不让去他会耍赖;元元妈有哄孩子的经验,如果小胖胖不听话,由她处置;我当仁不让,亲自带队,一表示对老伴长途跋涉的慰问,二者先睹为快地瞧瞧自己的外孙女,她已一岁了,我还没有见过面。

远渡重洋的飞机,准时于傍晚六时二十分到达了首都机场。我们这些迎候者兵分两路,把守两个出港口。大家都翘首张望,元元穿梭于两个岗哨之间,不断地问:"出来了吗?"好不容易出来了,我们蜂拥而上去抢她的坐骑——婴儿小推车,可她却冷若冰霜,只滴溜着一双小眼睛扫视一下,又转而去看熙熙攘攘的人群和汽车去了。简直是目中无人,使元元大为扫兴。

回到家中,全家人都围着她转,奉侍惟谨,不敢有丝毫疏怠,吃的、喝的、用的、玩的,大堆大堆的抱在她面前,她都不屑一顾,仍在滴溜着那双小眼睛,扫视周围的一切。也许她已意识到这不是她的家,便哇哇地大哭起来。于是乎,全家人都蹲在她的周围,抚摸她,哄劝她,安慰她……逢迎讨好的话都说尽了,可她无动于衷,照样哇哇大哭,哭声中还夹杂着一种叹息声。她像失群的孤雁,可怜兮兮。晚十一点,她妈妈来了电话。让她去听妈妈的声音,哭声才止,并嘟嘟哝哝说了一些谁也听不懂的话,临了还又叹息了一声。电话总有打完的时候,可她硬是抱着电话不放,双手捧着话筒,从左边挪到右边、从右边挪到左边,嘟哝着、摇晃着,没完没了。几天来,不分昼夜,她只要听到电话铃声,便"嗬嗬"的叫喊着,摇晃着跟跟跄跄的身子,直奔电话机旁,摔倒了,又爬起来,一往直前,义无反顾。

　　有一次,她偶然在我的书桌玻璃板下,发现了她妈妈的一张照片,便马上从嘴里抽出那只常吮不舍的大拇指,指点着她妈妈的照片,咿哩哇啦说个没完,并用另一只手招来招去,似乎在招呼别人跟她一同观看。

　　接连几天,她除了谛听电话铃声和看她妈妈的照片,就是寸步不离她的姥姥。面对陌生的人群,她姥姥似乎成了她惟一的救命稻草。本来,有她妈妈在身边,她并不理睬姥姥,为了接她到家,姥姥不得不进行"绑架"。也许是失群而受伤的落雁,不得不依赖它的猎户吧,她现在也只好将"绑架"她的姥姥,看作惟一的亲人了。真是难以求全而求其次了。我们伸出双臂想抱抱她时,她"呀"的一声,一边推拒,一边连滚带爬钻到她姥姥怀中,双手紧紧搂着她姥姥的脖子,将头埋得深深的,生怕别人偷袭将她夺走。

　　她很信赖她的姥姥,经常看她姥姥的脸色行事。一切她以为好的东西,像老鼠搬家似的,都送给她姥姥,她姥姥的一切指令,也都能心领神会,虽然难以见诸言辞,但脸上是懂了的样子。她在我家,俨然成了一人之下、全家之上的宠臣,让我们嫉妒不已,特别是小孙子元元,大有一种失宠感。

六亲不认的小胖胖

小胖胖对大家没有好脸色,弄得大家兴味索然,但她也有让大家开心的时刻,她的胃口极好,虽然刚长了几颗门牙,软的硬的都往嘴里塞,吧嗒着小嘴,像掉了牙的老婆婆。每到吃饭时,她瞧着大家的饭碗,张着雏鸟似的大嘴,不论亲疏等着别人喂食,吃上一口,就张开双臂,扑腾一匝,又转回身子再吃。并嘟嘟哝哝说一些谁也听不清楚的话,待到吃饱了,就"ho—ho"地说着又窜回她姥姥怀中,任谁也不理睬了。

她还能说清楚的另一个词是"拜拜",在与人告别时,她赠送"拜拜"时倒很慷慨,不计前嫌地向一切与她告别的人都道一声"拜拜",并招招小手。但当你返身想亲她一下时,她却翻脸不认人了,像胆怯的小兔子抱头窜回她姥姥怀中。

她六亲不认,也许与她不习惯我们的话语有关,她牙牙学语的都是多音节的洋文,"咿哩哇啦"地绕口令似的,谁也听不懂,至于单音节的汉语词汇,她除了念一个"妈咪"之外,连"爷爷""姥姥""爸爸"等都不会,且"妈咪"也不知具体所指,连她姥姥也一降而为"妈咪"了。

她六亲不认,只认"妈咪"。她姥姥成了她的"妈咪"之后,就黏着不放,寸步不离。她姥姥时间差尚未调整过来,疲惫不堪,眼皮都睁不开,夜里无法安睡。小胖胖也因为时差的关系,半夜就醒,哭闹着要她"妈咪",她姥姥也只好跟着起床,陪她折腾、吃喝。弄得我辗转反侧睡不成觉时,难免口出怨言:"何苦呢!"仅仅这么一丁点埋怨,就招来了她"妈咪"的一顿猛批:"你也不可怜可怜你的女儿,她在异国他乡,既要工作,又要侍弄一个嫩娃娃。人都瘦得只剩一张皮了……"边说边支撑着疲惫的身子,轻轻将她的外孙女抱起来,摇着、哄着,在厅子里走来走去。

小胖胖长得并不漂亮,但她姥姥却格外偏爱她,三番五次地向我唠叨:"你看她的额头,高高的,多丰满,真像她妈一样。来,亲亲外孙女这里……"说着指点着外孙女的额头命令我。

小胖胖几天来在我家六亲不认,也许在她的心目中,世界上惟一的依赖只有妈妈。来到我家,又惟独只能依赖她妈妈的妈妈——代理"妈咪"了。"世上只有妈妈亲",诚哉斯言!

华人比起别的民族来,也许对母亲的理解和感情最为深厚。小胖胖已是另一国籍的华人,但她的父母和我们全家,都觉得应该为她创造条件,让她从小就知道自己的根系在中国,她应该懂得祖宗的语言和文化,即使在异国他乡生活和工作,她的生命也应有炎黄子孙的根基,她血管里流淌的是华人的血液。她现在对我们"六亲不认",但我们都相信,今后她会把大家都当作骨肉亲人的。所以她姥姥才不辞辛苦,将她"绑架"到了这个暂时还"六亲不认"的家庭环境中来。

原载《山西文学》1998 年第 8 期

送方方归国琐记

方方是我们的外孙女,虽然是中国人的血统,但出生在美国,就算美籍华人。她一岁时,老伴考虑到女儿在美国站住脚很不容易,拼搏哪顾得上抚养好小孩,于是就将她"绑架"来到了北京,由老伴代行了为母的责任。她刚到的那天晚上,老伴就在家庭会议上宣布:"不能让方方在我们这里受丝毫委屈,要加倍给她母爱和家庭的温暖。"临末又哄着大她几岁的孙子,要他像个哥哥的样子,凡事让着她点。我们都按老伴的吩咐去做,她成了我们一家人的掌上明珠。可是她今年已经三岁了,正当上幼儿园的年龄,这颗"明珠"的出身父母,理所当然要来争夺了,不得已我们只好决定将她送回美国去。

做出这样的决定,对我们特别是对老伴来说是很痛苦的。方方给予我们的欢乐和欣慰实在太多了!也许是文章自己的好,小孩自家的乖吧。

只要看看她的神态,那种稚气和老练杂糅在一起的神态,就能让你忍俊不禁。圆嘟嘟的脸,衬上薄薄的嘴唇,浓黑的蚕眉,滴溜溜老在转的眼睛,多种复杂的感情都能表露无遗。生气时,如怒目金刚;淘气时满脸稚气;与人交谈时,鼓动如簧之舌并变幻那姜芽似的小手,语言与手势并重,活活一个小外交家。

最让我们陶醉的是她一天一个样的成长。从一岁多点开始,一日三餐都争着要"自己喂",从喂得满脸满身都是汤汤水水,到现在的利索得不掉一颗饭粒。现在,她基本上已能自理生活,洗漱完了,还会自己"搽香香";衣服鞋袜都能自己脱,自己穿,只是鞋子有时分不清左右,淘气时又故意颠倒左右;大人干活时,她总要来插一杠子,擦地时抱拖把,蘸水的拖把太重,往往弄得人仰马翻;擦家具时抱抹布,擦茶几已成了她的专利。她最爱干的活是晾衣服,穿上衣架,挂上晾杆,都不许别人染指,上晾杆时还得大人抱着她,好容易挂上了,就乐不可支。不知她为什么乐此不疲。

她也有让我们厌烦的时候。凡事凡物都要问出个"为什么"来:为什么白天只有"太阳公公",晚上只有"月亮婆婆","公公""婆婆"为什么总不在一起?天上为什么白云飘来飘去,它们的家在哪里?为什么热天下的是雨,冷天下的是雪?为什么爷爷要刮胡子;奶奶不刮胡子……最烦的是她那管家婆的角色。家里好几口人,穿戴及床上用品绝不容许混淆,甚至谁去别人床上坐一下都不允许。有一次客人从过道里穿着我的拖鞋进客厅,她硬是从人家脚上把拖鞋拽了下来,说"这拖鞋是爷爷的"。就是她最心疼的奶奶也乱来不得,有一次她奶奶用了一下我的茶杯吃药,她硬是将这茶杯夺走,并命令说:"各用各的!"她还像一条最忠于职守的把门狗,未经我们特许,谁也不许进家门。本来她与开电梯的阿姨混得很熟,人家逗她跟她进了门,硬是铆着劲儿把人家推走,并啪的一下关上了门,一点不给情面。人家都说这小孩厉害。的确是厉害,可她奶奶却是偏心眼儿:"女孩厉害点好,将来去美国社会生活,不厉害点行吗?"

按北方习惯和书面语言,方方应该叫我为"姥爷",叫我的老伴为"姥姥"。现在这么叫,是她牙牙学语时跟我的孙子学的,不仅我们的身份变了,连她的舅妈也变成了"妈妈",舅舅变成了"爸爸"。为了争爸爸、妈妈,常常与我孙子打得不可开交。我主张这称谓应该教她改过来,可是老伴坚持不让改,理由是要她经常感觉到家庭的温暖。

这样的温暖可招致了不少麻烦。人家说她是美国人就犯急,她总得郑重声明:"我是中国北京人,你才是美国人!"美国轰炸我驻南使馆时,两国政府之间唇枪舌剑,可我们家中却成了硝烟弥漫的战场。我的孙子凡事让她三分,各种争斗总是占不了上风,经常挨她的骂和被揪头发。这时孙子得到了报复的机会,一斗嘴就喊:"打倒美国佬","美国佬滚回去"。她除了反唇相讥之外,又向我们告状,又操起塑料玩具蒙头盖脑地打他表哥,说是"打倒美国佬",打犹不足,又咬将起来。"美国佬"成了她生命的痛处,她认定了自己是"中国北京人",美国的家人概不承认。她本来喜欢玩电话,跟素不相识的人也能聊上半天,但她妈妈的电话就是不接。不得已,我只好叫我女儿在电话中不要暴露自己的身份,只说是北京的阿姨。这一招果然见效,她们在电话中聊上了。但每逢此时,我老伴总要多事,在旁边做"政治思想工作":"宝宝,跟你说话的是你的美国妈妈,快叫声妈妈吧。"她一听就啪地把电话挂断了,并声明说:"我只有北京的妈妈!"

方方的这种恶劣表现,一是更勾起她母亲的思念,她看了方方在北京的录像,一连几遍地看,每看一遍总是热泪盈眶;一是更坚定了我们要将她送走的决心,不送走,她们母女之间会越来越疏远。

我们的这一决定,对方方是特级机密,但我们的孙子在与她斗嘴时,终于泄密了:"你滚蛋,滚回美国去!"她哭了,哭得很伤心,并要我们出来澄清事实。她也许从我们准备行装的行动中感觉到了蹊跷,我们不得不半虚半实地告诉她:"是要去美国,不过我们是去玩玩,让宝宝坐坐飞机,你不是老要坐飞机吗。"她半信半疑地问:"玩多久?""玩一个礼拜。"她知道一个礼拜是七天,于是跟我们讲价还价:"玩五天就行了,我还要去天安门看彩车呢。"去年五十周年国庆的第二天晚上,我们曾带她去看过天安门广场上的彩车。她看得兴高采烈,手舞足蹈。走累了,就骑在我的脖子上看。她见到如山如海的人潮,忽然不断扬手并清脆地叫喊:"同志们好!""同志们辛苦了!"人潮的潮头都转向了她,甚至招来了一批维持秩序的解放军叔叔。她见来了解放军叔叔,叫得更来劲了。她这是在模仿检阅时的江爷爷,因为她看过国庆典礼的现场直播,当时的场景给她留下了深刻印象。她总想重逢盛事。

  为了送方方归国,我与老伴经常拌嘴。临走之前,她非要看方方的录像不可。我说:"她天天在你鼻子底下,还没看个够!"拗不过她,只好陪着老伴看录像。看方方如何淘气,如何自理生活,如何唱歌跳舞,如何背诵古诗,如何认汉字。两岁半时,为了测试她的智商,与她表哥比赛认字,她居然一次认识了三十多个,与她已读一年级的表哥不相上下。一看到此,老伴就责怪起我来了:"你干事总是有头无尾。教一次就再也不教了,如果天天坚持教下去,她就可以读报了。"我坚持认为小孩智力开发不宜过早,不能过早地让他们脑子中装太多的东西,小孩的天性就是玩。这就使她更得理了:"难怪你的小孩出息不大,'子不教,父之过'。"录像看完了,老伴也表扬了我几句,说我的摄影技术不错,镜头选择得好……这是过奖了,摄像机我基本上只会掌握开和关的两个按钮。我知道她偏爱方方,只要有方方的镜头,哪怕照歪了,她也会叫好。然而表扬的话音刚落,又责怪声起了,说方方还有好多好的镜头没有录下,特别是她机灵的一面,全没录下。这点倒是事实。方方最令她心疼的,是小小年纪,已不单会感性认识和线性思维,而会动脑子进行逻辑推理了。一岁半时,阿姨出外面倒垃圾将门撞上了,进不了家,找邻居没解决问题,电话找我们又不在班上,急得在外面哭,怕方方在屋内出事,万一磕了碰了不好向我们交代。当时方方还不会讲话,不能跟她阿姨交流,但她意识到是出了什么事,居然将高高挂在厅窗把手上的钥匙摘了下来(是爬上高凳摆小凳摘下的),居然将一串钥匙一个个平铺开从狭窄的门缝中塞出给了阿姨。老伴说:"如果能把这个场景摄下多好。""我不是神话中的羽人,怎能有这个本事!""那你这个老家伙居然骗不过一个不到三岁的小孩的场景,是你亲自导演的,又怎么说。"这的确是事实。一次,她在家里老淘气,制服不了她。我让老伴躲起来,骗她说:"你这样淘气,奶奶被你气跑了,再也不回来了。"我知道她与奶奶总是形影不离,肯定会急得哭起来。我是宁肯听她哭也禁不住她闹。可是她不哭,滴溜一下眼珠,往过道里看看,往房里衣架上看看,回来斥责我:"爷爷是骗子,奶奶的鞋子在,外衣也在,拎包也挂在衣架上。"于是她就神态自若地去暗处捉起迷藏来,终于把她奶奶从门背后揪了出来,乐得她搂着奶奶脖子直亲嘴。这些镜头我没摄下,当时也没想到要摄下,因为我不是方方的特聘摄影师。

方方快要走了。这阵子老伴的话题总离不开方方,总是自言自语,自问自答。"她走了,再也享不到这里的福了,看她今后怎么过?""白操心!过一两年,她中国话不会说了,爷爷奶奶也不认识了。""你要给女儿立条规矩,每年必须带方方回国一次"……

我们在准备行装,方方也在准备。她有一个小背包,一天到晚,往里塞东西。包太小,要塞的东西太多,总是换来换去地塞。临走检查她的包,只剩下洗漱用具和两部小玩具汽车,一个布娃娃,和两本图画书。其余剩下的东西要她奶奶锁在柜子里,以防她表哥拿走。至于她那辆心爱的童车,她坚持要骑着走。我们不让骑,飞机上不能骑,谁骑就罚谁。她不再坚持了,于是反常地极其谦恭地向她表哥求情说:"哥哥,我的车你不要再骑它了。你骑你自己的那辆。"此前对她表哥总是直呼其名,总嫌他太淘气,不值得尊敬。

我们总算把她骗过了。三月一日她高兴地与我们登上了去美国的飞机。她一个深觉就到达了目的地,没给我们惹多大的麻烦。她爸妈按时到机场接到了我们。她妈见到她时,一脸热泪迎前来抱她。她像弹弓射出的弹丸直奔她奶奶胯下,死死抱住一条腿,满脸惊诧地望着她的妈妈。她奶奶反复地告诉她:"这就是你的妈妈,在美国的妈妈。快让妈妈抱抱,亲亲。"她不肯遵命,而且耍了一个花招,说是累了,要奶奶抱起她,其实是好附着她奶奶的耳朵说秘密:"她不像美国妈妈。"不理睬妈妈,倒是跟另一接人的中国姑娘很亲热,追着人家喊阿姨。不知她妈这时是怎样的感情,怎样的滋味。

　　临上车时又出麻烦了。她坚持要坐前排,这是她在国内坐车的习惯,但美国小孩的座椅安排在后排中间的位置,违者会重罚。任怎样劝她哄她都不行。奶奶是她最信任的,于是我将这"思想工作"的任务交给了我的老伴,并说谁也不要插嘴。她奶奶将她引到另一僻静处,嘀咕了一阵后,双双高兴地坐进了汽车。她终于坐上了小孩的专座,乖乖地被系上了安全带,只是坚持一条:奶奶必须双手扶着她,身子靠着她,似乎她怕妈妈把她夺走。

　　方方在美国的家比我们的家要宽阔舒适多了,周边环境也好多了,但方方看了半天,似无太多的新鲜感,问她为什么,她说:"这里没有小朋友,北京楼下小公园里有小朋友,好多,好多,玩得可痛快哩!"看来,她的心仍留在北京。

　　由于时间差的关系,加之在飞机上为了照料方方睡觉,老伴未曾合过眼,显得疲惫不堪,天未黑就上了床,将方方交给她父母去"交流感情"。她父母对她,极尽奉迎讨好之能事,好吃的,好玩的,都供在她周围。她倒不认生,也不怯场,能进行外交场合式的应对,虽然看不出母女间的真情,也乐得她父母合不拢嘴。电视里正放歌舞节目,方方闻曲起舞,更使天伦之乐达到了高潮。她的舞蹈,没有师承,家里人从未教过她,她是从电视里学来的,将舞蹈、健身操、健美操,甚至武打等动作杂糅在一起,完全是自编自演的。只要一起舞,全身每个部位都像装了旋的开关,特别令人可笑。但是好景不长,她忽然问:"奶奶呢?"我诓她,"奶奶洗澡去了。"没过多久又问,反复问了三次。她知道是受骗了,于是去楼上楼下的浴室里找。我不得不实话告诉她,"奶奶太累了,洗完澡就睡觉了。不要吵醒她。"她见奶奶睡了,她叫着要睡,只得侍候她同奶奶睡下。她哪里肯睡,一直折腾到下半夜三点,也就是北京时间中午十二点,正是她午睡的时间,才合上眼。她奶奶撑着眼皮,一直陪着她折腾到这时候。

我们一觉醒来,女儿女婿早已上班去了,没做任何交代和安排,为的是不吵醒我们,好在吃喝的东西早就准备好了,炊具、电器等我们都会用。我们吃罢早饭,因为下雨,前院后院都不能去,只能陪着方方在室内玩。方方在厅里房里玩腻了,惟独没去过车库。于是我们就引她进了车库。车库里摆的都是仪器、小车床和多种杂碎,好像是女儿、女婿的实验室或工作间,没用来停车,车都停在库前的空地上。方方不一会就玩腻了,加之库里很冷,我们只好回房间去。这时才发现库房之间的门被倒锁上了,进不了房了,我们只能在这库里当杂物存放起来。方方一直在叫"冷",她奶奶把外衣、毛衣都脱下,将方方裹了起来。我见老伴冷得上牙啄下牙,就将库里裹仪器用的海绵和塑料布等将老伴裹了起来。不久,方方在老伴的怀里睡觉了,难得一时的清静。但清静没多久,方方就醒了,直叫"冷",叫"渴"、叫"饿"。进不了门弄不到吃的喝的,老伴急了,将女儿、女婿骂了个狗血淋头。骂他们如何不心痛自己的女儿,让她回家第二天就来受这样的洋罪,禽兽不如……我还算沉得住气,首先在墙上找开关,将自动升降的车库门打开,看外面有无可以求援的对象。外面还在刮风下雨,不见行人,偶尔有车辆经过,但驾车的大都可以断定不是华人,时有黄皮肤的驾车者,也弄不准是否中国人、日本人、韩国人、越南人,所以一直不敢拦车求援。待到下午五点许,风雨渐渐停了,一位黄发碧眼的老太太在路上遛狗。老伴一见就将方方扔给了我,一个箭步冲了上去,向遛狗的洋老太太比划着。她不会英语,只知道说"贝匹"(小孩)一个词,我虽然比她多会几个词,但一直不敢启齿,一是担心说不好出洋相,一是碍着面子,不便向洋人求乞。可我的老伴没有这么多顾虑,硬是拉着遛狗的老太太来到库房看现场,左比划,右比划,意思是我们刚到,女儿、女婿上班走了,没留下钥匙,没告诉公司的电话,"贝比"渴了,饿了,求给一点吃的,喝的……比划了好半天,老太太终于明白了是怎么回事。她牵着狗往回走了。没过多久,她一手牵着狗,一手提着个塑料袋子走到我们的车库旁,将矿泉水、牛奶、袋装饼干等一一给了方方,并摸了摸她的脑袋,吻了吻她的面颊,老伴乐得忘了神,用汉语说了一大串感谢加感激的话,不管对方懂不懂。

我看到这一幕,油然对我的老伴、也对一切为人母的女性产生了一种敬佩之情。"妇女弱也,为母则强",她们为了呵护后代,为了他们的健康成长,无私地奉献,无畏地保护,虽赴汤蹈火也在所不辞。看了这一幕,也使我领悟到:方方为什么老是黏着她奶奶,为什么有那种能让我妒羡不已的亲昵。

方方回到美国已半年了,我因假期已到早就回来了,是骗着她才让回来的。她奶奶至今还在陪着她,虽然她已上了幼儿园,但每礼拜只去一两次,死活要黏着她奶奶。她奶奶也觉得她不习惯那里的生活,与她父母还未建立起亲情感情,抛下她回来于心不忍。据说她至今仍没有定居那里的打算,一听飞机过,就说爷爷来接她回北京了。她经常给我拨电话,说她很想我,问我想不想她,为什么还不去接她回来。可见她身在美国,而心仍在北京,可见我们送她归国的任务至今还未完成。

原载《理论与创作》2000年《文学专刊》

家乡的小桥

我的家乡洞下，名不见经传，就是现在够精确、详细的地图，也见不到它的踪影。古时当属南蛮之地。汉初设昭陵县，属长沙国，但昭陵县故址离我家有两百多里；晋武帝时昭陵郡属的都梁县故址，倒恰好是在我家乡现在的县城边，但离我家也有一百三十多里。三国时，先属蜀，后属吴。也许它无足轻重，属谁都无所谓，不值得争夺。古时很难确考它的所属，也许是块谁也不要的蛮荒之地。说它属昭陵、都梁，很可能是自作多情。直到近代，它的归属才算明确，清代属宝庆府，民国末年从邵阳县中划出立为隆回县，迄今未变。

家乡无乡邦文献可矜，也无名人可借重。清末伟大的思想家、文学家魏源，虽然出生在我们邻近的魏家塅，不过他家离我家还有二十里地，他的光芒照不到我们那里。

我家所在的村庄是一山间谷地。我记事时不过十来个院落。村里最大的知识分子是个初中教员。过去没出过秀才，更不用说出举人、进士之类的大人物了。乡亲们惟独能代代矜夸的是武力。据说某朝某代在谷地的高山上立寨，村中一个大力士想去过一下寨王瘾。他扛一个千多斤重的石臼，拾级上山二十多里。他很自信，没去找关系，钻门子，结果功亏一篑。他扛到寨门口，经不起主持者的故意拖延时间，说声"顶不住了"就将石臼扔下。他不仅没能当上寨王，为村子争来荣耀，且留下了一个笑柄："洞下人做皇帝——顶不住了"的歇后语广为流传。

虽然如此,但"谁不说俺家乡好",我也不能免俗。我也许够得上是个见了"大世面"的人,中国乃至世界的风景名胜,游览过一些,它们各有各的长处,但是不如家乡的亲切。真是"金窝银窝不如自己的狗窝"。

我的家乡虽然没有名山胜川,但山水的秀色和情韵,是够你领略的了。我的乡贤魏源一写起诗来,就是"十诗九山水"。我想,这少不了家乡山水对他的熏陶和哺育。他在《山居杂咏》组诗中,还歌咏过故乡的山山水水,可见家乡也具有入诗的资格。

家乡哺育的这位诗人,由于在家乡耳濡目染,深谙山水三昧。他说:"泉能使山静,石能使山雄,云能使山活,树能使山葱。"在我的家乡,泉有涌泉、滴泉、鸣泉、温泉;石有峥岩绝壁;云有五彩;树有千色。隐逸者喜其幽静,奋取者喜其雄伟,幻想者喜其变幻,诚笃者喜其庄重。

这些都是千古诗人吟咏不绝的题材。我不是诗人,不容置喙。为了遮短掩拙,就聊聊我家乡的桥吧。也许我有嗜痂之癖,总认为家乡的桥,够得上是一景。

"小桥流水人家",只这么一句话,就能涤净尘世的一切烦扰,心头的万般积垢。要是身临其境,去看看我家乡的小桥,真不知是何等韵味!

我们村的谷地,不足一平方公里,但有四条小溪纵横其间。它们似乎都有点恋家,九转十八弯地迂回着,不愿直流而下。因此这一弹丸地上架有十一座桥。其中石拱桥四座,石板桥五座,木桥一座,木板桥一座。短桥不计其数。站在中央的石拱桥上一招手,十一条桥上的人都可见到;一呼喊,十一条桥上的人都可以听到。它们不仅是村里各户人家的通道,也是联络大家的纽带。

石拱桥很有些年头了,从桥面凹陷的痕迹可以看出。做得也很精致,堆砌处虽经多年风雨的侵蚀,仍不见缝隙,上有长长的条石作为护栏,半月形隆起的桥身,好像常驻的彩虹。

家乡的小桥

石板桥都是一整块石片,身临其上无不惊叹:世上怎能有这么大的石块?是哪一位能工巧匠雕琢而成?是如何从石山中运来,又如何架得上去?最大的一条石板桥可以两人横挑担子迎面而过。

木桥和木板桥要简陋多了,但小孩们最喜欢。一是走起来颤悠悠的,像合着拍子跳舞;一是可以在上面试试自己的勇气,因为稍一趔趄就会掉下去。男孩子们可以在此逞能冒险,女孩子一般不敢,但又要好奇去看看,去试试,以衬托男孩子们的武勇。

在山坳里,还有不计其数的独木桥,竹片镶成的桥。在临村,还有桥上架凉亭的,供过往行人歇息、暑天乘凉。这些都不能望眼所及,略而不叙。

桥架在水上,水流在桥下。这里流淌的水,都由各路泉水汇集而成。夏天清凉,冬天温热。其上,总是泛着一种难以名状的光,古籍中曾以"叭叭""涎涎"之类的词汇来形容,但我觉得还不够贴切。它四季常绿,绿得晶莹,绿得柔嫩润滑,透着青春肌肤的魅力。这是经过千万重沙石过滤的水,没有任何杂质和尘屑,清澈透明,鱼虾虫草毕现。地上的一切,都在这里留下影子。日月星空,屋宇楼台,车马行人,山峦树木,哪怕是在树枝间啁啾,在空中飞掠而过的小鸟,都会映上它的屏幕。溪水总是如此多情,村里的一切,它都要铭刻在心。

小溪虽没有大江的滂沱之势,但它曲尽起伏跌宕之能事。落差扬瀑,潭里回流,击石溅珠,拍岸撕絮,漏斗漩涡,应有尽有。有的溪段如飞禽在泄泄其羽,有的又如奔马在振鬃奋蹄;时或飞絮轻飏,时或悬壶倒注,千姿百态。大江如进军鼙鼓,小溪如妙手文章。它比大江更能体现大自然的神韵。

只有站在家乡的桥上,才能将家乡的全景尽收眼底;也只有站在家乡的桥上,才能领略家乡有形的倩影和无形的眷恋。如果还要听有声的家乡:流水的汩汩,石濑的淙淙,细流汇于空谷的铿锵,

浸泉漫过草滩的柔曼,石缝间滴泉的清脆,潭底回流的噎咽……也只有站在家乡的小桥上,才能听得真切,分出层次。

家乡的小桥,是家乡的镜头,山水诗的诗眼。我爱家乡的小桥。

原载日本《中国语》月刊 1995 年第 5 期

竹 笋 赞

竹属"岁寒三友"之一,古往今来的文人墨客,倍加钟爱、礼赞,咏之以诗词,绘之以画卷。或登堂入室,悬之堂中;或藏之名山,秘而不宣。至于竹之童年——竹笋,虽然名贵的竹画中,也曾露过脸,但那只是一种陪衬和点缀,当不上主角;虽然山珍中有玉兰片,但那是竹子不识时令的早产胎儿制品,与我要说的竹笋算不上兄弟;虽然曾有人将之比拟为男性生殖器,说它翘翘然,挺挺然,并说支那人喜欢它,常作为壮阳的补药。鲁迅曾以支那人的名义为此提出过抗议。凡"支那人"都会附和,因为它的确没有这样的神效,不值得偏爱和器重。竹笋不受青睐,不足为怪。因为它之为物,如楔子,像牛粪,外穿皱皱巴巴的毡衣,襁褓似的裹得严严实实,见不到它的躯干和五官,浑身只见那横出如刺的猫耳朵,其貌不扬,更无风韵可言。

可我对它,却情有独钟。从童年起,历少年、中年到现在的即将垂垂老矣,独钟之情,历一生而不渝。

竹笋的旺盛生命力,让我叹服!

惊蛰一声雷响,春雨阵阵过后,它们就如埋伏的百万雄师,破土而出,漫山遍野、溪畔路边,甚至菜畦庭院,都分布着它们的岗哨,在欢迎春的到来,守护春神的慈恩普度。江南如醇的春意,是竹笋酿成的;春的勃动,更是竹笋催促成的。

它们一出土,就显示出盎盎生机:很快就自己抖落了泥沙的脐带和胎秽;猫耳朵上挂着晶莹的露珠,一个劲地往上蹿。一天一个模样,过不了多久,它们就可以与自己的父母——竹子比肩而站了。这时,又是它们靠着自身的力量,一层层、一节节地脱掉了毡衣,从襁褓中蹿出来。支着翠绿的躯干,垂着的未伸张开的肉手——枝子,伴着风,摇曳着,欢呼着,庆贺着生的胜利。

　　我喜欢它们,还由于它们的柔韧、伟岸。每条竹笋,都是直指云天,拔地而起,不随风而改变方向,不因环境不佳而避劣就优。在任何恶劣的条件下,从不低头,不折腰,笔挺挺地活着,傲岸不凡。它的肉躯,嫩不禁指掐,肉手软如鏖毛,嫩如姜芽,但都经得起风吹雨打和飞禽走兽的撞击。柔韧至此,举世无双。

　　它们柔韧、傲岸,但不孤芳自赏,更不卓尔不群。相反,它们从不与自己的朋友争空间,抢地盘,别人已占有的位置,总得绕过去,另寻安身立命的地方。喜欢与同伴比邻而居,和睦共处,躯体相偎,枝丫交叉。它们最怕孤身独处,即使让给它一片肥沃的土地,如果没邻里结伴,只是单身只影,它会落落寡欢,甚至侘傺而死。它们比邻而居,活得很欢快,长得更苗壮,更挺拔。也许这是生存竞争使然。但这种竞争,颇有恂恂儒者之风:不以强凌弱,不以众暴寡,不尔虞我诈,不勾心斗角。竞争只是完善自我,不伤害别人。

　　它们能够如此这般,也许靠的是自己丰满而扎实的根须。它们的躯体,可以毫不费劲地剖成条,撕成片,但其根蔸,结实得像铁墩,斧斤不入。有了这样的根基,才有顽强的生命力。土地不论肥瘠坚酥,哪怕是硗确石山,它们都能很好地生存下去。坚土可以拱开,顽石可以顶起或让其开裂,生存道路上的任何障碍,都可破而除之。

　　它们这种顽强的生命力,还表现在一种"乱"劲上。唐朝大诗人杜甫就曾将这种乱劲詈之为"恶":"恶竹应须斩万竿"。的确,它为了自己畅快地生长,不看别人的脸色,就是地主庄园的宅基地上,也可见到它的踪影。有时甚至恶作剧地穿堂入室,在你的"岁寒三友"图旁显露它的真容。文人雅士尽可以吟咏"竹影入窗来"

竹　笋　赞

一类雅兴盎然的诗句,但叶公一见真龙,却万般惊恐怨忿,非将它铲除殆尽而后快。我幼年在家乡时,就曾在一富豪家见到过竹笋的这种恶作剧。我为之手舞足蹈了好几天,也有好几月为这一竹笋的遭遇怏怏不乐。

竹笋这样旺盛而顽强地活着,为的是奉献。它的成年可以为人类装点河山,提供建材、器皿和工艺品。尚未成年也乐于奉献。笋壳可以衬鞋底,笋肉可以烹食,其肉白净细嫩,在我们家乡还可将其捣烂加上各种佐料,做成笋粑,为羁旅人的可口干菜。人可以吃,牲畜也可以啃,国宝熊猫就须臾离不开它。成形的躯干是廉价的造纸原料,过去学生习字的毛边纸,历代画家必备的宣纸,现今影印古籍的各种用纸,都是它的奉献。

竹笋伴我度过了童年。从它出土、脱壳、抽枝,我总是年年岁岁亲眼目睹。我盼它节节升高,它也催促我快快成长,并启示我如何步入人生,如何走过人生道路。我虽然早已从草野之人变成了知识分子,目前我们又正在从"温饱型向小康型过渡",生活的质在变,情趣也在变,人活得越来越潇洒,丰腴华美尽你享受。但我一直认为,竹笋之质和美,并不在时下趋之若鹜的灯红酒绿、倩影鲜花之下。

原载日本《中国语》月刊 1995 年第 6 期

"偷"的忆念

山村秋天的月夜,小孩们玩得最开心的事可多啦。山和树成了一张平面图,铺在禾坪上,轮廓分明,任我们用木棍就地描红勾画。画累了,就变化着自己的身姿,欣赏着自己如猴、如狗、如佛、如鬼的身影,五指还可变幻出狂吠的狗来。男孩子们好斗,擂拳踢脚攻打别人的身影,以踢打次数的多少分胜负。折腾得累了,就席地而坐,睁着眼儿数星星。星星是永无穷尽的,数了一层又冒出一层,谁也数不出一个准数。有时就耐着性子捕捉流星,十之八九可以如愿以偿。流星有披头散发的,有拖着尾巴的,有点炮式的,倏地照亮长空,忽又无影无踪。据大人说,拖着尾巴的是扫帚星,灾星,不能看的,但小孩们觉得它特别好看,不管那些禁忌。还有那捕捉蚊子的蝙蝠,不时在我们头顶上飞来飞去,与大家融洽相处,共赏光辉而充满生机的月夜。

待到八月十五的夜晚,尽管月儿最圆,星儿最多,但大家对它们已了无兴致。太阳公公刚一落山,就企盼着月亮婆婆快快升起。这时,我们只专注一件事:偷,施展偷的本事和才能。

在平时,偷是绝对禁止的。你缺什么,可以问人家要。你可以要到编筐篓的竹子,做家具的树木。如果你家的肥猪过冬缺乏红薯饲料只要邻里窖中还有多余的,他会慷慨地告诉你:"要多少担?去我家挑吧。"彼此互通有无,很缺乏现今的商品意识。可是"偷",这却是个道德问题,家法问题。谁家出了个小偷,就会群起而攻之,如过街老鼠,人人喊打。他本人被骂断脊梁骨不算,还要

"偷"的忆念

累及祖宗,祸及子孙。这样家庭中的男儿娶不了亲,女儿嫁不出去。屡教不改的小偷,虽然天高皇帝远,国法不管,可家法却管得很严。据说敝宗族中曾出现过一个惯盗,家人就将他绑在门板上,下吊一块大石头,沉入深潭中,活活淹死,谓之"沉潭",是五刑之外的另一刑,其严酷不亚于大辟。

不知为什么,也许是讲张弛之道吧,正像劳碌了一星期要过礼拜一样;也许是原始共产主义思想的遗风吧,既然到了五谷丰登、瓜果飘香的季节,应该人人共享丰收的成果和喜悦,所以每年的农历八月十五夜晚,是允许偷盗的。从乳臭未干的小孩到垂垂老者,从寒门小子到大家闺秀,都可以去偷别人的东西。作案以这夜月亮的起落为时限,偷的物品大抵限于五谷瓜果等农作物,至于穿窬越室,溜门撬锁的事未见发生过。在这一夜,行窃者不理亏,更不犯法,被窃者不追究,睁只眼闭只眼。据说行窃者遭了骂还可以免灾。有时行窃者碰上了主人,那也无碍,主人只像赶鸭子一样,吆喝几声了事,绝不会穷追不舍。

五十多年前的一个八月十五的傍晚,我们左邻右舍七八个小孩,像往常一样,凑到禾坪上吃晚饭。边吃饭,边陶醉在即将来临的行窃盛事中。这顿饭可算是集体聚餐,因是中秋节,每人碗里有着香喷喷的荤腥菜,大家交换着吃,你拣我碗里的,我夹你碗里的,好像别人家的菜更香。"小猴子"家穷,吃的是黑糊糊的菜粥,大伙儿都分给他一份饭食。鸡狗也围着我们,它们也跟我们吃了个饱。这样的会餐完了,大伙儿用筷子敲着碗当是集合铃,宣告偷窃预备会议的开始。

首先,我们选举队长。选举时,各提各的名。长相不好看的,调皮捣蛋的,不尊敬长者欺负弱小弟妹的,胆小怕事的,老在父母面前撒娇的……都被否定了,而且指名道姓,说出不同意的一二三四五来。被数落的人也毫不介意,不争不辩。到头来没有一个孚众望的,只好矮子里面拔将军,最后选择一位小名号"叫化子"的当队长。他已小学毕业,颇有"知识",知道地球是圆的,还会加减乘除,加之个头比大家高,胆子也大,不怕鬼,算是差强人意。但他那位三岁的妹妹却坚决反对,理由是她哥哥打过她的巴掌,这不是欺负我吗!为此争执了很久,最后只得少数服从多数,让他妹妹保留自己的意见。

接着队长站起来,立正,挺起胸脯、把右手一挥,很像个当官的样子,主持了偷窃会议。

先是通过行动纪律。第一,不许开小差。大家去偷的积极性很高,谁会开小差!"叫化子"没事找事,遭了大伙一顿非议后很快就通过了。第二,不许路上贪玩,掉队,谁掉队被野兽叼走了,活该!这一说,除了几个胆大的表示赞同外,一些胆小的,包括我在内,都在瑟瑟发抖,说不出话来。但偷窃是一件壮举,谁也不便临阵脱逃,不愿承认自己胆小。因此这条纪律也算通过了。队长摸了摸脑袋,说是还有一条什么纪律要说,却忽然忘记了。他自言自语:"只要大家认认真真去偷就行了。"

接着确定组成人选。队长首先反对他妹妹参加,理由是她笨手笨脚不会偷,又流鼻涕,又好哭,"成事不足,败事有余"。这句很有"知识"的话,我们都不懂,他妹妹更不懂,但她意识到是不准她去,于是便挥手顿足哭起来,哭得很伤心。"小猴子"很同情她,说"叫化子"这样做,是明显的打击报复,她作正式队员是差一点,就吸收她为候补队员吧。"小猴子"真机灵,兄妹两方都安抚住了,都有台阶下。"小猴子"还建议,她交由我监管。"小猴子"知道我胆小,夜晚更胆小,他经常装鬼吓唬我。他知道我干不了偷的大事,就给我派了这样的差。队长又要大家检查所带偷窃的工具。三人没带筐或口袋,两个光屁股的什么也没带,因为他们的父母不让带。为了赶紧行动,不费周折,只好听之任之。最后是确定偷谁家的,去什么地方偷,这就热闹了,像开锅的水,各冒各的泡。有主张去杨癞子菜园偷的,因他长相难看,龇牙咧嘴,又很凶狠,我们的

"偷"的忆念

队友大都被他骂过,非偷他的不可。有主张去外村某地偷的,路虽然远点,要翻几座山,山上的月亮又大又亮,特别好看。也有主张偷自己家的,说自家的某某东西好吃,保证谁吃了谁满意。交由我监管的小队友偷偷告诉我,她伯伯家屋后的木瓜树结了好多好香的木瓜,她够不着,要我帮她去偷几个,偷来的不给她哥哥吃。各说各的,没有定夺,大家睁着眼看队长。

"走!"队长一声令下,大家按高矮顺序一字排列开拔了。我与监管的队友个子最矮,排在队尾。我坚决不干。谁都知道我胆子小,"小猴子"主动站到队尾殿后,作我的保护神,说是为我打鬼。

我们走了一段坡地,翻过一个小山坳,就到了我们冤家杨癞子的菜园地。队长低声传话:"开始偷!掰他的包谷。"话音刚传到队尾,就见园边土墩上站着一个人,月光下拖着长长的身影,光秃秃的头顶上放出毫光,像一座山神似的。他看到我们的队列开始分散,就扯开嗓子"喂"了一声,走下土墩,朝我们靠近,边走边说:"伢子们,你们是来光顾我的吧。告诉你们,这包谷还没熟,不要糟踏了,南山坡上朝阳的那一片快熟了,要掰就掰那边的。你们几个人?每人拿一个。"谁也没有料到我们的冤家竟变得这般友善,使大家面面相觑,到底偷不偷,没有了主意。这时"小猴子"从包谷地溜出来,抱着肚子,说:"哼,你想让我们偷,我们还不偷哩,你不配!"杨癞子也没生气,目送着我们走了。

我们又翻过一个山坳,到了张奶奶的一片南瓜地。另有别村的一个小分队在偷她的南瓜。张奶奶膝下只有一根独苗孙子,儿子被国民党抓了壮丁,杳无音讯,儿媳妇改嫁了,婆孙两代,形影相吊,怪可怜的。她平素待我们也很好,谁家孩子淘气撕破了衣服,她就给补上,好让我们在父母面前掩盖过去。这样好人家的东西怎容偷!我们便去与这伙"贼"理论。他们得知这种情况后,马上把已偷割下来的几个南瓜交给我们,托我们还给张奶奶。

蔓草缀珠

托带的几个南瓜已经填满了我们的筐子和袋子,南瓜又很沉,负担太重,怎么办,还要不要再去偷?不偷吧,我们一无所获,枉过了偷的节日;再偷吧,还得找主,偷的东西如何拿,左右为难。我们不得不聚在一块石板上商量。大家正在出谋划策,忽有两人惊叫起来,说是见到一个黑影从石板旁窜过。大家无不惊恐万状。有的说这黑影像虎,有的说是狼,越说越可怕。一只受惊的大鸟,又在这时扑棱着翅膀从我们头顶飞过。我吓得魂不附体,而我监管的小队友却嚎啕大哭,就地打滚翻进了灌木丛中。她哥哥不得不履行兄长和队长的双重职责,就跳下石板,从灌木丛中把她拖出来,照脸就是一巴掌,并扬言道:"看你还敢哭,老虎专叼哭的孩子。"这一招真灵,她只抽泣着,偎在我身旁瑟瑟发抖,吵着要回家。

大家已背上了南瓜,不堪重负,加上兽影的余悸未消,偷的兴致已索然,彼此相对无言,没有一人出谋献策。

队长见此情景,便断然做出决定:"我们不能远去了,往回走!顺便到'小猴子'家的地里拔几把毛豆,到我们家的地里掘几个红薯。"

有人反对说:"拿自己家的东西,怎能叫'偷'?""小猴子"反驳说:"不让家里大人知道,也可以算作偷,谁说出去让大人知道了谁就是王八。"我监管的小队友对她哥哥一直不满,所以我不得不特别嘱咐她,不许她回家说这事。她唯唯应承了,算是尽到我监管的责任。

大家同意了"小猴子"的意见。在回家的路上,顺道从"小猴子"家的地里拔了几把好毛豆,从队长家的地里掘了几个红薯,大家肩负手拎,满载而归。

我们先到了张奶奶家,将全部南瓜送给了她。张奶奶十分感激,马上架锅要为我们煮南瓜吃。我们谢绝不掉,只好应请吃了一小碗。张奶奶的南瓜是在厨房里煮的,大家觉得这种做法不合祖传惯例。根据惯例,应在空旷地上,月光底下,单独起灶架锅来煮。张奶奶知道了我们的要求,便张罗了两口锅,一个用以煮毛豆,一个煮红薯。队长带领几个大点的小孩,在空旷地掘了两个灶膛,架上坐锅的砖。更小的队员就忙着拾柴火。三下五除二,没多会工夫,毛豆煮熟了,红薯也熟了。大家围在锅旁,不用碗碟筷子,都用手爪子抓着、掰着吃。大家过了一顿偷食的瘾,个个吃得直打饱嗝了,还在往肚里塞。

煮毛豆的锅底忽然出现了两个包谷棒子,谁也不知是从哪里飞来的。一问究竟,"小猴子"便说出了来历。原来是他在杨癫子的地里趁彼此说话时,神不知鬼不觉地偷来的。杨癫子没发现,队友们也没发现,他先是揣在怀里,后来就拴在裤腰带上,他真不愧叫"小猴子"。

这两个包谷棒子是真正偷来的,每人必须等量分吃。虽然谷粒还未灌满浆,干瘪瘪的,但既是偷来的真货,每人必须分享一份。我监管的候补队员只得梗着脖子,屏住气拼命往肚里咽。

这样的八月十五的月夜,儿时都要当着盛典去参加。但自从离开老家后,就再也与它无缘了。越是无缘,越生忆念。多么可爱的窃贼,可爱的窃主!最可恶的杨癫子也是那么可爱!就是偷窃行为,也充满了人间的真情和友爱,干坏事既不害人也不肥己,有私愤而不怨天尤人,人间充满的是真情和友善,是体谅与关怀。这一切似乎都已成为逝去的烟云。今天的中秋月还是过去的中秋月,而且它普照大地,"直到天头人尽处,不曾私照一人家",可谓"千里共婵娟"。可是,现在身处大都会,高楼大厦把浑圆的月儿切碎了,严严实实的防盗门把大家隔开了,我们只能站在阳台上,在北国清凉如水的夜色中,举头看那眨着愁眼的星星,忆念那有如共产主义式的节日的盛况。

原载《理论与创作》1998年第3期

野孩子的野趣

我童年时是个野孩子,是在荒山野林里度过的。住的是柴门茅舍,吃的是粗茶淡饭、野菜野果,不知世上还有绮阁金门,锦衣玉食。也不知山外有山,天外有天,只在一口荷叶锅似的天罩之下,小溪流水、坡田水凼、丛林翠竹之间爬滚跌撞。这里风景不错,但这里的人们没有诗人的悟性,烟霞雨雪、暮霭晨曦,岩壑溪流、鸟语花香都引不起他们的兴趣,大家都为口腹奔忙,像周遭的飞禽走兽那样。我和我的小伙伴们,也许是出于一种天性和本能,从小在撒野中觅食,觅食中撒野,只为口腹是役,只是现在回忆起来,倒也有一番野趣。

我们农家的饭,真可说得上是花样翻新。四季中只有秋收时能够吃上几顿"净米饭",其余时间,都是"瓜菜代",什么南瓜饭、红苕饭、萝卜饭、蚕豆饭、黄瓜饭……名义上是饭,实际上只是佐有几颗米粒的瓜菜而已。至于菜肴,除了逢年过节可以吃点荤腥之外,平素都是"四季时蔬"。在这类饭菜中,我最喜欢的是辣椒和红苕。辣椒真是穷人和忙人的佳肴,不需要佐油,生吃、蒸吃、煮吃、炒吃、在柴火中煨一下吃都行。至于红苕,则是穷人的主食,也是家禽家畜的精饲料,野孩子们也以它作为催生促长的主"饲料"。而我则特别喜欢煨红苕。

红苕是畲土中的高产作物,亩产上万斤倒不是"大跃进"中吹出的"卫星",富人们吃多了高脂肪高蛋白的酸性食物,只认为它是"猪狗食",从不品尝,抵租也不要,出卖的价还不如柴草,所以

野孩子的野趣

它只能囤积在农家的屋角里、地窖中。我们煨吃红苕,就像粮仓中的老鼠,取之不尽,父母也从不干涉。

我们在家里的灶火中煨,也在野外的篝火中煨。利用余火的灰烬,慢慢地煨。待煨到皮肉剥离的最佳火候时,掏出来撕下表皮,露出红稠稠的一层糖浆,其色香味勾得我们馋涎欲滴。秋天一到,野孩子们几乎天天在野外"秋游",忙完活后,就游兴大发。游兴之一就是在野地里用野火煨红苕。

不管是谁家的红苕地,我们都可以"各取所需"地像小野猪似的,从红苕地里拱出一些红苕来。而且我们还颇多挑剔,要沙壤中的,个儿整齐好看的,表皮细滑而略嵌雪花般瘢结表明含淀粉多的……主人毫无例外地都是"共产主义"者,他们从不干涉我们的胡作非为。于是我们随手从野地里拢来一堆柴草,做着煨红苕的野餐。但以吃饱为限,从不多占人家的便宜。

农家的饭食除了红苕和辣椒之外,其余均是倒胃口的,好在大自然很慷慨,为我们提供一些找补。我们在家里厌食而且食不果腹时,就向大自然去索取。大自然不断地向我们提供给养。春天有无主的枇杷、杨梅等,任我们去摘;夏天小溪边长满了一种野草莓,我们叫作"泡",个儿比草莓小,但它甜而不腻,几乎没有渣子,进嘴就化。还有漫山遍野的蘑菇,一场大雨过后,它们争相拱出土来,只要上山就可满载而归。

秋天真是黄金的季节,大自然对我们这些野孩子好像特别厚爱。毛栗子漫山遍野都是,有的已裂开了胡子八叉的大嘴,将栗子吐了出来,招来了一批批野禽、山鼠。它们往往是捷足先登者,将吐出来的栗子搬入窠中、洞里,作为过冬的仓储。留给我们野孩子的,大都是毛刺森然有如刺猬的原果。但我们虽小,也属高等动物,比禽兽聪明,自有猎获它们的办法:或是将整枝整株地拔下,用穿着草鞋的脚一蹭,栗子就被挤压了出来,滴溜溜摊满一地;或将它们扔进野火中,毛刺烧尽了,栗子噼噼啪啪爆了出来,于是我们就火中取栗,就地饱餐。

这时四处都有野果供我们采摘,品尝。山坡上挂满了猕猴桃,我们叫作藤梨。这藤梨现在经科学家发现,已荣升为"果中之王"了,身价百倍,一个个贴上金字标签,精装成盒地荣登超市的橱窗里、货架上。可那时的农民,我们的家长,嫌它是禽兽的食物,不屑顾盼。倒是我们这些野孩子,一是没有高居禽兽之上的傲慢,一是思想较父辈们解放,敢于偷吃禁果。我们经常捡些熟透了的吃。吃上了瘾,又将那些将熟不熟的采摘回家,埋入米糠中闷几天,待它熟透了再吃。其味道要比现在高居超市的"果中之王"地道多了。

冬天万木萧条了,但野果并未绝迹。这时,南方的冬天忽冷忽热,不识时令的油茶树往往提前抽芽、绽出花苞。但一场冰雪过后,花苞变成了白色的茶泡,拳头大的个儿;嫩芽变成了翡翠般的茶耳朵,两者吃起来脆而爽口,略带甜味,称得上是稀世山珍。好在历代帝王都没发现,不然,十之八九会成为贡品,就难以成为我们野孩子们的专利了。

我们不仅吃素的,待到家里有油时,也可随时弄点荤腥来以饱口福。我们已长成为学龄前的儿童了,乳臭干了,手脚也利索了,也更会淘气了。上树掏鸟窝,漆黑的夜晚架着梯子爬上屋檐瓦穴中堵麻雀,大雪天用筛子罩麻雀,下水摸鱼捞虾、抓泥鳅、踩黄鳝……诸般觅食的本领,大都已经学到家了。

我们最擅长的本领是混水摸鱼。同龄小伙伴只要谁发现了水凼中、溪湾处有鱼的踪迹,就互通情报,马上组织队伍,三五成群从家里偷出锅碗盆勺,舀的舀,戽的戽,待至半干时,大家都脱下衣裤,就脚手并用搅浑水。为了将水搅得更浑,我们也变成了鱼,在泥水中打漂子,钻猛子,彼此你追我打,大开泥水战。人、鱼一场混战之后,鱼儿就将肚子朝天,竖起了一面面白幡。于是我们就像母鸡啄食似的,一一将它们捡往锅碗盆勺中,得胜回朝了。

野孩子的野趣

　　泥鳅名声不好。"滑得像条泥鳅",它们早已载入人们的"口碑"。但野孩子们却觉得泥鳅最老实、憨厚,我们在篆上涂点拌有米糠的碎段蚯蚓,就能将它们诱入只能进不能出的篆中。它们在春耕已经耙得平整如毯的水田中,傍晚都出来乘凉望星空,一见到我们的松明火把,就惊奇得发傻,痴呆地望着这莫名其妙的火球。这时,我们手挥一把像梳子似的"针啄子",拦腰一啄就啄了上来。它们落得个千疮百孔,遍体鳞伤,乖乖地成了我们的俘虏。秋收时,稻田的水都放干了,泥鳅一条条地打个小孔透气,一点也不会伪装。我们照这洞眼翻过一把泥巴,它们还在梦乡里似的,裸露在我们面前,任我们摆布。为了捕获泥鳅,严冬时我们也不休战。水田的泉眼处,是泥鳅栖息越冬的理想之乡。于是我们就对它们聚居地进行围剿,深翻三尺,犁庭扫穴,予以全歼。

　　小黄鳝比泥鳅还傻得可爱。它们大都栖息在田埂边,一条黄鳝两个洞,一个进洞,一个出洞。我们只要朝它们的进洞处一踩,它就像弦上的箭,立马从洞中射了出来。这时,我们用食指和中指照它的七寸处一掐,它就乖乖地降服了。大黄鳝老奸巨猾,深藏在石洞中,只能用钓钩将它钓出。但野孩子们没有守株待兔的耐心;就是钓住了,也曳拉不出洞来,因为它们的赖劲特别地大;就是曳出来了,也掐它不住;而且它的长相像蛇,野孩子骇怕。所以我们只能以小制小,以小制大的战绩几乎没有出现过。

　　我们也有过"以小制大"的战略雄心。

　　一次,我们东蹦西跳玩得累了,在松树下歇凉,享受清新而带松香味的习习凉风。忽然发现山坡下的茅草中有动静。大家屏住呼吸,静观事态的发展。眼尖的一个伙伴发现了一只肥硕而满披盔甲的穿山甲,正在捣毁一个蚂蚁窠舔捕蚂蚁。窠中的蚂蚁被它舔捕完了,它就伸出了长长的带满黏液的舌头。我们看得很清楚,那些溃逃的蚂蚁成阵地往它的舌头上爬。待到一定数量时,这舌头便往嘴里一卷,蚂蚁不见踪影了。穿山甲故伎重演,孑遗的蚂蚁都逃不脱它们已经牺牲了的战友们的命运。不知是谁发出了一声命令:"捉它去!"我们含枚而行,悄悄地将它团团围住。穿山甲见已无路可逃,便耸起全身的盔甲,往山坡上一净土里钻。边钻边喷出如烟似雾的尘土。我们猝不及防,一个个眼中都进了灰沙。我们自顾不暇,只得落荒而逃,穿山甲的一片鳞甲都没有弄到。

另一次"以小制大"的战略行动,比起前者来,野趣中间还充满了浪漫情调和悲壮色彩。

我们在山里打柴时,发现一座小山峰上有一个穿山洞,洞中居住着一条豺狼,在那里生儿育女。有时它还带着儿女在山顶的一块石板上嬉戏玩耍,享其天伦之乐。这豺狼见我们在山峰下的小径上过路时,只向我们摆出一副应战的架势,时或昂首嗥叫几声,似乎在向我们提出警告:不可进入它的势力范围。但它也不敢贸然袭击我们,而我们也不敢贸然去冒犯它,因此彼此相安无事。后来忽然不见了它的踪影,我们在山峰下叫阵也不见它出来。于是我们中的一个伙伴,忽发奇想:每人就地从枯树枝中挑出一根小木棍,深入狼穴,猎获狼仔。至于母豺狼,也有战取它的方略:在洞的出进口处,各埋伏一群手持枯树枝的小伙伴,待它被赶了出来,就以多胜少,一阵乱"棍"将它击毙。我与一位本家堂兄因身体瘦小,不堪重任,就被派往洞中,去进行搜索追赶。在我们这群野孩子中,谁胆子大,身体壮,谁就是当然领袖,其他人都得作为他的臣民,言听计从。我与我的本家堂兄二话没说,就奉命进入洞中。洞中漆黑一团,手中的武器——那条枯树枝在探路时就成了碎段,只能用我们的吆喝声作为征战的鼙鼓。这洞穴是个迷宫,上下左右,曲里拐弯,有厅有廊。在一处较宽敞的厅中,我们摸到了柔软软的一团茅草树叶。肯定是狼的床褥,我们更是悉心搜索,很想抓获狼仔。但我们一无所获,只是沾了一身狼的臊味。好容易爬出洞来,就招来了伙伴们的一顿奚落,说是狼未捉到,只是沾了一身狼臊,没出息。我们乘兴而往,败兴而归。回到家中,家长得知此事后,

野孩子的野趣

都惊愕万分！母亲死死搂着我，生怕我被狼叼走似的。祖母是信佛的，她念念有词地跪在神龛前，三叩九拜，说是托佛祖的保佑，祖宗的福荫，使她的孙子才没有成为狼口中的一块肉。直到这时，我才略知了这次冒失行为的可怕。如果那豺狼当天在洞中，那么我与我的本家堂兄，就成了送上门的美餐，够它们一家子饱吃一顿了。

我们是弱小者，只能以小制小，弄些野果、野味以诳饥肠，与现在的去野味馆品尝山珍海味者迥然异趣；虽然我们也有过以小制大的壮举，但并非麻雀想吃天鹅肉的奢求，也只是为口腹所役的盲动，野趣中充满了一种难以回味的苦涩。对此我们并无"奋身草泽，备尝辛酸"的怨艾，因为我们不懂得父辈们"二月卖新丝，五月粜新谷；医得眼前疮，剜却心头肉"的创痛，更不懂得"桑柘废来犹纳税，田园荒尽尚征苗""乱世人不如太平犬"的政治形势。只是在"常挑野草和根煮"的厌食情况之下，迫不得已去向大自然索取可能索取到的一点东西，以解暂时的饥渴。小鸟刚出窠，小羊刚从娘肚里落地，就会去觅食；我们在觅食中撒野，在撒野中觅食，也只是出于一种动物的本能，和幼小者的稚气。我们为了一时的口惠，当然会遭受皮肉的痛苦，精神上的恐慌，但我们总觉得这是理所当然的。活得窘迫但不乏洒脱。比起那些在名缰利锁中东奔西突而功成名就者来，我们是笨拙者，比起那些纨绔子弟来，我们是卑贱者，但野孩子们从小就懂得了生活的艰难，懂得了从劳动中获取人生价值的实现，而且在这些无师自通的悟彻中，还有一种迥异于"采菊东篱下，悠然见南山"的野趣。

原载《伊犁河》1998 年第 4 期

我的文学缘

解放前,我高小毕业就因家贫辍学,在家里当后备农民。在农民堆中,比起大多数文盲和半文盲来,算是个"高级"知识分子,谁家死了人,谁家后生结婚,姑娘出嫁,老人做寿,新屋上梁,少不了要求我写副对联,以示哀挽或庆贺。本来这些是私塾先生的专利,但农民付不起报酬或欠不起人情,便转而求助于我。而我是学徒工,有活操练不付师傅钱就不错了,何计报酬!所以我对农民的要求,往往是有求必应,免费供应。因此,事业颇兴隆,久而久之,凡一切文学应酬的事,如写契约,写家神牌位和写信等等,好像非我莫属了,连偷情少妇向插足者写情书,也要我到僻静地去笔录,还叮嘱我要编几句动情的句子。我为了应付这类事,开始是在《礼文汇》《尺牍类编》《秋水轩尺牍》之类的乡党应酬书中照抄照搬,或东拼西凑。好在求索者大都不识字,好糊弄,但也免不了碰上了咬文嚼字,吹毛求疵者,当场指出我的疏漏或错误。这使好胜心强的少年难以承受。于是我便在劳动之余,伴着一盏桐油灯,夜夜苦读苦学,读古文,学对仗,记典故,连《龙文鞭影》中那些僵死典故,也在死记硬背。久而久之,乡党应酬之类的文字,也能自出心裁,颇能切时、切事,符合所写的具体对象。有一次代人哭丧,用诗经式的四言体写了一篇祭文,弄得一位"学富五车"的冬烘先生都念不下去。他出了洋相,而我却踌躇满志,自认为这是最大的学问,乐此不疲。

当了三年后备农民,也就做了三年未领束脩的冬烘先生。

然而乐此不疲的事业,临到解放后一上学就闹出了大笑话。

一九五一年初中入学考试,数学顺利过关了,一篇自己很得意的作文却差点使我落了榜。

当时,我已不会也不屑于写白话文,一下笔就挂匾,写的都是四六句,外加之乎者也矣焉哉。临到前途攸关的升学考试,更得奋力一搏,绞尽脑汁,搜索枯肠,除了注意立旨谋篇,起承转合外,还得尽量堆砌辞藻以显华丽,嵌入典故以显深奥,推敲平仄以求铿锵。交卷之后,深为这样的"力作"而骄傲。可是万万没有料到,阅卷的老师并不"识货",在是否让它及格的问题上不得不进行"会诊"。据我事后知道,"会诊"分为两派,一派认为,文章写得陈腐酸臭,个别老师还认为这是封建余孽所为,对我的家庭出身和年龄产生了怀疑;另一派认为,该生的确是一农家少年,此系亲眼所见,这样的怀疑不能成立,而且一位没有家传的少年能写出这样的古文,实属不易,录取与否,应该慎之又慎。慎之又慎的结果是:文章可以给六十分,准予录取,但入学第一课就应加强教育,限期改正写古文的毛病。

果然,在入学语文课开讲前,语文老师就找我训话了。他神色俱厉地指责我文章的悖谬。我不服气,但又不好抗颜争辩,弄得头发尖在冒汗,而手心却在发凉。好在这老师一阵炸雷之后,洒下的是一阵润物无声的细雨。他好言开导我,叫我今后要多读鲁迅的著作,鲁迅是国学大师,古文底子好,但他能化腐朽为神奇,白话文写得很漂亮;赵树理的白话文也值得学习,他的文章没有古文的痕迹,用的纯粹是群众的口头语言。临末,这位老师又为我开出处方:每日坚持用白话写日记,至少坚持一年,把写古文的习惯彻底改变过来。

老师一席话,使我汗流浃背,无地自容,但并未令我心服口服,直到我多读了几篇鲁迅和赵树理的作品,并旁及其他一些文学大师的白话杰作之后,才深深领悟到,老师的确是为我指点了迷津,

引入了正道。古文当然不能全盘否定，但迷恋骸骨是不能使语言起到交流思想、表达感情的作用的。从此，我那专记典故的笔记本变成了专记群众鲜活语言和成语、俚谚的案头学习本，现买现卖，每天用这样的语言写一篇日记，每周写一篇周记，从未间断。这办法果然奏效，很快，我的作文卷就可以吃到老师朱笔点下的一串串"瓜子"，受到"传观"的殊荣，第二学期开始时举行全校作文比赛，我用农民的鲜活语言，写了一位翻身农妇的命运，获得了比赛的第一名，这就更加坚定了我"改邪归正"的决心和信心。

通过向文学大师学习语言，也潜移默化地培养了我的文学感受能力，这是意外的收获，对我后来从事的文学工作大有裨益。

原载《名作家与青少年谈写作》湖南出版社 1996 年 9 月出版

迫不得已的出风头

——"五七"干校生活点滴

"林副统帅"正式登基的一九六九年,北京城里充满了备战的紧张气氛,我们文化部所属的人民文学出版社,便来了个大"转移",大"迁徙","全锅端"地搬到了湖北咸宁向阳湖的"文化部五七干校",不论男女老少,统统变成了"五七战士"。在这一大群"战士"中,有经过草地、爬过雪山的老红军,有吃过小米、扛过步枪从延安来的八路军,有打过日本鬼子的新四军,还有把国民党军最终赶到台湾岛的解放军,当然大部分是与战士毫不沾边的"三门干部"①。但前者几乎一个不漏地都是专政对象,因为他们头上都分别地戴上了各种各样的帽子:走资本主义道路的当权派,反革命修正主义分子,叛徒、特务……"三门干部"大都历史清白,但也不是纯种,其中不少是"狗崽子""黑五类"。我倒应该感谢贫农家庭出身的福荫,属于"红五类",虽然不戴"帽子"但脑后却有不少辫子:如反革命修正主义苗子,"思想一贯右倾的漏网右派"……总之,我们这批"战士"还不如经过改编的"伪军",名为"战士",实为战士的专政或管制对象。可谁也预料不到,我却在这批"战士"中出尽了风头,让那些真正的战士,服现役的军代表们也瞠目结舌。

部队开拔,总是粮草、辎重先行。我光荣地被委以重任,与一

---

① 当时流行语。指从家门到校门到机关门而没经过锻炼的干部。

位解放军出身的英武无比的行政科科长,一位五短身材、铁铸般结实的勤杂工去押送辎重。辎重没有枪炮,尽是些床架、床板、农具、锅碗盆勺、咸菜疙瘩、桌椅板凳之类的杂碎儿,满满当当装了两个车皮。"文革"大战中,火车总是没个准点,我们从广安门站上车到湖北咸宁站下车,走走停停,一日多点的路程足足走了七天七夜。我们准备的粮食只是每人两个面包,而货车停靠的地方总是前不着村、后不着店,又无法添购饮食。好在这面包后来经过铁皮车厢闷热如火炉的烘烤,已完全变成了粉末,而我们的口腔、嘴唇总在不断地龟裂出血,咽不下任何东西。人已没有了任何食欲,只是竟日竟夜地昏昏欲睡,人也像无生命的辎重那样,一并装载到了目的地。此事后来向我那一贯要我吃苦锻炼的严父说过,他也啧啧称奇。算是出了第一次风头。

辎重运到了湖北咸宁站,未事休息,就忙着卸车、装车,用汽车运往目的地向阳湖。其时,我们连队还没有"营房",不得不分住湖岸边的农民家里,每家安排几位"战士"。我参与负责安排三百多位"战士"及其家属的床铺。大队伍即将开进来,我们刻不容缓地忙着安排,先是连床架床板一张张地背,眼看来不及了,于是我便向农民家借来了几条粗棕绳,将两张床板床架绑在一起背。床板是用夹纸板的杂木做的,床架大都是铁管制做的,很沉。我将吃娘奶的劲都用上了。这样马不停蹄地忙乎了一两天,终于全部安排就绪。忙完了摸摸自己的肩背和手臂,无处不是肿块和伤痕。见到我的农民特别是农妇,无不啧啧称赞,说是从未见过这样孔武无双的白面书生。我的房东大娘对我特别疼爱和怜惜,每次用餐时都在我的饭碗中埋伏着一些好吃的菜。因为我们是"战士",得受"八项注意"的约束,所以她只能这么偷偷摸摸地表示她的感情。本来,我们是下来接受工农兵再教育的,没想到居然能在教育者面前出风头并得到疼爱和怜惜!

全连"战士"到达向阳湖安营扎寨之后,就忙着在荒坡地上盖房子。而我与另一位可靠的工农干部却被委派到外地外调去了。走了三个省二十多个县,造访了上百号人,为的是查证一位"地主婆"、一位"叛徒"兼"历史反革命分子"、一位"国民党特务"。带领我的那位可靠的工农干部,他的兴趣在玩,职责是监管我,所以造访查证的事几乎是我一人包干。我取证的材料满满装了一旅行袋,并对查证对象一一写出了调查情况分析及查证结论意见。但当我将这些文字材料向主管领导奉呈并作口头汇报时,却蒙头盖脑挨了一顿猛批,说我"思想一贯右倾","阶级路线不清",查证结论怎能一风吹呢,必须重写!我拒不从命,重写的事只好交给那位可靠的工农干部了。这位工农干部在领承了这一任务后,倒表现得颇谦虚,多次请我帮忙,并劝我照顾领导的意见,做点妥协。人命关天的事,我怎能妥协!由于我的不妥协,这三位"专政"对象的政审结论一直拖着不予公布。但待到公布时,基本上是按我的原稿照念。我感到很得意,虽然这些情况至今还无别人知晓,但我以为是为"实事求是"的作风出了风头。

因为这件事充分证明了我的"思想右倾"和"阶级路线不清",所以再不宜作专案工作了,于是回到连队的一个班里,充当了普通的"战士"。这时,连队里揪出了一大批"五一六"反革命分子,正在搞隔离审查,连轴式地批斗。有些"五一六"分子慑于逼供信的淫威,乱供一气,似乎"文革"中的"革命群众"都是这类分子。由于我的"右倾"顽疾复发,在一次批斗会上,我见有一位批斗对象编造"罪责"很离奇,便委婉地说了一句"你们要老实,是什么事就说什么事"。仅仅因为这么一句大实话,会下就招来了军代表的训斥,责问我在专政对象面前说这话是何居心。我知道在那样的环境里最好的处世哲学是沉默,夹着尾巴做人,没有与他理论,也没有受到处分。但是患有顽疾的人,总是在劫难逃的,躲过了初一躲不过十五。一次,军代表在我们班主持批斗一位患有血癌绝症的"五一六"女"战士"时,要她低头、弯腰,坐"喷气式飞机"。我见不得这种惨无人道的胡作非为,实在按捺不住满腔的义愤,便大声地念了"要文斗,不要武斗"的最高指示。这军代表当然容不得这种犯上作乱的行为,便狡辩地自言自语地说:"'五一六'是不是反革命分子?既然是反革命分子就得低头认罪……"我害怕自己的牛脾气大发作,没等这军代表的话说完,就向班长告假上厕所去了。

这事引起了军代表的高度重视,据说他们经过一番研究,也没能商定制服我的对策,只是认为我的"自来红"思想严重,要加强改造。后来只在火线再动员的会上,含沙射影批了我一通。不批则已,一批就使全连"战士"四处打听这位"自来红"思想严重者姓甚名谁,于是又让我出了一次风头,不少人暗地向我跷大拇指。

我已成了连队中很不安定的因素,呆在连队里必然会成为害群之马,人群中的蟊贼。于是将我调入后勤排,流放到湖中的一个孤岛上放鸭子去了。

我们"五七战士"在干校的任务,一是阶级斗争,斗走资派、反革命修正主义分子、"五一六"分子、"黑五类"……一是战天斗地,"滚一身泥巴,炼一颗红心"。晴天劳动,雨天批斗,"革命生产两不误"。总的要求是通过这样的斗争和劳动,接受工农兵再教育,加强思想改造。

我们"战天斗地"的具体任务是围湖造田。偌大一个望不到边际的向阳湖,待我们兵临湖上时,湖水早就抽干了。但湖外之湖还在不断地往里渗水,所以排成长龙的抽水机一直在坚守岗位,不能退役,还在昼夜不舍地轰鸣着抽水。

我被流放的孤岛,这时已不复原形,只是洼地中的一块坡地,惟有坑凹处的积水在说明它的沧桑。这坡地上,搭了个临时性的棚子,用以存放农具,供战士们劳作后歇凉饮水。但不知从什么时候开始,在这里养了牛、羊、狗,加上我放的鸭子,人畜家禽有好几百口子。人也增加了看库的、放牛的等等,真是人畜兴旺。

迫不得已的出风头

阶级斗争的法则似乎永远也贯彻不到禽兽中去,我们这些与禽兽为伍的"五七战士"们也就沾了禽兽的光,真是"祸兮福之所倚"。被流放到这个孤岛上的人,大都有这样那样的问题,不属"革命群众"之列。除了一位烧水做饭的工人老大哥是依靠对象之外,其他都属于监管或改造的对象。因此大家对这位工人老大哥总是敬畏三分,冀图减轻对我们的监管和改造,千方百计向他奉迎讨好,凡从湖中弄到的珍稀鱼种如鳜鱼黑鱼之类,得首先向他进贡,把他当作农历小年的灶王爷祭供起来,以便堵住他的嘴,不要去向上面说我们的坏话。当然经过了不断的教育改造的我们,都有自知之明,很是安分守己,经常是三缄其口,从来不谈国事,甚至也不谈私事,彼此心照不宣。也许大家同是天涯沦落人之故,大家相处得真如同生死共患难的"难友"一般,比"战友"还亲三分。

我们属于后勤排,这个排大都由原单位的工人阶级如大师傅、勤杂工等组成,"臭老九"是极少数。而且我们这个荒岛上的人又远离连队,军代表坐镇在湖上的办公室里,很少来过问我们。因此我们成了散兵游勇,不再听那刺耳的起床、熄灯军号声了,获得了作息的自由权,成了"日出而作,日落而息"的化外的远古遗民;也不再天天早起背那红小本语录,念经的和尚一下子返俗了;不再去参加那没完没了的批斗会,违心地口沫四溅地去臭骂"专政对象"了。大家有如从笼中飞出的鸟,牢中逃出的兽,顿有一种天宽地阔之感。虽然谁都能意识到自己永远跳不出如来佛的掌心,但能偷闲时且偷闲,暂时的自由,一时的"放风"也是难能可贵的。

在这里,我们劳作一天之后,学会了如何打发空闲的时光,如何苟且偷安,如何苦中求乐。我们经常是傻子似的看牛牯啃草、角斗、追逐异性;看荒淫无度的羊牯强奸一切母羊;静夜就坐在月光下数星星,侃大山,天南地北、海阔天空扯一些与政治无关、不犯忌讳的离奇怪事和小事。因此,我们特别喜欢两位吹牛专家。这两位吹牛专家从不吹他们擅长的本行,却偏偏好吹他们并不熟悉的农事和农活。一位吹他少年时如何会驾驭犍牛犁田耙田；另一位不甘示弱,吹他在某时某地将两只斗得红了眼的斗牛,硬是用双手和双膝将它们顶开,避免了斗牛场上一场你死我活的惨剧——虽然他们两位都手无缚鸡之力。一位吹他童年时就如何会插秧,插得比木工打的墨线还要直,横看竖看都成线；另一位马上居高占上风:"这算得了什么,我还会两手同时并进地插秧呢,速度比老农起码快两倍"——虽然他们都出身于书香门第,是否见过农民插秧都值得怀疑。类似的牛皮,他们津津乐道,我们也听得津津有味,谁也不愿干扫兴的事,去点出他们的破绽。

　　由于我从"战士"一跃而成了"鸭司令",对我的部属比军代表管我们还要严,因此我只有静夜时才能躬逢荒岛上的盛事,分享他们的乐趣。一年三百六十五天,我天天得起早摸黑在湖地里、湖水中履行"司令"的职责,让它们吃好、玩好,好让它们早早下蛋,多多下蛋。本来鸭子是否下蛋,下多少蛋,军代表、连干部从未过问过这革命和生产等大事之外的小事,但我总觉得难友们一日三餐都在吃咸菜疙瘩,长期不沾油珠子,劳动强度又大,很需要我的鸭友们为大家提供点营养,做出一份贡献。于是一批二百多只从鸭棚中淘汰下来的老弱病残的处理品母鸭,由我这个也属处理品的"臭老九"精心地调养,很快就一只只长得膘肥体壮,原来枯碎的羽毛也显得油光锃亮。它们知恩图报,很快地就向我做出了慷慨的奉献,下蛋率一般稳定在百分之九十五至百分之九十八之间,即每天每百只鸭中只有二至五只在休养生息而不下蛋,保证了全连每个战士每天都能吃上摊鸭蛋或咸鸭蛋。这是一般专业鸭师傅也难以达到的高标准,因此曾有农民以每月三百元的薪金聘请我去当鸭师傅,而我当时的月薪只有五十九元五角,这对我是个很大的诱惑。但我岂敢开小差脱离我们的队伍!

　　我当鸭司令虽然付出了健康的代价,长期在雨里淋着、水里泡着,感冒咳嗽长期不愈而形成了无药可医的肺大泡,但换来了称得

迫不得已的出风头

上是卓越的战功,在全干校都出了名,接待了不少别的连队前来取经问道的,也受到了军代表和连干部的嘉奖,封我为"五好战士","活学活用毛主席著作积极分子"。虽然当时我并不把自己当成"战士",专心致志在念的是一本鸭经,红皮本语录不知搁到何处去吃灰尘去了。对此荣誉,我是受之有愧的。

好在表彰会尚未开、嘉奖令尚未下达时,我敬酒不吃却吃了罚酒。倒是这杯罚酒让我出尽了风头。

时届霜降节令的深秋了,跟随我放鸭子的一位"战士"家属买不起一双防水的胶鞋,赤脚跟着我踏霜蹚水实在于心不忍,在我听说连里来了一批胶鞋时,就为了这位家属的孩子层层递申请。但每层都遭到了拒绝,不得已去找军代表,希望他给予恩准。当时,这军代表在办公室里正将双腿架在办公桌上,悠然自得地在听收音机,对我这个不速之客,久久不予理睬。我耐着性子反复恳求,也许是影响了他听收音机的兴致,他勃然大怒地向我撂过一句话来:"你不要有'自来红'思想!谁也得在干校吃苦耐劳,经受锻炼和改造!"这时我的怒气直往脑门上蹿,照着桌子就是一巴掌,大声喝道:"你知否,我们都是人!这胶鞋不是我这'自来红'的要。我有,你给我也不要!是一位买不起胶鞋的小孩要。他是小孩,你还有没有人性!我可以打着赤脚踏霜蹚水,你呢?我们下来是向你们工农兵学习的,你给我脱下鞋子袜子,你走到哪里,我跟你到哪里。我们去比一比谁能吃苦耐劳!"这一阵忽地而起的炸雷,把他炸得不知所措地无言以对,就将我推出门来。但我怒气如火燎势焰,站在门外跳脚挥拳骂了他个狗血喷头。相骂没好嘴,顺口溜出了一句:"过去地主对待长工也不是这个态度!"后来他抓住了我这句话,说我将至高无上的军代表看成地主,是反军的严重政治事件。于是他就忙着去组织和筹备召开全连的批斗会,要将我批倒批臭,至于处理,首先通令全连,取消我的"五好战士"和"活学活用毛主席著作积极分子"的称号,今后如何处置,当视我的认罪

态度而定。这时,我已成了待罪之人,于是我不得不让我的鸭友们也跟着我一样提出抗议,五天之内就全部停止了下蛋。既不下蛋,我就自动卸下了"鸭司令"的头衔,交付我的徒弟去管了。批斗会总不见开,听说是全连干部,包括班排长"觉悟不高",动员不起来,只有一个排长主张批斗,理由是我"一贯抗上,要给我点颜色看看"。我顿时变得很坏,知道了这一内幕后,就天天去找这位军代表,请求他早点开好这个批斗会,并要求他找些当地的农民代表来参加,以壮声势,何况我们下来是接受"工农兵再教育"的,兵有现成的,工人找不着,农民都在周围,可以随叫随到。我天天找他,他却天天回避着,不理睬我。他知道我是在将他的军。彼此僵持着,这可难为了当时刚被"解放"而新任指导员的韦君宜。她坦诚地劝我不要再这样硬干下去了。说到末了,她居然掉下了眼泪,使我深受感动并深知她的难处,于是我就中止了胡闹。批斗会没有开成,为了给这军代表一个台阶下,连干部决定在我所在的后勤排为我开一个"帮助会"。主持会的是位工农干部出身的连长。他们"帮助"完我之后,要我表态。我只有一句话:"你们权柄在手,作威作福!"这位连长不懂这句文绉绉的话,要我说白一点,我找不到更白更合适的词,便一而再,再而三地不断重复这句话。这句话在场的人谁也没听懂,也念不下,记不住,不知他们是如何向上面汇报的,也许为我说了些好话也说不定,因为从此之后我就太平无事了,而那位军代表却调到另一连队去了。从此,我名声大噪,为那些敢怒不敢言的"五七战士"们出了一口恶气。我无声中成了他们的代言人。

我在"五七干校"出了不少这样的风头,其中有些是洋相,是错误,但我至今仍无悔悟之意,略记下以备需要了解那个时代、那段生活的好古癖者的参考。我一生不喜欢出风头,也讨厌那些出风头的人。我之所以在那样的环境里出风头,实在是出于无奈,迫不得已。我想,在人类社会中,特别是在不太健康的人类社会中,当常人不愿干的事,有人争着干,当大家不敢说的话,有人敢说,也许不健康的社会就会逐渐健康起来,个人荣辱升迁,或暂时的挫折,锱铢微利的得失,又算得了什么。我始终相信,正义终将战胜邪恶,奸人、佞人所干的坏勾当,只能得逞一时。世界终将属于健康的人类。就说我们在干校的那个小小连队吧,一切遭诬陷、打击、专政的对象,最终还是逐个落实了政策,而那些颐指气使、不可一世、胡作非为的军代表,有的被开除了军籍,遣返了原籍,就说明了一切。当然,他们也是那个时代的受害者,值得怜惜,时至今日还在就他们说长道短,并非落井下石,无非是想让我们大家汲取一点教训,包括那时的不少"革命群众"在内。有一位在搜集整理湖北咸宁向阳湖文化部"五七干校"资料的热心文化事业的同志,要我就向阳湖生活题一句辞时,我不假思索地写道:"向阳湖使我了解了国情、社情、民情和友情。"这句话包含的内容太多了,这篇短文只能算是对它一个极不详尽的注脚。我在向阳湖所出的风头,只是当时国情、社情、民情和友情的点滴反映。

原载《芙蓉》1998 年第 5 期

知识的饥饿

——忆大学的开头两课

一九五六年,党中央号召向科学进军。我们那时的学生军,党指向哪里,就打到哪里,党的号召就是我们的志愿。我梦想将来成为一个科学家,一个改天换地的科学家。可是临到高考体检时,发现了赤绿色盲,与光沾边的自然科学,都不能报考。于是不得已临时改变了报考的志愿:学文学。冥冥中似有一个恶魔与我作对:高中毕业的那一期初夏,我却患了痢疾,久病不治,演变成慢性痢疾。身体极度虚弱,听课也难以支撑,不用说紧张的复习了。教务处不得不同意我休学一年的要求。临近高考,我却休学了。但休学并未回家,因学校离我家二百二十里,是羊肠山路,无车可坐,病体难以步行,于是只好赖在学校里,成了一名编外的应届毕业生。闲来无事,当同学们正在毕业考试时,我也要来试卷,试着考试。结果各科考试成绩居然不错,在全年级十个班五百名同学中,排名得了第四。教务处通知我:准予毕业,不用休学了。于是我的学籍从编外又变成编内。紧接着是高考。其时我的身体还未恢复,经常发着低烧,经常要去光顾厕所,去欣赏那赤橙黄绿蓝靛紫的七色排泄物。当年的高考,除了应届毕业的正规学生军之外,还有大量的在职干部、社会青年。向科学进军的队伍真算得上是浩浩荡荡。统考的试场,犹如庙会,只见攒动的人头,栅栏般的腿脚,人的躯干成了黑压压的一片。我挤在这样的人群中,像是一片凋零的落叶,总有一种飘忽不定的感觉。它从统考的试场中飘进飘出,惟愿它不

知识的饥饿

要掉在那栅栏般的腿脚之下,踩成粉末,至于能否考上大学,已管不得那么多了,今年考不上,明年再来。

无心插柳柳成荫,待到八月,得到了武汉大学中文系的入学通知单。即将成为大学生,要开始人生的另一页了,真是喜出望外!大学生活令人神往,但它并非都是一首诗。谁会料到,在大学生活中,我居然患了知识饥饿症。

正如婴儿要喝奶,飞禽要觅食一样,学生要读书,何况是最高学府的大学生。大学里的一切设备好像都是为大学生读书而设置的。宽敞、明亮的教室、阅览室,藏书累累的图书馆、资料室,远离闹市没有车马喧嚣的幽静校园,白发苍苍的教授……一切都是为了老师的传道授业、学生的学习阅读。可是我们这一代大学生,却在这里不务正业,枉对了这里的一切。

我们刚迈入大学半年多,就碰上轰轰烈烈的"大鸣大放","向党提意见"。窃以为自己是在红旗下长大的,翻身后才得以上大学,是我家族中、村子里的幸运儿,感恩戴德不尽,还有什么意见可提。即使有点意见,会上说说罢了,何必笔之于书,宣之于报,搞群众集会,虚造声势,以浪费时间和精力。在整个"鸣放"中,我没有"听党的话",属后进分子。其时,我是"班三角"(是否"脚"字之误,至今仍不知道)之一的团支部书记,上上下下都对我有意见,说是"领导运动不力"。的确是"不力";岂止不力,而是心不在焉。现在可以老实交代:我家不知多少代人,都是握牛鞭、扛锄头、肩扁担的角色,与笔墨纸砚无缘,有的大字不识,有的斗大的字认不得几箩筐。他们都是劳动的能手,我既然将从事与他们不同的职业,总得习一行不同的本领,正如和尚要学会念经,木工要学会运斧拉锯一样,我也得学会 ABCD、之乎者也才是。我深知年华不再,把学习看得重于一切。学好本领,倒不是为了出人头地,光宗耀祖。其时,我在学习上属于自卑的一流,因为学文学纯属迫不得已的半路出家,文学史的知识等于零,大作家的巨著一部也没有读过,自感先天不足,与同年级的同学比,要矮了一大截。于是我暗下决心,大学的第一年,必须补好课,力争从第二年起,能与同学们站在同一起跑线上。

渐渐地,轰轰烈烈的"大鸣大放"已打乱了正常的教学秩序,有些课不能按时开讲了,即使老师在台上口干唇燥地讲,听讲的学生出出进进,下课铃好像是专为授课老师而设的。大字报铺天盖地,口号声此起彼伏,不时还听到锣鼓声。鼓不知是从何弄来的,锣却往往是代用品。我有一个铜脸盆,不知被哪位"鸣放"高手发现了,成为锣的最好代用品,"鸣放"未完,它就已粉身碎骨,为"鸣放"而付出了牺牲。在这种喧嚣的环境中,我却练就了一套苦行僧的本领,早晚躲进珞珈山的树荫中,白天却蹲在办公楼的最高层,读中外古今文学名著,背《诗经》《楚辞》。除背老师指定的篇章之外,还大量地"加餐",整本整册地背。"鸣放"是天赐良机,让我补了课,使我的先天不足稍稍做了后天的调养。而且通过这种补课,把我练得心如古井,任它风吹雨打,也不起波澜,心不猿,意不马,即使雷霆于顶,山崩于前,也不会分散我的注意力,照样看书习作。

"鸣放"不行,不"鸣放"也不行,特别是作为"三角"中的团支部书记这一"角",自己不带头"鸣放",不带领共青团员"鸣放",领导自不能信任,而麾下的团员们理所当然要对我"鸣放"起来。于是我的补课不得不转入地下,只能在人不知、鬼不觉的时间和地点进行,偷偷摸摸地进行。

待到紧接"鸣放"运动的"反右"斗争一开始,我们几乎已与书彻底无缘了,连偷偷摸摸也做不到了。

"反右"是阶级斗争。既是阶级斗争,为弄清阵线,首先得验明各自的阶级身份。大家反反复复地学习,学习怎样为自己划分阶级。如何为自己划分阶级的这一课相当难,因为马克思主义的阶级学说"发展"了,经典著作的定义不管用了。据说阶级并非是

知识的饥饿

在社会生产体系中所处地位决定的,而是由政治态度决定的,因而它便是随时可以变化的,无产阶级可以变为资产阶级,资产阶级当然也可以变为无产阶级。"皮之不存,毛将焉附",我们这些毛,不知附在哪张皮上?"利中取大,害中取小",大家都说自己是小资产阶级,以期趋利避害。但是小资产阶级有革命的,不革命的,甚至反革命的。越理越乱,越搅越浑。我索性懒得去纠缠了,甘心做个中间分子吧。过去既没"鸣放"过,无反党反社会主义的言论,那么"反右"也就用不着冲锋陷阵去自我表现了,不求有功,但求无过。但是,据说"中间分子"是不可能存在的,这是一条放之四海而皆准的普遍法则。我害怕"右",也不愿意"左",所以左右都不是人。竟日在左右摇摆、恍惚,哪还顾得上去读书、补课。实际上也无书可读,图书馆、资料室已经挂锁了,教室成了大小批判会的战场。宁静的校园弥漫着硝烟,响彻了鼙鼓,人人在征战,在受擒,在挞伐,在逃生。一切想站在干岸上怕湿脚的人,都身不由己陷入了旋涡中。在这种情况下,嘴上没毛的年轻人,也变得聪明了、世故了。我也慢慢地学乖巧,学世故,三缄其口,谨记"祸从口出"的古训。但江山易改,本性难移,一见怪事,就大放厥词。我们年级百来人是刚从父母身边走出来的孩子,有的尚未达到公民年龄,只有十六七岁,居然也被划成右派分子;有的是从偏僻农村出来的苦孩子,只因说了一句"农村生活比城里人苦"的实话,也就在劫难逃。右派分子占到全年级生员的百分之二十,而高年级和老师中的右派比例却高达百分之三四十,我不得不惊叹道:"哪有这么多右派分子!"有人私下问我×××是否右派,我信口说了一句:"照我看,不是。他不会反党反社会主义,只是有点个人主义,好出风头。"仅仅说了这么几句话,就送给人家了把柄。第一步,将我的团支部书记撤了。紧接着,在大小批判会上遭流弹袭击。值得庆幸的是没有成为主要靶子,一批批极右分子、右派分子的名单公布了,我侥幸榜上无名。

反右斗争取得了决定性的胜利,获得了大面积的丰收。大秋之后即是小秋,除了少数几个无产阶级左派之外,绝大多数是小秋的收拾对象。已经揪出的右派分子都被撵出校园,劳动改造去了,阶级阵线该是分明了吧,然而还是放心不下,还得再过一次筛,看看有无漏网之鱼。于是乎,批判会、帮助会照开不误。这样的会没有白开,居然又递补了一些右派分子。我们的班长头天还在主持批判会,第二天却倒了个个,成了批判对象,很快就宣布为右派分子。据说是他爱人单位来了揭发信。他们在枕边绵软的甜言蜜语中夹杂有错误言论,被人家窃听到了。谁曾料到洞房也是阶级斗争的战场!这就说明了阶级斗争无所不在。于是眼界大开,士气大振,小秋有如大秋,所张的网更严更密了。我也得过这样的网筛。好在他们早就给我定性了,为我开的批判会叫"帮助会",要我放下包袱,勇于自我解剖。但我却愚顽不灵,心不开窍,不理解这"帮助会"是将敌我矛盾当人民内部矛盾处理呢还是人民内部矛盾要通过处理敌我矛盾的方式来解决即所谓批判从严呢。于是我就破罐破摔了,有理也不争了。你说我抵制反右运动,是的,不仅有抵触情绪,还有抵触行动,我还参加了一次未遂的抗议游行哩;你说我包庇右派,如果说对某些被划分成右派的人有不同看法就叫作包庇的话,那就算是包庇右派吧。反正这大学已不是学习的地方,不再是心驰神往的殿堂。"此处不养爷,自有养爷处"!大不了仍回老家种地去,桐油灯下不是照样可以读书吗?人到了这种近乎耍赖的地步,还有什么可怕的。所以为我而开的"帮助会"总是打不了句号。待到反右斗争已宣布凯旋、整改即将开始时,最后一次对我的"帮助会"却稀里糊涂地宣布"陈××对自己的错误已有一定的认识"。他们自己找台阶溜了,当然手中握有不予公开的"中右"结论,"帮助会"没有白开。

反右斗争的这一课,使我初步懂得了政治,懂得了阶级斗争,而变了样、变了味的政治和阶级斗争,是如此这般地令人可怕,也令人可笑。鲁迅说过,革命是为了活,而不是为了死。但鲁迅早已作古,他的话能管什么用。

一九五八年,先是"兴无灭资",继是"放卫星""大跃进",搞"教育革命"。这"教育革命"是我在大学学的第二课。

这一课是如何设置的,讲的是什么真经,目的是什么,我们学生辈是说不清、道不明的。我们只有些切肤的感受。

当时报纸上提出,人人都是普通劳动者。诚然,人不论职位高低,从事何种职业,没有尊卑贵贱之分。社会发展到了社会主义阶段,人人都应该有这份共识。可是,学校中主持日常校务的副校长,在作关于教育革命的动员报告时,对这句话作了如下的发挥:大学的任务是培养普通劳动者;普通劳动者就是普通的工人和农民;我们学校要办工厂,办农场,培养普通的工人和农民。一校之长的话当然是绝对真理,全校师生员工都得认真学习、领会而付诸实践。我们正在学习领会这一报告时,报告人深入基层来了解思想动向了。人人都表态:赞成!拥护!我却按捺不住,冲着报告人说:"我认为,你对报纸上所提的'普通劳动者'进行了曲解!目前大学的任务是培养有知识的普通劳动者,只有到了共产主义社会,普通的工人、农民才能享受高等教育。如果你要把我培养成普通的工人和农民,我就不会千里迢迢跑到这里来拜你为师了。我的父亲比你强多了,我当过三年预备农民,也比你强!"我等着校长的反驳。可是他的姿态很高,与我不一般见识,很有长者风度,没有与我理论。这反而使我不安而自责不已。可是事后得知,他在第二天的全校干部会上却拍着桌子,大发雷霆,指斥我"狂妄""公然抗拒教育革命"!

"教育革命"真正革了教育的命,不久从中央派来了一位副部长做党委第一书记,专职抓"教育革命",这革命就更到火候了。原有的教学设施、教学程序都被革掉了。学校里不开课,不见书本,纸笔派不了用场了。理工科的师生都蹲在校办工厂的车床旁,文科的师生则一窝蜂地挤向校办农场。农场的地很有限,如果分到各人名下,可能只能每人踏上一只脚。为了打发时间,我作为中文系农场的顾问,便向场长提了"建设性"的意见——兵分三路:一路轮番掘地洞,直掘到见了石底为止,所以有的洞够一人深;一路去东湖捞湖草作绿肥;一路去化粪池淘粪。各路都尽职尽守,于是这些洞洞都是一层湖草一层粪地填满了。这样的劳作大抵是无私的,过程即是一切,终极目的是没有的,大家只事耕耘,不问收获。对此,会从理论高度做大文章的人说:"我们需要用自己的臭汗去冲刷掉自己的臭思想,臭架子!"以臭攻臭,属于"以毒攻毒"的祖传妙方,但对汗腺不发达老不出汗的人,将奈之何!

为了劳作而劳作,为了用劳作打发日子,校园的天地容纳不了这些多如蚂蚁的壮劳力,怎么办?一拍脑袋就有办法了。于是广泛与社会联系,无偿输送这批失业了的壮劳力,或派往农村搞春种秋收;或派去修铁路,修堤垸,开荒建农场;或长期派驻偏远山区做脚夫,为武汉市挑运粮食。我就有幸在远离学校好几百里的安陆县当一个多月的脚夫,每天挑着一百二十多斤粮食在山路上往返四十多里。

整日价劳动,精疲力竭了。年轻人气盛,在头头们的督令下,一口气不来,就来一口血,跌倒了再爬起来,反正不能示弱于人。由于长期的体力透支,不少同学患了各种各样的养身病。我们年级英年早逝者就达百分之二十,为当年的这种"教育革命"付出了牺牲。

体力透支了,思想不得不处于冬眠状态。日复一日,劳作一天,天一黑,眼一闭,就呼呼大睡了。天下大事、身边琐事都顾不得去想了。领导发觉了,指出这是"教育革命"的偏差,劳动必须结合思想改造。怎么结合?领导指点迷津:通过劳动实际,要认识劳动的伟大、劳动人民的伟大;在劳动实践中改造好小资产阶级的世界观、人生观;大学生这层知识分子,都属于小资产阶级。于是在

知识的饥饿

劳动的间隙中,各小组、各班级都召开"田头会"了。大家都按领导的指点,照本宣科地谈起思想改造来,并开展批评与自我批评。我曾经当过三年预备农民,从劳动的本领到劳作的技巧,在同学中是出类拔萃的,劳动已成了一种习惯,从未考虑过如何去结合思想改造。于是我就成了"田头会"的重点对象,自我检查总是过不了关,人家总得批评道:"陈××劳动虽然好,但没有结合思想改造,算不上好!"诚然,对此我早已自供了。但你怎么知道我在劳动过程中的思想活动,你并非我肚中的蛔虫。我向这类蛔虫提着反问。

"教育革命"的另一个偏差,是"革命"尚未彻底,未彻底革掉学生对书的感情。本来,学校的安排是很周密的,学生们得不到任何学习的时间与机会。但"智者千虑,必有一失":未能剥夺学生提前起床的自由。我们班的一位团员,总是提前起床,躲在珞珈山的树林中背英文单词。虽然他并未耽误上工时间,但此种现象有涣散军心之虞,绝对不能容许!于是团支部开会做出给予他警告的处分,并联系到他的"泰福"名字,从世界观、人生观的高度上给予一顿狠批。我实在看不过去,表决时没有举手,并发表声明说:"在大学中偷看几个英文单词居然遭到处分,岂非咄咄怪事!"也许因为我的这次恶劣表现,再加上过去的旧账总结算,以后不管我的劳动表现如何,也得成为众僧敲打的木鱼。

也许"知识即是罪恶"吧,在大家普遍患了严重的知识饥饿症时,还要向知识和知识分子开刀,于是便有了"拔白旗"的运动。这一运动是在反右斗争、"兴无灭资"、反对形形色色资产阶级个人主义运动伟大胜利的基础上展开的,具有收拾战场、巩固成果的伟大意义,所以有的系名实相符地开展了对知识权威予以全歼的"百团大战"。一批有学识专长的教授,一批学有所专的学生,统统被插上了白旗,通过"大辩论""打擂台",一一予以拔掉。拔而不掉、态度不好的则被插上"灰旗",视同右派分子。战斗正酣的时候,我正被派往安陆运粮,未能身逢盛事。回校时,这运动已近尾声,只能听到星星点点的炮火。中文系正在对一讲唐代文学的教授进行补射,说他在讲唐诗时,热衷于讲艺术形式,因此断定他是"白旗"无疑。我大惑不解,提出了疑问:"讲文学光讲思想内容不讲艺术形式,还要中文系干嘛!"运动的进行曲中不容许这样的干扰杂音存在,也许是运动要乘胜转入下一战役,也许是"班三角"有意在袒护我(这是我后来听说的),居然没有将我的老账、新账一起算而在"拔白旗"的运动中幸免于难了。

教授们从讲台上被赶下来。这讲台需要地地道道的无产阶级来占领,于是学校便恭请了一些省市级的领导——无产阶级的代表、"劳动模范"、"土专家"、"生产能手"鱼贯地走了上去。他们云山雾罩地东拉西扯,我们可以听而不学。这样的教而不学实在难以维持下去了,就索性将早已不复存在的课堂来个大搬家,掀起"课堂大搬家"的运动。我们学文科的课堂,继续搬到了偏远农村的田头、"大炼钢铁"的小高炉旁、大兴土木的工地上。这叫作"教学实践"。而原有的课堂,则留待蜘蛛结网、老鼠打洞。

以劳动、运动为内容的这一课攻读下来,四肢发达了,头脑简单了。心灰意冷,徒有唏嘘!为知识饥饿的煎熬而唏嘘!

大学的这两课,整整耗去了近三年时间,读小学时常记的"一寸光阴一寸金,寸金难买寸光阴"两句话,待到读大学时却成了思想的包袱,行为的桎梏。我们不得不虚度了人生中最美好的年华,为知识的饥饿而煎熬。当然,人间的知识不少是在书本外,在社会中,我们在这大学的头两课中也学到了不少知识和本领,但莘莘学子总得以读书为主业,特别是在太平盛世。我仅仅是坚持了这一点常识,为坚持它发过一点牢骚,就落得了盖棺论定的毕业鉴定:"思想一贯右倾,农民意识严重"。这样的鉴定虽然够不上右派的档次,却也是一顶不大不小的帽子,要带着它去经历以后各种运动的考验。好在中国共产党的第十一届三中全会之后,再也不搞"运动"了,一切帽子像伤口的疤蒂都脱落了。"前车覆,后车鉴",

知识的饥饿

现在的学弟学妹们再也不会为知识的饥饿而受煎熬了。我为他们庆幸,也为时代庆幸!

原载《理论与创作》1999 年第 5 期

哑然失笑的痴情

　　读书人藏书,注重内容的实用,也得兼顾外在形式的美观,秀外慧中,总是人生追求的目标,于书也一样,可在我的藏书中,却有一些被捡来的垃圾,外观丑陋不堪。

　　解放前在农村,书与我无缘,但不妨碍去惜书、爱书。不知何故,大宅门外常有一些破烂书被扔在垃圾堆中。解放前夕我已小学毕业,辍学在家,得便时就捡这样的垃圾,它们大都断线、缺页、虫蛀、霉变水蚀,完整像样的也间或碰到几种。

　　捡来的这些书,大都是清末民初的石印本,也有木刻本,全是古籍,当时阅读起来很困难,只能勉强看懂其中的《幼学琼林》和《增广贤文》。自忖今后也许能够看得懂,用得上,便把它们当富家的细软藏了起来。直到我读大学时,才随我的行李担肩挑到了校舍。

　　在读大学时,这些书很快就用上了,如《书经》《诗经》《春秋左传句解》《孟子》《世说新语》等。一套残缺零乱的"四史",即《史记》《汉书》《后汉书》《三国志》,无法展读,仍然深藏箧中。它是一八九八年点石斋仿明代汲古阁的石印本。汲古阁藏有不少宋元时期的木版书,也自印了不少古籍。可见它渊源有自,来头不小,虽是"仿"的,也非同等闲之辈。何况它的纸墨俱佳,字体端庄秀拔,虽已遍体鳞伤,支离破碎,仍不失为情人眼里的西施。它随我迁徙,由柴扉茅舍迈向城市而至首都,历时已五十多年,早过"金婚"了。

哑然失笑的痴情

为了让这"西施"一展音容笑貌，我曾自己操刀，为她进行了一次大的修补手术，费时好几个月。"文化大革命"闹得沸反盈天，死水都沸腾了，在革文化的命，但却给我放了长假，可为文化整容。在那阵子，我闭门谢客，将这"前四史"摊满了一屋子，一张张地对页码，找缺页，补残损，购备了剪刀，浆糊，针线，裁纸刀，纳鞋底的锥子，与原书近似的纸张……为了弄到这样的纸张，跑遍了北京城都未找到，后来还是从农村老家邮寄来的，是我小时候写毛笔字用的纸，凑合着用了。于是从图书馆借来同一版本，逐字、逐句、逐页按原字大小，用毛笔正楷繁体一一补上，光《三国志》中的一卷，就整整补了三十七页七十四面，每面二十二行，每行六十字，夹注得翻倍计。几乎每卷都得补。整页补还好办些，补残缺却得用十八般武艺，算计要准，剪裁粘贴要得当，力求补得天衣无缝，如碰上所补之处有夹注，就只能先整笔锋，让它仅留下一两根毫毛来慢慢轻描，比画眉还难。四种书二十三册，册册都这样折腾过，每册并重新穿针引线装订过。既然干开了，为了翻检方便，又为它们各做一个"函套"，这函套是底面两片硬纸板，两侧四根小系带。为使这小系带在纸板上不留根结，颇费周折。大功总算告成了，它能站、能躺，可让你翻阅了，但外观实在有如佛头着粪。

至今每到翻阅此书时，看看我这土作坊的出品，不禁哑然失笑。自我参加工作后，有条件觅"新欢"，去购置一套有模有样的新版本，可我还是敝帚自珍，与这糟糠厮守不舍。这也许是书呆子对书的一种痴情吧，怎不贻笑大方？

原载《书香的故事》2003年1月出版

书房的尴尬

托改革开放的福,城里人的居住条件改善了不少,"臭老九"恐怕是优先改善了的。多年前,我就有了可供睡觉的卧室,起坐的厅堂。家里人考虑到我是读书人,经家庭会议决定,特准予将其中的一间卧室为我辟为书房,附加条件是摆一张折叠床,有时得兼作卧室。

有无书房,我倒也不在乎。真心想读书,不必端坐在书房里,不必有优越的条件,过去不就有囊萤借读、凿壁偷光的苦读故事吗。我虽然不能与苦读的前辈比,但曾经在田埂边、树荫下、茅舍的桐油灯下、喧嚣的街衢中读过书。后来居然成了个"知识分子",全家大小五口蜗居在红星胡同一间十四平米的小房里,在这个狭小的空间中,得摆一张双人床,一张上下两层的架子床,当然还得摆一些生活必不可少的坛坛罐罐,起坐得互相谦让,彼此提防。既是"知识分子",少不了书和书桌,必备的书搁在"坐凳"下,这"坐凳"是自己设计并亲自制作的:四脚一面周围钉上板,里面可以搁书,面是活的,掀合随意。至于待查的书,则一律五花大绑囚在床底下。书桌倒是单位配备了一张。这书桌既充当茶几、电视柜,留给我专用的领地仅是可以摊开一本书的空间,写稿子时肘子得半空悬着,好在我小时练过书法,悬肘也并不十分难受。待到晚上,家属要看电视,我只能伏在电视机旁,眼里晃着五光十色,耳里充斥着人世间无处不在的"天籁"和"人籁",居然也能写出一些文章。几本小书就是在这种"天籁""人籁"的伴奏下上演的。所

书房的尴尬

以而今的书房经家庭会议决定给我的附加条件,也就无条件服从了。

名义上有了书房,但家庭成员谁都可以不经宣战就来侵占,孙儿孙女辈常在此嬉戏打闹,晚上我下班回来想伏案看点书或写点东西,他们就来凑热闹,特别是我那个刚从虫子变成人的小外孙女,架着小凳爬上我的书桌,用她说不利索的语言来夺我的书说:"读书呀!听我读……"于是横竖捧着我的书,装着念书的模样,囔破嗓子地给我唱刚学会的儿歌;待我摊开稿纸准备写作时,她就夺过我的笔,在稿子上还在书上胡乱画圈画线。在此情况下,我不得不去请援兵,让她姥姥将她架走。她似乎感受到了屈辱,于是大哭大闹。我是惹不起躲得起,赶快从书房中逃走,直等到她熟睡了,才去收拾一片狼藉的旧战场。

没想到书房建立伊始,就碰到了这样的尴尬事。

尴尬事还不仅于此。老伴见我这书房的利用率不高,她就准备充分利用了。每次打扫卫生时,一些暂时用不着又舍不得扔的东西,诸如小孩玩腻了的玩具,过季的衣服,待修的电器,备用的油盐酱醋茶……一古脑儿都往我这书房里塞。每打扫一次卫生,我这书房就得进一批货,它已经成了我家的货栈;货栈是有进有出的,而它却只进不出,是十足的仓库了。我也在这仓库里储存了多年,挣扎了多年。

待到儿女另有家,房子空阔了,老伴来到我书房中,左右端详,哪处也看不顺眼。这就好了,解铃还须系铃人。她抖擞精神,将我的书房进行了一番大清理,腾出了一定的空间,说是书房得像个书房的样子。但她的两个大衣柜,却至今仍盘踞在我的书房中傲视一切。

书房要像个书房的样子,谈何容易。凡书房,大都是得有一番精心包装的,特别是今逢盛世,书房的包装更盛。可不,现今此间就蕴藏着巨大的商机,应运而生的各种名号的"古典艺术装修公司"经营的重点就是书房,业主也主要着眼于这个书房,这是他的身份、价值、荣誉的集中体现,于是乎除学人(他们大都不很讲究)之外,大款、大腕儿、高官、名人竞相赶着这个时髦。这些人的书房,除耗资不菲的空间装修外,还得花重金去购买明清家具,舍而求其次的,其书柜书桌、几案,也得用古色古香的硬木。善本、孤本的线装书总得略备一二,砖头式的排列成阵的现今"典藏"书倒是置备不难。除此之外,还得有文房四宝,古董古玩,名人字画……我曾去拜谒一位暴富的商人,他虽然只有小学文化程度,但特别重视书房,光空间装修就花了五十万,至于问到这书房中的陈设、点缀,他却笑而不答,也许是怕露富吧。

这不仅是时髦,还是传统,渊源有自。上古情况如何,已不可考,但至少早在明代,此风已经炽热。江南一些富庶之地,每年去京城应试的举子,有如过河之鲫,光江浙一带,据说就有几万之数。但十年寒窗获得功名去当方面官的,也就是那么屈指可数的寥寥几个。绝大部分名落孙山,还得卷起铺盖重回故里,重坐在他们的寒窗孤灯下。他们的故里,大都在鳞次栉比的城镇小巷里,难得归隐田园,寄情山水,像陶渊明先生似的,有一大片土地和林园,去"采菊东篱下,悠然见南山"。咋办,他们到底是读书人,就只得在狭小的街巷中,去经营他们的小天地书房了。他们大抵有祖荫和遗产,营造这片小天地也不怎么费劲,于是在这书房中,除了四书五经、诸子百家等书籍之外,还得购备琴棋书画,投矢的壶,焚香的炉……得尽量装扮得儒雅。这些书房,还得有雅号,于是各种竹不罄书的斋、室之名,就勒匾高悬了。有些人在这片小天地里,居然成就了没有官绶的诗人、作家、书画家。上至高官富贾,下至市井小民,无不羡煞。于是,这个斋、室的队伍就不断扩大。一是那些曾经官运亨通但终从党争中挤掉下来的失意者;一是富甲天下的盐商,为附庸风雅,冲淡铜臭,将那经常过手而从指缝间漏下的碎银拢过来,就轻而易举地张罗一套甚至几套"斋""室"来,并使书生们的斋、室相形见绌。平民百姓,也有附庸风雅而大造书房的。

老伴说书房得像个书房的样子,她不了解当今时尚,更不了解历史,她所说的"样子",无非是得有个空间,不再是仓库。这正合我的心意。于是我将十多年前买的四个书柜整理了一番,靠墙而立,虽然它是伪劣产品,因渗漆而染红了我不少书,不得不垫上些纸,免得它们再肆虐。南面靠窗摆了一张压缩板速成的书桌。座椅是儿子敲电脑用过的转椅,虽然掉皮了,倒也实用,起坐很方便,滴溜一转,前后左右运转自如,够"现代化"的。

书房这样的设置,我觉得也实用,但也出现了尴尬。从书柜中取书,经常染红了手,意兴正浓时,不得不赶忙去清洗,颇扫兴。书桌变形了,抽屉不听使唤,情急之下,往往得动用刀子、锤子。转椅是够"现代化"的,但它转的速度是火箭式的,有几次不留心,被它摔到了地下。

既有了书房,总得与时俱进,添置点书。一去逛书店,虽总有点收获,弄到一点可看可用的书,但从总体上看,却颇费踌躇。首先就弄不清哪些是新书。同一种书,多至几十甚至几百个版本。一个有盛名的作家,一生也就写了二三十篇文章,可名家出版社所出他的集子,远比他文章的篇数还多,很难在寺庙中见到多面观音,但在书店中却比比皆是,作家的佛法远远高过观音了。当今小说之类的书,历来爱读,也读过几本好的,但大多数,包括名家的,实在不敢恭维。积多年之经验,是不宜轻易掏腰包的。多年来的"女性文学"又红又紫,"色情文学"也风靡一时,据批评家说,现在的"色情文学"将"突围"成"情色文学",并说此"情色文学"可以"成大气候"。我真担心这"大气候"。本人倒并不神经衰弱到不敢去领略这"大气候",只是担心少不更事的儿孙们领略不了,所以只好作罢。至于那些阵势雄伟的"典藏"书,一是陋室搁不下,而且据说主编是挂名的,质量不可信赖。而且有的人,似乎是旷世奇才,主编专业户,能穷尽前人的所有著作,凡天文地理、经史子集,都可以来"主编"。光凭这一点,我就得变吝啬鬼,一毛不拔。其他诸多的理论书,我没能"与时俱进",大都曲里拐弯,拗口拗嘴,看不懂,自知已经落伍了,只好作罢。

　　一辈子跟文学书打交道,有点腻味了,退休了,想看点闲书,换换口味。案头有几本古玩的书,如有关古瓷的书就有好几种。外行如我者,凡书上说的,不敢怀疑,总以为是作者研究所得,有以教我,但多翻几种,觉得彼此大同小异,似乎同出一个蓝本,真是"天下文章一大抄"了。吃一堑,长一智,买书得买名家名社出的,于是我就去买了这样的一种,但翻阅一过,也觉得不可尽信。如它论述某时某瓷的瓷底,"赭红色""橘红色",就老在前后扯皮,不知哪种为是。又如说到元代瓷的竹叶纹饰时,断言其叶尖都是向上的。征之于其他这时期的同类纹饰,竹叶尖向上向下两种都有,再征之于元代画家的这类图录,也是两种兼备,其向上的只见到一种《新篁图轴》。诚如图题所说,他画的是新篁,即新竹,新竹刚抽叶时,其叶尖当然是向上的。看来作者是以偏概全了。真是"尽信书不如无书"了,因此面对这类闲书,也就失去了原有的兴趣。

　　没想到,我的书房又面临着书源的尴尬。

　　为了给书房增添点雅气、书香气,陡然产生了"雅"的念头,想在其间挂点字画。实际上也只是为了点缀一下空间,书柜上面的半截墙,灰头土脑的,是个很难看的脸面,似当有点佩饰。为此去求人吧,碍着面子,总是话到嘴边又收回;去字画店买吧,又总觉得那是别人的衣裳,穿在自己身上,有一种说不出怪难受的滋味。何不自己来一试身手呢。写两句自策的话,倒也不难,只是"自策"多半是自欺,人家说"知耻近乎勇",我是知耻而不屑为了,怕挂出来遭人冷笑。也许是心专意注,忽在睡梦中得自嘲七律一首,早起赶忙将它记下:

　　　　曾经劳力后劳心
　　　　田土文章并耕耘

书房的尴尬

挥汗成河收一斗
捻须酿醋只半瓶
但求淡饭能果腹
何为虚名去绊身
热眼横斜看世界
残牙参错碾古今

记下被老伴看到了,她觉得写出了我的经历,我的为人和我的一点抱负,对仗也工整,何不将它书写成幅,挂在墙上?只是我还有担心:"热眼横斜看世界",凭我的眼力能看出个门道来吗?"残牙参错碾古今",垂垂老矣,还能通今博古,从古今中能嚼出个什么味道?所以至今仍未书写成幅挂在空墙上,以免为我书房的来日平添又一重尴尬。

原载《中华散文》2003年第9期

新隆中学·隆回二中忆往[*]

隆回二中的前身,是隆回私立新隆中学,大概成立于抗日战争时期。至于她前身的前身,我们这一代人已很难说清楚了,校史上说是一九二四年创办于金石桥镇的高级女子专业学校。总之,她的历史很悠久,听说我的伯父就在女校读过书,在当地农民中号称"秀才",琴棋书画都会,还会女红、刺绣,他可能是混进女校的男生。

这新隆中学,我是比较熟悉的,一九四六到一九四七年我在她的毗邻读高小,她建在金石桥南侧的太园垴上,排列有十多栋木结构房子,大都为上下两层。东侧小部分为高小,其余大部分为新隆中学所有。我在读高小时,就见到冬穿长袍马褂,头戴博士帽,夏穿衬衫和吊带裤,手拄文明棍的大知识分子老师,以及男穿中山装、女着旗袍的"大学生",令我们这些刚脱下开裆裤的小学生艳羡不已。艳羡得甚至嫉妒,有一阵子,有些"大学生"常到我们这边的厕所来方便,这边的一帮淘气鬼认为自己领地被侵占,便用手电筒照射来反抗。结果双方的手电筒越用越强,从一节电池的发展到三四节不等,总想以强光压住对方。这场手电战持续了一两个月,也许是战火惊动了校方,彼此进行了交涉才平息。

一九五一年初,我居然也成了新隆中学的"大学生",但其过程颇为曲折。

我高小毕业后,即在家当后备农民,一当就是三年。在这三年

---

[*] 原刊《早春时节》。湖南文艺出版社,2015年1月出版。

中,新隆中学我曾三入其门,前两次是入门而未能入住。一九四八年春,即我高小毕业不到两个月,新隆中学春季招生了,我因家贫不敢奢望去报考,却应邀为一高小同班的胡姓同学去代考。当时没有贴照片的准考证,入考时难以验明正身,所以代考成风。代考不是什么难事,花的时间只有一天,上午考语文,主要是作文;下午考数学。结果考中了,胡姓同学如期入学了,但他后来似乎没有继续读下去。代考也有报酬,就是考试当天的中午他请我去金石桥街上一家小馆子吃碗清汤包。当时包括小孩在内,颇有君子之风,视钱为"阿堵"。这是第一次。一九四九年春,又有一高小同班的陈姓同学要我为他代考。他因上一届考试落榜了,不得不另请高明。其时我自以为已不高明了,因我自高小毕业后就为口腹所役,专心致志当后备农民,学业已丢到脑后一年多了,不敢领命,但经不住他的再三恳请,只好从命为他代考。虽然我是战战兢兢进入考场的,但走出考场时却春风得意,十拿九稳地告诉他:"你等着入学吧。"果然他如愿上了这学校。这是第二次。第三次与前两次的入学考试无关,但它却给了我一把撬开新隆中学大门的钥匙,其实只能算是一个诱惑。一九五〇年该校放寒假时,当时金石桥开全区干部会,借这学校为会址。其时,我地解放了,人说"共产党的会多",何况是政权刚建立时,会就更多了。我在农会虽没一官半职,但比农民干部要多认识几个字,听南下干部作报告要少些语言障碍,于是乎我常被拉去为他们听报告、记报告,回去传达报告。某次开会时,我在学校的公告栏内看到一则消息,大意是政府为帮助贫困子弟上学,特设助学金。由于这则公告贴出多日,有的字已模糊难辨,如"助学金"三个字中的"学"我就把它当成了"堂"字。散会回家,我就反复向父亲提起这"助堂金"的事,执意要靠它去上学了。父亲搞不懂这"助堂金"是怎么回事,另外又想到我这个后备农民很快就可顶半边天了,除身体孱弱些,一些手上功夫甚至比农民干得更快更利索,舍不得我这个劳动力了,所以期期以为不可,但禁不住我的再三磨泡,加之母亲又跟我站在一条阵线上,最后他勉强同意说:"你身体弱,当农民没出息,不能做个废人。去读书可以另求谋生之路,或当个教书先生,或做个账房先生……"

就这样交涉定了,我赶去新隆中学报考。其时入学考试已过,但由于全国刚解放,制度尚未完善,加上招生未满额,学校同意我报考,就在当时的教师办公室里考。一口气连考了语文和数学,中间没休息。考完了,我感到最满意的是作文,用古文写作,且用的是四六骈文,自认为对仗工整,用典精当,无可挑剔。在我当后备农民的三年中,找不到学习的门径,只好在劳作之余去死啃古文,一有时间就练习用古文写作,还执拗地认为这是最高学问。真是不识时务!其实,刚解放时,舆论认为凡古代的东西都是封建的,所以我这篇自鸣得意的作文让老师犯难了:作者是否为封建余孽?是否是个已成年的冬烘先生?录取与否?颇费周折。后来虽然被录取了,但却受到了老师的训诫:"在入学的这一期内,你必须把写古文的恶习改过来,要用口语写文章,要准备一个笔记本,把群众中的鲜活语言记下来,要多学赵树理的写作,要坚持每天写日记……"由于我有些羞愧,对这老师的对症针砭,牢记在心,并身体力行,但对这位为我重新开蒙的老师,我却连名字都没记下,只记得他有一个最显眼的酒糟鼻子。

由于我是中途挤上入学这班车,原指望的助学金早已被瓜分完了,轮不到我。这样搭坐有两个月,因交不出膳食(学校食堂一日三餐,由在籍学生轮流供膳,学生吃的是百家饭),屡被停餐,经同班同学匡礼庭及在补习的刘承浩救急才熬过两次。但救急不能救穷,最终还是被停餐了,当时正是春寒料峭的季节,加之身上没有热源,特别怕冷,常在厨房里烤火。有一次,一生活部长在厨房向大师傅下达指示:现在停餐的人多,厨房要加强防备,剩饭剩菜应入柜下锁。我听到了这些话,感到被人当贼防,人格受到了极大的侮辱,火冒三丈,卷起铺盖连夜就赶回家了。

其时,家里也经常断炊。农民家大都寅吃卯粮,入春之后就得靠借贷度日,当时正值减租反霸,公私的粮仓都被封了,无处求贷。这样,我这个入籍的学生又回到家里当农民,而且是遍啃百草的神农。据说神农每天遇到七十二难,我却比他幸运多了,只遇到过一难:一次吃当地的棕树籽,吃下去却拉不出来。真是吃一堑长一智,从那以后,我们只吃牲畜能吃的东西,特别是猪草。人与猪争食,弄得猪也闹饥荒了。后来听说离村十多里的丫吉山顶有蕨,其嫩芽可吃,捶榨其根经沉淀能做成可食用的蕨粉。可这蕨粉取之不易,先得挖个把人深的坑,才能掘到它富含淀粉的粗壮的底根,为了获得它而付出的体能往往与之提供给你的热能相当,所以只有到了闹饥荒的年头才有人去光顾它,用它去骗骗肚子。不过,时过境迁,现在它们已是席上的绿色珍品。

就这样日日为了口腹操劳,读书这精神食粮也就顾不上了,只能晚上临睡前在油灯下看看从学校带回来的课本。也许是学理源于事理,居然能做到无师自通。临到期末,去学校死皮赖脸要求准予参加期末考试,学校恩准了,没有追究我近四个月的旷课,至今让我感恩戴德!

真是瞎猫碰上了死耗子!张榜公布期末成绩,我居然名列第一。第二学期开始时,学校举办了各年级均参加的作文、数学和大字比赛。作文比赛,我写了一位农妇翻身的故事,洋洋洒洒五六千字,得了第一名。数学比赛只因卷面潦草被扣一分,得了第二名。大字从未练过,也得了个第三名。我三次登台领奖,让全校师生大为惊愕,因绝大部分师生都不认识我,以为我是外来的插班生,于是我就成了动物园里的珍稀动物,总被人盯着、议论着。张杰校长也盯上了我,颁奖会不久,他叫我去他办公室。这校长平素很威严,听说他曾任新化县人民法院院长或公安局长之类的职位,是专门对付坏人的。我以为自己不经意犯了错误,或是他要追究我长期旷课的前科,手脚发抖,魂不守舍地进了他的办公室。没想到他却和颜悦色,并轻轻地拍着我的肩膀说:"今后就安心读书吧!你的学杂费全免了,并给你每月六元钱的乙等助学金,膳食费正好也是这个数,这样你吃住在学校里,一分钱也不要花了。"他还关切地指着我的背说:"你的背有点驼了,要注意挺起胸脯来。"确实,由于我长期负重过度,背脊骨弯了。自他这次提醒我,我才有意识地去整驼子,整了多年才稍稍整得直溜些。

多次把我拒之门外的新隆中学,一经入住就觉得很温馨。首感温馨的是环境,学校在山坳上,校舍规整而宽敞,坳下环镶着农舍,北侧有云溪环绕,南侧有田垄相依,是一幅典型的农村山水画。这是自然环境,让农村子弟感到亲切。而当时的政治环境,则让人感到舒心。旧社会的邪恶势力和腐败现象,在五星红旗的照耀下一扫而光。师生之间怡然相处,彼此都是志同道合的同志,年龄有长幼,师道有尊严,但大家都在建设社会主义的共同目标下矢志以求。

这学校给我留下印象的还有司令作息时间的木铎,它是老祖宗在教席上使用过的古董;另外是为防火巡夜而响起的更梆。由于校舍都是木结构的建筑,学校担心失火,特聘更夫敲梆巡夜,一般从二更敲到五更。梆声加上附近农舍五更的鸡鸣,常使我们回到"三更暮鼓五更鸡"的古代农耕社会,静谧而安详。

静谧安详并不等于舒适。我们班三十多名同学,大都是农家子弟,且有不少是重获学习机会的大龄青年。身为学生过的却是拮据的农民生活,农民本色,农民装扮,赤脚上课,两件单裤过冬,冻得脚像姜芽,上牙磕下牙。重获曾经失去的东西,大家总是备感珍惜,所以学习很认真,校纪校风很好。因青春期躁动导致的事也很少见到,概因心有所专,专在学习上,无暇旁骛。另外加上女同学少,且大多名花有主,浪漫不起来。在这批丑小鸭中,不少后来成了"大佬",如高度近视,总是面黄肌瘦的邹新禧,本来读的是师范,经学校保送上了湖南大学,后来当了教授,先后在湖南大学和湘潭大学任教。经历与他类似的还有胡楚雄,当时他的一双眼老是睁不开,到武汉建工学校读中专,毕业后由学校保送至重庆大学深造,毕业后即留校任教。像洋娃娃的小不点陈惟洋毕业于中南矿冶学院,后来成为高级工程师,同为高级工程师的还有刘道德等。与我一起被同学们戏称为"CC团"的陈正清,颇有领导才能,新隆中学的共青团组织就是他一手组建的。初中毕业后参军了,后来转业至冶金部下属的一个大厂当党委书记,属司局级干部。从政当官的不多,好像只有刘述恂,他在一处长岗位上干得有声有色。同学中也有曾在社会中产生过轰动效应的,如号称"楷博物"的欧阳楷。他生性好辩,笔头功夫也行,"文革"中当上了造反派"湘江风雷"的头头,因此而遭缧绁之灾。在他得势和失势时,媒体都有报道。另一个号称"典博物"的欧阳典,心灵手巧,如在孟尝君门下,可属于鸡鸣狗盗的门客。他因私刻公章入狱,出狱后搞私营企业,富甲一方。这两人在校时,爱与同学们嬉闹,所以有"博物"的雅号。记得有几次晚自习,我常唆使他们捣乱,有一次被老师逮住了,把我这个始作俑者供了出来,老师没追究我,反而向他们说:"你们谁敢跟陈早春比?"这事让我很愧疚。其他同学大都学有所成,后来毕业于师范学院或大专,战斗在多条战线上,毕业即失业的情况很少。而与我关系较好的补习生欧阳隆、刘承浩、张嘉和后来都考上了名牌大学。

　　静谧和安详中也有闹腾,闹腾得最厉害的是臭虫。这臭虫几乎无处不在,宿舍不用说了,连教室里、走廊中也常有潜伏,凡你所到之处,它们都会悄没声地向你进行攻击,排阵一般往你身上爬。在我的印象里,学校至少组织了全校师生员工对它们实施了两次不留死角的歼灭战。一次是向多处缝隙灌注开水,效果不佳,因为墙壁、房顶无法浇注。浇注的水渍未干,它们又列队出阵了。另一次是用剧毒的六六粉喷洒,效果要好一些,但参战的人员也受了伤：头晕、睁不开眼睛。我想，学校后来迁址六都寨，可能与这臭虫的袭扰也有关，真是惹不起，躲得起。

新隆中学地处隆回北面的僻野，庙小，但神灵多，师资队伍颇为雄厚，少数是多年从教的耆宿，大多数是因抗战和内战滞留乡里的大学生。由于他们的饱学和名望，慕名而来的学生除了当地子弟外，还有不少来自邻近的溆浦和新化各县，也有来自隆回南面的。这些教师，后来大都调升至高中任教，听说有的还调至大学当教授了。

在这些授课老师中，使我受益最深的一是前面曾提及的那位酒糟鼻先生，他给我补了"五四"文化运动的课。因我入学不久即旷课四月，第二学期他就调走不见了，所以对他没有更深的印象。第二位是教我们班语文课一年多的吴力耘老师，他是邵东人，家租住在附近的农舍，其时他患活动期的肺结核，经常咳血，学校特准他对学生每周一次的作文只阅改两篇，一是范文，一是差错较多者。他阅改的这两份卷子贴在教室的后墙上，供大家传观。他的批改除了纠错，还像脂砚斋批点《红楼梦》，李卓吾评点《百回本水浒传》那样，就文章的立意主旨、谋篇布局、层次条理、辞章、气韵等进行内涵和艺术形式的分析。卷面上有眉批，行间夹批，文末总评等，批点的总字数，有的甚至超过了学生作文的本身。贴出来的两份卷子，我是每期必看的，是它们培养了我的艺术兴趣，从任务式的阅读变成了趣味性的阅读。我曾蒙他的错爱，被传观的范文较多，但因他患的是传染病，我与他很少亲近，离校后也没和他联系过。听说他调往隆回一中高中部任教时，于一九五七年被错划为"右派"，受了不少磨难而病死于老家。第三位是至今仍与我保持联系的张嘉兴老师，对他我曾有专文记叙（参见本书《不应遗忘的角落——记张嘉兴老师》），在这里只强调一点，是他指点和规划了我此后的人生道路。初中临毕业时，校长动员大家报考军校和师范学校，他作为我的班主任，也是这样在班上动员的，但他照本宣科动员后,即悄悄地叫我去他办公室告诫我:"我的话不是对你说的,你要报考普高,以便将来考大学……要坚持读下去,直读到没有读书的地方为止……"我心领神会,以后我就是按着他的指点去走自己的求学之路。

入学不久,就听说学校要改名。传说最盛的是改为默深中学。默深是近代思想家、文学家魏源的字,他的出生地在隆回金潭,以他的字命名,当在情理之中,何况隆回南已有以蔡锷的字命名的松坡中学,也算有前例可循。但不久,红头文件下达了:松坡中学改名隆回一中,新隆中学改名隆回二中,高平的一所学校改名隆回三中。当时全县仅有这三所初级中学。我原属新隆中学第13班,这时成了隆回二中的第2班。

一九五三年春,隆回二中迁址六都寨,校址在米珠峰山麓的河滩上。我们搬入时,校舍是刚砌好的红砖房,抹在墙上的石灰还是潮的,校园的路还未竣工,泥土、沙石、水泥路并存,坑坑洼洼,路边的绿化树还只是些树苗。学校周围没有农舍,只有一个劳改工厂在烧红砖。这劳改工厂似乎也是学校,学员出出进进,分批"毕业"了,"毕业"的不少是女生,听说这些女生大都是大城市来的娼妓,"毕业"后就从良嫁人成家了。解放初期,一举就革除了旧社会普遍存在的嫖娼吸毒恶习,是很值得当今社会借鉴的。

迁入新校址不久,国家教育部门指定改春季招生为秋季招生。为了处理像我们这类春季招生的在籍学生的遗留问题,准予我们提前半年毕业。于是我们2班要在很短的时间内学完两个学期的功课,与应届毕业的第1班同时毕业,于是我班与第1班同时成了隆回二中的首届毕业生。

为了弥补2班毕业生的先天不足,毕业考试后,就由老师带着我们全班赴邵阳市准备中考。那个夏天,我们没有放暑假,而是租住在原省立六中的校舍里进行强化补习。可我却还是给自己放了暑假,这倒不是因我与应届毕业生同考仍得了第一名而自骄,而是因为补习是炒冷饭引不起求知的欲望,加之好玩的童心未泯,乡巴佬进城,一切都感到新鲜。在强化补习期间,我几乎每天早餐后就去东瓜桥(现名青龙桥)附近的一个中药店,去观赏、端详那圈养铁笼中的吊眼老虎,百看不厌。看完老虎后,就近站在东瓜桥上看河畔停泊的各样船只,看船工们如何洗甲板,如何修补渔网,有时还跑到李子园去看正在修建、行将竣工的邵阳市一中校园,她是我心仪的高中。

这次强化补习进行了一个多月,同学们是如何补习的,带队的老师是谁,我都一概不知。我进入新隆中学便以旷课始,离开二中时又以旷课终。我不是母校的好学生,但母校却给予我很多很多,她是我永远怀念的母港,怀念她已历经了一个甲子。

2013年初夏离校六十周年时作

牛汀掠影*

知道编辑牛汀这个名字的人可能不多,但是提起牛汉,也许有很多人都知道他是一个诗人。是的,早在四十一年前,年方十八、血气方刚的牛汉参加了党的地下革命工作不久,就以《鄂尔多斯草原》一诗在诗坛上崭露头角。这首诗像一架马头琴,舒缓深情地唱出了诗人对灾难深重的祖国的挚爱,也唱出了他对美好幸福的新世界的追求。正是这个牛汉,"带着重造天地的信念","搏击在炼狱里",虽然艰险困苦,然而在迎接新中国诞生的拼搏中,他"将自己当做一束木炭,燃烧起来",为了祖国的复苏,人民的温暖。可以说,他的青年时代的不少诗作,都燃烧着这种光和热。作为"七月诗派"的一位诗人,五十年代初,牛汉又接踵出版了《彩色的生活》《祖国》《在祖国的面前》《爱与歌》等这些歌唱新时代、新生活的诗集。然而,正值他创作的盛季,却不幸受胡风一案的牵连,被剥夺了创作的权利长达二十五年之久。今天,当他重新拿起笔上诗坛时,久别重逢的读者,又能高声地诵读着这位沉默了数十年的诗人,经过了漫长的沉淀、凝聚过程写下的独具艺术个性、发人深省的新作。

牛汉的诗是从现实生活和斗争中生发出来的真情实感,富有时代气息。他的诗朴质无华,却富有绘画色彩和音乐的旋律,他擅长用象征隐喻的手法来开掘具有哲理的内心活动,他能从平凡细

---

* 该文与刘小沁合作。

微的"花鸟虫草"之中召唤出惊心动魄的精神力量。他的诗,从华南虎凝血的趾爪、蚯蚓的血、蒲公英的自由、车前草的牺牲、麂子的命运、大树的伤疤、直到灌木丛巨大根块的凝聚,我们都可以看到诗人骚动着的灵魂和那个浩劫时代的烙印。

有人说,断裂后焊接起来的金属,伤疤处最为结实。经历了半生坎坷的诗人牛汉,近几年来,他奉献给读者的诗作(这些诗作将辑为《温泉》《海上蝴蝶》)两集,较之四五十年代的一些诗作来说,显得更为深沉苍劲、蕴藉多情。他却常常自谦地说:"我的诗不成熟,营养不良,像沙漠中的仙人掌,成不了大树……"

应该说,牛汉在诗歌园地的垦耘是辛勤的,也取得了较丰硕的果实,但是他并没有当过一天专业诗人,他的专业是编辑。解放前他从事党的地下工作也是以编辑职业为掩护。作为一名编辑,牛汀在一九四五年,就主编过文艺刊物《流火》,同时协助郑伯奇创办《秦风工商联合版》文艺周刊。五十年代初期,在人民文学出版社他主管现代文学编辑部的工作。即使在受到胡风错案牵连时期,他被隔离审查、"群众监督"的长时间里,蒙受了难以忍受的委屈,但他没有倒下,他的精神也没有崩溃消沉,却像一头忍辱负重的牛,辛勤地默默地埋头在编辑工作的岗位上。"四人帮"的被粉碎,也粉碎了他身心上的镣铐,他老当益壮地在编辑的园地里勤奋劳作:辅导社内文学进修班学员攻读现代文学课,培养了一批青年编辑;筹建"五四"文学编辑室并领导该室的工作;编辑大型刊物《新文学史料》;还参与几种卷帙浩繁的全集、文集的编辑工作……从以上的简单叙述中可以看出,牛汀一生中的大部分时间和精力是倾注于编辑工作的。人民文学出版社出版的不少诗集、小说集、现代文学中的一些选本、辑本、丛书、文集,都饱蘸着他的心血。

牛汀作为编辑赢得了同事们的爱戴和尊敬,大家亲热地叫他"老牛"或"大牛"。这不是没有原因的,他是编辑队伍中的普通一员,却又是极不普通的一员。

由于解放前艰苦的地下斗争,解放后政治风云突变的环境,他从未获得过较为安定的学习、进修环境,但他在学术上的造诣、业务上的成熟程度,都是我们队伍中的佼佼者。不管什么体裁的书稿,一经他的手,就像疑难杂症遇到了妙手回春的名医,很快被诊出症候,得到对症良方。他文思敏捷,笔头又好又快,不仅能写独具个性的诗,也会写思想缜密、论证精确的论文;而且他的一些学术观点也很有见地。他却从不以此自恃,他懂得创作的艰难,学业上没有止境,能充分发现和肯定别人的优点,即使对青年人,也是如此。他常说:"我是冯雪峰、王任叔的学生,是他们教育了我怎样学习和工作。还有我身旁的许多老同志,也是我的老师,他们的工作作风熏陶了我。"

然而牛汀最不普通的一点,是他那种带着伤痛争取和坚持工作的精神。

一九五五年,牛汀被错划为"胡风分子",之后的一些日子里,他也曾经想不通,但并没有终日被怨艾缠身,没有消极悲观下去,而是打开眼界,开阔胸襟,对人生、对革命、对党的事业想得更远更深了。他重新检讨了自己的一切,觉得自己仍是一个共产党员,不是"反革命",今后仍将以党员的条件严格要求自己。因此他的心胸开阔了,与周围的群众毫无芥蒂地相处,争取一切学习和工作的机会。不能"出面"工作,他就默默地选编工程浩大的多卷集《中国现代诗歌选》(1917—1949),协助当时被错定为"右派分子"的冯雪峰编辑多卷集《中国现代短篇小说选》(1918—1949),参与起草出版社的出版远景规划。他还充分利用业余时间,再固编辑工作的基石:通读马列主义经典著作,潜心研究中国现代文学史上各种不同流派、不同风格的作家作品、文学社团、文学论争和文艺刊物。

他不仅带着创伤争取和坚持工作,而且坚持原则,反对一切来自"左"、右两方面的干扰。

　　大凡在政治上遭受过打击而又身处极左思潮泛滥环境中的人,总难免要为如何保护好自己费一番斟酌。然而牛汀没有这方面的心计,总是心口如一。还在他脑门上烙有"反革命"印记的时候,只要他有缘参与的审稿会,他就去充分亮明自己的观点,跟与会的同志甚至领导争辩。他为郭沫若编选的《骆驼集》,尽量筛除了那些应酬一时的然而在当时却普遍叫好的政治诗,如《百花齐放》那组诗,他仅选了几首。这本集子就是今天看来,也是选得颇为精当的。

　　牛汀的这种精神,在近几年的编辑工作中表现得更为突出。俗话说:"一朝遭蛇咬,十年怕井绳。"牛汀没有消极地把过去的痛苦经验化作世故,与此相反,他通过自身经验的总结,更懂得了正确执行党的文艺政策的紧迫性。他请出了那些曾为反帝反封建尽过力量但由于各种际遇和偏见久已沉寂或淹没了的作家、作品,主持编印"原本选印"等三套丛书;在《新文学史料》上发表他们的回忆录,让《新文学史料》成为革命营垒中百家争鸣、异彩争妍的园地,公正地反映文学史上不同流派、不同风格的文学现象;在一些为恢复文学史本来面目而出版的断代别体选本上,他坚持史的观点,反对以作者的社会地位和政治身份作为入选条件。他坚信历史唯物主义,忠实党的文艺方针、政策,因此他乐于这样做,也不怕承担风险。

　　牛汀已年届花甲,仍然壮心未已。这是一种什么精神在支配着他呢?他曾经写过一首短诗《蚯蚓的血》,从中似可得到解答,不妨摘下来权作本文的小结:

　　　　我原以为
　　　　蚯蚓的血
　　　　是泥土的颜色

牛汀掠影

不对
蚯蚓的血
鲜红鲜红
跟人类的血一样

一条蚯蚓的生命里
只有一滴两滴血
然而为了种子发芽
为了阳光下面的大地丰收
蚯蚓默默地
在地下耕耘一生

我的身高近两米
浑身的血
何止几万滴
但是,我多么希望
在我的粗大的脉管里
注进一些蚯蚓的血
哪怕只是一滴

(《蚯蚓的血》1974年)
一九八三年

追忆冯雪峰的晚年

一

冯雪峰这个名字,当我还是学生的时候,就很熟悉了,仅他在解放初期发表的那篇《中国文学中从古典现实主义到社会主义现实主义的发展的一个轮廓》的长篇论文,就是我学习文学的一份难得而又学习不完的教材;而且他的名字也常在我们的讲义中出现。可是,没过多久,被正面称引的冯雪峰,忽然成了批判的靶子,所有讲义,好像不批判他一番,就不足以显示其革命性。我们在课堂下议论这些授课教师的无特操;但年少气盛的青年人,怎能理解这些教师的难处。

一九六五年初,我来到人民文学出版社工作,见到了对我来说像谜一般难以猜透的冯雪峰同志。他当时已是六十多岁的老头了,瘦高个儿,总见他穿着一身褪了色的灰不灰、蓝不蓝的卡其布衣服和一双布底鞋,走起路来急匆匆,腰板硬朗,精神矍铄,如果不是那双睿智的眼睛表明他是个知识分子,从总的神态看,很像是一个农民。

这年夏末秋初,雪峰争着参加了我们去河南安阳"四清"的工作队。出发之前,在社内集中学习了几次,每次学习时,他总是第一个到会,一一与后来到会的打招呼。会上就数他的发言最多,他总是笑眯着眼,像与人谈家常一样,有时在别人发言时,也即兴插上几句。可惜他的话有浓重的浙东口音,我几乎一句也听不懂,只得靠近会议记录员坐着,时时去瞟看记录。有一次讨论的题目是"人民内部矛盾中是否包含有阶级斗争的内容",有的同志持否定的意见,我则根据当时报刊的文章,说了肯定的话,引起了别人的反驳。这时,雪峰同志笑脸向我说了几分钟,我瞟看记录,才知道他是在补充我的发言,并列举了当时报刊上这类文章的作者和篇名,可见他对时事政治的关心程度。

这是我与雪峰同志的第一次接触,是平凡的接触,但留给我的印象却很深。大凡政治上蒙受冤屈,受过苛待的人,要么萎靡麻木地偷生,要么愤世嫉俗而厌世。雪峰不属于其中的任何一种类型,他有健康的人生态度,能与群众亲密无间地相处,受过政治迫害却仍然热爱政治。

这年年底,我们都从河南安阳回到北京过春节。大年初一,我所在编辑部的一位副主任请我和另一单身同事去他家做客。他家住北新桥,与雪峰隔壁相邻。晚饭后,我与这位同事就要否顺便去冯家看看,商量了很久,也犹豫了很久。因为我们早已听到传言,雪峰化名冯诚之在安阳"四清",因他表现不错,地方工作队不知他曾是"大右派",要选他为模范工作队员,这就使我们带队的韦君宜同志受到了"阶级路线不清"的非难。我们去他家,会不会招惹是非?这是一。第二,我俩刚到社不久,与雪峰不在一个部门,"四清"也不在一个大队,相见甚少,他不见得能够叫出我们的名字,忽然去他家,会不会成为不受欢迎的不速之客?但我们的这位副主任力劝我们去他家看看,并介绍了雪峰在出版社的许多逸事,帮助我们打消了顾虑。据他说:雪峰身上集中了许多红军老干部的优点,不少群众把他看作党的干部的化身。一九五七年,上面将他划为右派分子,不少人号啕大哭,有一位老作家、社的副总编辑甚至说:"我是雪峰派,他到哪里,我就跟他到哪里!"……

我们刚站到雪峰家的门口还没来得及敲门,门便开了。主人一迭连声地说"欢迎、欢迎",并说:"我知道你们早来了。你们在北京没有家,应该到同事家过节,热闹热闹。"看来,他好像早已做了迎候我们的准备,我们怕受冷遇的顾虑立即消除了。

这是一间不到二十平方米的老式房间,陈设简陋。这种寻常百姓家的陈设,倒使我们这些没有见过大世面的穷学生少了几分拘束。

主人谈锋很健,在他的引导下,我们也谈得很多,谈了来社后的工作,"四清"工作,家庭环境和学生生活。虽然我们还是初次聊家常,但总感觉到已很亲近了;虽然他比我们的父辈还要年长,但彼此之间有如平辈,心是真诚的,坦率的。我素来在生人面前讷于言辞,而在名人面前又较为矜持,可是在他面前,丝毫没有这种情况。

夜深了,我们不得不告辞了。主人送我们到大门口,在我们走上公共汽车之前,一直频频向我们招手。

他的热情使我们高兴,也使我们内疚。他如此对待我们,可我们却曾把他看作不洁之物,怕连累了自己。这是怎样的人生呵。我们刚才那一闪念,但愿他能宽恕,也愿那重人为的人间障壁快点拆除!

二

十年浩劫开始不久,雪峰就作为"右派分子""反革命修正主义分子"住进了牛棚,与群众隔绝开来。当时文化部及其直属单位是需"犁庭扫穴,深翻三尺"的,他在牛棚中的处境就可想而知了。但是,他比起一般"专政对象"来,却较少地受到冲击和折磨。这也许是他作为"死老虎"已不成为林彪、"四人帮"的夺权障碍,但主要由于他与广大群众有着血肉般的联系。这些群众不得不奉命对他"专政",却又暗暗地在保护着他。加上他那一贯的凛然的

追忆冯雪峰的晚年

人格力量,跳梁小丑在胡作非为时也不得不有所顾虑。

不知是从什么时候开始,雪峰从牛棚中放到群众中间来接受审查和监督了。他来到了小说南组,我作为"联合小组"的组长,便成了他的顶头上司。一九六七年初夏的某一天,雪峰同志找我汇报:"人大三红(群众组织名称)在一楼贴了一张大字报,说我一九四二年在上饶集中营时曾登报自首,是个大叛徒。"当时社会上正掀起揪叛风暴,几乎一切为革命蹲过国民党监狱的志士仁人都被这股风暴席卷了进去。既被席卷进去,即使没有灭顶之灾,也会被砂石打得鼻青脸肿。我知道问题的严重性,因此装出"革命"的样子,要他"如实交代"。他颇为冷静地向我叙述了被捕被囚以及被保释出狱的经过,并列举了好几个可供证明的人名,其中有中央的领导。他说得相当具体、确凿,只是他那属于个人光荣史的在狱中的斗争却一字未提。我相信了他的话,并立即转告了我所在的群众组织的"勤务组"。他们研究后决定:不与对方去争揪叛的旗帜,冯雪峰是否叛徒,不予表态。过了一两日,他与社内其他一些"叛徒"被另一群众组织揪去批斗了。会后他回到办公室,我即问他被批斗的情况,他说没有多批斗,只是"亮了一下相"就完了。可见两派群众都在暗暗保护他。

后来,军宣队、工宣队进驻出版社抓斗、批、改,大大小小的批斗会如爆豆一般。雪峰也参加了这样的会,有时作为听会的群众,有时又作为陪斗者。有一次他悄悄地与我谈自己的心情和要求:"如果要说有一条反革命修正主义文艺黑线和出版黑线的话,我作为三十年代'左联'的负责人之一,作为文学出版社的第一任社长,应负主要责任。现在看着这么多人为我受过,感到很难受。请求批斗我!"不知为什么,此时此刻,我忘记了装出"革命"的样子,也与他交起心来:"批谁不批谁,你不用去管,更用不着去争。事情到底是怎么回事,你应该比一般群众看得更清楚。"其实,大多数群众也是看得较清楚的,以他为主要对象的批斗会,一次也没开过。

在内查外调中，曾有一位穿军装的外调人员向文学出版社要挟地说:"冯雪峰这样臭名昭著的反革命修正主义分子,在你们这里还是如此逍遥自在,社会上不答应!你们应该成立他的专案组,最好是向中央文革请求,为他成立中央专案组。"这个人的"阶级义愤",看来在出版社颇缺乏代表性,冯雪峰专案组只是到了落实政策阶段,才照例成立了起来。

在整个文化大革命中,特别是在斗、批、改阶段中,由于冯雪峰同志的丰富经历,与党、政、军各界的老干部都有着广泛的接触和联系,因此,向他了解情况的人,总是络绎不绝。他几乎成了一部提供材料的机器。白天写不完,晚上还得开夜车。一九六八年,全社人员集中社内吃住,我们见到他总是当大家熟睡时,还在楼道中一张乒乓球台上,就着高悬在天花板上一盏若明若暗的电灯抄写材料,有时直到天亮。久而久之,眼睛熬红了,右手五指蜷曲得伸张不开,捉笔时吃劲的中指上突出一层厚茧,慢慢地长成了肉瘤。他写材料特别认真,自己留一份底稿,另外复写三份,一份交外调人员,另两份交社内两大派组织。有一次,一派群众组织将他所写材料的全部底稿抄走了,他很为不安地说:"我写的材料,都关系到人家的政治生命,如果有人歪曲利用,就没有对证了,我怎能担当得起。"一九七一年我从干校回来,从废纸堆中把他的这批底稿清理出绑扎好送还他时,他才如释重负地舒了口气。又有一次他被外调人员打了一顿,回到办公室不敢发火,只是向我诉说他的愤怒:"他们非要我把×××说成为假党员。我向他们耐心解释战时环境的特殊情况,入党手续与解放后不同,那时这样入党就算党员了。他们不听,一定要我根据他们的口径写。我不写,他们就打……就是打死我,我也不能这样写!"我听了这一情况,想马上跟出去找这伙凶手。雪峰同志连忙扯住我说:"千万不能去,有理说不清!他们年轻不了解当时情况,也可以理解。我没有什么,这类事情太多了!"

雪峰同志即使在文化大革命的乱世中,也不做害人的事;即使受到委屈时,还在为别人着想,由此可见他的为人,并由此也可大致理解到群众对他的态度。可是在那动乱的年代中,好人也得受气受折磨,即使大部分群众有保护他之心,也无保护之力。

三

一九六九年九月,人民文学出版社被"全锅端"到湖北咸宁文化部"五七干校"劳动改造。作为"专政对象"的雪峰,自然是这种被改造的重点对象。他在"五七干校"中,更显出他的农民气质和本色。尽管他的身体不太好,曾做过胃大部分切除手术,半夜三更当大家已经熟睡时,还得悄悄爬起床来嚼几块饼干,以补充维持生命必需的热量,但他劳动时完全像个老农。他那在泥泞道路上矫健而稳重的步履,怎么也摔他不倒的形象,以及他在我的"领导"之下放鸭子,一见鸭子跑着觅食就紧追不舍的认真劲儿,给我留下了深刻而亲切的印象。

一九七二年秋天,雪峰同志可能是由于年老体弱,也可能是由于他过去的地位和影响,而直接的原因是出版鲁迅著作的需要,他被恩准从"五七干校"调回北京。我是一九七一年夏天回来的,与他相别一年了,便与孙用同志一起去看他。自此之后,我与孙用夫妇几乎每隔一个礼拜就去看他一次,他也经常于傍晚来我们的住地红星胡同十四号回访。从他家到这里,一共有六站地,他每次都是步行往返的。这样,我们的交往就多了起来,并成了可以随便交谈的忘年之交。

当时,他的心情是愉快的,因为经社、局革委会批准,他可以参加鲁迅著作的出版工作。然而他哪里知道,就是这份工作,还是王仰晨同志几经争取才得到的,而且还有许多附加限制:一、不能参与编选、注释等重要工作,只能做一般资料性的工作;二、不许对外,不要来社办公,以防"不良"影响;三、凡外来向他了解鲁迅情况的人,须经组织批准。这些限制,王仰晨同志不忍心向他传达,我也不忍心向他透露半句,他一直以为自己与大家是享有同等工作权利的。

  他不能享有与别人同等的工作权利,可他的工作的出色,却远非别人可比。开始,上面没有交给他具体任务,工作没有明确的职责,只是为社内有关工作及社会上鲁迅的教学和研究起一种咨询作用。为此,他通读《鲁迅全集》,翻阅大量资料,经常通过我向社内资料室索借各种与鲁迅有关的报刊和图书,同时也利用孙用、唐弢等老朋友收藏的资料。他常常以羡慕的神情向我夸耀他这些老朋友的藏书,并且遗憾自己过去因生活颠簸没能好好做学问。他在翻阅这些资料之后,不管是自己的记忆得到了证实或是否定,都感到特别高兴,总禁不住要向我诉说一番,让我与他同享工作中的愉快。本来,他有非凡的记忆力,可是从不自信,记忆有相当把握的事,也要通过查阅资料得到印证才放心。无资料可查的,即千方百计寻求人证。有一天晚上,我在他家向他请教鲁迅所编《译文》停刊一事的原委,当时他说了一些自己的看法,但临末声明道:"当时我不在上海,所说的情况,只是耳闻,待我向当事人了解一下再说吧。"第二天清早,他即托人给我带来了一封信,展开一看,是一张有关此事的相当全面的索引,可见他当晚就熬夜通检了一遍《鲁迅全集》和《鲁迅书简》。当我过了一个礼拜见到他时,他即向我详细谈了前几天先后访问茅盾、胡愈之同志时所得的情况。同时提醒我,为了弄清此事,还得向身在浙江的黄源同志函询。又有一次,当社会上大批瞿秋白同志时,鲁迅在《辱骂和恐吓决不是战斗》一文中所批评的芸生的《汉奸的供状》那首诗,被罗织为瞿秋白同志的一项"罪证"。这些人认为,芸生是瞿秋白的化名,芸生既受鲁迅批评,那么瞿秋白就是坏人。雪峰得知此事时,微微一笑地说:"这不是什么新鲜事了,早就有人以当事人的身份证明芸生即瞿秋白。不过这人的目的与时下的这些人不同,他是想以它来证明鲁迅的不是:瞿秋白是党的负责人,又是烈士,鲁迅批评他,不是很明显的失察吗?现在可倒过来了,又说瞿秋白坏了。其实这是瞎嚷嚷,举纸糊灯笼打人。芸生根本不是瞿秋白的化名,他实有其人,本名叫邱九如,浙江宁波人,是我们党内的同志,后来好像到了新四军中去工作了。知道这一情况的,还有很多人健在。"隔不了多久,他又告诉我,芸生是邱九如而非瞿秋白的事,他从茅盾、葛琴那里得到了证实,并遗憾地说:"可惜荃麟去世了,不能从他那里得到证实。他是最了解邱九如情况的人,周扬也了解,可惜现在无法去找他,也不知今后能否有见到他的机会。"一九七五年冬天,他与周扬同志意外地相见了,彼此要谈的事很多,可是他仍没有忘记向周扬同志取证芸生即邱九如的事。这次相见后的第二天,他就把这一情况告诉了我,并做出判断说:"到目前为止,芸生即邱九如而非瞿秋白,得到的都是确证,还没有一个反证。新版《鲁迅全集》补上一条芸生的注,该是有把握的。"从这两件小事当中,也可见他工作态度和治学精神的一斑。

  大约到了一九七三年,雪峰同志才接受了与孙用同志一起校订《鲁迅日记》的任务。他在完成这一任务的过程中,这种工作态度和治学精神表现得更为突出。有些错字和标点的校正,涉及多种学科的学问,而且还需有直接的生活经验。他每每校正一处,总忘不了要告诉我,以共尝工作中的甘苦。也可见他完全沉浸在工作之中。这部《鲁迅日记》的校订本,原先拟附一人物小传,他为此四处奔波,找取活证,并自费广发函调信件,向一切知情人探询情况和线索。本来,他是习惯于理论思维、长期从事理论研究的人,这样的人,一般对搞纯资料性的工作缺乏兴趣,但他觉得这也是工作,是对读者有益的工作,而且又是组织交给他的工作,他就全力以赴地去做,并从中得到快慰。

雪峰以其丰富的阅历，广博的知识，与鲁迅的亲密交往和对鲁迅的深切了解，的确称得上是研究鲁迅的"通人"。我们有些完全摸不着边际的问题，只要请教他，就可迎刃而解。有关鲁迅生平和思想的重要问题，目前已有他的文章行世，不必多说了，就是鲁迅著作中的注释，他也称得上是个活的资料库。"'バンダン滑倒公'是谁？"他可以马上回答你说："是章雪村"，并连带说明何以如此叫的一段原委故事，同时还可告诉你说："《高老夫子》中高尔础在课堂上的那段精彩表演，也有章雪村的一点影子在。""首甲是否像社会上广为流传的那样，是田汉的化名？"他也可以不假思索地回答你："首甲是祝秀侠，不是田汉。"《半夏小集》中的"半夏"是否像有些专家所断言的那样，是指写作时令，或写作环境即"半租界"，他以第一手的资料告诉你："都不是，半夏是指一种含微毒的中草药。"文章还未发表时，他就从鲁迅那里得到了这个回答。……现在流传的新版《鲁迅全集》的不少疑难注释，都是他提供的材料。

　　雪峰同志逝世前几年，以相当多的时间和精力，为中青年鲁迅教学和研究者释疑解难。他是鲁迅精神的传人，对没有社会地位的中青年特别爱护。有一次，他接待了陈鸣树同志，并热情为他提供了一些有关清代秘密会党的资料。事后他告诉了我，并要我奉劝陈鸣树："要爱惜身体。他身体太差了，瘦得很可怜，完全像个老头，看来手还有些发抖。现在的中年人很辛苦，工资低，负担重……"我以为他不知道陈鸣树曾批判过他，便说："这位同志曾经写文章批判过你，你知道吗？"他说："知道，在那时，不批判我能行吗？"对他这种不计个人恩怨的大度和对中青年的拳拳之心，我由衷地感到敬佩。他多次向我推荐山东济南一位研究《鲁迅日记》的中学教员，要我与他交朋友。他说："在中学这样的环境里，要研究《鲁迅日记》谈何容易！可是这人坚持了下来，做了大量有益后人的工作。"这人就是当时还默默无闻的包子衍同志。后来，包子衍准备自费来北京查访材料,他叹服不已,"自费做研究工作,这种精神太可贵了。我想多少为他减轻一点负担,来京吃饭问题还算好解决,他可以来我这里吃。可是住宿,我家里实在腾不出可以安下一张床的空位。"一九七五年,朱正同志与雪峰同志联系上了,他又把这位文字之交的新朋友介绍给我。他充分肯定了朱正所做辨别资料工作时的胆识。并说这项工作本来是应该由老年人来做的,可是由于一来这些老年人不太关心这些事,二来又碍着情面,明知陈说不对,也就懒得去说了。他并自我批评地说:"我是这两种情况都兼而有之。"他很想为朱正的稿子张罗出版,可是他又颇为犹豫地说:"在我们社里出版,恐怕不合适,不知地方出版社能否接受?……也许现在还不到出版的时候,将来总有一天会出版的。"他就是这样爱护中青年,这样爱护人才的。然而他也毫不客气地指出他们的缺点,如他曾说包子衍的研究有点烦琐,而朱正却有一种掩饰不住的骄傲情绪。他打算在信中提醒他们。

四

雪峰当时虽然被限定只能为鲁迅教学和研究、鲁迅著作的出版做些纯资料性的工作,但他到底是个善于也惯于理论思维的人,是个不管在任何情况下,都与人民保持着思想和精神联系、时时刻刻为他们苦思竭虑地思索问题的人。在他生命的最后几年中,对鲁迅研究中的许多重大问题,特别是对"四人帮"歪曲利用鲁迅所制造的舆论,表示了自己的意见和义愤。

有一次,他忽然问我:"你们湖南民间信门神吗?"我说小时候在门上见到过这样的画。他立即描述一番这位门神的模样:破帽、蓝袍、角带、朝靴……并说:"这门神就是钟馗,相传他会捉鬼,能辟邪。现在鲁迅也被当作了捉鬼的钟馗。什么棘手的事,都得把鲁迅请出来。这既糟踏了鲁迅,也表现了自己门庭的不幸:闹鬼;要么就是自己心虚:心中有鬼。"

当年,有一本叫作《鲁迅的故事》的书,大出风头,书店大量抛售,电台轮番广播。雪峰翻阅大半之后,向我冷冷地说:"本想看完的,看不下去了。我看你也不必浪费时间去看它了。'鲁迅的故事',不错,纯粹是编的故事。"他知道这本书有姚文元插手的背景,并连带对姚的发迹变泰表示了极大的轻蔑。雪峰解放前由于工作的需要,曾在姚蓬子所开的书店中常住,而解放初期,姚文元又视他为父执,常有书信往还,因此相当了解姚文元的底细。他说:姚文元写文章,只是为了给领导看的,不是为研究而写作,为广大读者写作。解放初期,姚写了一篇文章(篇名我已失记),毛主席曾在一次谈话中肯定过,姚闻讯后,就接连写信要求他打听清楚,并要求转告原话。沾沾自喜之情,溢于言表。后来,姚文元靠笔杆子打人出了名,本来脑子有毛病,再也写不出什么东西来了。那些署名的文章,大都是写作班子捉笔的。最后他愤愤地说:"白痴统治文坛,最好是大家都白痴,才能相安无事。"

鲁迅的什么"秘密藏书室",当年曾闹得沸沸扬扬,好像煞有其事。我感到怀疑,便去请教他。他不无气愤地说:"有时,我们把鲁迅看得太高了,有时又把他看得过小了。难道鲁迅连看几本书的勇气都没有吗?什么'秘密藏书室'?鲁迅曾领我去过那地方,大摇大摆去的。里面有各种图书,还有不少线装书,'秘密'书倒没有多少。凡是鲁迅不常用的书,大都搁在那里。"由此他还感慨地说过这类意思的话:鲁迅本来是金子,可是有些人还嫌不够亮,要去切磨一番,粉饰一番。

当年,有一位德高望重的老同志,常在报刊上以显著标题发表一些配合政治运动谈论鲁迅的文章。每当这些文章发表时,雪峰都要表示一次遗憾。他认为,这位老同志以自己的地位和威望,来写这类文章,是很不合适的。鲁迅已经被肢解得不成样子了,何必再去推波助澜。我感到他这种遗憾心情的真挚,曾劝他以老朋友的身份,去提醒一下这位老同志。对此,他感到有点为难地说:"这位老同志是很老实的,也可能是有人利用了他的老实可欺吧。如果是这样,我去劝阻,就会招致大祸。再说,我与这位老同志由于解放后的升降荣辱的处境各不相同,多年断绝往来了,也不好去劝阻。"

当年,中国现代文学的教学和研究,几乎只有鲁迅一个课题,因此向他了解鲁迅的中青年教师和研究工作者特别多。其中有些往访者,在正式访谈的前后寒暄时,少不了要按江青《纪要》的口径数落一番"四条汉子"的"反革命修正主义"罪行,而把雪峰的遭遇归之于"四条汉子",并说雪峰如何正确。这种情况,我曾目睹过好几次。对此,雪峰总是解释说:"我一点也不正确,左联时期我是决策人之一,应该负主要责任。当时大家都很天真幼稚嘛。至于在解放后我的遭遇,'四条汉子'可能起了一点作用,但是起不了决定作用。"这样的寒暄多了,还引起了他的反感,在访问者走后,少不了要向我发几句牢骚:"现在鲁迅被肢解得不像样子了,如果他还活着,肯定会翘胡子的。鲁迅当时的正面敌人是国民党反动派,他文章的主要矛头也是在这方面。现在可好了,什么都往'四条汉子'身上推。鲁迅在答徐懋庸的信中,的确说过'我甚至怀疑过他们是否系敌人所派遣'的话,但这是鲁迅气愤时说的,而且也只是'怀疑'过,怎么能坐实呢。他们有这样那样的缺点、错误,对鲁迅也很不尊重,但他们还是要革命,也是一直在干革命的。"类似的话,在他见到了一本以三结合方式编注鲁迅著作的征求意见本后,又重复了一遍,而且更为生气。当时他肺癌手术后癌细胞已经扩散,身体极为虚弱,虚汗淋漓,声音也嘶哑了。他摊开这本书,指着其中的一篇题解和注释要我先看。没等得及听我的反应,就一边用手敲打着桌子,一边嘶哑地说:"每节都被说成是针对周扬的,周扬哪有那么大的本事,担当不起嘛。真是天下奇谈!"他还要将有类似问题的书页翻给我看。我怕他劳累,也怕招惹他生气,就把话题岔开了。但等我告辞时他又重提了这个话题:"好了,今天就不说了。等我身体稍微好一点,就请王仰晨同志来一下,我要向他详细说说对这本书的意见。它把一切污水都往'四条汉子'身上泼,这怎么行呢?如果我来不及说出自己的意见就完了,也不要紧,那些我认为有问题的地方都划了出来,有些地方还写了自己的意见。"没过多久,他就逝世了。后来我多次在编辑室翻找他看过的这本书,可惜没有找到。

所谓"四条汉子"的最大罪状,莫过于"国防文学"口号的提出了。对此,我曾多次请教过他关于两个口号之争的一些情况。他向我说过不少,有些在他的交代材料和与别人的谈话中也说到过,而这些大都已整理成文字,在他逝世以后公开发表了。但有几件事,似乎还未见诸文字。第一,据他说,胡风首次提出"民族革命战争的大众文学"的口号的文章,其实茅盾是没有看过稿子的,更没有与闻其事。因为当时茅盾还站在"国防文学"口号一边,与鲁迅也有些隔阂。后来鲁迅的文章说"茅盾先生就是参加商议的一个",完全是为了团结争取他而说的。后来茅盾也默认了这个不是事实的事实,想把它纠正过来也就不容易了。第二,雪峰承认,一九三六年他到上海后掀起两个口号的论争,闹得文艺界不团结,自己也负有责任。他说,当时左联领导人与鲁迅的关系极为紧张,他到上海时,鲁迅与他见面的第一句话就是:"这两年他们把我整苦了!"(《回忆鲁迅》中所说"这两年来的事情,慢慢告诉你吧。"雪峰说那是为了团结,不得不改为比较含蓄的说法。)后来鲁迅又向雪峰谈及他搜集瞿秋白遗文、编《海上述林》,为的是"纪念死者,同时也纪念自己"。当时鲁迅以为自己与瞿秋白一样,都受到党的排斥。雪峰听到鲁迅这些话之后,又看到鲁迅那阴郁的神情,多病的身体,很是焦急,这种焦急的心情影响了自己的情绪,没能耐心细致地做好左联领导人的思想工作。虽然他们拒绝他在这方面的一切努力,但是如果不是自己因焦急引起的偏激情绪作怪,也不是毫无办法的。第三,他说:在两个口号论争中,双方都有对立情绪,开始,他对"民族革命战争的大众文学"一派,还能施加影响,劝他们不要再就论争写文章,特别是制止胡风再写文章。可是,即使他干预,也起不了作用。鲁迅逝世时,鲁迅派的几个青年闹得很凶,不许所谓周扬派的人参加吊唁活动,以致他不得不准备动起武来,对其中一个闹得较狠的作家说:"你如果再胡闹,就得把你绑起来。"第四,他说两个口号之争,当时以为是自己内部的争论,后来也就没有重提它了,直到反右时期。当然内部之争也是有是非的。他坚信,瓦窑堡会议逼蒋抗日的统战政策是对的。鲁迅对这样的政策能心悦诚服地接受,可是对国防文学派的有关解释,鲁迅接受不了。开始时,由于"国防文学"一些不正确的解释,鲁迅对党的抗日统一战线政策曾产生过怀疑,认为这是"共产党向国民党投降",并多次以福建事件的教训为例,企图说服雪峰。这也是雪峰考虑重提口号的原因之一。

雪峰就鲁迅研究领域中一些带倾向性的问题所谈的不少意见,虽然当年没有也不可能公开发表,但它们在不少大学和研究机关中口耳相传,产生了相当深刻的影响。在"四人帮"统治时期,它们是空谷足音。

五

我与雪峰交谈最多的,莫过于当时的时事与政治了。每当只有我们两人在座时,谈的大都是这方面的话题;孙用夫妇在座时,也主要谈这方面的话题。孙用平生讷于言辞,总是很少讲话,他看到自己的老朋友还坐在那布幔隔开的房间一隅的书桌旁,也就心满意足了,而把大部分时间让我与雪峰纵谈天下大事。他总是坐在旁边听听,偶尔插上一两句颇为风趣的话,有时却与自己的老伴陪着冯师母何爱玉同志聊家常。

雪峰同志是个随时都将国家和人民的命运萦系于心的人，是个政治头脑清晰，政治神经特别敏锐的人，不愧是我们党内一位斗争经验丰富的老同志。他能从报纸的字里行间预测即将来临的政治风云，从一些正在飞黄腾达的跳梁小丑的妄行中看到他们必将败落下去的迹象。

他对祸国殃民的林彪、"四人帮"一伙充满了无比的愤恨。本来，他是个相当大度的人，在我面前从未说过人家的长短，就是那些被公认为加害过他的"仇人"，他也从未说过一句坏话。可是当林彪正在肆虐的时候，他顾不得那些"鼠有牙、墙有耳"的古训，高声地斥责道："庆父不死，鲁难未已。"当林彪已死，"四人帮"继承其衣钵，正在呵斥八极、颐指气使的时候，他借用鲁迅的话，一个个地予以指斥。如他说江青（他习惯称之为"三点水"），是个"惯行妾妇之道的嬖幸"；王洪文是"上海滩上的浮尸"；而对姚文元，有时称之为"文痞"，有时又称为"破落户的飘零子弟"。一九七五年邓小平同志在主持中央日常工作时，与"四人帮"进行了曲折而激烈的斗争，小道消息广为传播，人心大快。雪峰虽然已在病中，可我们见面第一件事就是互相转告小道消息，分析这些消息的可靠程度。我记得在他病情严重、话已失声的情况下，还以笔助的方式向我说："'三点水'这伙人，日子长不了！既没有枪杆子的支持，笔杆子也很拙劣，民愤太大，受蒙蔽的老干部人数微乎其微，成不了气候。他们是些梁上君子，只能偷偷摸摸地行事。你可以看到他们的末日，我也要争取活到那一天。"

在我们那些有关政治问题的交谈中，雪峰给我印象最深，使我深受教益的，是他对毛泽东同志一生所作的公允评价。当年，我像许多知识分子一样，对毛主席在文化大革命中的一些举措不能理解，颇多怨言。我于一九七四年四月五日下午向他作了倾诉。他没有因此责备我，反而说我的这些想法有一定代表性。并说，毛主席百年之后，是非功过将引起争议。如何正确评价毛主席，将关系到我们党和国家的命运，在这方面不能夹杂任何个人的情绪。他耐心地向我介绍了毛泽东同志一生的功绩，娓娓谈来，一直谈到夜晚十点。雪峰说，在新民主主义阶段，毛泽东同志是我党当之无愧的领袖，党内的杰出人物不少，但谁也不能与他相比，陈独秀、王明不用说了，瞿秋白也书生气质太重，比不上他；就是大家爱戴的周总理也不能取代他。的确，总理是个很好的管家，但还得毛主席当家。毛主席是个全才，他的旧诗写得很好，词写得更好，新诗也在行，有很高的艺术鉴赏能力。

他说到这里时，惟一例外地附带谈到了自己。他说："还在国内大革命时期，在广州工作的毛主席曾向一位在他身边工作的我的同乡（同学？）打听我的下落，说他很喜欢《湖畔》诗，认为写得很好，要我去南方与他一起工作。以诗会友，可见他的诗人气质。"说到这里时，雪峰又说到毛主席曾写过一首打油诗，以"蒋干宋美龄"开头，下面两句是分别以林冲、罗通两位小说中的人物来调侃林伯渠、李维汉同志夫妇的。全诗只有三句，第四句要求同座的人续上。结果没有任何人能够做到，因为其中的动词必须是小说中的人名，又必须富有幽默感，还必须与调侃对象沾上边，这是很难的。雪峰叹服道："这样的才智和机智，一流文人也赶不上，开玩笑能开成这样，很不简单。"

雪峰说，毛主席不仅是个伟大的政治家、理论家，还是个伟大的战略家。他往往能挽狂澜于既倒，拯救革命于危难之际。他又是个执行群众路线的楷模，能虚心听取群众的意见，善于集中群众的智慧，任何人与他交谈，都不会有拘束之感，都想把自己所知道的一切倾吐出来。

说到这里时，雪峰又说了一些自己在瑞金时与毛主席秉烛夜谈的情况，也说到了毛主席与瞿秋白同志在瑞金时的友谊。他说："那时，毛主席对瞿秋白很有感情。有一次，他们彼此谈了一个通宵，话很投机，两个都是王明路线的排挤对象，有许多共同语言。后来瞿秋白死了，毛主席认为这是王明、博古他们有意把瞿秋白当作包袱甩给敌人造成的。毛主席曾气愤地说：'将来要跟他们算账，为什么不把瞿秋白带到长征的大队伍中去！'"

雪峰无限深情地回忆起战争年代同志之间的战斗友谊。他说了瞿秋白送给他的长衫，也说了他于一九三六年回到上海时思念战友的感情。他说："当时陕北很苦，同志们生活得相当艰难，我进入上海，总想给他们捎点什么吃的或用的去。只要是吃用的东西，我都想买，但身边钱不多，只买了一些廉价的围巾和香烟。当时鲁迅有一笔稿费在我手头，我就先斩后奏地用这笔稿费代鲁迅给毛主席买了火腿。可惜火腿和香烟在西安就被别的同志瓜分了，只有那些围巾是送到了的。"

这天，雪峰的谈锋很健，谈正经事，又夹杂了许多生活小故事。他介绍了毛主席的思想、学识、道德、文章、工作作风和生活作风，也谈了毛主席的性格特点和生活嗜好，毛主席那喜欢向身边同志开些比较豪爽的玩笑的事，他也没有隐讳。我听到了这些，毛主席的形象在我的脑海中便立体地呈现了出来。它像鲁迅所描述的伟大战士一样："不是神道"，"仍然是人"，"唯其如此，所以他是伟大的人"。

雪峰留我在他家用了便饭之后，又继续分析毛主席在解放之后，特别是一九五六年之后所犯的一些错误。他列举了一些错误事实，然而重点是分析造成这些错误的原因。他分析了中国社会的历史背景，国际共运的时代背景，分析了毛主席的哲学思想、政治思想、经济思想和文化思想。令人感到惊讶的是，他的这种分析，大都与后来党中央所作《关于建国以来党内若干历史问题的决议》相吻合。

雪峰在分析毛泽东同志所犯错误时，对毛主席首倡群众路线而后又自己违背群众路线一事，深表遗憾。他说，毛主席后来由于地位变了,逐渐脱离了群众,既脱离群众,下情不能上达,两眼漆黑,就容易受坏人包围。这是主席晚年犯错误的主要原因之一。为了强调这一问题,他引述了鲁迅著作中有关的一些言论,如《现今的新文学的概观》中所说的洋场上的翻译,《略谈香港》中所说元代官府裁判犯人时所用的"通判",是如何捉弄主子,又如何假借主子的威严去欺压百姓的。他特别引述了《扣丝杂感》中所说"猛人"被"包围"得滴水不进的一大段言论,指出被包围者的可悲和包围者的可怕,并就此发出感慨说:"中国社会由于民主制度不发达,'包围圈'总在出现,就是主席也难免被包围,这是个惨痛的教训。鲁迅打算作《包围新论》,他说没有作成,其实已经在作了。只是这样的文章,后来者还得继续作下去。鲁迅说,打掉这样的'包围圈',中国有五成希望得救。我看可以基本得救。"

雪峰说,由于毛主席已经这样被"包围",加之他目力所注,又主要在中国过去的二十五史,而不在当今飞速发展的外部世界,所以就很难意识到自己的错误。雪峰认为毛主席所犯错误,主观上应负责任,但这是旧中国社会的痕迹。要我由此看得更深一些,并要我不要把对"三点水"和"海派"的不满,转嫁到毛主席身上。他说被包围者与包围者是有区别的。目前,大家都以为包围者的形象代表着被包围者的形象,通过包围者去看被包围者,其实是不对的,还是鲁迅说得对。包围圈外的看客,通过包围圈看到的并非"猛人"的本相,"而是经过了包围者的曲折而显现的幻形"。

雪峰的这席话,对我来说,的确是一堂很好的政治课,使我受益不浅,在当时,使我从迷茫中清醒过来,其后也在指点着我如何分析人事。同时,也使我更深地了解了雪峰的为人。我知道,毛主席曾经对雪峰有过苛刻的批评,可是他对毛主席的评价,却是那样地冷静,而不夹有任何个人恩怨,胸襟是如此地坦荡和开阔!这席话给我的印象实在太深了,本来我是个没有时间观念的人,可我牢牢地记着他给我谈这话的日期:一九七四年四月五日。它是我心灵上经受的第一次"四五运动"。

六

在雪峰生活的最后几年中,他与我谈及自己的,惟独只有下面三件事。

大约是在一九七三年初,当时他的身体尚好,出版社没有交给他什么具体工作任务,在接待来访者并为他们查找资料之余,想重新捡起有关太平天国的长篇小说的写作。他把有关资料,从尘封的书堆中挑了一些出来,而有些还可能夹在堆码于阶沿上的书山中。他几次向我指着这座书山,摊开手,无可奈何地说:"我真想动又不敢去动它。"看来他对这部长篇小说的成功,具有相当的信心。他告诉我,大纲已经弄好了,有些章的细目也出来了,并已写好了好几万字的初稿。他习惯于断章断段地写,何时对何章有灵感,就赶快将它写下来。他说:有些作家就是用这种方法来写长篇的,而另外一些作家,却从头写到尾。他对后一种写法表示怀疑说:"写短篇、中篇也许应该这样,但写长篇,特别是篇幅很大的长篇,恐怕还是先把零部件准备好,然后再装配一下,调整一下,较为得手。"看来,这时他正沉浸在这部小说的写作中。我私下认为,他是个善于理论思维又长期从事理论写作的人,改行从事小说创作,是否适合?而且他的语言也不见得适宜小说创作。我委婉地向他提出了我的怀疑。他说:"语言的确是个问题,但是可以学习,长期和概念打交道的习惯,也是可以改变的,写多了,也就慢慢地改过来了。我对已写的那些,还是感到满意的。"既然如此,我鼓励他写下去,而且希望他争取时间,快点完成。他指指那三代同房的局促狭小的房间,很感为难地与我商量说:"在这里写,实在无法安静下来,不知社里能否将我那在前几年被人家占去了的房子,再拨一间给我,借也行。如果左右都不行,不知能否让我回到浙江老家去住一段时间,把它弄妥了再回来。"他的要求,我向社里头头转达了,王仰晨同志并为之奔波了一阵子,但是毫无结果。后来他有了具体的工作任务,个人的写作计划又搁置一边,只是到了临死之前才再一次向我提及。

雪峰从"五七干校"回来不久,我给他送去了一大捆从废纸堆中捡回来的他在"文革"中所写的材料底稿。我认为这些材料很有价值,希望他得空整理一下,写成文章。他说:"跟鲁迅有关的,是应该整理一下。还有不少内容,这些材料中没有涉及,也是可以写出来的。我将试试看。写出来了,在我活着的时候,是发表不出去的。这个我不在乎,能为后代留下一点可信的资料,也就心满意足了。"一九七五年,当他得知自己身患癌症时,他为此与我商量道:"如果有一位同志帮我找找资料,抄写一下,这个工作也许可以完成。可是现在已经迟了,待我动完手术后看病情发展情况如何再说吧。"我听到这席话后,感到很内疚。我想如果自己早就毛遂自荐给他当当帮手,他是会同意的,虽然社里的头头不见得能够派我去给他做帮手,但这样的事,是用不着汇报而祈求批准之后才能干的。他的这一计划终至未能实现,我是负有相当责任的。

在雪峰生活的最后几年中,关于他的重新入党问题,不知道向我说过多少遍。一九七五年邓小平同志主持中央日常工作,各方面情况因已着手整顿正在好转时,他那重新入党的要求就更为迫切了。有一天晚上,这个党龄比我年龄还要长的老党员,像一个准备入党的共青团员一样,向我倾诉了重新回到党组织中来的真挚感情。他告诉我,那几天他正在准备清理自己一生的问题,以便写重新入党的材料,并打算向出版社党组织正式提出申请。我听到了这一切之后,禁不住流出了眼泪。这固然是为他的情怀所感动,同时也为他的这种情怀不能为党组织所理解感到难受。党为什么要把这样的同志抛弃,让他长期处在有如弃婴的境地?我知道,他的这种处境,在当时,十之八九是不会改变的。由于让他做了一点不出面的纯资料性的工作,社内已有一些"沙子"在议论了,说这事应从什么路线高度来认识。我不忍心将这一切告诉他,只是委婉地劝他说:"一九五八年将您开除党籍,是上面的决定,出版社党组织只是奉命履行开除手续。今天您这个问题,社、局党组织都不见得有这个胆量为您解决,为您说话。我看您不必让他们为难了。"他像小孩一样问我:"那么你看还有什么别的办法吗?"我告以走上层路线的办法,即通过他的老朋友像胡愈之等有影响的老同志,直接向中组部或党中央提出申请,即使中央不直接受理,也可以通过此举看出一些动向。他对当时主持中央日常工作的同志相当信赖,答应将按我这办法去试试看。

  在这一年中,我也在他这片诚心的感召之下,积极向党组织提出了入党要求,初秋便得到了解决。不知是由于一种什么样的心情,在我入党后的半个多月中,都不敢去向他报告这个喜讯。十月中旬,我到底还是去了他家,因为总得去看看他的病情了。去之前,我提醒自己,不要让他知道我入党的事,因我怕他联想到他那个几乎是无望的要求。可是万万没有想到,我们刚刚见面,他就从书柜里拿出一本单独平放在那里的特大精装书,端端正正地送给我,并马上翻到扉页。我一看,只见上面正楷写着:"早春同志入党纪念。一九七五年十月。冯雪峰。"这是一部德文版的《马克思纪念册》,是德意志民主共和国马恩列斯学院在社会统一党指导下编的,于一九五三年"马克思年"由狄茨出版社出版。我知道他送这书给我的深意,也知道他此举的神圣感情,以前他送我的书,包括他一直珍藏着的一九三七年许广平送他的特精装本《鲁迅书简》,他都不肯签名,惟独这一本例外。我深为他对党的情怀所感动,不知说什么话好,只是异乎寻常地紧紧握住了他那干瘦得有如枯柴的手,而我平素与他没有握手的习惯。

这年年底,我将回湖南老家探亲。临走的前一天下午,我去告别雪峰。他躺在那张破旧的沙发上闭目养神,身体虚弱极了。当时我倒也没有觉得特别,因为这种情况已有好几个月,就不以为怪了。他得知我的来意后,似乎预感到有什么不测的事情发生,神情颇为阴郁。这种神情,以前从未见过,就是他冒着很大风险走进肺癌手术室的前几个小时,还故意把我们说及他的病的话题岔开,开怀大笑地说些别的事。这时,他不得不说及他的病了:"看来,我怕不久于人世了,吃什么药也不顶用。"他强装笑容地说:"人总得一死,这是自然规律,没有法子的。只是我以前从未想到死,生平还有三件事没有赶着做完……"他话已失声,说起来很费劲,但还是强打精神,一口气把这未了的三件事说完:"第一,看来,我难以等到自己的组织问题得以解决的那一天了!我如果能够多活几年,相信是可以得到解决的。第二,关于鲁迅的文章,这几年把要写的文章,刚想出了一个眉目,一篇也没有动笔写。本来是有话可以写的。第三,关于太平天国的小说,我是总想弄完的,现在怕只能撒手不管了。中国这么大,作家这么多,有无我这本书,也没有什么关系,只是我始终相信,这本书写成了,多少可以给创作界添补一点新东西。"我听到这些近似遗言的话,不禁抽泣起来。他怕我难受,又马上转而问到我的家。他问我的大小孩几岁了,该上学了吧。一九七三年当我家属来京探亲时,他见到过,并曾送给他一架玩具飞机。待我告别时,他抱愧地说:"你看,家里又没人,不能给你的家属送一点礼物,代向他们问个好吧。"

当我的探亲假还未满期时,我在老家就收到了他长子夏熊拍来的电报,告以他逝世的噩耗。我发呆了好久,旁人没有一个知道死者冯雪峰是谁,包括一些中学教师和业余文学爱好者,这更增加了我的悲哀。待我赶回北京时,他的遗体已经火化,未能看到他的遗容;而为他举行的不准致悼词的追悼会,也因我应在

当天重下五七干校未能获准参加。这是我的两重遗憾,终生的遗憾!

一九八五年三、四月

原载《新文学史料》1985 年第 4 期

漫忆包子衍

七月初,忽然接到上海社科院文学所的电报,还未拆阅内容,我的手就已发抖了,因我已预感到这是有关包子衍同志的噩耗。这种英年逝世的噩耗,我在近两年内已接到好几个了。每当见到这样的噩耗时,总有几天甚至几个星期撕心样地难过。少年丧父、中年丧偶、老年丧子,这是人生的三大不幸。而这三大不幸,有的同时落到了他们的家庭之中。我不仅为这些英年逝世的朋友悲伤,也为他们的伴侣、父母、儿女痛惜!

包子衍是个乐天派,他想的是自己的事业,从未想到过死。他身患不治的癌症,自己虽然缺乏医学知识,但作为知识分子,从大路消息和自身的感觉中,是多少有所察觉的,但居然被亲友瞒过了一年多,临死前还自我感觉良好。今年春天,我出差到上海,抽空在丁景唐先生父女的陪同下,在淮海中路他的老住处见到了他。他红光满面,比以前明显胖了,我为他的健康庆幸,他也为自己的健康高兴,并不无炫耀地向我说:"看你还是那样瘦干巴的,快把烟戒了吧。我戒了烟,身体就胖了!"但他的话音嘶哑。这是个很可怕的不祥之兆。我与他都熟知的冯雪峰同志,肺癌手术后扩散,主要病象是声音嘶哑。但我不忍心点破,只是迂回地问:"你怎么说话变音了,莫不是患了感冒?"他不假思索地说:"是的,患过感冒,总是迁延不好!"据我想,他这样说,十有九成是自己骗自己。他正当壮年,求生的欲望太强了,精神不能崩溃;同时也是骗他的亲人和朋友,他不忍心为他们的心上抹上阴影。然而在我见了他之后,我心上的阴影一直未能抹掉,且越来越浓。没过多久,就听说他骨折不起,癌细胞已扩散到骨骼中,很快就接到他溘然长逝的电报。

大约在一九七四年,我与包子衍未曾见面就已相知了。这年的夏末秋初,冯雪峰告诉我:山东济南三中有一位教师,暑假自费到北京搜集有关《鲁迅日记》的资料。这人业余研究《鲁迅日记》已多年了,积累了大量的资料。他事业心很强,很勤奋,也很能吃苦。冯雪峰还很遗憾地说:"人家搞科研,一切开销都可以报销,而他却只能自己掏腰包。工资很低,怎么受得了!他这次来北京,我本想让他住到我家里,在我家里用餐,可以多少节省一点开支。可是我没能在这方面帮上忙:家里很拥挤,摊不开一张床;有时叫他来吃饭,他偏要在外面吃了饭才来。"临末,冯雪峰向我推荐说:"据我所知,目前在国内研究《鲁迅日记》的只有两人。两人比较起来,还是这位中学教师功底厚。当然,他的研究,也有繁琐的地方……鲁迅日记中有许多人和事,很难弄清楚,五八年版《鲁迅全集》没有收日记,但注释它的工作是有打算的,曾经打印过一份材料,并准备向知情人、当事人做进一步了解。可是这版全集一出,工作就停顿了。这工作靠我们这代人已不行了,要么年事已高,精力不济;要么另有他事,顾不上;还有一些人,有条件,但又不屑于干。干这事的人,需要傻子精神。我看,这位中学教师乐于当傻子。我向他说到过你。你们今后可以多交往,互相了解一下……"冯雪峰的这席话,使我对这位中学教师有了一个初步的然而却是良好的印象。但由于冯雪峰的乡音重,这人的名字没有听准,因而也就没有记住。

没过多久,我与鲁迅著作编辑室的张伯海同志一同出差去济南。张伯海的母亲孤身一人在济南,托付包子衍照料。包子衍白天在校上课,晚上就住在这老人家里,照料起居。据这位老人家说:包子衍住在她家里,总是通宵达旦开着灯,不知道他在忙些什么。傍晚来时,随身带着一两个馒头,不知是用作晚餐、早餐还是夜宵。他就是这样地在生活和工作着!在济南时,张伯海带我去济南三中看他。他,细挑个儿,略显清瘦,头发直竖的寸头和洪亮的话音,显得精神饱满。一双脏烂的塑料凉鞋,显得"臭老九"生活的窘迫。张伯海将我介绍给他,他几乎没有反应,只是一味地向张伯海谈老太太的事,好像我根本就不在他身旁似的。对此,当我们后来在北京已认识了之后,他却大骂我一顿,责怪我不自报家门,不说自己是湖南人,以致那样怠慢了我。据他说,他一九七四年来北京时,冯雪峰就特地向他介绍了我这个湖南人,提议我们彼此交朋友。"瞧你这个样,哪里像个湖南人!"他除了责怪我之外,还要这样挖苦一番。

一九七七年底,新版《鲁迅全集》的编注工作由胡乔木、林默涵同志主持,鲁编室的工作走上了正轨。包子衍是第一批借调来此进行日记注释工作的。也许是由于冯雪峰的介绍,我与他就成了"见面熟"了。他习惯叫我"二月"或"老夫子"。我也不客气,常还敬地称他为"包子"。有时情不自禁地尊他为"包公",但这样的情况不多,往往"包公"一下就又转变成"包子"了。由于他的嗓门大,后来又多了一个徽号:"大喇叭"。总之,我们在一起时,几乎没有直呼过对方的姓名,像顽童一样吵吵嚷嚷,打打闹闹。当时,鲁编室的工作是够紧张的,几乎没有白天、黑夜之分,没有工作日和节假日之分。包子衍较别人更甚。我们工作累了,就找人"挑衅"一番,抓住对方的一点毛病,进行"毁灭性"的攻击,以此打闹来换得脑神经一时的松弛。"大喇叭"往往是我们"寻隙挑衅"的主要对象,因他的嗓门大,可以收到"皆大欢喜"的效果。

包子衍是有名的"烟筒",他的案头除了大摞大摞的卡片外,就是各种牌号的香烟。我们是文友,也是烟友。一九七九年,我两次犯气胸,各方面都向我施加压力,要我戒烟。他们为我准备了戒烟糖、戒烟茶。我自己也想戒,身边不备烟,实在熬不住了,就向包子衍、徐斯年这些烟友处去"打游击"。开始,他们只给我戒烟糖。糖吃完了,我还是死乞白赖不走,非要烟不可,不给就抢。往往是吃糖抽烟两不误。久而久之,他们知道我没治,骂一声"没出息",就主动把烟递给了我。包子衍知道我烟瘾大,除香烟外,还特地为我准备着雪茄。每当我走到他办公桌前时,他总是先问一声:"是要枪(指香烟)还是要炮(指雪茄)。你是顽固堡垒,非用炮轰不可!"在我自己解除了戒烟令之后很久,他还在为我准备着"枪"和"炮"。

当时,我们都是六七十元月工资的廉价货,生活过得相当拮据,可包子衍还时常向我摆阔。一九七八年,我们合作写了一篇文章,他写了其中的第一节。稿子发表了,但他应得的稿费却一文不要。理由是:"我比你富有,这是一;第二,我是烦琐派,只会搞资料,像理论这套需要'上纲上线'的文章,功劳和罪过都应划在你的账上。"有一次,他从上海探亲回来,比着他的尺寸为我买回来一条裤子。说是他看我穿着北方制作的大裆裤,本来很瘦的人就显得更瘦了,所以他为我买了这条裤子,要我"扬长避短",打扮一番。我遵命打扮了,可钱却交不出去。他说:"我要放高利贷,等你富有了,加倍还我。"

包子衍很随和,与周围人的关系都处理得十分融洽,但他在学术研究上却是很倔。一次,一位老先生发表了一篇文章,他看后很生气,认为这文章为了攻讦别人而不顾起码的事实,非写文章反驳不可,而且要署真名,冒犯权威也在所不惜。他连夜将文章赶出,好像出了一口恶气,逢人便说。人家故意给他泼冷水,说是"小骂大帮忙"。他毫不介意,并自认为"小骂"派,希望有"大骂"派出台。

对文艺界和理论界长期避谈和忌谈冯雪峰的情况,包子衍是很不以为然的。一九七八年,当他得知冯雪峰的冤案中央将予彻底平反时,他欢喜雀跃,鼓动我们写文章,为冯雪峰恢复名誉。他惟恐我们不写，就自告奋勇地写了个开篇，交到我的案头，将我的军说："冯先生是你们出版社的人，你们有责任为他恢复名誉。我是个搞资料的坯子，离开资料就说不上话了，不像你们这些搞理论的，会上纲上线，会说空话。如果我有你那两下子，文章早就出来了。何必这样低三下四求人哩！写吧，接着我的写，要资料，现成的现给，没有的为你跑去。"在他的催促下，这文章总算由我完稿了，发表了。我觉得写得不好，可他却很满意："发表了就是胜利！"

一九八三年冯雪峰诞辰八十周年之际，他的《冯雪峰年谱》，在雪峰家乡义乌人民的支持下，排印装订成册。这份年谱，没有前人的研究成果可作依傍，完全是开天荒的，不知他付出了多少劳动！而且又不是公开出版，作者可以享受不容侵犯的版权。一般人对此是秘而不宣的，可他却到处散发。他说："我是打小工的，搬搬砖头瓦块，是我的本分。要造大厦，得拜托大家了！"他本想与我合作写冯雪峰传，多次提过，但又多次取消："我与你的文风，总是扞格不入，我就你不着，你也就我不着。还是各干各的吧。"

中国大百科全书的中国文学卷，收有冯雪峰的词条。编者要我撰稿。我知道它的难处，耍了个滑头，推给了包子衍。我知道，包对冯的道德文章，都是十分崇敬的。"有关冯先生的事，怎敢辞让！"他这样答复了，很快就将稿子交来了。稿子只写了冯的生平，没有说及他的文学事业，编者觉得不宜采用，要我重写。在他那"怎敢辞让"的精神鼓舞下，我也只好硬着头皮，去重读冯的全部著作，另起炉灶重写。对此，他毫无怨言。

一九八一年鲁迅诞生百周年，在北京举行了一次国际性的学术讨论会。也许是由于会议组织者的疏忽，也许是由于会议组织者考虑到鲁编室太忙（正在赶编新版《鲁迅全集》），没让我们参与这次活动。对此，包子衍这个"大喇叭"立即变成了一门大炮，发了不少牢骚。暗地里却怂恿我赶写一篇学术论文，"为鲁编室去争一口气"。我禁不住他的纠缠,将手头工作推给了他,花了整整六天的时间,写了一篇三万多字的论文,《中国社会科学》杂志刊载了,鲁迅学术讨论会也采用了。对此,包子衍像赌气获胜的小孩那样大放喇叭:"人家把我们看扁了,可我们是有棱有角的!"可是,不知为什么,鲁迅研究学会第二次理事会决定鲁编室的编注者可以集体填表参加该会作为会员,他却拒绝填表。

包子衍的一生是坎坷的,据他说,他一生中活得最痛快的是在鲁编室工作的那几年。的确,他与我们相处时,工作起来是个学者,日常生活中却像个纯真而顽皮的小孩。他那艰苦朴素的生活作风,锲而不舍的钻研精神,无私奉献的职业道德,童小无猜的坦荡胸怀,给我们留下了深刻的印象。尽管在他生前,我们当着他的面没有赞誉过一词,但都从他那里获得了一种精神力量。他离京回沪工作后,听说心情不很舒畅。我们都好言劝过他,劝他不要存有职业偏见,但他总不愿意接这样的话茬,我们也就不好多问了;而且由于各处天南地北,不了解情况。我们只知道他的研究领域在不断扩大,从鲁迅、冯雪峰扩大到左联、党史和整个现代文学。我们正期待着他的科研成果面世,他却丢下一切,默默地走了!他是不甘心走的,一次我们一些中年人与老年人会餐,在吃喝两方面都败在老年人阵下时,他就发出了警告,要大家"特别保重龙体"。可是,他警告了别人,却偏偏忘记了警告自己!我们已无法再去警告包子衍了,但愿当时在座的,未在座的所有中年人,都能记起包子衍的警告,以此来安慰包子衍的在天之灵。

原载《鲁迅研究月刊》1990年第10期

冯雪峰与我放鸭子

一九六九年九月,为了"备战"和"接受工农兵再教育",人民文学出版社除了留下少数几个人搞"样板戏"之外,终止了业务,无论"革命群众"和"牛鬼蛇神",也不管老弱病残,都被"全锅端",下放到湖北咸宁文化部"五七干校",去围湖造田。其时,冯雪峰已六十七岁了,他佝偻着腰,戴着"黑帮"的帽子,同大家一起走上了"五七"道路。

开始,他被安排在蔬菜组种菜,这比起围湖造田、打垒建房等重活来说,算是轻松的了。其实不尽然:翻地开畦,运肥泼粪,弯腰蹲地侍弄幼苗,对那些老弱病残者来说,也是不堪重负的。一天下来,就着床,既难躺下,也难爬起。特别是阴雨天,黏稠得像糯米粑的黄泥巴,好像有意与他们作对,使他们有如蜘蛛网上的飞蛾,动弹不得。冯雪峰由于出身农民家庭,又参加过二万五千里长征,吃过小米,扛过步枪,蹲过监狱,在各种磨难中淬过火,因此在这个组里,干得十分出色,连最好挑剔、以找碴儿为职责的某军代表,也在人后啧啧地称赞过这个瘦弱的老头:"他比我长期在农村劳动的祖父还精干!"

当时,我正在当"鸭司令",放养二百多只母鸭。这些鸭子,是当地大棚里筛选下来的处理品,一只只毛屑屑的,吝啬得一个蛋也不肯下。经我几个月的调养,且不费饲料,春末的下蛋率竟达到了百分之九十七,保证"连"内每个"战士"每天可以吃到一个鸭蛋。这对连续啃了半年多咸菜疙瘩、不沾油荤的"吃斋"队伍来说,无疑是件大恩大德的善事,引起了军代表和连干部的十分重视。他们向我说:"你每日早出晚归,栉风沐雨,够辛苦的,需要一个助手;再说,你懂得整套农活,大田还需你去指挥,放鸭的事,你培训培训,今后就交给你的助手。"我当然同意,但当知道这个今日的助手、明日的接班人就是冯雪峰时,我却犹豫了:第一,冯雪峰做过胃大切除手术,下到干校后,经军代表特准可以买饼干来维持生命,若在湖里放鸭子,一日三餐不准时,且都是凉的,他能否承受得了?第二,湖里夏天烈日当空,没有任何遮拦,气温高达四十几度,寒冬北风刺骨不算,时不时会掉进水里成为落汤鸡,年近七旬的老头,受得了这份罪?第三,湖地的田埂都是烂泥搭的,水蚀霜冻后,就成了豆腐渣、烂浆糊;烈日一晒,又成了见棱见角、有锋有刃的死硬疙瘩,矫健的年轻人都难免摔跤,将他的老骨头摔断了怎么办?我的担心向上级说了,但没受理,因为我属"连队战士",服从命令是天职。

一九七〇年初秋,鸭子经过"夏眠"后又到了下蛋的季节,这时冯雪峰从蔬菜组调出,来到我的麾下报到。本来,他已是我的老"部下"了,当"文化大革命"进入到"大联合"阶段时,"牛鬼蛇神"除中央另立专案者外,一律下到革命群众中接受"监督改造"。其时,我是现代文学联合小组组长,冯雪峰下到我这个组接受"改造"。我的"革命性"不强,历来属于"中右",而他又让你怎么翻来覆去地看,都不像个阶级敌人,所以我们之间从来没有发生过"监督改造"与反"监督改造"之间的斗争。当时好抓"苗头"与"新动向",在我们组里,连这些也没抓到一丝一缕,很令革命者失望。

他奉命来到我身边,一见我只穿一条短裤衩,通体像醉虾一样红中透黑,便善意地忠告我:"早春,这地方的太阳很毒,你得戴个草帽。背心总得穿一个才是。"我说:"光棍一条,为的是图方便,也为了偷懒。天晴让它晒,雨天让它淋,不用换衣服;有时我还得跟鸭子在水中赛跑,下水无需脱衣服。"他听我这么说,沉默了一会儿才沉吟道:"我老了,不行了,今后不仅帮不上忙,还可能给你添累赘。"

我们的衣着打扮是个明显的对照。他戴着草帽,脚蹬胶底跑鞋,身着那套似乎从来没有更换过的灰不灰、白不白的旧卡其布制服,只是袖管和裤管都卷了起来,胳膊和腿都显得特别瘦,特别长,像干枯的松树枝斜插在他的躯干上。这样的老头,今后要跟我在这四无人烟也无林木飞禽的湖地里经历酷暑严寒,真令人心酸眼涩。

一看他这身躯和打扮,我不敢也不忍让他作我的助手和接班人,但我极愿意有个伴。我自放鸭以来,从每日睁眼到闭眼,都是在湖地里望着苍茫茫的天,汪洋洋的水,追随着鸭子度过的。见不到人,也见不到飞禽走兽。每当鸭子吃饱了,在戏水涮羽毛、将扁嘴埋进翅膀窝里睡觉时,我便寂寞得无聊。有时万念俱灰,人好像是在羽化,在寂灭;有时为了驱赶寂寞,便去捕捉青蛙或蚱蜢,听它们的叫声,看它们的挣扎。

冯雪峰并不甘于作为我的伙伴,他一来就要领任务:"我小时在农村,什么农活都干过,就是没放过鸭子。这鸭子该怎么管才能管好,让它们下蛋?我该帮你干些什么事?"我如数家珍地向他传授了养鸭子的经验,至于他的任务,我不太经意地说:"一切有我照管,你只帮我看着它们点,不要让它们瞎跑,或掉了队,或往禾穗已勾头的稻田里窜,毁了庄稼。"

他领了任务之后,就马上去鸭群边寻找自己的岗位。当时鸭子已吃饱,在水洼边睡觉。我叫他不要去惊动它们。他还是蹑手蹑脚地往鸭群边靠,死死地盯住它们,生怕它们一展翅就飞跑了似的。

鸭子醒过来了,在水洼里戏水。冯雪峰很紧张,围着水洼来回跑,任我怎样制止也无效。看来他将我交给他的任务牢记在心,坚守着自己的岗位。

太阳偏西了,为了让鸭子晚上饱餐以过夜,我将它们赶入深水中去限食(行话叫"限")。"限"到一定时候,鸭群开始骚动、哗变,饿慌了的四处乱窜。冯雪峰见此情景,紧张、慌乱得像热锅上的蚂蚁,挥舞着鸭竿,顾此失彼地应接不暇。

鸭子在深水中"限"了两三个小时,太阳已靠近地平线,该是让它们进食的时候了。我吹了几声口哨,鸭子拍打着水,"嘎嘎嘎"地叫着向我飞扑过来。我将它们引至一块刚收获过的稻田,这里有稻粒、草籽、虫虾和田螺等,可让它们荤素搭配着饱吃一顿。

冯雪峰见到了刚才的一切,感到了千斤石头落地样的轻松。他说:"看来我的紧张是多余的,鸭子都听你这个司令的指挥,招之即来,挥之即去,何苦要我多操心!"

话刚落音,鸭子已进入田中觅食了,一下子他又急了,简直是急疯了。他佝偻着腰,沿田埂疯跑,摔倒了,又爬起急跑,又摔倒了……这样反反复复多次,土疙瘩、鸭竿都与他作对,将他绊倒。我不知发生了什么事,开始以为是鸭群中出现了黄鼠狼,让我也紧张了一阵子。过了好久,我才弄明白。原来,经限食的鸭群,一到觅食的地方,为了调查了解食物的情况,也为了争夺觅食的有利地盘,下田伊始,就低着头,耸着尾,做好冲刺的准备,至少跑遍一匝才肯落嘴。冯雪峰不了解它们觅食的规律,一见到这情景,担心它们跑飞了,所以才拼命地追赶、堵截。他时时刻刻都在记着他的岗位和职责。

他放鸭第一天的战绩不佳,付出的代价却很高:脚手都挂了彩,衣裤甚至头发都浆上了泥沙。

他付出的代价也得到了一点补偿。第二天清棚捡蛋时,白花花一片,二百零六只鸭子下了二百零三个蛋,鸭子报答了这位老人。这老人看到这一丰收景况,像小孩一样,天真地开怀大笑。

冯雪峰与我放鸭子

以后两天日子过得还算太平,鸭子乖乖地听指挥,我们也赢得了清闲,可以聊聊天。我想利用这样的机会,在没有第三者在旁的情况下,无所顾忌地向他请教一些问题,如他与毛泽东、鲁迅、瞿秋白、张闻天等人的交往,中国现代文学史中的多次争论,以及他个人爬雪山、过草地、蹲监狱等传奇般的经历。我提的问题很多,但他几乎不接应这样的话题,要么说,这些已写过材料了,要么叫我去看某某革命组织印发的文章或资料。我感到,虽然他已两度作为我的"部下",但他属"黑",我沾"红",分属两个营垒,虽然在干校,"红"与"黑"已不像"文革"高潮中那样泾渭分明了,大家同属"天涯沦落人",但"防人之心不可无"啊。他不愿说,也许还因他不愿在过往的日子中讨生活,翻疮疤,他有很多不堪回首的往事。

我向他提的问题没有得到反应,倒是他向我提了许多有关放养鸭子的问题,我都一一作了说明。我滔滔不绝地说,他专心致志地听。他越是听得认真,我就越说得有兴,以这样的"高堂讲经"打发无聊的时光。有一次,他插话问我:"你很小就离开农家,也没有放养母鸭的经验,为何取得了这样高于鸭师傅的成绩?"我不假思索地说:"党把我培养成知识分子,本想干点文化工作,从来也没想到还会返回去当农民,当鸭师傅。我干得再好,对党对己都是个损失。但命运既然做了这样的安排,个人改变不了。怎么办?要么苟且偷安,要么玩世不恭,要么愤世嫉俗。我不愿这样混和闹,只好奴性十足地干一行爱一行,钻一行。从干中实现自我价值,寻找人生乐趣。目前我不能与人交往,就与鸭子结伴,观察它们,了解它们,研究它们的生活规律,从这种研究中寄托爱心,锻炼已经生锈了的思维。不然,我整日在这荒无人烟的湖地里,被动地经酷暑、历严寒,不被环境戕害死,也会自己闷死、憋死……"他听了我这席话,颇有感触地说:"这是一种人生哲学!抱这种人生哲学的知识分子不多。的确,有人认为这样的人是安贫乐道的庸俗之辈,或是不反抗命运的奴才。但什么叫俗人,什么叫奴才,都是那些怀才不遇、愤世嫉俗的'志士仁人'诠解的。这些人到底有无才,还是个问题,往往自认才富五车的人,说不定他的才还不够一合一升。生活中不乏这样的人,大事干不来,小事不愿干。宝刀可以断铁,岂不能断木!铅刀还应一割哩。我曾经说过,人世间有在高堂应对的主人,也有在灶下烧火做饭的奴婢;有日驰千里的车子,必得有铺路的灰砂碎石。鲁迅曾经写文章界别过'聪明人'、奴才和傻子。我看,世界上多的是'聪明人',奴才也不少,缺乏的是傻子。如果多些傻子,世道就好了。"

自这次不经心的交谈之后,我们之间那堵"红"与"黑"的墙,慢慢地变小了,变矮了,特别是自干校回到机关之后,我们成了忘年交。这种变化,也许跟这次交谈不无关系。

很可惜,我们在干校相处的日子不很长。大约是在他来放鸭的第四天,就发生了一起影响他放鸭生涯的事。他从此再不作我的助手,更没能做成我的接班人。

这天下午,我们在鸭子限食的时候,天南海北地聊天,待我吹哨将鸭群召上岸时,发现少了近三分之一的鸭子。我知道发生了什么事,便将上岸的鸭子交给冯雪峰,让他独自照料它们觅食。我却纵身跳下水去,游向肉眼不及的湖汊处,去寻觅脱群的掉队者。然而寻遍所有的湖汊都没找到,后来在一片稻田中传来了窸窸窣窣的响声,上岸就近一看,它们正在絮絮地偷食稻穗。由于时近垂暮,它们恋食不舍,费了九牛二虎之力才将它们赶了出来,逐向湖中。待我将它们赶归鸭群时,天已蒙蒙黑了。冯雪峰还在等着我,费劲地在拦阻、堵截早想上路归棚的鸭群。我见此情景,禁不住说了几句硬话:"到这个时候了,你应该随机应变,先把这批鸭子赶回去,何必死死等我!"他没有分辩。不难看出,他在自责自咎。我为了缓和紧张空气,便说:"没事。鸭子不像鸡,不患夜盲症,只要有点月光,它们会回棚去的。"

冯雪峰与我放鸭子

考虑到鸭子熟悉我的身影,由我在前面引路;为防掉队者,由冯雪峰殿后护驾。长长的一列队伍开拔了,在浩浩荡荡地前进着。待我将它们放至鸭棚时,却不见了冯雪峰。我赶忙返回去找人。拐了一个弯,下了一个坡,在一条水沟边听到了鸭叫声,却不见人影。待我闻声找去,只见冯雪峰在水沟中一手捏着三只鸭子的脖子,另一只手在草丛中既摸且按。惊恐的鸭子只蹽不叫。我下到水沟中摸住了这只鸭子,并扶他上了沟岸。催他往回走,他却蹲在岸上不动。我担心他摔伤了走不动,他说没摔伤,只是担心还有掉队的鸭子没发现。我告诉他,掉队的鸭子会叫唤,除非碰到了野兽。他这才放心地跟着我回去了。待到灯光下一看,他全身都是泥泞,胶鞋也掉了一只,原有的伤口又在渗血了。

次日清晨,他按时赶到鸭棚,也照常跟我赶着鸭子下到湖地,但他整整一天再无兴致向我请教鸭经了,几次向我提出:"我腿脚不灵便了,赶不上鸭子,你给我的任务胜任不了。昨晚上我犯了错误,今后还难免再犯。为了不给你添累赘,也为了鸭群得到更好的照料,我想请求调回原组去种菜,干些力所能及的事。请你代我向军代表、连干部请求一下,就说我干不了,干不好。"

这事引起了我很久的思索,如果冯雪峰是个苟且偷安的人,巴不得在我这棵树下乘凉,天塌下来有"司令"顶着,管它那些闲事;如果他是一个玩世不恭、愤世嫉俗的人,正可拿鸭子来撒气,鸭子丢了、死了,其奈我何?但他却傻子似的忠于职守。他来放鸭子,是出于一种责任心,他请求免除这差事,也是出于一种责任心。

由于我有这种考虑,也由于人所应有的对一位老者的同情心,马上向军代表和连干部转达了他的请求。好在他们并不怀疑冯雪峰的劳动态度,没有"抓阶级斗争新动向",同意了他的请求。没过几天,就将他调回原组去了。我有点惋惜,但也庆幸他从我这里得到了解脱。不然,像他干事这么认真的人,哪怕只与我一起再经历一个秋去冬来,也许不要等到一九七六年,在干校就得向他的遗体告别了。

写于冯雪峰诞辰九十周年之际

原载《中华散文》1994年第4期

不像"长"和"家"的楼适夷

元月三日,是楼老适夷同志九十华诞。人生七十古来稀,现在是社会进步人增寿,八十、九十也不算"稀"了。但他是一九二六年的老党员,"左联"党团成员,鲁迅的朋友,与郭沫若、茅盾等也有交谊,在多条战线上战斗过,蹲过国民党的监狱,在新四军、志愿军中当过官,从事创作、翻译和新闻出版工作已七十多年了,这样丰富的阅历是够"稀"的了。他属"长",是副部级,也属"家",是作家、翻译家和编辑出版家,"长"而兼"家"者也属"稀"。物以稀为贵,按他这样的资历和贡献,照例当在他寿庆之日,轰轰烈烈庆贺一番,纪念一番,让电视有其影、广播有其声、报刊扬其名,也是理所当然的。但楼老很"顽固",坚守党内多年订下的规矩,坚决反对为他祝寿,为他宣传。好在他现在正卧病在床,耳也不灵,可以背着他搞点小动作。经他老伴默许,在他家关起门来搞了个家庆。来人只限于家属,常来常往的在京挚友和单位的同事。有两个记者混迹其间,他本人未曾发现。

为了尊重楼老的意见,我在这里不说他的"史",也不说他的"长"和"家"。我生也晚,他比我父亲年长近二十岁;我刚进社时,他已"长"社十多年了,给他当学生还排不上辈,怎能妄口雌黄,就他的"名"来说长道短呢,只说他不像"长"和"家"的几桩小事。

我来社时,他是社内编译所所长,住在阴暗的后楼。他的属下都是些在历次政治运动中被冲刷下来的大人物,各种各样的"分子",也有国民党的起义将领。凭这些人的实力,办一所国家级的文科大学或研究所,都绰绰有余,但他们都被打入另册。听说楼老"思想一贯右倾",为人大大咧咧。领导正用其所短,结果当然"很不得力"。他没有与这些人划清界限,证据是:他常与这些人"打得火热";每星期六的生活会,总是开得浮皮潦草,"思想不见面"。这就为所内个别很"进步"的大人物提供了打小报告的材料,他经常被告发,被检举,而他自己却蒙在鼓里。可见他既不善于领会领导意图,也不了解下情,不够"长"。

"文化大革命"中,编译所的人,几乎都是"牛鬼蛇神",而他却是"牛鬼蛇神"的头子。以前是不够格的"长",可这次却享受到了"长"的"最高待遇":批得最狠,斗得最凶。

他不够"长",也不像"长"。落实政策后,按职务他可以有专车,可他不要;可以配秘书,也不要。他多拿几个钱的工资,总是心不安。与我见面时,他总是说:"我没干什么事,还享受这么高的'俸禄',太不应该了!"政府特殊津贴,当然有他一份,他得知后,又反复说这类似的话。近几年他因病不得不去光顾医院,但十之九是强迫他去的。住进去还不到痊愈,就吵着要出院,借口是"生活不习惯",实际上是嫌花费太贵,越是花公家的钱,越感到心痛。

他不像"长",倒像个谁都想去亲昵一下的孩子。一九八三年,我奉命陪他坐火车从杭州回北京。开始,我谨守晚辈的身份,不敢轻易言笑,奉命惟谨。可是在车上同坐不久,不知不觉之间,我们的身份似乎倒了个过。他主动与我聊家常,还掏钱为我置饭,言谈举止没有一点"长"的派头,更没有凡长字号人物不可或缺的"哼嗯嗬呀"之类的腔调。沿途说说笑笑,冷不防还哼起歌来。他的嗓子并不高明,唱到得意处还要听我的评价。我实在不敢恭维。他笑笑,过会儿,又在无腔无调地唱。自此之后,我与他接触多起来了。他经常以小孩似的口吻跟我说话,而我却防不胜防地冒出大人般的口吻。别后才又一次意识到我们又颠倒了身份。

他不像"长",更不像"家"。按说他在文学领域内,十八般武

不像"长"和"家"的楼适夷

艺都是行家里手,至于现代文学史,那是他参与创造的,博士生导师都得向他请教。凡是去向他请教的人,都会成为他的朋友,特别是年轻人,更是礼之如嘉宾。有问必答,有求必应。学生的作业,他不仅批改,还认真阅读,认为"开卷有益"。我写过一点东西,不少是他提供的材料,文章一发表,他总是抱着一种先睹为快的态度,细细阅读。并毫无保留地告诉我他的意见,凡他认为可取之处,还要向人吹嘘。

他不像"长"和"家",可有时又比"长"还"长",比"家"还要"家"。为真理他敢"太岁头上动土",是老朋友也"翻脸不认人"。大约在一九八〇年,他的一个朋友,比他更大的大人物写了一篇不尊重史实的文章,他立即写了一篇辩驳文章。但当时改革之风还不强劲,一家独鸣的风气还未打破,他的这篇文章在北京不准刊发,不得不钻门子到外地去发表。该文一发,到处传抄,学者们都引以为据来"拨乱反正"。可见他不仅有"家"之专,还有"家"之胆。

他的胆也是够大的,比"长"还"长"。冯雪峰逝世时,"四人帮"特命不许举行仪式,不许致悼词,送丧的人数也严格限制。当时楼老还戴着大摞黑帽子,是专政对象,自然在限制之列。但他偏要抗命去冯雪峰遗体前送上一束鲜花,并堂堂正正写上自己的名字。

原载 1995 年 1 月 25 日《中国文化报》

我的初小老师

在我五岁时,父亲即把我送到一座深宅大院中,伴着一群年龄大致相仿的孩子,在一位穿长衫老师的带领下,齐刷刷地列队在一个类似神龛的台桌前,气氛相当肃穆,闻不到一点声响。长衫老师发布命令:"站好。一叩首!"我们不解这"叩首"的含意,大家面面相觑。不知是谁自作聪明在嚷:"快脱裤子,解手!"长衫老师乱了方寸,急忙跑到队列前示范:跪下,磕头。原来它就叫"叩首",这玩意大家曾随父母在庙宇中,或在祖先牌位前演习过,以求神灵或祖先的保佑。于是大家听从命令,"三叩首"而礼成。待礼成起身,只见面前墙壁上贴着一张凹顶的老头像。后来知道,它是"至圣先师"孔老夫子的挂像。我们进的是新式学堂而非私塾,学的也并非子曰诗云,但穷乡僻壤的古风旧习,几十年的民国风雨也吹打不到这块地方。而这新学堂也并非国民政府的新政,它是陈姓家族集资创建的。我们生在民国,却活在宗族社会中。这学校叫"文成第一小学"。据说文成公是我们的老祖宗,以他命名的学校遍布于陈姓的村庄。

这一入学仪式给我印象最深的是这"至圣先师"的挂像。他的凹顶,即史圣司马迁所说的中低边高的"圩顶",显得怪样而可笑。据大人说,伟人无凡骨,模样与凡人不同。我们摸摸自己凸的头颅,也只能自惭形秽了。

仪式之所以庄严肃穆,还在于我们宗族中的一些有声望、有学问的人都光临了。他们坐在我们的后面,有的还在仪式上致了辞,说些希望我们好好学习、光宗耀祖的套话。他们都敦请一位叫作"老校长"的人讲话。这人不苟言笑,只是一味地摆手。他长得像门神,一身黑色,黑皮肤、黑衣衫、黑眼镜,我们都怀疑他是在墨汁中腌渍成的。而且我们还从黑想到影、想到夜,想到鬼和神,因此不敢正眼瞧他,望而生畏。但他却受到所有在场的大人们的尊敬,包括我们的家长,都敬称他先生或老师。

后来听说,他从青年时代起,就是这文成一校的教师和校长。孔夫子的挂像是否为他所供奉,不得而知,但从学校的面貌看,孔夫子似是挂在门面上的一个羊头。学校正厅中,楷书恭录了孙中山的遗嘱,这"老校长"亲拟的"团结""勤奋"四字校训分立"遗嘱"两旁。厅柱上挂着也是他亲拟的对联:"于实践中求学问,从艰难处下功夫"。据说他有自己的一套教育思想,是什么"致天下之治者在人才,育人才首为启蒙教育","荒山里有奇花,草莽中出人才"等等。因此,孔夫子"有教无类"的教育思想他是服膺的,并身体力行。只要他认为是可以培养的好苗子,不管他出身怎么贫贱,就视为自己的子弟,特别钟爱,而对那些纨绔子弟,不管他出身多么高贵,只要不服教管,就给予严厉的惩处,甚至鞭笞,有的被他打出了屎尿,因此他有"活阎王"的恶谥。

这"老校长"抓智育狠,抓德智体全面发展也有方。学校专辟有阅览室,少儿书和报纸摆得满满当当。校旁有操场,篮球架,跳高跳远的沙坑,单杠,双杠……室内有乒乓球桌、哑铃、滑板等,他常说"中国要想强盛,首先得摘掉东亚病夫的帽子"。天井中种有四季常开的各种花草,承檐滴的水沟饲养鱼虾……环境布置得相当优美。

据说他治校有方,几十里方圆的学校都争相聘请他去执教,而他执教的学校,又可吸引方圆十多里的别村的孩子去就读。我们这次的入学仪式他是从别校赶来参加的。大人认为好的,小孩不见得喜欢。我们巴不得不见这"活阎王"。

没想到当我读三年级时,他却忽然门神般地站在我们的讲台上。他的身影遮住了大半块黑板,手里握着一把戒尺,一副立马横枪的架势。他站上讲台的第一句话是:"我回来了!"我们真好像是在看大戏中的恶鬼亮相,吓出了一身冷汗。后来我们听说,他是被族人从远村学校特地邀请回来掌教族人子弟的,族人子弟不争气,在校中野性未改,成绩平平。可见族人对他抱有很高期望。淘气鬼需要凶神恶煞来管束,这也是事之必至理所必然吧。他这一课的第一讲是点名。点到谁,谁就得站起来,说一声"到"。这一课倒也没有什么新鲜,以前的体育课都有这样的仪式,但上课时点名却还是第一回,够我们瞧热闹的。只见他的黑框眼镜随着点名的声起声落在起伏,一时拉下,翻起眼珠在瞧你,死死盯住你,似乎他不仅要瞧个够,还要瞧个透;一时又把眼镜扶正,专注他手中的花名册。点到我时,我不敢正视他,勾着沉甸甸的头。他几次叫我把头抬起来都无效,于是笃笃笃一片沉浊的脚步声落到了我的课桌前。我想,这下可完了!禁不住全身发抖,耸着肩膀抽紧筋肉准备挨他的戒尺。可是戒尺并未落下,我反而怒从胆边起,拳头紧攥,高昂起头,怒目相向。可他却若无其事地说:"男孩子还怕羞哩,到底认识你了。"然后他回到讲台上,继续点名。

课后我们为了了解这位新来的先生,便四处打听他的情况。他叫陈阜东。"野心不小,要使中国富强,东方富强",高年级的学生这样说。更有学问的却是另一说:这名字没有什么深意,无非是将陈字拆开来叫罢了。几个淘气包凑到一起一琢磨,然后宣布,这"阜"字是错的,应是"屌",叫他陈屌东好了。这个"屌"字是他们的专擅,口里说的是它,到处写的是它,特别是在厕所等僻静处。他何以一上课就点名?有人说,这一招可厉害啦。他通过点名盯你,就把你的魂魄摄走了,以后你干什么坏事,他都一清二楚,有办法制服你。有的作了补正:没这么玄,他不是玉皇大帝,无非他是通过点名为你看个相,他看相可灵啦,可以看出你的性格、脾气、能力、前途等等。至于他手中的戒尺,说法更是五花八门:说它是神尺,谁挨了它的打,谁就会变得聪明;有说它有嘴有牙齿,谁碰上它,就会出血掉肉,它会喝血吃肉。

他的长相,有关他的传说,的确把大家镇住了。上课时,再没有爬窗子、钻课桌、嬉笑打闹的了。偶尔有人故伎重演,这老师只要把戒尺一举就被降服了。至于这戒尺喝血吃肉的事,一次也未见过。他的确很威严,但当学生问题回答得很圆满时,也会雨过天晴,盈盈一笑。凡出现这样的情况,课后同学们都奔走相告:今天"开天"了!我曾多次让他"开天",因而赢得了同学们的好感。

同学们不敢见他,可是他却时不时地把同学召到他房间里去。有笑着出来的,也有噙着眼泪出来的。后者是否挨了他的戒尺,有说挨了的,有说没挨的,莫衷一是,因此这戒尺的威严一丝未减。

我也许不是他的重点教育对象,没有被召单独谈话的荣幸或惊恐。只是抗日战争胜利前夕,他忽然把我召到教师办公室去见学校的所有老师。我自忖没有犯大错误,何以要他们都来公审!我进去了,他们正在议论抗日战争的形势,没有提审我。在议论中,阜东老师提到了我一篇有关抗日的作文:"一个小学生,能写出这样情真意切、义愤填膺的作文,应该张贴出去,让大家传观。"一位老师望着我提出疑问:"是你自己写的吗?"阜东老师代为回答:"他家里没有拿得起笔的人。"事后我在犯疑:他们讨论抗日战争形势,何以要把我这个乳臭未干的小学生找去,是受形势教育,还是要不耻下问,问道于盲;即使我的作文写得还算可以,达到传观的水平,张贴出去不就得了,何必劳神所有老师,莫非他也要师长传观?也许阜东老师是按捺不住心头的喜悦,做事也就乱了章法了。

阜东老师经常往学生家里跑,也许是做"家访"吧,而我家似乎一次也未光顾过,只是有一次在路上偶然碰上了我父亲,我也在场,他们交谈了一阵子,谈的话题好像是我。我故意离得他们远远的,算是"回避"吧,谈了些什么,懒得去偷听。只是临到他们分手时,听我父亲大声说:"这孩子,请老师严加管教!"我想,阜东老师肯定向我父亲告了密,说了我的坏话,因此,我更不愿意亲近他,敬鬼神而远之。

阜东老师在这里教了一个学期,待成绩一公榜,不少家长就送来了鸡蛋、小鱼虾和菜蔬。说是自己的孩子,在这一学期中,大有长进,再也不调皮了,成绩也提高了,要来向他表示一点心意:"礼轻情意在,怎么也得收下。"可是他就是不收,一概拒之门外,家长没带走的,就叫他的学生带走,有的学生很为难,几天还没带走,菜蔬都干了。最后还是谁家送的,就让谁家的孩子带走了,谁也不敢抗命。为此这老师受到了家长和学生的普遍责难,说他是倔老头子,不通人情。我家里从未给他送过东西,因为我父亲曾是他的得意门生,熟知他的为人,没有去自讨没趣,我也就乐得成了圈外人。

他教我到初小毕业,后来我去村外十里的地方读高级小学,从未与他见过面,也没有任何来往,可说是音信渺无。只是听说过他曾就那些上高小的他的学生发表过一番议论,说谁家的孩子可以继续上学,谁家的孩子去上学也是白花钱。后者的家长背地里都在咒他,说他长的是张乌鸦嘴,不得好死。

当我高小毕业的时候,我在家中几次见到了他。他来不是找我的,似乎是在与我父亲交涉一件很神秘很重要的事。按"家规":大人的事孩子是不得与闻的。只是有一次父亲送他走时,我在门口碰见,见他忿忿地指着我父亲说:"真是死脑筋!缺钱粮,族里不是有励学谷吗?族上的事,我给你打包票还不行!小小年纪,留着他种田,能种出几粒谷子来……"事后父亲告诉我,他力促送我继续上学,并说村子里陈姓子弟,只有两人适宜读书,我是其中之一。我奇怪自己为何能得到他如许的厚爱。父亲说,他一直在观察和考查我。我在高级小学的表现和成绩,他都了如指掌,每门功课考试得分,他比我自己还清楚。

我的初小老师

高小毕业后我在家做了三年后备农民,每逢中学招考前夕,他都要来我家做父亲的思想动员工作,真是锲而不舍。当他得知我每逢招考都去代人考试而都百发百中时,他就两手一摊,直呼我父亲的名说:"你是作孽:你儿子把人家送进校门,而他却进不去,他好受吗!"

解放后,我才得以继续上学。一九五六年考上了大学中文系,他忽然来到我家。这次他不是找父亲,而是找我。他拿来几本书,其中一本是白文本《文心雕龙》,说要送给我留作纪念。另外还有一摞信,是我们邻村的孙俍工及其夫人写给他的。孙俍工算得上是我们的乡贤,他在毛主席就读的湖南一师教过书,毛主席曾向他学过书法,"五四"时期发表过一些文学作品,后来留学日本,学成回国在各高校当教授,曾任复旦大学文学院院长,不时有译著出版,与毛主席有诗词唱和。阜东老师告诉我,他与孙俍工同过学,了解甚深,并以他为榜样勉励我说:"孙俍工家里是个佃中农,是农民的儿子。你也是农民的儿子。我已老朽无成,同学中有孙俍工,学生中会有你陈××,我这辈子也就不算白活了!"

应该说,阜东老师对我是有知遇之恩的,虽然他只是一个农村的小学教师,识见没有饱学之士高明,且身微而言贱,几乎是像我父亲一样的草民,他的话也起不了什么作用。但他无缘无故地对我另眼相看,予以深深的厚爱和长期的关注。虽然他从未当着我的面说过一句嘉奖的话,就是我临上大学前也只是谈了他的希望而已。韩愈说过老师的职责是"传道、授业、解惑",而阜东老师却还一直关注着他的学生的成长,并在他们身上寄托着他的理想、抱负。母爱是无私的,师爱却更其博大!

也许是他给我的第一次印象不好,也许是同学们都很怕他,口碑不佳,我读大学期间,仍然没有主动给他写信致以学生的问候。倒是一九五八年,他曾寄给我一些歌颂"三面红旗"的诗稿,并附言说:希望我能给他修改发表,以换取一点米粒糊口。后一句话我并未在意。事后才得知,他被当局辞退了,理由是年龄已大,且一生主要在国民党政府时期教书,对新社会贡献不大,只能辞退,不得领取退休工资。他被辞在家,生活无着,四肢已挣不到工分,只能凭一双高度近视又患白内障的半瞎老眼,学着编织草鞋卖。这草鞋在市场上没有竞争力,既不跟脚也不经穿,只能靠一些怜悯心强的人"义买"。紧接着大家勒紧裤带"过苦日子","义买"的人便绝迹了,于是他就被活活饿死。教了一辈子书的人,居然成了饿殍!

待我得知这一消息时,他早已成了一抔黄土。一位终生恪尽职守、教书育人,且有教育思想而又乡里闻名的严师,居然落得个饿殍的下场。我作为他的同乡,他的及门弟子,哪堪忍听这样的惨剧!人老了,岂可弃之为敝屣,从旧社会过来的人,难道要迫他为旧社会殉葬!我本想为他向主管当局去讨个说法,但"百无一用是书生",书生去为书生说情能管何用!只叹我自己还是一个穷学生,没能在经济上给他丝毫接济,也没有机会去"义买"他编织的草鞋,让他去换取救命的米粒。他以博大的爱寄予了农家子弟,而最终却难以得到社会和他的学生们的一点施舍,于情何忍!但施舍本身就是一种悲剧,但愿这悲剧不再重演!但愿今后不再有古人的慨叹:"宁为百夫长,不做一书生!"

原载《中华散文》1999 年第 10 期

我看君宜同志

初见"韦老太"

上世纪六十年代初,我来到人民文学出版社在君宜同志麾下当一名小编辑。当时的社长是严文井同志,但他在中国作家协会上班,实际主持社务的是君宜同志。她重点是抓当代创作,其他古典、外文、戏剧等部门都有文艺界的名人分兵把口,她似乎很少过问。我初来社时,分在现代部的小说南组,最高统帅就是她了。她的办公室就在我们隔壁靠楼梯口的一个小房间,称得上是朝夕相处,抬头不见低头见。但她是位不善于与群众打成一片的领导,除了工作接触之外,很少与大家闲聊。有一次,我在公共汽车上碰到了她。当时的社领导,没有沾到改革开放的光,出行要么以步代车;要么与普通百姓挤公共汽车,没有现在头头们的神气和风光。我既然与她在车上碰了个正着,出于礼貌,主动跟她打招呼,她却滴溜着眼珠,瞄了我一眼,就毫无反应了,弄得我很尴尬。开始我还以为是认错了人,便仔细端详着她:只见她在那里旁若无人地在自言自语,穿着一身不合体的布装,上衣的扣子没对准扣眼,前襟成了参差不齐的两片,裤子前后片也系得不对称,裤线溜到腿后去了。斜肩挎的"坤包"是个大布袋,像是一个老八路,也像是一位长途跋涉去朝圣还愿的香客。她在自言自语时,总是不断地在耸鼻子,扶眼镜,这眼镜和鼻子似乎老在闹别扭……不错,这就是君宜同志,我们见惯了,我没有认错人。果然,一到社门口的车站,我们一起下了车,直奔各自的办公室。从此以后,我从未主动跟她打过招呼,有时面对面地相碰了,我总是侧身而过。为此,我还向同事们数落过她,认为她官架子太大。可同事们说,她是最没官架子的,她就是这么个习性。所以她刚到中年,大家就习惯地称她为"韦老太"了,很少当面叫她"同志",更没有随俗地尊称她的官衔,可见大家对她的亲近甚至亲昵。

  类似的经历还有一次,一九八三年,当时正在搞职称改革试点。她作为行政领导兼任职称改革评审委员会主任,我在职改办公室任副主任,与她的接触多了。一次,在她所在贡院的家里开评委会。我是第一个到她家的,大门虚掩着,敲门不见反应,便直闯了进去。走到她所住的北房时,敲门又无反应,隔窗一望,只见她正在书房兼卧室中伏案工作。我自报家门,她在案上连头都未抬,只说了一句有关她自己的话:"快完了,很快就完了。"她既不叫座,也不问茶水。其他评委相继来了,也是任何招呼都未打,各自在厅里找位置坐,找茶水喝。这些有资历有声望的评委谁也不在乎,因为他们太了解"韦老太"了,见怪不怪了。

  但是,我却总想从她的"怪"中窥视到一些别的东西,属于她本身的,属于社会的……

左右说不清的"左"和"右"

  在上级领导的心目中,君宜同志是"右"的,少数"革命性强"的群众也是这么看。但是,在"左"遍天下的年代里,绝大多数群众倒是愿意亲近"右"的,总觉得在"右"的那方,可以避避"左"的暴烈而毒热的阳光,多少能尝到人间的一点人情味。也许是如此吧,君宜同志还在中年时,就当上了"韦老太",老大妈总是可以亲近的。我生也晚,当君宜同志在解放初就在团中央担任宣传部副部长兼《中国青年》总编辑,其后又主编《文艺学习》时,我还是个学生,左右看不出她的"左"或"右"来。待到我来到她的麾下当一名编辑小兵时,听说她在五七年差点划成"右派"。我刚来社时,她刚"下放劳动"回来,是否因为"右"而负罪改造?在工作接触中,只感觉到她在忘我工作,没日没夜地看稿子,稿子在她那个很不时髦的布包里,形影不离。在审稿过程中,很少唱高调,说套话。一九六五年,编辑部决定一部"献礼"书稿的选题时,连续开了几天会,会上几乎一边倒地肯定了这部稿子,说它题材如何伟大,是史诗,要重点抓,突击性地加工改定。临近散会时,我憋不住了,对这稿子唱了反调:虽然题材好,但它不是作品,只是一捆草,我看,要作为献礼书,是赶不出来的。我话音未落,邻座的老编辑龙世辉掐了我一下大腿。我意识到犯大忌了,赶紧收住。紧接着是君宜同志总结,她似乎先得我心地说:稿子是不成熟,艺术上太粗糙了,编辑加工量大……然后面向龙世辉说,老龙有加工经验,你就逐章逐节去加工吧。会后龙世辉批评我,说我初生之犊不怕虎,讲话不看场合。我说,这是实话,君宜同志不也说了吗。他说,有几个像她那样"右"的人!现在是"政治第一"呀!

　　如果这也算作"右",那可真是左右说不清了。有关君宜同志的"右",历历可数的还有。一九六五年她带队去河南"四清",回来之后,据说受到了组织的批评,因为她带队失去了"政治方向",理由是冯雪峰隐姓埋名在"四清"时,各方面表现不错,地方"四清"工作队和所在生产队群众一致推举他为"模范'四清'工作队员"。这样,作为领队的韦君宜当然难以辞其咎了,因为她没有清算"大右派"冯雪峰的旧账,没有制止地方工作队和群众的荐举。附带说一句,碰到这样的事,即使"左"经念得很熟的高僧,临事也恐怕难出高招,因为冯雪峰的隐姓埋名下去"四清",是经上级批准的,如若公布了冯雪峰的真实身份,岂不是出卖了组织,罪加一等了。

史无前例的文化大革命刚一开始,韦君宜就是人民文学出版社第一位批判对象,因为她是所在单位的"头号走资派","贯彻了反革命修正主义文艺路线"。连续多天的批判会到底清算了她哪些"罪行",当时就已记不清了,她说的每句话,做的每件事,都是在贯彻中央的指示,这指示出自何人、何地、何时,她都"交代"得很清楚,与会的人,无不佩服她那惊人的记忆力。有关她本人的"罪行",只记得有一条,即举国大批"鬼戏"《李慧娘》时,她在给作者孟超做思想疏通工作时,说过一句"丧失立场""思想极右"的话。该话道:"文艺界的事,可大可小。"可就是这么一句很"小"的话,翻来覆去闹得可"大"了。后来她精神失常了,与世隔绝了多年。祸兮福所倚,好在她从此之后再也没作为批斗靶子,留下了一条老命,重返人民文学出版社的领导岗位,继续当她的"韦老太"。

"韦老太"的"右",是烙在她额头上的金印,是附在她身上禳除不去的厉鬼。一九七〇年顷,在湖北咸宁文化部"五七干校"首批"落实政策""解放干部"时,军代表钦定要予以"解放"她了。"解放"时,有个必不可少的程序:先自己检查,继予"批判"。这"批判"稿是组织抓的,虽强调了要实事求是,但必须上线上纲。由当时君宜所在的班起草批判初稿。我是这班管生产、生活的副班长,而正班长是比我"纯正"的非知识分子干部,理所当然这"批判"稿的执笔任务就落到了我的身上。她当时大病刚愈,在班上劳动表现特好,我实在不忍心去"批判",于是就嫁祸于人,推荐了所在班的一位英文组长的翻译家去当这替罪羊。替罪人满口答应,很快就交了初稿。组织看了,很不满意,说没有点到她的要害问题,没有上纲上线的有力批判,命令我大加修改或重写。在那样的环境下,愚直如我者也不得不去学习"世故",便向头头请示,批判稿"该怎么写","纲""线"该如何上。头头不吝赐教:要批判她的小资产阶级世界观,她所执行的"反革命修正主义文艺路线",特别要批判她一贯的"右"……当时所有批判的语言,上纲上线的

我看君宜同志

八股,谁都耳熟能详,写这样的应试八股并不难。何况这批判不是整人,而是"解放"人;不是落井下石,而是程序所需的官样玩意。于是我就同意起草了,很快就被通过了。君宜同志也按批判稿的口径做了检查,于是"礼毕"功成,她被"解放"了,很快就当上了文化部"五七干校"十四连的连指导员。虽然是副部级屈任了连干部,但到底是从鬼门关迈进了人世的门槛。我们都为她庆幸。

难得见到的忿激和坚韧

君宜同志虽然不拘礼节,甚至不近人情,但她很随和,从不固执己见,不与人争吵。当然,人是有七情六欲的,她也有忿激的时候,有不达目的誓不罢休的豪气和勇气。

文化大革命结束后她回社参与主持工作。她面对的是个七零八落的队伍。据说,我们原有的这个队伍,是板结的一块黏土,长不了庄稼,只能长毒草,于是在军代表的主持下,大"掺沙子",进来了不少工农干部和战士。也许这些同志大部分都是不错的,但他们大都缺乏文化,更缺乏文艺细胞,来出版社工作,是嫁错了婆家。但他们之中也有个别人,缺乏自知之明,心比天高,要求身居要位,"要为无产阶级争夺稿件的终审权",为此,经常搞阶级斗争,懂行的编辑只好甩手不干了,作家们则要么提出抗议,要么敬鬼神而远之。为了安排好这批干部,君宜同志苦口婆心做说服工作,说不通的,冒着明枪暗箭强行调离。中国的事,涉及干部的任免使用,是最头痛的,但她还是硬着头皮,一抓到底。最终落得个"毒手挤沙子"的恶名。

大概是一九九〇年顷,当年君宜同志已患过一次脑出血,一次脑中风,正准备去上海就医。一天我刚上班,就接到她的电话:"早春,快点给我安排担架来,把我抬到新闻出版署署长办公室去,我有要事跟他面谈……他们岂有此理!"第一次见到她这么急了,我赶快去了她家了解究竟。一进她家,只见客厅中摆上了她即将去上海的行李,原来她买的是当日下午的火车票。未等我开口,她坐在轮椅上就大发牢骚了:"出版社的干部,我离任后一个也没管过,你当社长,我也没管过。但这次新闻出版署打算安排来的这个干部,我非管不可。他到外面当什么官,哪怕当国家主席,我也不管,但来到人文社当总编辑不行,就是当编辑也不行。这个人,是我瞎了眼!瞎了眼!把他扶起来的。他绝对不能回来,因为我对他太了解了……"我费了不少口舌,才把她安抚下来。也许她急着成行,答应我只给署长打个电话,说明她的意见,不再坚持要我派担架了。

不是伤心不落泪

当时看人看事的思维方式,是非"左"即右,非右即"左",方位没有四面八方,人间没有中间色。用这种方式去看"韦老太",她也有"左"的一面,如她在干校的连指导员任内,后来的"批邓反击右倾翻案风"等等。当然,这并非她的本性,并非她的世界观使然,而是根据某领导指示,是跟风而身不由己。既然这样,她是很痛苦的。我居然见到了她的两次哭泣。

在干校,在"韦老太"任连指导员时期,我闯下了一次"反军"的大祸。为了放鸭子的区区一件小事,我跳起脚跟、拍打桌子,大骂了一位作威作福的军代表。为此,军代表要君宜同志主持召开批判我的全连大会。这会因干部、群众抵制没能开成。我得知了这一消息,变得更坏,天天去找这军代表挑衅,要他立即召开批判我的大会。好几天,弄得他们鸡犬不宁。最后,君宜同志出面了,来做我的思想工作,要我认错。她也这么看,我更火了,接连向她开了一顿过山炮,靶子倒不是她,是她后面的军代表。她跟我说了很多,现在已记不完全了,只是最后声泪俱下的几句话,至今仍言犹在耳:"早春,你的为人,我清楚,全连的干部、群众都清楚。我们对你没有任何不好的看法,但你这样闹下去,叫我们怎么办!你自己怎么办!得考虑后果……"我知道她夹在这中间是很难的,如她不制止我的胡闹,给她个"纵容反军"的罪名,即使你咽不下,也得兜着走。于是,我再不去向军代表挑衅了。但我还在暗暗地胡闹,将我放的二百来只鸭子,全部停了下蛋,"鸭司令"的差事甩手不干了。这事军代表管不着,君宜也就任我去耍性子了。

一九八四年,君宜同志坚持要离任回家,在当时机关的三楼会议室开了一个全社大会,算是个告别会吧。会上,她几乎没有谈任内的工作,谈的都是发自内心的感慨。记忆犹新的只是这样几句话:"这里是个联合国,我指挥不了人,人人都可指挥我,上面的,下面的……""到这里来,不要想当官,我在这里的官是最大的,当我这样的官,有什么意思。""我一辈子为人做嫁衣裳,解甲归田,也得为自己准备几件装殓的寿衣了。"她在说这些话时,不断哽咽着擦眼泪。大概是告别会的第二天,她就把办公室腾空了。从此以后,在我印象中,她从未回过出版社一次。也许,这里是她不堪回首的伤心之地。其实,她对文学出版社是位卓有贡献的编辑家,经她的慧眼,发现并培养了不少文学方面的英才,出版了不少长留青史的名著,在中国出版史上和文学史上,定当大书一笔。而群众也是喜欢她的,喜欢他们的"韦老太"。

谜样的"韦老太"

在我与"韦老太"有限的接触中,觉得她既是个女强人,又是个弱女子,一方面有冷眼向洋看世界的豪迈,另方面又有打落牙齿和血吞的懦弱;她任情而拘礼,简傲而谦卑;她是个热水瓶,内胆是热的,外壳是冷的;她对自己的事业和命运是坚韧不拔地执著抗争的,但最终的拼命一击,也只能算是铅刀一割;她有雄才大略,但不能挥斥方遒;她狷介而随俗,敏捷而愚钝。她是个谜,颇让人费猜。当我初次见到她以及久卧病榻经常去探访她时,都在猜。在她的身上,似乎反映了一个不甚健康的时代,幻化了一个光怪陆离的世界。确否,还是让我们去看看她在病床上用左手(右手早就被病魔夺去了它的神经)写的《露沙的路》和《思痛录》吧。

附记：

　　君宜同志已离我们而去了,她的懿行美德,自有对她了解更深的老朋友去忆念。我不敢谬托知己,只能写点琐碎的记忆,算是对她的一点纪念。的确,我应该为她写点什么,当她的记忆力已经丧失殆尽的时候,我去看她时,当时没有什么反应,但时隔不久,她通过女儿杨团打来了电话,说是她终于记起来了,我就是曾在鲁编室干过的那一位。虽然我在鲁编室工作时几乎与她没来往,而与她接触较多的场合却未能记起,可见她的记忆已残缺不全了,但还在拼命地搜索。而我对她的了解肤浅,但印象却很深,我将永远记着我们的"韦老太"。

二〇〇二年二月
原载《中华散文》2002 年第 5 期

回 望 雪 峰

冯雪峰九死一生,"死"过多次,被悼念过多次,一九四一年他被关在上饶集中营中,朋友们以为他没有生还的希望了,悼念了他,现在能见到的就有楼适夷写的《悼雪峰》。其实,在此之前的上世纪二十年代、三十年代,在"四一二"反革命政变之时,在多次"文化围剿"和"军事围剿"的上海和中央苏区,在二万五千里长征路上,他的朋友特别是他的家人,都以为他已不在人世,因为他周围的许多战友都一批批地倒下了,如柔石、应修人、潘漠华、冯铿等等,都被国民党秘密杀害了,至于他在"军事围剿"中的中央苏区,在三十万大军仅存三万余勇的长征路上,生死已置之度外,需要悼念的已是一个时代、一个世界,革命者何曾念及个人安危。他在长夜弥天中走向了黎明,在腥风血雨中逃脱了死神,可谁曾料到,他奋不顾身为之血战了近三十年才挣得来的新中国,却容不得他,一九五六年他曾遭灭顶之灾。在要他毫无声息地苟活,在口诛笔伐中忍气吞声的情况下,真是生不如死,一九七六年他真的侘傺而死了。死了,倒是开了个追悼会。一个严格限制人数、不准有哀乐和悼词的追悼会。一九七九年,他的错案得到了平反,普通百姓要求补开追悼会,中央照准了,但仍有人在暗地里搞些小动作,以致在一个不是开追悼会的宾馆礼堂里开成了这个追悼会。

一个人而至于三次被悼念,这恐怕是绝无仅有的,虽然他是一个冤鬼,仍可告慰他于九泉。

冯雪峰为什么值得人民这样悼念呢?今年是他诞辰百周年,

据说北京多个单位,还有他的家乡,上海鲁迅纪念馆都将搞纪念活动。悼念他什么呢?他生前不是大官,只担任过"左联"党团书记,中共上海中央局文委书记,江苏省委宣传部长,中央苏区党校副校长,中央苏维埃候补中央委员。解放之后,也只担任过中国作家协会副主席,《文艺报》主编,人民文学出版社社长兼总编辑。同样资历的人实在太多了,可是他是个历史人物,是中国左翼文艺运动的组织者、领导者和脚踏实地的实践者,他是中国左翼文艺运动的神经元,他牵动着它的每根神经。而且他既是革命者,也是诗人、作家、文艺理论家、鲁迅研究专家,文才武略兼于一身,更何况他还是一个背着十字架的殉道者!

冯雪峰是个诗人,他的主观世界就是一首诗。当他在还是学生的"五四"时期,他就以"湖畔"诗人名世。那时,他冲破了旧诗的桎梏,以"少年不识愁滋味"的童心,农民的质朴,在常人习焉不察的常情常景中,发现了诗,奏响了青春的旋律,写出了飘忽的意象。他的这些诗,是完全割了辫子、放了脚的新诗,不讲格律,不事打扮,披发跣足,但其诗情却洋溢在散漫的文字中,甚至在文字之先或文字之外,表现了无拘无束的"五四"精神。他的确是上世纪"二十年代报春的纯真诗人"(胡风语),理所当然得到了胡适、郭沫若、周作人、朱自清等名家的赞许,毛泽东也因其诗而喜欢上了他,曾托人带话,希望他能去广州,以便一起参加大革命。

雪峰是革命者,写诗是他的余事,当他忙于革命的时候,"余事"也无暇顾及了。直到上世纪四十年代初,他蹲在国民党的上饶集中营里,在生与死、拷打与疾病的磨难中,才再以诗来低吟、呐喊,写下了《真实之歌》和《灵山歌》。这些诗几乎无人知晓,上世纪七十年代,我为了给《中国大百科辞书》撰写词条,才看到这些诗,初见它们时,就眼睛为之一亮,心身都震颤了,从来没有看到这么好的诗,并为之四处奔走相告,可是没有得到任何呼应。我黯然寂然,惊叹人间的偏见。在我看来,这些不是一般意义上的诗,是

回望雪峰

普罗米修斯被啄之心的血,是月黑风高长夜的一盏摇曳着火焰的灯,是荆轲刺秦王那把被掖着而闪闪发光的剑,是革命者的史诗,圣洁灵魂的颂歌。它们理应彪炳史册,可史家们哪有令弧德莱的心,司马迁的笔! 直到冯雪峰逝世十周年的一九八六年,我们才看到著名诗人绿原的热评。在他看来,这些诗,是"高纬度地区的电离层的极光现象,其罕见的悲壮美已足以奠定他在新诗史上的地位,是值得后人永远景仰的"。

冯雪峰还是杂文和寓言的写作者,特别是寓言,他呕心沥血写了两百来篇,结集的就有六本,是中国现代寓言的奠基者。他作为理论家和诗人,这些寓言深富哲理,在针砭时弊的同时,还深掘了人类灵魂中的污秽。它与以往的寓言比,有传承,又有创新,是雪峰式的寓言,极富思辨力和想象力。可是我们并不怎么重视它,珍爱它,墙内开花墙外香,倒是在国外却出版了多种文字的译本,上世纪香港的学校,就选了好几篇作为中学课文。我们却只擅长在前人的遗物中找碴儿。上世纪五十年代初,冯雪峰在《文艺报》任上挨了闷棍,遭到整肃,有人就落井下石,向毛泽东告御状,说他的寓言(还有杂文)有问题,录出几份发给中央政治局常委审查,企图大兴文字狱,锻炼人罪。上有好恶,下必效之。有一位诗人便撰文大批其《鼓手的蛤蟆》,质问作者:"蛤蟆有多大的罪恶呢?""懂不懂得生活,懂不懂得文学?"可是这位诗人忘记了问自己:懂不懂得常识? 懂不懂得寓言?

文学创作虽是雪峰的余事,但对其理论活动和文学运动,他是当作主要的革命工作来经营的。威震寰宇的"五四运动"退潮了,《新青年》团体终于分化,"有的高升,有的退隐",作为策源地的北京已成了"平安旧战场"(鲁迅语)。在这种情况下,曾经"欢笑""歌哭"在西湖边的雪峰,面对凋敝的社会,凄惨的人生,那青年时期的诗的灵感已羽尾谯谯,飞翔不起来了。于是,他在"五卅"运动的震撼下,"被社会牵引去了",去肉搏人生,探索中国革命的出路,并以身相许,要以"自己生命的膏油去涂抹时代的机器"。一九二七年"四一二"反革命事变后的同月二十八日,当他得知共产党创始人李大钊和其他十八位革命者被绞杀的消息,受到了如雷轰顶的极大震动,"曾经有一两分钟好像失去了感觉,有两三天好像失去了魂魄似的没有一点主意"。他痛苦、悲忿,抖擞而振作,压迫越深重,抗争越激烈。就在这腥风血雨笼罩全国的黑暗日子里,在革命者被枪杀的枪炮噼啪声、被囚禁的镣铐的锒铛声中,在革命场中充斥着"奸商""小贩"(鲁迅语)而做着血的买卖的革命低潮中,他毅然加入了中国共产党,决心继承革命先驱的遗志,把自己的一生献给先烈未竟的共产主义事业。他没有上前线,却在继续着始于一九二六年的类似普罗米修斯将天火盗给人类的工作,用他并不十分娴熟的外语,专事马列主义文艺理论和苏联文学的译介工作。一九二八年的"革命文学"论争,暴露了革命作家理论修养的欠缺,更促使他加强了这一工作的计划性和目的性。为此并得到了鲁迅的支持、协助和指导。在中国现代文学史上,他是第一位有意识着眼于无产阶级文艺理论建设、为左翼文艺夯实基础的人,也是用力最勤,收获最丰的人。从一九二六年至一九三〇年,据不完全统计,这类译著共有十多本,论文二十多篇,其中还有关于马克思、列宁著作的译介。可惜这些译作一直没有再版,现在已湮灭无闻,知道的人很少,人们已经"数典忘祖"了。

也许是他面壁五年的修炼,再加上革命实践的锻炼,使他成为了不同凡响的理论家。他作为著名文学理论家的地位,虽然长期遭到了不少攻击和彻底否定,并被戴上各式各样的丑角帽子。但当云开日破、"拨乱反正"之后,有良知的人承认了他在这方面的贡献,如多少对他有点门户之见的胡乔木,在一次内部讲话中,就承认他是中国现代文学史中仅有的三个半理论家之一,与鲁迅、瞿秋白等并列。一位著名的文艺理论家、鲁迅研究专家,就悄悄地(当时只能如此)对笔者说:"冯雪峰是一位很有思想的理论家,他在上世纪三四十年代的理论造诣,就远远高出于当时苏联的同行。"我曾经在上世纪八十年代写的一篇文章中谈到:"雪峰作为无产阶级文艺理论家的声誉,从本世纪二十年代末至五十年代初,是与无产阶级文化新军的进军号角同一节奏,同一振幅地响亮的,在无产阶级文艺理论的建设阶段,他是'筚路蓝缕、以启山林'的先驱者之一,在左翼文学运动中,他是重要的组织者和领导者,他领导并参与了许多文学运动,致力于无产阶级文艺理论的建设和创作实践,当无产阶级文艺运动进入以毛泽东《在延安文艺座谈会上的讲话》为标志的新时期,他又在理论上做了许多承前启后的工作,总结新民主主义文学运动的经验,探讨社会主义文学的规律,他还科学地论证了中国现代文学奠基者鲁迅的地位,评论了许多构成中国现代文学史重要篇章的作家作品,为中国现代文学史提供了思想和美学基础。"特别值得一提的是,在第三共产国际教条主义一统天下的时代,他结合中国社会的实际和新民主主义的革命要求,特别强调现实的实践的能动性,十分重视文艺与人民的关系,强调文艺在人民实践中的主客观统一,艺术创作必须以实践作为中介,艺术的真、善、美都靠实践这一中介来统一。历史唯物主义和唯物辩证法,在他一系列的文艺论著中,结合文艺的特殊现象,做了充分的论述。并从而论述了艺术与生活、艺术与政治、作者与人民、主观与客观、世界观与创作方法、内容与形式一系列美学问题,力图使马克思主义文艺理论中国化。难能可贵的是,他的这些成果的取得大都是通过自己的独立探索获取的。冯雪峰在理论上的另一贡献,是他从二十年代末直到他在文坛上消失的一九五六年,几乎终其事业的一生,一贯反对文艺运动中的关门主义、宗派主义,文艺理论中的庸俗社会学和教条主义,创作实践中的公式化和概念化。

随着时间的流逝,冯雪峰的理论有些已经成为常识,也有一些已经过时,但历史是延续而不便割断的,何况他的理论,有不少仍在时空中回荡,在大地中回响。

　　一九二八年五月,冯雪峰发表了《革命与智识阶级》一文,就搭上了中国左翼文艺运动这趟列车,一直驶向终点。其时,创造社、太阳社倡导"普罗文学",展开了轰轰烈烈的"革命文学"论争。他们在理论上所犯的"左倾"幼稚病,创作上的"普罗列塔利亚"的空喊,运动中的唱"空城计",当时的热血青年是信服的,所以应者云集。即使他们错误地否定"五四"传统,四面树敌,批判叶圣陶、茅盾,还要"擒贼先擒王",把鲁迅作为牺牲以祭他们"革命文学"的帅旗,也没有谁出来说个"不"字。他们打斗得热火朝天,创造社、太阳社为了争夺"革命文学"的首倡头功,又祸起萧墙,互相扭打。在这场打斗中,冯雪峰是局外人,也许是旁观者清吧,他一语道破,指出这场打斗"是向来的狭小的团体主义"在作祟,于是便写了上述的文章,针对"创造社诸人及其他等底抨击鲁迅的一事"而肯定了知识分子在民主革命中的作用,特别肯定了"做工做得最好的是鲁迅",肯定了"五四"新文学的传统。他为鲁迅辩护,并辩护被拦腰割断的"五四"以来的一段文学史。这篇文章现在看来还有不少缺点,就是它为之辩护的鲁迅也不甚满意,但它是空谷中的跫然足音,影响了不少青年人,如原是太阳社的楼适夷就因它而转向了鲁迅。党组织也不得不出面干涉这场论争,并责令冯雪峰做鲁迅一方的工作,说服鲁迅与创造社、太阳社联合,共组中国左翼作家联盟。

　　我们在鲁迅博物馆中,看到一张鲁迅全家与冯雪峰全家的合照,鲁迅并亲笔写上了他们留影的时间和地址:"20,4月,1931年,上海。"鲁迅对它如此重视,是极为罕见的。这是鲁迅、冯雪峰为揭露国民党秘密杀害"左联"五烈士共同编辑《前哨》完后所照的,这是殊死战斗,誓死战斗到底的纪念。

　　其时,冯雪峰出任"左联"党团书记。他是临危受命。国民党的"文化围剿"使得原"左联"的一切均遭取缔而终止,许多盟员被杀害、囚禁，鲁迅也离家避难，时有缧绁之忧。其他剩下的不少盟员或动摇而退缩，或消极而右倾，有的甚至叛逃附敌，盟员从九十多降至十二，"左联"实际上已经溃不成军。冯雪峰这时去领导"左联"，实际上是重组"左联"。他把剩下的盟员一个个请了回来，除了依靠鲁迅外，还先后争取到了瞿秋白、张闻天的领导，茅盾、丁玲等的支持协助，并团结了一大批进步作家。"左联"在他的主持下，抓了组织建设，重点抓了思想建设和理论建设，清算了过去"左"的错误，动员大家进行自我批评。把"左联"过去"半政党"式的团体改造成为一个左翼作家的团体，并组织大家研究创作规律，开展各种文艺活动。茅盾认为，由于有了冯雪峰的领导，"左联"进入了"成熟期"，"基本上摆脱了'左'的桎梏，开始了蓬勃发展，四面出击的阶段"。

冯雪峰直接领导"左联"只有一年，但他后来作为中共上海中央局文委书记和江苏省委宣传部长，仍然主管"左联"的工作，开展了一系列有声有色"四面出击"的文学运动，如批判"民族主义文学"的运动，批判"自由人"和"第三种人"的运动，每一运动都取得了全胜。

在他的领导下，并借重鲁迅、瞿秋白、张闻天、茅盾等的力量，国民党的"文化围剿"被彻底粉碎了，使左翼文艺运动成了中国"惟一的文艺运动"（鲁迅语）。大夜弥天，却星辉月朗，后人不得不敬重前人力挽狂澜，扭转乾坤的惊人膂力。

冯雪峰的事业是多方面的，诚如他的一位难友在那文艺界不准谈论雪峰的不正常年代所说："冯雪峰不仅是他们文艺界的人物，还是我们政界、军界的优秀代表！"的确，他的事业和功绩体现在多方面，如他作为鲁迅研究的"通人"，既受鲁迅影响又去影响鲁迅的情况；他与毛泽东、瞿秋白、张闻天等中央高层领导的交往；他在红区、白区的军政活动；他的统战工作；他的编辑出版事业……无论哪方面，都是值得我们好好研究的。我们这里所说的一切，只能算是在遥远的地方，在疾驰的车厢里，回望一下这长年封冻的雪峰。它寒光逼人而耀眼，而且它经历过多次雪暴，一片迷茫，只能隐隐约约地看到它的峰脊。聊可欣慰的是，现在我们中的大多数人已不再是雪盲了，到底看到了这迷茫的雪峰！

原载 2003 年 6 月 24 日《文艺报》

冷清地活着，又冷清地走了

——忆林辰同志

今年春夏之交，北京"非典"蔓延，人心惶惶，政府告诫，朋友劝导：少去医院和公共场合，不访友，不串门，人人都将自己关在卧室中，自我禁闭了起来。正是在这个时候，林辰同志病危。他的家属鉴于"非典"的非常时期，没有将他病危的消息告诉他的同事、朋友。他就这样冷冷清清地于五月一日溘然长逝了。去世了，他的家属仍不想惊动任何人。我是出事的第二天，才从出版社的老干处得知这一噩耗的。他那高颧骨、小个子、深邃眼睛、走起路来总要比别人慢半拍，一生总是布料衣服，布鞋子的俨然一个乡下中学教师的形象，立刻浮现在眼前；多年来共事和晚上闲聊的场景，一幕幕地过着电影，虽然我们算不上至交，但也算得上是可以随便聊聊的忘年朋友。听到这一噩耗后，我就约了刘玉山、李文兵等人，去他家吊唁。他家只有他的大儿子亚果、老三山鹰和先我们而至的鲁迅博物馆的王世家同志，大家都显得悲痛，场面冷清。

据他的家属说：林辰同志虽已卧床多年，但主要脏腑如心肺等都好，血压也不高。此前曾住过一次医院，也只是因为脑供血不足，深度昏迷、不能进食而已，并非老年绝症。现在医疗改革了，原来"新时期"时代给予高级知识分子的一点点医疗待遇，都被取消了，他住的是大病房，医药费用大都要自费，"老之不死谓之贼"，主治大夫可能有点厌烦了，没过两天就把他打发走了。鼻饲怎么办，你们家属去想土办法好了。这次临终也没有什么大病，只是一口痰吐不出来,憋得难受,家属不得不快送医院。但这医院,且是三级甲等医院,却说没办法,一句话就打发走了。在奔波另一医院的途中,林老终于被这口痰憋死了,几分钟前的活人一下子就变成了遗体。犯人还得收尸,可林老的遗体就是没医院肯收。跑了几个医院才弄明白,说是这遗体得由他住地的辖区医院,即中日友好医院负责。其时,这医院已改为收治"非典"病人的专门医院,又非林老看病的定点医院,于是家属冒着感染"非典"的风险,往返这医院和派出所多趟,去求爷爷拜奶奶地说情,才终于没让他的遗体,在改革的春风中去餐风露宿。

林老被火化的场面也是够冷清的,除了家属与单位的工作人员外,只有鲁迅博物馆的四位同志去告别。我本是应该去告别的,但由于我的肺功能特差,是家属和朋友们的重点保护对象,特别是在"非典"时期,最终未能去成,成了我终身的遗憾。

林辰同志在人才如过河之鲫的人民文学出版社,并未引起特别的瞩目,加之他是慢工出细活的人,不太适应出版社的快速工作节奏,在领导看来,他是个用得并不十分趁手的人。但他倾一生的心血专事鲁迅研究和鲁迅著作的辑佚和疏证,却是值得大书特书的。早在上世纪三四十年代,就有不少有关鲁迅行状的考证论文行世,特别是其《鲁迅事迹考》一书的出版,在鲁迅研究界,以其严谨的学风,赢得了广泛的赞誉,至今仍为鲁迅研究资料考索者奉为典范。上海解放伊始,冯雪峰受命在上海成立鲁迅著作编刊社。虽然冯与林并无私交,冯就把他当作该社编辑人员的首选,将他从西南师院教授、中文系主任的重要岗位上,调来该社作为一名普通编辑。当时,林在西南是社会名流,在文联、作协担任过重要职务,社会活动很多,而新任的编辑,却只是一盏青灯、一把冷椅、一叠叠书稿相伴,但他热爱这个工作,整日整夜地忙碌,不求闻达。他的出色的工作赢得了同事们的信赖和冯雪峰的器重。据同是鲁迅研究专家、翻译家的孙用说:"当时冯雪峰在北京筹建人民文学出版社,加之社会活动也多,编刊社的行政管理工作委托王士菁,而业务方面的事却大都倚重林辰。"

编刊社虽小,其发稿编辑加上冯雪峰也只有五人。但这些人都是社会上顶尖级的专家或鲁迅生前的好友。众虎不共山,但他们没有丝毫文人相轻或寨王霸山的劣习。彼此取长补短,互相尊重。如我就多次听林老称孙用夫人为师母,其实他比孙夫人还年长。当然凡有人的地方就有矛盾,就可能有误解,如林老后来就似乎对冯雪峰存有误解,甚至芥蒂,据王仰晨说,冯晚年得知这一情况时,曾拟主动登门表示歉意。同时孙用和林老都同时不止一次地向我说过一个故事,有位鲁迅生前的友好,每当讨论别人起草的注释稿时,一律摇头否认;问其何以错时,他却说:"我知道,不告诉你们。"他们不约而同地向我诉说这个故事,我知道他们的深意:做编辑就得毫无保留地贡献自己的聪明才智,不能将智识据为己有。这是对我的言传身教,并非是攻讦别人。其实他们对这人也是以礼相待的。

这编刊社的编辑,与我都有较多接触,只是王士菁后来已调离出版社,相交甚少,冯雪峰、孙用、林辰、杨霁云都是抬头不见低头见。在我看来,其中的林辰和孙用有许多共同点:他们俩都有超强的记忆力,特别是对鲁迅的行状和文章,简直是活词典,"文革"中,不少新闻媒体或大官经常来电话询问鲁迅语录的出处,凡我们答不出的,就去求教这两位老先生,林辰能大致说出书名、篇名,而孙用却一下子就能顺手抽出书来,指出这话出自某卷某页某行,常使我们惊羡不已。再有他们对后学如我辈者,从来不吝赐教,甚至为你去大海捞针,有时还自掏腰包为你去跑书店买书。他们也有不同点,孙用是快手,领导布置的任务,总是最早交卸,林老却总是你急他不急,凡事总是慎之又慎,简单的几句话,他要起稿多次,修改多次,润色多次。他也曾经向我诉过这方面的苦恼:每一文句,他都要考虑词藻、词序甚至音节,文章很难一挥而就。他说这是他早年教语文的怪习惯,已改不过来了。但这也成就了他作为"咬文嚼字"专家、注释文体典范的声誉。另外,孙用作为翻译家,对鲁迅作品涉及的外国作家作品,能了如指掌,他又是鲁迅作品的校勘专家,而林老却专擅古典文学和鲁迅整理的古籍。这样他们就成了编刊社缺一不可的双璧。

在鲁迅著作的编辑出版方面,众人称道的是林老的注文功底,但贡献最大的是他对鲁迅辑录古籍所做的辑佚和整理。这一工作是一般学者也难以胜任的,其工作的琐碎和难度之大是常人难以想象得到的。冯雪峰主持鲁迅著作编刊社时,曾明确其出版任务是三大块:一、鲁迅的著作(含书信、日记);二、鲁迅的译文;三、鲁迅辑录的古籍。前两部分已于上世纪五十年代完成了,第一部分并在八十年代得到了完善,举全国之力,出版了十六卷本《鲁迅全集》。只有第三部分,迟迟未能出版,直到一九九九年,离鲁迅著作编刊社成立整整五十年才得以面世。这部一百五十万字四大卷巨著的刊行,林老倾注了一生的心血。

出版鲁迅辑录古籍的任务,是否在鲁迅著作编刊社成立伊始就交给了林老,已不得而知,但从他半世纪的研究工作取向来看,好像是已自许了"非我莫属"的决心了。当然,他知道这一工作的难度,未曾主动请缨。上世纪七十年代,我与他,还有李文兵同志曾去北京大学找到了王瑶先生,邀请他来做这工作。其时,林老认为王是最合适的人选,他既是鲁迅研究专家,又兼攻古典文学。可是王却不容商量地拒绝说:"我不是合适人选,真正的合适人选就在身边,"他叼着烟斗含笑地望着林老,"干这行,你是首选,我不合适,国内也暂时没有第二人合适。"林老抛出的球就这样被顶了回来,只能由他自己来踢了。从此以后,他利用一切空余时间跑图书馆。大约在一九七二年秋,他带着我先跑鲁迅博物馆。该馆是

冷清地活着,又冷清地走了

熟人熟路,我们很乐意去,但这部分的鲁迅手稿一直存在北京图书馆。于是我们就作为该馆的普通读者,经办各种烦琐的手续,日复一日地跑北京图书馆,为时约两个月。有时坐翻几天手稿,也毫无所获,因鲁迅在辛亥革命前后,思想苦闷,竟日以抄书来打发日子。凡这种抄书,都在我们的视野之外,我们需要的是鲁迅多少整理过的古籍。这就要求我们要看得特别认真,只要抄本上有一条校记就不能放过。功夫不负有心人,在林老的指导下,我们居然发现了前所未知的张淏《云谷杂记》并序、谢沈《后汉书》并序、《沈下贤文集》及《虞预〈晋书〉序》等。特别是当我们发现了《云谷杂记》时,林老欢喜得像一位天真的小孩,赞不绝口地说:"好呀,真是太好了!你看它整理得多完整,前面有序,后有关于篇名的《札记》,抄稿中有校记……"他实在是太高兴了,当晚由他做东,在东四西北角的青海餐厅请我去吃干煸牛肉丝。我不会喝酒,他自斟自酌地喝了好几杯。

不久,鲁编室的全体工作人员,外加从全国各地调集来的专家,都全力以赴地去搞新版《鲁迅全集》(即一九八一年十六卷版),先是"三结合"搞红皮的征求意见本,林老逐渐参与其事。此前重校重印的一九三八年二十卷本《鲁迅全集》是孙用与王仰晨鼎力完成的,《鲁迅书信集》则以孙用为主完成的,而冯雪峰则在幕后孜孜不倦地搞《鲁迅日记》,并默默无闻地在审读各种征求意见本。不少人以为林老是参与再版《鲁迅全集》编辑出版的惟一的一人,这是不符合事实的。在这些老人中,倒只有林老一人在幕前参与了十六卷本《鲁迅全集》前十卷的定稿工作,后来并补冯牧的缺而成了领导小组成员。这已是一九七九年由胡乔木、林默涵来主持其事的时候了。待到一九八一年这版《鲁迅全集》出版后,林老才又重操旧业。当时王仰晨曾多次力促他专事《鲁迅辑录古籍丛编》的编校工作,也许他越深入就越感到它的深不及底,所以多次婉拒。待我主持社务工作时,决定因人设事地抢救几部书稿。这类书稿的著译者、编校者都已年事太高,有的甚至命若游丝,没有他们这样的人,就没有子孙后代所期盼的书,《鲁迅辑丛古籍丛编》就是其中的一种。为此我亲自找过林老多次,与他泡"蘑菇",还发动李文兵去轮番泡,最终还是被我们泡软了,答应了下来。该书从酝酿到成书整整花了五十年,从正式启动到成书也花了十多年,岂止十年磨一剑!

　　林老是教授,是编辑,终其大半生是编辑。在他生前,不少同事曾为他抱屈过,说他是进错了门,走错了路。可他并无丝毫委屈,总是谦逊地举他身边的不少同事们为例说:"人家比我强,不也在这里干这一行吗。"他与许多资深编辑一样,总是不求闻达地默默在自己的岗位上为他人作嫁衣裳。惟其如此,他们才更值得后人景仰和怀念。

　　林老事业有成,但他在个人的生活道路上,却是屡遭挫折的失败者。人生的"三不幸",他就碰上了中年丧妻、老年丧子的两不幸。加之他的生活自理能力较差,虽有与他同住的大儿子亚果的悉心照料,但亚果是社会底层的苦力,得为自己一家的生计奔波,照料也难能周到。我两度与他隔邻而居,其居家的清苦与孤寂,是常有所闻并亲有所见的。当我主持出版社工作时,总觉得社会及我们这些在位者欠他们的东西太多了,总有一种负债之感,不知如何在自己的职权范围内多少给予他们一点补偿。首先想改善一下他的住房条件,当社里先后两次批量地买了农光里和左家庄两处住宅时,让他先去挑选。也许是他年老懒得挪窝,两次均未挑中,一直蜗居在那窄小的两居室中。当政府首次实施特殊津贴,上级明示要将我列入其中时,我考虑到社内像林老这一大批专家尚未获取,坚辞不受,让他们首先获得了这一"小补"。另外,由我提议增补他为编审委员会(即后来的专家委员会)成员,未曾署名的"世界文学名著文库"编委会成员,在社内给他应有的一点荣誉。

他家里困难较多,大儿子没有正式的工作,小女儿身残而又下岗,但他从未向组织提过要求,惟一例外是口头向我提出了可否办理离休的事。他说自己一生追求革命,一九三九年曾向董必武提出去延安的要求,眼看周围一些投诚的国民党军官都享有离休待遇,心里甚为不平。我为此事曾责成职能部门为他奔走过,但最终未能办成,使他遗憾终身。好在二〇〇〇年,他以"老艺术家"的名义得到了政府的津贴,得到了一点补偿。不过他是学者,而非"老艺术家",我们的"追星族"追错了"星"。

林老冷清地活着,又冷清地走了,留给后人的也是一门冷清的学问,即"冷门",但世界上没有冷清的衬托,也就没有莺歌燕舞的热闹。

二〇〇三年八月二十三日
原载《新文学史料》2004 年第 3 期

非师非友、亦师亦友的蒋路同志

二〇〇三年十二月在南去上海的火车上,同行的王海波同志说蒋路同志去世了。我刚听到这个噩耗时,神经的开关失灵了,断电了,全身失去了知觉。几分钟过去了,知觉似乎恢复了,而且坚信蒋路同志没有死,噩耗是误传!可不是,此前一个月,我们还在办公楼的一层过道里见过面。当时,他走起路来,还像以往那样矫健,腰板照样硬朗,一点也不像一位八十多岁的老人,只是他的脸色不太好,比以前更瘦了点,我于是提醒他注意。他若无其事地说:"我们都是瘦干型。没事,没事。只是最近肠胃有点不舒服,调理一下就会好的。"与他这次见面的情景,总是挥之不去。在火车上,我絮絮叨叨地向同行们诉说着,不相信他就这么急匆匆地离开了人世。同行的同事们知道我的疑惑,就证据确凿地告诉我,这个噩耗是单位公告栏由老干部处正式作为讣告公布的,他们也是临上火车前在单位看到的,千真万确。于是,我只能无可奈何地概叹:"活人在床上,死人在路上!"

不知为什么,我于六十年代初刚来到人民文学出版社,不少同事就将我与搞俄文编辑的几位老先生孙绳武、王家骧、蒋路归于一类。大概我们都属于白面书生,豆芽型的瘦个子,又都戴着眼镜,是戏台上旧老九的典型形象。也许是"物以类聚"吧,我这个后生小子也居然与这几位前辈"套近乎"。其中的王家骧同志由于有一次同去顺义农村劳动锻炼的机会,很早就"啪搭"上了,而且当

非师非友、亦师亦友的蒋路同志

地的农民往往将我们两人混为一人,派活时要么指着"老陈"叫"老王",要么指着"老王"叫"老陈"。蒋路同志由于不苟言笑,又名望太重,一直不敢造次去主动接近。由于我来社后常去外文部翻阅俄文报刊,加之当时外文部人气很旺,风气也好,愿意与他们交往。但蒋路同志当时在编译所,只是间或去外文部。有一次,不知是谁主动向来外文部的他介绍我这个新来不久的大学生。他笑盈盈地端详了我一番,并问我是什么地方人。我如实奉告,他便说:"我是广西全州人,离你们湖南很近,我们老家的生活习俗也近似湖南……我们至少算半个老乡吧。"就这么简短的几句话,在名人与凡人,前辈与后学之间的一堵高墙,就轰然崩塌了。从此以后,我们相处一直没有名分和齿序的障碍,虽然我一直在崇敬着他。

一九六九年秋,出版社"一锅端"地被遣往湖北咸宁文化部"五七干校"劳动改造。我与蒋路同志成了这干校十四连的"战友"。一九七一年初春,我由鸭司令"荣任"生产组副组长,他早就内定为生产组属下的使牛耕地的把式。为此,我向时任组长的任大新同志对此内定提出异议,认为他身体过于单薄,又缺乏农田耕作经验,让他去扶着犁耙跟着牛屁股走,万一牛脾气发作,他能制服住牛吗,姑且不论犁耙田的技术了。我少年在老家时曾试充过牛把式,有一次牛背着铁犁漫山遍野疯跑,差点送了命,那可怕的场景,一直记忆犹新,因此而为蒋路捏着一把汗。组长摊开双手无可奈何地说:"为了物色这些牛把式,全连个个都过了一遍筛,你看看我们这个队伍,有谁能胜任?蒋路还是我的首选哩。"他接着述说他为此选择的理由:"蒋路的身体是单薄了些,但他精干灵巧,干一行爱一行,专一行。按我这个标准选择的还有张琳、戴鸿森哩。"张琳也是外文部的,朝鲜文学专家,与蒋路一样,干巴瘦,而且比蒋路还矮小。戴鸿森是古典文学专家,也瘦小精干,心灵手巧。看来,他说的都是行话,选择的标准无可厚非,我无可反驳,主要是我无法再提出更合适的人选。因为我们这个队伍,都是城里人,而且大部分都是"臭老九",属于所谓"四体不勤,五谷不分"的一类,遑论还得去生产五谷了。

在生产组,组长管大田,我这个副手专管育秧。这年碰上倒春寒,育好的秧不能下地播种,只能堆在室内日夜二十四小时翻腾倒换地"保秧",让这秧苗不死不活在等着适宜"下嫁"大田的好天气,所以大田犁耙得怎样了,我迄未过问。一次,组长要我下湖(大田是"围湖"造成的)去"指点""验收"一下。我是农家子弟,"没吃过猪肉也见过猪跑",而且也曾试用过犁耙,没有经验却有教训,所以组长把我视为"老农"。

当我刚到大田时,一位姓尹的军代表正站在田埂上跳起脚跟大骂正在犁田的王士菁同志,抡胳膊撸袖子做出要打人的架势。为了避免一场"秀才遇着兵"的尴尬局面,我顾不上"清点""验收"的任务,卷起裤管就走到王士菁同志身边向他说:"你去前面牵牛,我来掌犁。"这尹军代表一见我在为王保驾,就乖乖地毫无声息地走了。因我是只不畏虎的初生之犊,除了顾忌他身上那套军装之外,其余有关农活方面的事我都可跟他争个长短。争斗过几次,都是他败下阵去,并不得不佩服我是"行家"。"护驾"一段时间之后,我就去"清点""验收"了,只见蒋路、张琳、戴鸿森犁过的地,线直块匀,一行行翻过的土,像一叠叠烙饼,叠擦得特别匀整,而且使牛的招式,与老农相比毫无二致。蒋路同志只向我"请教"了如何提犁转弯换线的一些操作要领。临末,我问他,这尹代表是否刁难过他,他连声说"没有,没有",并劝我不要跟军代表发生无谓的争执,"在人屋檐下,不得不低头"。

蒋路作为一位外国文学专家,资深编辑,居然放弃了笔耕而专事牛耕,疏远了书本而亲昵田土,虽然他干哪一行都能成为能手,但我不知道这是收获还是失落,是喜还是忧。也许他并没有这样

非师非友、亦师亦友的蒋路同志

想过,他想的只是奉献,不管是在顺境还是在逆境中。据说他的单薄之躯从事这力所难及的牛耕,右手留下了两个大肉瘤,一直伴他终身,也毫无怨艾。

我们居然从干校活着回来了,但文化大革命还在继续,只是"四人帮"的劣迹已日益败露,各种不利于他们的小道消息,像地火一样在窜地燃烧。由于文化大革命是革文化之命的大劫难,虽然出版社名义上已部分恢复了业务,但能出的符合"四人帮"标准的书很少,所以我们都难得有一时的清闲,有时间去访友聊天。蒋路与我还有孙用,经常造访的一位朋友就是冯雪峰,我们经常在冯家见面。人以群分,无形之中,我们三人就成了无话不谈的朋友,虽然我在他们面前是个晚辈,不敢谬托知己,但他们仍以朋友待我,总是亲切地直呼我的名号,像父辈待我一样。

一到单位上班,我也多半首先去蒋路和刘辽逸同住的办公室"报到"。他们的办公室是四楼厕所对面的一间小房子,就只他们两人,算得上是难得的密室。每当我一进门,就顺手把门关好插上锁,一防厕所漫出的臭气,二防隔墙有耳让外面听到我们的高谈阔论。我们在此"上班"的课业是彼此传播"小道消息"。每当我一进门,他们马上放下手头的工作或正在阅读的书本稿件,不约而同地互相询问:"有什么新消息吗?"于是直奔主题:"三点水"(指江青)何时何地说什么了,"文痞"(指姚文元)又有何谬论,"火箭王"(指王洪文)"奸臣"(指张春桥)又在捣什么鬼了,社会各阶层的动向如何,而且当时中央的领导,部队的将领也在我们议论的范围之内,虽然对毛泽东是不敢造次瞎说的,但难免时有微辞。每当这时,我们总是互相提醒着:"别说了。"当时谈话的具体内容,现在已记不起来了,而且每个人的看法也不尽相同。但我们有一些共识:"四人帮"已是秋后的蚂蚱,活不长了;中国再也经不起瞎折腾了。我们当时议论的这些"小道"大部分来自冯雪峰那里,而冯的"小道"又大都来自上层。冯虽然早被打入另册，但他交往的大都是高层或曾是高层的重要领导，如胡愈之、叶圣陶、茅盾、刘晓、宦乡等，所以我们对这些"小道"都坚信不疑，总是在"天天读"着这些"小道"。

只有在这时，我才发现蒋路同志是个极富感情也毫不掩饰自己感情的人，他平素那张严肃而缺乏表情的脸，这时却变成了二四八月的天气，忽而紧蹙眉头，阴云密布；忽而金刚怒目，雷电交加；忽而又舒眉笑眼，雨过天晴。看来，他是与人民同呼吸，与民族共命运的。

"四五"事件之后，"四人帮"层层部署清查"小道"，追剿"谣言"，动员全民揭发批判。我们的"天天读"不得不停止了，并相互订立"攻守同盟"，因为我们担心万一出事，自己遭殃还事小，惟恐连累了冯雪峰以及与他患难与共的朋友。

好在我们都没有被清查出来，不然，蒋路同志早就成了一个爱国爱民的志士仁人了。他最讨厌别人为他头顶上饰戴花环。

孙玮、蒋路合译的《俄国文学史》是我大学读书时的案头读本。那个年代的大学生，对苏俄文学情有独钟，虽然我们不是专攻苏俄文学的。所以蒋路同志在我们未谋面之前，就是我的老师了。来出版社之后，听同事们说，孙蒋合译的这本书，胡乔木曾给予充分肯定，曾给译者写过赞扬的信。后来他翻译的卢那察尔斯基的著作，修订重印的《怎么办？》以及集他研究俄国文史大成的专著《俄国文史漫笔》都曾签名赠送给我。后一种是东方出版社出版的，当我粗翻一过之后，就觉得它是一本凝聚着他一生研究心得以小见大的力作，一般人是写不出来的。一次碰到他，禁不住犯上作乱责怪他："好哇，您怎么吃里扒外！这么好的书，怎么不给人民文学出版社自家呢，何必远嫁他人！"他笑盈盈地很少有过的亲热地拍着我的肩膀说："赔钱货。人家有钱，就坑它一回吧。"

非师非友、亦师亦友的蒋路同志

蒋路的学养和人品在人民文学出版社是有口皆碑的,在翻译界也是享有盛誉的。曾经有一段时期,我们鲁迅著作编辑室没有看重眼前的这座泰山,凡碰到室内解决不了的问题,都得向国内的泰斗式人物请教。我责编的《鲁迅全集》第四卷中有关苏俄文学的疑难问题,去请教的都是国内的一流学者。可是他们都一致向我推荐蒋路,特别是戈宝权先生,几次向我推荐说:有关十月革命前后那段苏俄文学史,蒋路比谁都了解得多、钻研得深。的确,让国内一流学者挠头的问题,一问蒋路,都迎刃而解了。他不仅为我解决了《鲁迅全集》第四卷注释中的这类问题,还连带向我述说了上世纪二三十年代中国左翼文学家鲁迅、冯雪峰等人的译介情况,使我受益匪浅。

上世纪八十年代末,我考虑到世界上一些大国都有世界文库之类的书,我国是十多亿人口的文明古国,迄今还没有这套书,这是跟我国的历史和地位极不相称的。(虽然上世纪初有前辈着手做过,但计划性和科学性不够,而且由于战乱和民生凋敝,半途而废了。)根据人民文学出版社的人力、财力以及多年的文化积累,理应当仁不让地将它摆上议事日程。为此,我们上下反复论证,有赞成的,也有反对的,蒋路同志是铁杆赞成派。还在论证过程中,他就递给我一大摞资料。我打开一看,是英国、美国、法国、德国、苏联、日本等国所出《世界文库》的书目,并附有他特撰的对各国书目得失、优劣的评论。在他看来,这些书目总的倾向是重西方、轻东方;重本国、轻别国。他建议,如果我们要出版这套书,必须站在世界文学发展史的高度,不带任何偏见地还世界文学史以本来面目;中国不能妄自菲薄,各个时期的重要文学著作也应该让它们跻身世界文学之林。后来,我们陆续出版的二百种二百四十卷的《世界文学名著文库》,就是在包括蒋路在内的一大批社内专家论证的基础上搞成的。蒋路同志对这套书关注最多,贡献最大,而且其中的一些重要书稿,他还参与了策划、编辑,并义务地为年轻编辑做拐杖。其时，他已经离休了。

　　从这件小事上，也不难看出他的学养和敬业精神。

　　蒋路同志一直是人民文学出版社的专家委员会委员（其前身是编审委员会），并长期担任专业职务评审委员会委员。这都是虚职，工作没有硬指标，而他却把它看作自己工作的一部分，总是尽职尽责地去完成。外国文学出版的长远规划和年度计划，甚至具体到一些重要书稿的组稿、编发，都凝聚了他的大量心血。他在职时是主力，离休了是顾问，编辑部的同事们都将他视为严师畏友。

　　职称评定是每个单位最感头痛的事，一年一度的职称评定就是一场地震，但人民文学出版社的职称评定却相对平静。新闻出版署的高评委对我们呈报的编审材料，也一贯满意，多年任高评委主任的宋木文同志就曾感叹过："如果呈报的编审材料都像人民文学出版社那样，我们这个高评委就可以不要了。"之所以能够做到这样，完全有赖于像蒋路一批作风正派而又在学科上享有声望的老专家的细致工作。每次开评委会时，蒋路同志审阅材料特别认真，材料旁边摆着的笔记本，他总是记得满满当当的。在会上，他轻易不发言，临到对某评审对象看法有分歧时，也总是最后发言。他的发言总是有理有据，举座信服。

　　一次，也是评委的某编辑部主任在推荐本部门的某编审时，说了一些不尽符合事实的过头话。这位评委也是国内著名的专家。也许是碍着面子，评委们说了一些期期以为不可的委婉话，但都没有说到点子上。蒋路同志有点按捺不住了，劈头盖脑地质问这位编辑部主任："你打算把你的队伍往什么地方引！"于是他摊开笔记本，历举了这位拟报编审的工作量，并计算出了他本职工作量所占总工作量的比例不足百分之二十。临末斩钉截铁地表明了他的态度："我不否认他是社会名流，但他绝对不是出版社的编审！"在

非师非友、亦师亦友的蒋路同志

大家的心目中,蒋路同志是"恂恂如也"的谦谦君子,但他在原则性的是非面前,却又是个护法金刚式的人物。

一九八六年,我代表人民文学出版社应苏联国家文学出版社之邀去访苏联。成行前的个把月,蒋路同志不知从哪里知道了这个消息,他拿着一份入关的俄文表格给我,就表格的栏目一项项告诉我该如何填写。他原以为我的俄文基础尚可,不知道我自下干校起就有意将它丢了,下决心不再学它,所以这俄文表格大半看不懂。于是他就一项项向我口译了一遍,有些难项还当即做了笔译。他还告诉我,去苏联应特别注意的事项,如何对付海关的盘问或刁难,要带些什么生活必需品。我原以为他去过苏联,他说从未去过,有关情况是从刚访问过苏联的朋友那里打听到的,表格是借来复印的。他待人就是这样的真诚,总是把别人的事当作自己的事来对待。这是他一贯的作风,我并不感到惊奇,让我惊奇的是,他一辈子从事苏俄文学的研究和翻译,解放前就在苏联塔斯社所属的时代出版社工作过,居然没有去过苏联。这次从他那里我还得知,我社外文部几位著名的翻译家如孙绳武、许磊然、刘辽逸等都未去过苏联。于是我就暗下决心,趁我社与苏联国家文学出版社进行交流的机会,一定要争取让他们得到出访苏联的机会。好在我这次出访苏联的同行是俄文口译过硬的程文同志,他对这几位老专家也特别尊敬,也下决心得让他们出访成功。通过他与苏方的软磨硬泡,我们在访问期间就与苏方达成了这项人员交流的意向,次年苏联国家文学出版社总编辑回访我社时,就正式签订了协议。很快,他们就出访成行了。听说,蒋路同志在这次出访中,除随团访问了普希金等大作家的故居、纪念馆外,还特地单个去访问了《怎么办?》作者车尔尼雪夫斯基的故居,探访了已几乎不留痕迹的卢那察尔斯基的故里。对这两位作家,他是深有研究的。当时,苏联已面临解体,物质匮乏,他们的出访是很艰难的,但蒋路同志却很满意,因为他将出访看成是工作,而不是旅游。

我生也晚，与蒋路同志够不上知己的情谊；各自所学的专业不同，又没有从师问学的缘分。但我自认识他之后，就将他视为严师畏友，为人做事的楷模，当我处在单位领导的岗位时，也号召大家向他学习。他是我社的一面旗帜，一块丰碑。在缅怀他的一次纪念座谈会上，一位外单位的翻译家泣不成声地慨叹道："蒋路逝世了，就意味着一个出版时代的结束！"的确，在当今浮躁之风劲刮、急功近利之火狂烧的行业里，像蒋路这样的人，已成了凤毛麟角。但我坚信，蒋路的道德文章，人品文品，自将垂范后人，培育后代。蒋路的时代不会因他去世而结束。

二〇〇三年十一月十五—十六日
原载《新文学史料》2004 年第 1 期

不应遗忘的角落

——记张嘉兴老师

在我退居二线而终至退而不休的这几年,不少少年时代的老同学、老朋友,每逢节假日,都来电话问我,问我近况如何,问我是否给我们初中的英语、语文教师、班主任张嘉兴老师去过请安的电话。我受业于张老师,已经半个多世纪了。时间能够冲淡一切,但冲淡不了对张老师的怀念,而且即使淡忘了,还有那么多人来提醒你,来拨弄你深埋时间深处的那根思绪的小弦。稍稍拨弄这根小弦,奏出来的是深富人间深情的永远值得吟味的韵味。

张嘉兴老师,只是教过我书的无数教师中的一个,我也只是他无数学生中的一个。我离开他的教席后,只见过他两次面。一次是一九六一年夏我大学毕业回家省亲时,听说他胃出血,顺道去拜访过他。其时,他身体极其虚弱,起坐艰难,谈吐困难,见状就告辞了,怕影响他休息。一次是前年,他虽已是耄耋之年了,曾随湖南省教师旅京团落宿在离我家不远的一所宾馆,我携家属在一个晚上去见过他,他也来我正在装修的家回访过一次。由于装修,家里连个落座的地方都没有,他只是在我家跨越各种障碍物,真正意义上的"走访"了一下。说起我们的交情,也仅此而已。

可是我总想为他写点什么,少年时的同学也劝我为他写篇文章。写什么呢?他是我们老家的一个秀才,从小勤奋好学,听说他以第一名的成绩考取过一所中等专业学校,继而又转入当时宝庆府的最高学府省立六中,高中毕业了,同时考中了上海同济大学和南京的一所重点大学。中外著名的学贯中西的顾毓琇教授就曾当过他的校长。我曾有缘见过顾毓琇教授，并承他惠赠过他与夫人的签名玉照。是我偶然提及此事，张老师才淡淡地说："他是个了不起的科学家、文学家。他曾经当过我们大学的校长。"附名人骥尾而自重，这有背张老师的为人；叙说他青少年的优异成绩，我也只是听说而已，不是第一手材料，而且张老师是从不肯谈他"当年勇"的好汉。看来我这文章不好落笔。

嘉兴老师一辈子从事中学教育，先是初中，后教高中，由任课教师而至教导主任、校长，一直干了四十六年。业余从事传统诗词的研究和写作，发表过有关论文多篇，有关著作《耕余集》等。现为邵阳市诗词学会顾问，是诗联学会名誉会长。在三湘这块地灵人杰的地方，也头角峥嵘。在他所在的县里，担任过三届县人民代表，四届县政协委员，五届政协文史委员会委员，获得过教育先进工作者，政协先进工作者，老龄先进工作者等多种荣誉称号。当然，他不是"星"，不是当今媒体追腥逐臊的"星"，在媒体中，既未闻其声，也很难见其影。但在当地，却口耳相传着，只要说到他的名字，农民老大哥，学生伢子，都耳熟能详。他的学生，遍布全国各地，甚至全世界。一次，县领导招待一位从外省归来探亲的企业家，客人就是不举筷子，说是你们的盛情款待我领情了，但我要借花献佛，请你们把我的恩师嘉兴老师也请来。

我曾经在赠给母校的一首七律中写有一联："轮人手下无散木，汗渎沟中觅卧龙"。这里所说的"轮人""觅卧龙"者，就包含了像嘉兴老师这样一批呕心沥血哺育学生的老师。听说，嘉兴老师后来曾多年担任高中毕业班的语文教师和班主任，以及复读班的班主任。刚担任这一重任的第一年，他所教的班，就使全班人均的语文成绩在全省名列第一，高考上线率也在全省名列前茅，为北大、清华等名校输送了一大批高材生。主教毕业班、复读班,教学的好坏,要有臼米见糠、立竿见影的功夫。他身处偏僻的农村,不知为多少农家子弟制造了云梯,为国家输送了多少人才。一位县政协主席曾慨叹过:"县里为争取几个招工指标,不知要费多少牛劲。嘉兴老师每年要为我们争取多少招工指标,却不动声色。"其实他着眼的是国家的栋梁之材,并非普通的所谓"指标",混吃皇粮的"岗位",并非"农转非"而已。

五十多年前的一九五一年,我从预备役农民考进了当地的一所私立的新隆中学。这所中学,坐落在山坳上,一式的木结构两层楼,像民宅,也像寺庙。其貌不扬,但它却集中了一大批洋大学生。也许是由于解放前的抗日战争和第三次国内革命战争,知识分子大学毕业即失业,都龟缩老家谋此教席。其中包括张嘉兴老师。这所学校由于有了这样出色的师资条件,远近扬名,学生有来自县城的,也有来自临近好几个县的,如溆浦、新化等。由于它的盛名,当时拟将它改为魏源中学,与县城的一所松坡中学并驾齐驱。魏源与蔡锷即松坡,是家乡的两大名人。附带说一句,大约在一九五三年,它们分别被改为隆回一中,隆回二中。因为解放了,不习惯以名人冠名。

我曾经不止一次发出奇想,当时这所中学的教师,如果天假良机,他们其中的不少人绝不会在山村中当一辈子"孩子王",吃一辈子粉笔灰。我曾经受业过不少名师、导师,特别是导师已臭大街的当今,如果能让他们跻身其中,绝不会是滥竽充数。当然,后来他们都受到了重用,几乎一律充任了高中教师或学校领导,有个别的还去大学当了教授。

嘉兴老师在这批教师中,并不特别起眼,论年资,他刚参加工作不久,在教师中是小字辈。但他也有特别引人注意的地方。他习惯穿粗布的中山装。在我们农家子弟的眼中,是个大哥小叔。

而且他与农家子弟有一种特殊的亲和力,脸颊上两个深深的酒窝,漾起的是一派春风笑脸。这张笑脸绽在课堂上,也绽在他起坐、行走的任何地方。只是他走起路来,两只手臂摆动的幅度过大,使我们联想起丘八出操的样子,开始看不习惯,但久而久之,又觉得是他的任意、率真、不做作的表现,反而拉近了我们与他的距离。因为我们看惯了也看不起解放前洋大学生的派头。他们似有同样的行头:长衫马褂、金丝眼镜、博士帽,外加"假洋鬼子"式的"哭丧棒",走起路来一步一昂头,慢悠悠地能踩死蚂蚁。

偶然翻出一张我们初中毕业班的合影,它不像正规严肃的毕业照,倒像是一张全家福的合影,大家围着时任我们班主任的张嘉兴老师,有站着的,坐着的,还有蹲着或趴着的,张老师一手搭在班上年龄最小的一位同学的肩上,似在膝下承欢。

他是严师,但更是同学们的朋友。同学们可以在他身前身后嬉戏打闹,有的甚至在他的腋下、胯下蹿来蹿去。他的办公室既是学生问学请教的地方,也是他们搞秘密活动或淘气作恶的场所。这办公室不是他专用的,为我们共同所有,它从不插栓挂锁,进去用不着"报告"请准,走了用不着道别,与主人平起平坐,甚至犯上作乱。他生来就笑脸常开,似乎不会生气,那脸颊上两个深深的酒窝,经常使你感到朦胧醉意,开怀的、无所顾忌的醉意。

他是如何传授知识,如何为同学们解疑释难,现在已记不起来了。只记得他教过我们的英语和语文,当过我们的班主任。他讲课时,能引人入胜,也容易听懂。大家都愿意听他的课。我不怎么用功,但善于取巧,他讲过的课,我几乎不用怎么复习,至少在三五个月内不会忘记。他教语文时,不像现在时兴讲语音、语法、修辞,他强调的是多读多练,多读范文,多练作文,每周至少写一篇作文,一篇周记。作文是重头戏,篇篇都要阅改,改错别字,改不恰当的或不合乎逻辑的遣辞造句,卷面上有夹批、眉批,卷末有点评。他所改的作文卷,是很生动的教材,凡有代表意义的,都要张贴在教室的后墙上,让大家去观摩。每周几十篇这样的阅改卷,不知要耗费他多少心血,多少个不眠之夜!本来我是学理工的料,临到高考才因先天色盲而改学文科,所依靠的完全是张老师所传授给我的那点资本。前些年,他将我发表过的一篇散文选作高三毕业班的课外读物,逐段进行了点评,略可窥见他在这方面的功力。待到今后出版自己的散文集时,拟将它作为附录辑入。在我看来,它远比时下当红的批评家的批评,更为扎实而实用。

天下无不爱的父母,也绝少不望学生成器的老师。当然在现今的商品社会中又当别论。小时候我曾奇怪家家户户的神龛上都竖有"天地君亲师"的牌位。"天"离我们太远;"地"又太普通了,无时不在我们的脚下,脚下的都是卑贱之物;而"君"早就被作为压在我们身上的"泰山"被推翻了;当然"亲"是祖宗,追本溯源,不能怠慢;但"师"与之并列,尚未领略过师的恩泽的童稚,是难以理解的,直到后来当了二十多年的学生,才觉得儒家倡导的"师道尊严",让"师"享有与"亲"同样的神圣地位,倒是儒家道德中不该扬弃的一份遗产。

半个多世纪后,想起张嘉兴老师来,思绪中总是伴有一瓣心香。韩愈说:"师者,所以传道授业解惑也。"可是张老师之于我们,却不仅是"传道授业解惑"而已,他对于自己的学生,总是像个"轮人",将成材的、不成材的木料,左端详,右端详,成竹在胸,然后施以绳墨,动以斧斤,是什么材就造就什么器,做到物尽其用。这大概就是孔子所说的:"有教无类"和"因材施教"吧。

张老师曾自我供认,他很服膺孔子的这种教学思想。在十年动乱中,在批林批孔中,甚至此前强调的"阶级教育"中,曾弄得他毛孔痉挛,汗不敢出,但他始终坚持不渝。在我看来,他的这种教育思想,正如孔子一样,源于他那"仁"的胸怀。何谓"仁",孔子说得很直白,就是"爱人"。张老师很爱他的学生,把他们看作自己的子弟,嗷嗷待哺的子弟。他常说,农家子弟读书,是很不容易的,他不敢稍有松懈。他为此,放弃了自己的一切追求甚至娱乐,他以教育好这些子弟来自娱自乐。

所谓"有教无类"就是施教不分对象,不分贤愚不肖,乖顺顽劣,远近亲疏,不凭个人好恶,都一视同仁,一律给予仁化。在人分三六九等的旧社会里,在解放后强调阶级出身的某些时期,要做到这一点,是颇不容易的。只有具备"有教无类"的观念,才能做到"因材施教",才能根据每个学生的个性特点,禀赋情况,进行有针对性的教育、诱导。是什么材料,就塑成什么样的器具。

这样的事例举不胜举。

一位被家庭过分溺爱的女学生,硬是被他从退学的路上拉了回来,将一位娇小姐造就成了自强自立的女大学生。

一位因拉肚子拟放弃升学考试的学生,他为之求医买药送药,硬是让他将升学考试坚持了下去,终于如愿以偿地考上了学校。

一年寒假时,他偶然发现了一位学生与看门的工友挤睡在一张床上,反复询问才得知他是孤儿,家境贫寒,回不了家。于是他就让这学生住到自己家中,一起过春节,来年到处奔走,为他多申请一点助学金。

有一位曾经在名牌大学已念过三年书的学生,因连年多门功课考试不及格而被勒令退学回家。家长仰慕他教育有方,希望他准予"回炉",来年再参加高考。他接收了,苦口婆心做思想工作,希望他收其"放心"。这学生已是成年了,定型了而无可塑性,回天无力,照样将学业置于脑后,整日去发廊与女人鬼混。于是他就劝其终止学业,快点结婚,将就着找一份工作。

还有一位学生,多科业绩平平,高考没有指望。他通过家访,见其屋子里到处都是这学生涂鸦的东西,由此知道他的爱好是美术,便劝其走美术这条路。后来,这学生终于在广告业上做出了成绩,并挣了大钱。

他对学生的情况,了如指掌,根据每位学生的情况,施以不同的教育方法,有的还利用自己的休息时间,为他们开小灶,每天布置任务,隔日检查督促。

在我身上,充分体现了他的"仁化""有教无类""因材施教"的思想。

我刚上初中时,是株樗栎类的散木。从旧社会最底层的苦力当上"洋学生",有一种说不出、道不明的自卑感。特别就在这所"洋学堂"里,我曾经受过一次很深的刺激。解放前两年,每年都代一人考取过这所学校,先是胡××,后是陈××。一次我去这学校送柴,他们站在楼道的栏杆旁,以鄙夷的目光居高临下凝视我,我主动向他们打招呼,他们却当作陌生人不予理睬,我叫其名字,似乎是玷污了他们的身份,也使我意识到了自己的卑贱身份。的确,身处社会最底层,谁也不把我们当人看,羞与为伍,谁跟我们套近乎!

我由于长年超负荷劳累,躯干四肢肤发都变了,无复人形。父亲曾说我是石山里的柴兜,比况得十分贴切,我当作"庭训"铭记至今。其时的我,瘦骨嶙峋,皮肤粗糙得像盖上一层鱼鳞,腰驼背弓,手指骨节是干枯而满布结疤的松枝,穿着只能遮羞,终年科头跣足,人见人嫌,竟日不敢张眼看人,常人却时不时白眼看我,看我的寒酸和土气。虽然我有一种与天俱来的自负,在此景况下,自卑有之,但不自轻自贱,只是竟日落落寡欢,三缄其口,沉默寡言,不合群而自甘寂寞。同学们曾为我改名"沉默"。嘉兴老师摸透了我这个石山里的柴兜,他没有马上拉绳墨、动刀斧,只是逐渐地在改变这个柴兜的生长环境。他指名要我当班上的读报员,好让我出头露面。一次,学生会选举我当学习部长,按规定,凡当选者都要在师生面前发表"施政演说"。当众演说,对"沉默"来说,不仅是大姑娘坐花轿——头一遭,而且是哑巴唱戏——不知如何是好。我临到上台,就全身发抖,话未出口,冷汗早冒出来了。结结巴巴的,好容易应付了差事。待到走下台来,恨不得找个地缝钻将进去。正在此时,张嘉兴等几位老师故意提高声调在窃窃私语:"话不多,很不一般。"我暗忖这是在为我打气,也避免了在座师生的取笑,才把我从地缝中拉了出来。

我的自卑甚至自闭的顽症,下药是凉不得,也热不得,这可伤透了张嘉兴等老师们的脑筋。也许他们摸准了我的脉,连续给我下了温补的药。他们总是一有机会就当众表扬我,作文卷常在同学中传观。一次竟然当着同学们的面说:"我教了多年的书,只培养了三个半学生。"他所说的这三个半学生,有两个半是我的学长,早已毕业了,只有我这个还在校。弄得我很不好意思,但也增加了一点自信。当然我知道他如此说的深意,是要我鼓起勇气,振作起来。要我合群,但不要张狂。

可我居然张狂了一阵子。入校一年多一点,在老师极力呵护的环境中,我的自卑自闭症就不治痊愈了大半,忽然迸发了好玩甚至调皮捣乱的童心。晚上自习时,三下五除二地潦草完成了作业,就挑逗班上几个好捣乱的"博物",在埋头作业的同学面前扮鬼脸,如不见效,就动手动脚去呵痒,在他们的背上画乌龟,甚至在课桌上下嬉戏打闹,把个教室弄得乌烟瘴气。遭殃的同学将这种情况密告给班主任张嘉兴老师。他不得不找这些"博物"去进行批评教育。这些"博物"不服,便告发了我这个幕后指使者。擒贼先擒王,光找喽啰算账,的确有欠公道。但这个贼王是张老师精心呵护的病芽,状没告进,据说还反而遭到呵责:"你们跟着陈××闹!谁敢跟他比,跟他的成绩比?"贼王没受到批评反而受到了夸奖,使我很难受,于是我决心收了"放心"和"贼心",再不胡闹了。打墙壁震屋柱,有时旁敲侧击也能起到震慑主体的作用。不操切而纵之,使之自化,张老师对我使用的正是这种方法。

初中毕业前,学校领导和班主任分级开大会动员,指点毕业生如何填报志愿。当时新中国刚成立不久,百业待兴,社会需要多方面的人才,不会毕业即失业。而且那时的学生,也特别单纯,很少有个人的小九九,"党的需要就是我们的志愿",这个口号并非是强制的,而是发自内心的。所以如何填报志愿,将来走哪条道路,我们都不太在乎。可是学校领导仍在动员。在我的印象中,动员主要是号召大家填报师范学校。当时,社会上严重缺乏师资。那时学校尚未像现在这样的"产业化"而挣钱,老师这门职业并不吃香,工薪微薄,也得不到社会的尊重,学生主动报考师范的很少。动员的另一重点是希望大家填报航空军校,鉴于抗美援朝的经验教训,国家需要建立一支空军。我自忖身体素质不是当兵特别是航空兵的料,倒觉得报考师范较为合适,因为师范学校不要交学费和膳食费,挺合算的。这时,张老师为了完成校方的任务,除在班上集体动员外,还主动找学生个别谈话,每个学生都要轮一遍,根据每个学生的具体情况,指导他们如何填报志愿。最后才轮到我。他没有问我填报志愿的情况,劈头就说:"我在班上动员的话,不是针对你说的。根据你的情况,要报考普高,将来上大学,一直上到没有可读的学校为止。"我嗫嚅着说:"可是我家的经济情况……"他没让我把话说完,就说国家设有助学金,不会让你辍学等理由,把我的话堵住了。看来他已将我的人生道路设计好了,我也的确是按他设计好的路线走过来的。

他这样为我设计人生道路,并非对我的偏爱,并非只为我一人。前几年我曾经接到也是他学生的同学的一封信,信中谈其退休后回顾人生的感慨:"人生的路是漫长的,但关键时刻只有几步。正如下棋一样,一步走错,步步皆输;其关键的一步走好了往往收到事半功倍的效果……我之所以有今天,恩师张嘉兴老师的关怀与指导起了极其重要的作用。"

我喋喋咻咻写了这些话，并非是为张嘉兴老师立传。他不是封疆大吏，也够不上鸿儒硕士，没有谁会下旨去"宣付国史馆立传"。而且我也没有如椽大笔，对他进行褒颂，使其"鸿德乃彰，万世乃闻"。不过看看"与时俱进"的当今，一些有权势、有财富的阿猫阿狗，一些将肉麻当有趣的这"星"那"星"，其传记已经汗牛充栋，形将挤破图书馆了，就是为他立传，也不算为过。而且像他这类蜗居农村的"孩子王"，孜孜不倦、默默无闻，一生以培养有用之材为己任，将教师的职业不仅局限于"授业解惑"，还能以博爱的胸怀，去关心、体贴每个学生，为他们指点迷津，设计人生道路。这样的教师，在当今商品社会中，能有几人！当今学校的"乱收费"，虽然中央早已三令五申，就是屡禁不止，是否是"产业化"的结果，是否已将师生关系纯粹看作一种等价交换的关系，甚至是一种不等价的欺诈买卖关系，我离开学校已四十年，不知其详，权当瞎说。但有一点是肯定的，上世纪五六十年代的教师，特别是农村的中小学教师，大部分是懂得并力行师道的，只是由于他们地位卑微，历来就是个被遗忘的角落。正因为已被大家遗忘，我们为其说道几句，当不至于浪费纸墨，亵渎编辑们的眼睛吧。

二〇〇四年三月二十日

附：来信来文各一

张嘉兴来信

早春同志：

　　你好。承寄来的一叠毛边文学，早收到了。这些散文，我爱不释手，一头就钻了进去，通读一过。其中有关乡梓的一些篇什，尤读得仔细。你的散文,有自己的独创风格,很优美。写人,则个性鲜明,很集中、突出。写事物,则条理清晰,玲珑剔透。形象性很强。文学手法运用灵活。语言几炉火纯青,不时透出灵性,有时亦很有幽默色彩。卒章部分,往往进行形象概括、议论,言简意赅,笔力千钧,叹为观止。我曾选取、翻印一些篇提供高中学生课外阅读,为加深他们的理解,又试做了一些点评,是否乱点了鸳鸯谱,很难说。现附上一篇就教于你,望不吝指正。并希望能早日结集问世,耑此即颂

撰安

张嘉兴
2000 年 8 月 15 日

《陈早春·家乡的小桥》点评

第一自然段点评:先写家乡的历史沿革。从古到今,概括面广。不用史家笔法:引经据典,史系有序,正经八百的。而用文学笔调:为集中叙述历史上有关县的两次归属,故把"晋"挪到"三国"前;接着提出自己的看法,不管属这属那,很可能是"自作多情"。语气客观平易,也许这更符合历史真实。结尾处简捷肯定。不管怎样,家乡历史悠久,值得热爱。

第二自然段点评:写家乡人文,着笔不多,但很有技巧。表面上,似乎全用抑笔;实际上,寓扬于抑,形无实有。把伟大思想家、文学家魏源很自然地引进了作品。

第三自然段点评:重点写家乡的一个民间传说。首先对地形人口,一笔带过。写人文,承前用简笔抑笔,用以反衬"武力"。事实上,作者家乡也曾出过一些头面人物,有清季候选布政司附贡生,有民国的县知事、省县议员等。但比起乡邻魏源来,却是小巫了,故隐而不提。传说是确实的,至今还在民间流传。当然,"大

力士"是荒唐可笑的,但也荒唐得令人可爱:他有不甘卑微,欲出人头地的雄心;有力能扛鼎的勇武,有执着一念的毅力和决心。几可和夸父比美。他是蛮荒初民的代表。叙此增添了作品浓郁的乡土气息。

第四自然段点评:过渡段,由抑转扬,家乡信美。

第五、六、七自然段点评:点题前,先写乡贤魏源爱家乡山水,咏家乡山水,展现了家乡山水的画面,写来跌宕多姿,为"小桥"的出现作了充分铺垫。

第八、九、十、十一自然段点评:主文,集中写家乡的小桥。用先总后分的方法。由一句古诗入题,引人入胜。弹丸小村,四溪九转十八湾,小桥纵横,互为耳目。小溪以洞水为主,其他有什么黄土冲水,罗家冲水及东木冲水等。大有水上之村之势,恍如朱自清《威尼斯》的缩影。

写桥都抓住各自的特征。石拱桥古老、坚牢。据考有的建于明嘉靖年间,有的建于清初。虽"老态",但不"龙钟"。而且"像常驻的彩虹",是村子亮丽的风景线。石板桥专写它们的质地。一连串的问句,答案只有一个:劳动者伟大的智慧和力量。赞美之情,溢于言表。

事实上,对每座桥,前人都早有了美雅的命名:"应声桥"、"迎龙桥"、"啸虎桥"、"奉先桥"、"步月桥"、"翘石桥"、"向阳桥"、"采藻桥""采蘋桥"等。不只是桥,是景观,是灿烂的文化。

第十二、十三自然段点评:搜索木桥竹桥等来陪衬和丰富石桥,是纵笔。为表现木桥"颤悠悠"的特点,用了侧面描写的手法,男孩子们如何"逞能冒险",女孩们如何"好奇",生动传神极了。这样,把静态的桥动化了。自然景观的桥,添上了人的活动,就显得有生气,有活力,人创造了第二自然。足见其匠心。

第十四自然段点评:由桥到水,顺理成章。写水着意绘色:清亮。一切物态都反映出来。引人联想到柳宗元的《小石潭记》。

末尾用拟人手法,水有了灵性,有了感情,水与人息息相关。内容升华,妙笔生花。

第十五自然段点评:小溪九转十八湾,有滩有潭,有湍有濑,有漩涡,有飞瀑,因而水势也各异。除非科学测量,不然水势是个抽象的概念,很难描绘。作者一则与大江对比,一则用一连串生动形象的比喻,给人以具体实感。与白居易写琵琶声,有异曲同工之妙。

第十六自然段点评:笔势欲收故纵,且别开生面,在前文绘色的基础上再辅以绘声,合成一部山村交响乐。水声脉脉,情意殷殷,把热爱家乡的思想感情推向高潮。

末段点评:卒章显志——爱家乡。

总评:这是一篇可传世的作品,已传异邦之世(在日本刊出),特别可传乡邦之世,传氏里之世。一方山水哺育一方人民,灵秀的山水钟毓着杰出的人文。我隆回是地灵人杰之乡,历史上涌现出一些"如椽之笔"。但椽笔所生之花,往往开在他乡,而未开在故里,即魏源、孙俍工等亦不例外。当然,事业和处境使然,无可厚非。陈早春的椽笔却开出了乡土之花,是弥足珍贵的。别看是几座"小桥",它蕴含着家乡的历史文化,蕴含着家乡劳动人民的智慧和力量,也标志着家乡的风物景观。但愿洞水源远流长,一浪高过一浪地前进。

这是一篇优美的抒情散文,体现着神聚形散的特点。神,是什么?通过赞美"小桥",表现出作者热爱家乡的思想感情。围绕这个"神",作者思想的骏马,在广阔的时空中纵横驰骋,写历史沿革,写民间传说,写乡贤魏源对山水的爱好及创作,更联想到全国乃至全世界的名胜景观。古今中外,形似很散,中心只有一个:直接歌颂或间接陪衬"家乡的可爱"。也就是说,写桥不当仅言桥。这样,使文章内涵显得丰满。从而也表现出一个成熟的作家精思傅会的才能。

在艺术手法上,可说众彩纷呈。全篇用先抑后扬的写法。写桥涉猎较广,但有主有次。从不同角度,抓住各自的特点进行描写。有的正面写,有的侧面写;有的写形体,有的写质地;有的写静态,有的写动态;有的绘声,有的绘色。组成一座画廊,给人以美不胜收之感。又运用了很多修辞手法,或比喻,或排比,或拟人,或对比,或衬托,使文章更显得生动活泼。

文学是语言的艺术。本文语言清新洗练。经过锤炼加工的口语,俗中有雅,朴中带秀,有的亮词要句,还透出灵气,足见功底。句式亦多所变化,有时整句精炼,有时散句绵缠。有的轻松自然,有的含蓄隽永。都能给人以美的享受。

二○○○年六月脱稿

怀 念 颜 雄

大约是在二〇〇四年底的一天晚上,我接到正凯从美国打来的越洋电话,告知我们的好朋友颜雄已经逝世。我不相信。肯定这消息是讹传:一是因为他比我们小,我们都还活得好好的,他怎么能先我们而去;二,当年八月,他还带着研究生去上海参加了雪峰诞生百周年的纪念会,并去浙江义乌雪峰墓前吊念,那时,他还是好好的,看不出有任何异样……为了证实这一消息,我随即给他家拨电话,电话通了,可没人接,又给他女儿家、儿子家拨电话,均没有人接应。看来事情不妙,他们肯定是在忙丧事去了。接着,这一噩耗从多处得到了证实,连我单位的不少人也不无惋惜地说:颜雄走了!掐指算来,他这年六十七岁,还在教学岗位上没有退下来,没有告老而老矣!

颜雄是我的学兄,高我两届,在大学他快毕业了,而我却刚进校不久,算是擦肩而过,没有任何交往,甚至没有任何印象。他所在的班,在一九五七年的"大鸣大放""反右斗争"中,是破世界纪录的重点灾区,全班廿七人,没问题而号称布尔什维克的只有三个半,其他的大部分是右派或"中右"。据说颜雄是"中右"。其时我也是"中右"。"中右"的处境也不妙,虽然没有右派的帽子,但批斗右派的过程还得一一经历。各种各样的批判会、"帮助会"都得执礼如仪地进行。人家拿着"右派分子"的帽子在你头上晃来晃去,让你心惊肉跳,寝食不安,说不定就得像小麻雀一样被顽童罩在米筛下了。最终没有被罩住,小麻雀可以一飞了之,可"中右"

还得写悔过书,叩谢皇恩浩荡。颜雄就是这样结束了他的大学生活。

　　我与颜雄的交往始于何时,现在已记不起来了,总之是在我们参加工作之后,在文化大革命结束之后,其时政治气候开始走上正常了,人们之间少了一些隔阂和戒备,交友再也用不着去查对方的祖宗三代、政治档案,只要情相悦、话投机就行了。我们一见如故,无话不谈,一谈就打不住。老伴老说我在家里是哑巴,是旧木头棍子;一见到像颜雄这样的老朋友,旧木头棍子也枯木逢春,活了,话就多了。诚然,我们之间有多重关系:一是老乡,同是湖南人;二是同学,同为武汉大学中文系的校友;三是同行,虽然他是教师,我是编辑,但都搞现代文学。所以我们的话题多,随手拈来一个人、一件事,都可以聊得唾沫四溅。我们聊得最多的是现代文学,对一些人和事的观点,也大致相同或相近,只可惜我们都没有戏说或趣说历史的本领,没有必要重述我们聊过的话题。

　　上世纪七十年代末或八十年代初,他来北京鲁迅博物馆进修,在李何林先生的指导下,从事鲁迅研究,而我却正忙于《鲁迅全集》十六卷本的编辑出版工作,很少有时间在一起闲聊。当时正值夏衍先生《懒寻旧梦录》出版和《鲁迅全集·答徐懋庸并关于抗日统一战线问题》题头注的起草和修订。关于这条注,胡乔木批示必须以一九五八年的注文为基础,并指令在注文中要写明参见《懒寻旧梦录》,这就在鲁研界引起了一场风波,李何林、楼适夷等老先生写了批评《懒寻旧梦录》的文章,在北京却找不到发表的地方;鲁编室却暗中抗拒胡乔木的批示,一而再地给领导上书,如不能按编辑室所拟词条付印,就将集体辞职。可见这场风波的汹涌。在这场汹涌的风波中,颜雄来找过我,一见面就摇头叹气,说文艺界打了几十年的内战,为何在"拨乱反正"的时候还要胡搅,还要曲说编造史事,火上浇油!他站在教师的立场上感喟:"我们将如何教育下一代!"可见这次风波对他灵魂的震撼强度。这次风波

怀念颜雄

没有刮得他头昏眼花,相反,倒是坚定了他的学术研究方向。他一直为研究生开设鲁迅研究课,编写了《鲁迅语录》,与人合译原苏联人写的《鲁迅评传》,参与《鲁迅辞典》的编撰。……对大人物讨厌的丁玲,冯雪峰等,却敬爱推崇有加,几乎成了他们的"粉丝"。他经常造访丁玲,跟随丁玲去北大荒,去她老家……丁玲逝世后,他担任了丁玲研究会副会长,参与《丁玲全集》的资料搜集和校勘。临终前在《新文学史料》发表了《丁玲谈〈北斗〉》,可见他对丁玲研究的造诣。只可惜它刚开了个头就成了绝笔,如果天假时日,他将为后人奉献更多的研究成果。冯雪峰也是他心仪已久的偶像。冯雪峰逝世后所搞的三次纪念活动,一次在浙江义乌,一次在北京,一次在上海,他都参加了。每次他都带着笔记本,记大会的发言,采访冯雪峰生前的友好。看来他在为研究冯雪峰积累资料,只可惜这些资料还没来得及用上,就撒手人寰了。

颜雄长得"锋棱瘦骨",有人戏称他为吉诃德先生,但他行动敏捷,办事干练,是共产党事业的一个好劳力。杜甫形容胡马"竹披双耳峻,风入四蹄轻"的句子,也可移用到他身上。我与他交往几十年,只知道他在湖南师范大学教书,他也从未向我们透露过他的光荣履历,直到最近看到他们学校为他整理的一份资料,才知道他默默无闻地干了那么多事!我常埋怨自己干的杂事太多了,太劳累了,没想到他干的事比我更多、更累,可他却毫无怨言。杜甫笔下的胡马"所向无空阔,真堪托死生",颜雄这匹"胡马"也庶几近之。他对事业,鞠躬尽瘁,尊重同事,奖掖后进;对友人,忠厚真诚,忘我助人。学术界多的是文人相轻,甚至和商场一样,尔虞我诈,他却总是看到别人的优点,称颂人家的长处:"平生不解藏人善,到处逢人说项斯",有一位曾与我有一面之缘的博士生,在他系里工作,我与他晤面时,免不了要问到这位博士的近况,他总是赞不绝口地告其教学研究情况,并誉其为最有前途的沈从文研究专家。他曾担任过湖南省新闻出版系列高级技术职称评委会委员,我是新闻出版署这种评委会委员,参加过一些省市(包括湖南省)高级职务的最终评定,因此在工作上有过接触。有一年,湖南省文联属下一个刊物的编辑,在省里评审时因有匿名信举报其编辑工作上的差错而意见分歧,闹到新闻出版署高评委会上来了。为此,他多次给我打电话说明情况,并自掏腰包为其邮寄补充材料,希望我转达给新闻出版署的评委会。我照办了,但最终投票未能评定编审。事后他无不惋惜地说:"匿名信害死人!"我原以为他们是朋友,其实不是,他只是基于一种职责良心打抱不平。

  颜雄虽然活了六十多岁,工作也近半个世纪,但他没能享有全国人民七十三岁的平均寿命,而在学术研究上,正当开花结果的英年,同辈和他的学生们,无不惋惜他的英年早逝。这是他的遗憾,也是他的亲人和熟人们的惋惜! 好在他的一生,没有白活。他培养了一茬又一茬的学生,称得上是桃李满天下;在学术活动和学术研究上,也做出许多不可磨灭的贡献,世人都会永远记住他的。他死了,却仍活在人们的心中。人们不能忘怀他的,还有他那基于仁者爱人的正直人生。他一生中的大部分时间,是在暴风骤雨的政治运动中度过的,这样的运动,不知扭曲了多少人的性格,侵蚀了他们的灵魂。可他却任凭风吹雨打,像青松古柏一样地坚挺地活着,坦坦荡荡地活着,以此育人,以此交友,以此进行学术研究。在那个不正常的年代,这样正直的知识分子,能有几个! 当他们走了,怎能不扼腕叹息,深情怀念。

2007 年 8 月 28—29 日

为鲁迅代笔

——近四十年前听冯雪峰闲聊

一九七二年秋天,冯雪峰好容易从湖北咸宁文化部"五七干校"的"炼狱"中调回了北京,我是前一年夏天调回来的,彼此又可见面了,互访了,在一起聊天了。我有缘从一九六五年起,就跟他这个"天涯沦落人"相逢甚至相处了:一起去河南安阳参加"四清",非平等地参加文化大革命,一起下干校"改造",直到他一九七六年逝世。在这些接触中,虽然我们是两代人,他比我父亲还大了将近十岁,我是实实在在的晚辈,从年龄上说是如此,从学养、阅历上说更是如此,他走过的桥比我走过的路还多,他是历史上的大名人,我是刚迈出校门的无名小卒;但不知为什么,他很乐意与我在一起聊天——无所顾忌地聊,聊政治,聊文艺,聊上世纪他所经历的文艺斗争,聊他所知道的众多大人物,如毛泽东、瞿秋白、张闻天、博古、宋庆龄;文艺界的头面人物,如郭沫若、茅盾、老舍、周扬、夏衍、胡风、丁玲等;当然聊得最多的,还是他特别崇敬的鲁迅;外国人如史沫特莱、斯诺也聊。政治问题聊得最多,因当时正是"四人帮"统治时期,后来追查的所谓"政治谣言",我们聊得最多,我们简直成了这"谣言"的吸纳点和转播站。好在我只向社内可信赖的几个人如孙用、蒋路、刘辽逸、王仰晨等散布过,没被追查到。至于解放前的政治,共产党的政治,离不开斯大林所掌控的共产第三国际,他也跟我聊过。

他跟我聊这些问题时,是纯粹的聊天,不是听他专题讲演,也不是带任务的专访,所以多的是只言碎语,不成片段,不系统,不连贯,加之我们当时也只是乘兴聊天,我没当场做记录,在那个年代,也怕做记录,怕招致文字狱。只是到了一九七二年冬,因当时我与雪峰都在搞修订《鲁迅全集》的事,为工作计,开始简要地做些只供自己看的记录,而且不是当时记的,是当晚或隔日的追记。这记录的文字,为省时计,大都是用我自己半文不白的文字记录的,不能体现他当时谈话的语气,他的语言已翻译成了我的语言。而且太敏感的问题,也怕做记录,即使记了,也多用符号,如毛泽东成了M,瞿秋白成了维宁,周恩来成了×××……

《新文学史料》的同志知道我有这不成记录的记录,多次催促我整理成文章发表。但我颇多顾虑:一是现在好多回忆文章,都在编造故事,为读者不齿。即使写的确是史实,不合自己口味者也说别人在编造。历史是过去的事,很难说得清,即使是太史公的《史记》,现代人也能从各个角度,挑出它的不少毛病,就是司马迁再世,也百口莫辩;其二,冯雪峰所谈的这些问题,极富敏感性,学术界争论了几十年,他甚至为此付出了政治生命的代价。那些事,涉及文艺界的宗派问题、党内路线斗争,和共产国际对中国革命的"指导"、干预,鉴于这类文件还未解密,或未完全解密,现在还说不清,道不明。

历史是后人眼中的或一事实,后人难以还原全景式的、多维的既往存在。既然如此,冯雪峰作为当时参与那些事件的人,是重要的"人证",而且此文所述及的,大部分还有鲁迅文章的原稿影印件,算得上是重要物证。抛去为人的"世故",还是将冯雪峰跟我聊的问题,整理了出来。

冯雪峰为鲁迅起草文稿,引起后人怀疑或指斥的,是一九三六年的几篇。其时,一是鲁迅重病,处在"两个口号"论争风口浪尖的他,欲说不能,二是鲁迅鉴于对敌人不可轻信的多年斗争经验,

为鲁迅代笔

对当时"国防文学"派所阐述的抗日统一战争政策,不能苟同,甚至抵触,而这一口号的国际背景更为他所不知。在这种情况下,鲁迅有点茫然、忿激,甚而对一些中国共产党员的革命立场、人品道德产生了怀疑、厌恶。冯雪峰一九三六年去上海与鲁迅初次见面。鲁迅第一句话是:"你走了这几年,我被他们摆布得可以!"("摆布"两字我当时听得不是太清楚,但他说明在《回忆鲁迅》中所说"这两年来的事情,慢慢告诉你罢"是有意抹去了棱角。)稍后,鲁迅又说,"共产党掌权了,第一个祭刀鬼就是我。"李霁野也有这方面的回忆,回忆主要谈雪峰的老实,忠厚,雪峰听了这话后的极度不安,很认真地摇头摆手说:"那弗会!那弗会!"(见李霁野《他活在善良人的心里》)一九七二年十一月二十九日晚,雪峰又谈到,"鲁迅编辑出版《海上述林》,说是不仅是为了纪念死者,也是纪念自己。鲁迅认为瞿秋白是共产党的弃儿"。

冯雪峰了解到了鲁迅当时的这种处境和心情,很是焦急。当他听到有第三国际背景的史沫特莱在议论鲁迅不是时,他借题把她痛骂了一顿,以致把她骂得哭了。雪峰说,他这样做,"有点借题发挥,找出气口"。为了让鲁迅摆脱困境,既然这困境最终是第三国际造成的,他转而就近去找也可能有第三国际背景或对其有影响的宋庆龄。在冯雪峰看来,宋庆龄的威望、人品、对中国社会和对鲁迅的了解,远比远在万里之外遥控着中国革命的洋人要强多了。所以他经常去向宋庆龄请益,即使文艺界的一些小事,也请宋庆龄参与。如有一次宋约请他吃饭,把林语堂也带去了,"席间,宋先生告诉林语堂,冯先生是从陕北来的,他有一件事求你……这时我就把事先准备好的《文艺界同人为团结御侮与言论自由宣言》置于桌上,赶鸭子上架,他碍着宋先生的面子,只好签了。"(1973年1月6日冯雪峰谈话记录)

冯雪峰意识到,反对鲁迅的"国防文学"派后台很硬,当时鲁迅是很孤立的,连茅盾也站在鲁迅的对立面。他从中国左翼文艺

前途、中国革命前途考虑,也可能受了毛泽东思想的影响,他坚定地认为,鲁迅这面旗帜不能倒,中国革命文艺乃至中国革命需要鲁迅,冯雪峰说:"鲁迅的地位是谁也取代不了的,当时有人自以为可以取代他,而有些人又想另找人取代他。"(1972年11月间雪峰谈话记录)为此,他做了多方面的工作。

首先,他与鲁迅促膝谈心,谈瑞金苏维埃政府,红军长征,谈国内、国际大事,重点谈毛泽东的"逼蒋抗日"的统一战线政策。冯雪峰对这一政策的解释,鲁迅是心悦诚服地接受了的,以至于他对毛泽东有了更进一步的了解,当《海上述林》刚出版时,他就嘱咐冯雪峰,要将其"皮装本送毛泽东,绒布装本送周恩来。"此前一个礼拜,冯雪峰又"用鲁迅的稿费买了火腿,是特地送给毛泽东的"。(1972年11月间雪峰谈话记录)一九七三年十月十九日,冯雪峰说,他多次与鲁迅谈"两个口号"论争的事,"力劝鲁迅与周扬等的论争要注意大的方向……应首先在政治路线上明确表态,站在毛主席的'逼蒋抗日'的抗日统一战线方面来,不要在一些小问题上与他们纠缠,只有这样,才能使自己站得住……鲁迅欣然接受了我这一建议"。

由于有了这样的思想和认识基础,所以在鲁迅重病不能提笔为文的情况下,雪峰就成了他唯一的代笔人。

《答徐懋庸并关于抗日统一战线问题》是这期间冯雪峰为鲁迅代笔并经鲁迅修改补充的第一篇长文。这篇文章,虽然遭谤了几十年,冯雪峰甚至为此断送了政治生命,被划定为"右派分子",开除党籍,但文稿具在,用不着多说了,不过有些情况,冯雪峰多次给我作了说明,别人尚未说到,似有录奉读者的必要。

该文多次从正面提到,茅盾和郭沫若与鲁迅的关系,冯雪峰说,是他说服鲁迅经鲁迅认可特地加上的。雪峰跟我闲聊时,大都只是只言片语,好在我于一九七四年四月七日专访茅盾将其访问记录给他看时,他才说了些成片段的话:"茅盾说他参与讨论了

'民国革命战争中的大众文学'口号提出的事,说得有眼睛有鼻子,煞有介事的样子,哪有些事!当时茅盾还系'国防文学'派,站在鲁迅的对立面,鲁迅不可能找他去商量另提口号的事。既然鲁迅在答徐文中说了,他也就将错就错,到处这么说。其实这事还得怪我,是我为了抗日统一战线的建立而'绑架'了他,也'绑架'了郭沫若。这两人在'国防文学'派中是有影响力的……至于郭沫若,当时与鲁迅还是有隔阂的……一九三〇年光华书局老板沈松泉东渡日本托我向鲁迅求字,鲁迅于一九三二年写了《偶成》,(其时沈松泉已从日本归来)托我给他。其中一联是'所恨芳林寥落尽,春兰秋菊不同时',我问鲁迅后一句的含意,鲁迅说'我不是与郭沫若搞不到一块嘛'。我自认为他倒是应该也可以搞到一块的,如能搞到一块,文坛当是另一番更为可观的景象……这是我的愿望,鲁迅也是同意的……"

  答徐文的风波平息了,"O. V. 笔录"的两篇鲁迅文章,即"病中答客问"的《论现在我们的文学运动》和《答托洛茨基派的信》,又陡起风波。有友人在电话中告诉我,去年有人著文说,这两篇文章是冯雪峰假冒鲁迅名义硬塞给鲁迅的私货,建议从《鲁迅全集》中删除掉。这文章发表后,一家名社名刊即予转载。这友人问我如需要看,他可以将转载它的刊物邮寄我。我答以"不看",因我已垂垂老矣,不愿意也无能力卷入这样的学术纠纷中去。凭我多年来的所见所闻,类似的问题其实是个政治问题,即鲁迅不应该受冯雪峰的"蒙蔽",跟毛泽东领导的共产党搞得那么热乎,这就使我更不敢涉及这类问题了。不过我可以就事论事,将冯雪峰跟我聊及的有关情况提供出来。

  这两篇文章,鲁迅在答徐信中已郑重声明过:是"我的"。当然他说的是《论现在我们的文学运动》一文,不过该文中也提到过"托洛茨基派的先生们",与《答托洛茨基派的信》的口径基本一致。

实话实说,冯雪峰没有跟我闲聊过《论现在我们的文学运动》一文的代写情况,而对《答托洛茨基派的信》的代写情况,却聊了很多,且不只聊过一次,时在一九七二年十一月间,特摘录如下。

"当时'国防文学'派中有些人污陷鲁迅为'汉奸',为'托洛茨基派分子',这使鲁迅很伤心,很悲怆,以致使他怀疑这样的战友'是否系敌人所派遣'……托派陈仲山寄来的第一封信,还有他们办的刊物,使鲁迅大为惊诧。他将这信压在自己的枕头底下,不让任何人知道,也瞒着许广平,《鲁迅日记》也未记。这封信是六月初(按为六月三日)寄来的,许广平回忆错了,误将陈仲山寄来的第二封信当作了第一封……陈仲山的来信,他跟我见面尚未开口讲话,就从枕头底下抽出来要我看。我边看,他边说,'托派真的来了,来引为知己了,你看讨厌不讨厌!'……我问他要不要答复,他说那就拜托你了,并嘱咐我,要把来信附上。我将鲁迅授意的这封回信寄给好几个刊物,由周扬掌控的《文学界》就是不愿意发表,好在别有两刊物都发表了。鲁迅看了,面带笑容地说,'这次便宜他们了,来信也用同一字号,没加区别,太便宜他们了。'"

冯雪峰对《文学界》不愿意发表《答托洛茨基派的信》,是颇有意见的,他说:"《文学界》是周扬他们搞的'文艺家协会'的机关刊物,主编署名周渊,是假名,实际编辑是何家槐,还有夏衍、徐懋庸等,但掌实权的是周扬。他们不愿发表该文,是否心虚,他们中是否有人诬蔑过鲁迅是托派。如果有这样的人,当然就不愿意发表鲁迅辩诬的文章了。"为此,他又连带地谈到了"文艺家协会"。"'文艺家协会'成立前,周扬拒绝接受我的两点意见:一、必须请鲁迅加入,以他为旗手;二、以赞成和拥护抗日为入会条件,不以赞成'国防文学'口号为入会条件。"

冯雪峰的这些话,都是一九七二年十一月间跟我聊的,一九七三年一月六日,他又谈了《答托洛茨基派的信》的相关问题。他说:"陈仲山实有其人,真名叫陈其昌,是神州国光社的小编辑。

为鲁迅代笔

神州国光社开始印碑帖,'一·二八'事变后,国民党政要陈铭枢(沪杭警备司令部司令)打入,同时或先或后参加的有王礼锡、胡秋原等。王礼锡为其实际负责人……王礼锡的妻子是陆晶清,是许广平的同学,鲁迅的学生,鲁迅在《两地书》中称小鹿……也许是这种瓜葛,陈仲山才敢写信给鲁迅。"

冯雪峰与鲁迅的文字缘不从此时起,也不在此时终。

上世纪二十年代末,他与鲁迅合编《科学的艺术论丛书》时,彼此就互为代笔。这点,冯雪峰没有"炫耀"过,倒是鲁迅白纸黑字写得很清楚。一九二九年,鲁迅在所译卢那察尔斯基的《文艺与批评》的译者附记中说,冯雪峰为他"改正了不少脱误"。一九三〇年,鲁迅在所译苏联的《〈文艺政策〉后记》中"特行声叙":"第一,雪峰当编定时,曾给我对比原译,订正了几个错误;第二,他又将所译冈泽秀虎的《以理论为中心的俄国无产阶级文学发达史》附在卷末,并将有些字面改从我的译例,使总览之后,于这《文艺政策》的来源去脉,更得分明。"

一九三〇年鲁迅《对于左翼作家联盟的意见》,名义上是王黎民记录的发言稿,实际上也是冯雪峰在鲁迅发言后几天为鲁迅代笔的文章。这一情况,雪峰在一九七三年九月十一日致薛绥之信中已有较为详尽的说明,这里只据我与他闲聊的记录补充两点:一、他代笔的起因是原创造社、太阳社中的一些人,会后还在讥讽鲁迅,说"这老头子还在老调重弹",而他却觉得鲁迅的话是空谷足音,非常可贵。二是他的代笔,经鲁迅审阅修改过,具体修改的情况他已记不清楚了,但其中的"汉官威仪""峨冠博带"这些词语,肯定是鲁迅加上的,因为"当时我不会使用这类词语"。

在我与雪峰漫无边际的闲聊中,有时也涉及他给鲁迅增删文句的一些佚事。

如一九三一年他与鲁迅为了纪念被国民党秘密杀害的"左

联"五烈士,特地出版了《前哨》"纪念战死者"专号。鲁迅所写的《中国无产阶级革命文学和前驱的血》,原无标题,是雪峰临印时匆促拟标的,雪峰在一九七二年十一月间谈及此事时说:"鲁迅文章的标题是极富思想性和艺术性的,我拟得不好,鲁迅在将此文编入《二心集》时,还是采用了它,也许是它刊在有特殊纪念意义的刊物上,所以就没有改动了。"

一九三一年七、八月间,鲁迅发表了《上海文艺之一瞥》。该文中有几句肯定创造社提倡"革命文学"的话,是雪峰在原稿上加的:"在前两年革命文学起来了,革命文学之所以起来,自然是因为一般群众,青年有了这样的要求。"后来鲁迅将它做了修改补充,但保留了它的主要意思。

一九三二年十月十日,在"左联"与"第三种人""自由人"论争时,鲁迅写了《论"第三种人"》。他在征得鲁迅同意后,在文稿的末尾加了一句苏汶的原话:"'怎么办'呢?"他说,当时党对"第三种人"的策略是既斗争又团结,通过斗争求团结,所以他就加了这么一句话,想给对方留条后路。

一九七二年十二月三日晚,我与雪峰在闲聊时,他拿出一本《鲁迅手稿选集三篇》,将其中所收《半夏小集》手稿中几处墨迹轻淡的改动处指给我看,如其中的"优待"改为"提拔","想头"改为"结论",在"但养胖一群癞皮狗,在世界上有什么用?"这几句之后加了"只会乱钻,乱叫,多么讨厌!"这些都是我当着鲁迅的面改的。"有人问我这几处墨迹较淡的改动,是否用的是铅笔。不是的,用的就是鲁迅案头的毛笔。"这晚他谈兴很浓,又连带谈了《半夏小集》的其他问题。他说:"《半夏小集》的'半夏',李何林解释为半殖民地,茅盾解释为夏中。前者太泛,后者不合事实,文章发表在十月,是为秋。夏中鲁迅重病,日记也停记了,不可能写这样的文章。'半夏'是何意,当时我也不懂,当面问鲁迅。鲁迅说,半夏是一味以毒攻毒的中药,证之文章的后两节,也可见这种解释是

为鲁迅代笔

实。这文章不像时下所说,只是反'四条汉子'的,它的内容比反'四条汉子'要深广得多。如第二、四节是反王明及其右倾机会主义路线的。周扬他们还'受当'不起。"

冯雪峰跟我聊及他为鲁迅代笔写文章和增删文句的情况,大致如此。这充分说明了他们友谊的深笃而致的彼此信赖,甚至互为依托。历观鲁迅一生,能与他有这种文字交谊的,除他早年与自己的胞弟外,就只有瞿秋白和冯雪峰两人了。瞿秋白被鲁迅视为"知己",冯雪峰也是。后人很难理解,鲁迅高山仰止,别人只能俯伏在他脚下,不可能去影响他。而与他们同时代的人却看到了鲁迅也受冯雪峰影响的一面,如陈望道、楼适夷、许广平等。这种影响,当然是建立在"知己"的情谊上,在共同或相近的思想境界之上,但也与冯雪峰敦厚、憨直的性格有关。上世纪三十年代"左联"与"第三种人""自由人"论争时,他对他的顶头上司张闻天也常有这种"僭越"之举,此当另论不赘。

附带说一下,冯雪峰当鲁迅在世时,他可以为鲁迅代写文章、增删文句,但当鲁迅百年之后,由他主持刊行鲁迅著作时,却一字、一标点也不许编辑改动,即使明显错了,也只能加注说明。但也有他难以左右的情况,如在《鲁迅全集》《鲁迅译文集》中驱逐有关托洛茨基的文字。那是遵命行事。他曾经对一九三八年版的二十卷本《鲁迅全集》颇多感触地说:"当时人手少,资料缺,又在极端恶劣环境中赶编出来,很不容易。但其中有不少错误,有些错误是人为的。当时担任编辑的是几个作家,像王任叔等,他们看不懂就随意改。今后要把它们一一改正过来。"为此,鲁迅著作编刊社创建伊始,他就安排很有学养的孙用专门负责鲁迅著作和译作的校订。

很难想象,在鲁迅眼睁睁看着一切的时候,居然敢假冒鲁迅的名义去发表自己的作品。有人热衷于谈论此事,可能的解释也许是这样:公开去骂鲁迅,可能多少有些顾虑(新时期似乎例外),那

217

就只好去"清君侧"。今天在雪峰为鲁迅代写文章上做文章,是否也在沿用我们老祖宗的这套老把戏?其实,冯雪峰早就被"清"过无数遍了,今后是否还将被"清"下去?

2010年3月18日草,26日改定
原载《新文学史料》2010年第2期

编辑家牛汉琐记

九月二十九日上午十点许,我正在社区医院输液,刘小沁从手机上发来一则短信。短信是一首悼牛汉的诗,旧体诗,只四句,不知其详,我以为她是在开玩笑。我老拨她的电话,想问个明白。终于她回电了,说老牛已于今日早晨七点半去世;在家中,无疾而终。得到这一确信后,我思绪万千,回想起与他近五十年的接触,在同一办公室里,同一干校,同一编辑室里,先后同编一刊物……过去我们接触很多,只是二〇〇六年后他成了新家,走访不方便,电话也难通。后来得知他已搬回了原住地,我本拟与雪峰的家属去拜访他,约了两次时间,先是他身体不适,继是我的身体也不争气。因这半年多来,我连做了两次手术,常常得去光顾医院。我是应该去拜访他的,一是多年不见了,一是他作为"雪峰全集"的编委,我作为这一工作的主持者,不少编务上的事要向他通报,疑难处则要向他请教。可是他终究悄没声地走了,诗歌界陨落了一颗明星,出版界倒下了一棵大树!

牛汉,我还在学生时代,就读过他的诗,后来又知道他是"胡风反革命集团"的一分子,为他惋惜。当我来到人民文学出版社见到他时,他那伟岸得像一棵参天大树的身影,随和而洒脱的待人接物的风范,怎么也难以与其"分子"的身份联系起来。当时我在现代文学编辑部的小说南组。他也常来我们的办公室接稿或送稿。听说他的编制在编译所,由于当时这里的来稿特多,特请了编译所的牛汉和绿原来协助处理一般来稿。由于他俩已打入另册,不能对外,也没有当责编的资格。我是刚来的新手,也只有资格处理一般来稿。所以我与牛汉、绿原的工作性质一样,在处理一般来稿时,稍有看头的我们三人都轮换着、交叉着看。当时出版社提出要肩负培养工农兵作家的任务,稍有星星点点的苗头,就要慎重对待。所以我们三人也时不时要开审稿会。在这样的审稿会上,一般有组长坐镇。稍稍懂点人情世故的人,在那个年代,都得看领导的脸色。我是初生之犊不畏虎,也不懂人情世故,实话直说,没想到历经人生坎坷的牛汉,也是这样,直率得像个孩子。这时我就暗暗地引他为同调,佩服他的见识和勇气。我与他俩共事四五个月,编辑部第一副主任王致远经过反复的考察,为了加强考察,还要我阅读那几年出版的长篇小说,并要求写出书评。后来他在编辑部会议上宣布:新来的陈××审稿这一关已顺利通过了,但他的书评写得太学院派了,要改变文风。(牛汉悄悄地向我耳语:"学院派有什么不好!")于是他就让我独自去南方几省出差约稿,回来后又要我接手两部书稿的责任编辑。这样,我与牛汉、绿原在工作上的接触就少了。这短短几个月的接触,牛汉给我留下的印象却很深。首先是他的身影,他出进办公室门时,总觉得门框太小,他走在走廊里,总显得走廊太窄。他从不自卑自贱,来办公室时,常与衣冠楚楚的方殷,好吹牛自娱自乐的龙世辉开开玩笑,与大家闺秀般的向云休大姐也要搭讪几句,与许觉民的夫人张木兰,总是递递眼神。他不自认为是"分子",人家也没把他当"分子"。

　　一九六五年冬,单位的大部分人分两拨派往河南农村"四清"。我去了安阳,牛汉去了林县。当时的知识分子,总是身不由己,在急湍的河里漂流,难得安身立命。我仅因为是个"三门"(即从家门到校门到机关门)干部,不像牛汉那样有"帽子"和"辫子",在单位上班时,也得每礼拜六去前门一书店站柜台卖书,又去顺义大白楼生产队与农民"三同"了几礼拜,说是"思想改造"。而牛汉却好像总在漂流,很少上过岸,即便在单位里,也几乎是总务科编外的临时工,干些正式工不屑干的脏活累活。这样,他"出彩"的机会比较多,谁都认识他。

"四清"还未完,"5·16"通知下达了,我们都回到原单位搞文化大革命。这革命的主要对象是"走资本主义道路的当权派"和各色各样的"牛鬼蛇神"。牛汉属于"牛鬼蛇神",在"横扫"之列。由于出版社的"牛鬼蛇神"太多,他不是主要靶子。只见他天天在劳动改造,打扫庭院,擦窗户玻璃。他擦拭过的窗户玻璃又净又亮,称得上是绝活。原来他在刷洗干净后,还要将报纸揉皱再擦一遍。这不知是他从哪里学来的或是他首创发明的,反正我干这活儿是以他为师的。人家让他没尊严,但他活得很有尊严。这套得上一条"最高指示":"卑贱者最聪明"。

文化大革命初期,名义上是反"走资派",横扫"牛鬼蛇神",实际上以"反""扫"为名,各色造反派在争革命的旗帜,争龙庭的交椅。各派打得不可开交,有的甚至动用了枪炮。人民文学出版社到底是知识分子成堆的地方,稍稍文明些,但公报私仇、打人抓人的现象也时有发生。有鉴于此,刘少奇向各单位派了工作组。人文社的工作组来自北京的航空大院,组员大都是师团级干部。虽然这工作组后来被称为刘少奇反动路线的产物,但比起后来号称革命路线的工宣队和军宣队来,要文明得多,规矩得多,离革命传统要近得多。在这工作组的领导下,也许是用的"清理阶级队伍"的名义,将许多怀疑对象查实解放出来。当时牛汉除了"胡风分子"的老账外,还被戴上国民党特务的帽子。为了弄清这个问题,单位几次派人去公安部查档案核实。前几次派出的都是革命性强的干部,都未核实清楚,遂把这一难题交给了我。我独自一人去了公安部找相关档案。牛汉的档案一大摞,如果要逐页看,三五天不见得能看完。也许是凑巧,我一下子就翻到了他在西北大学的材料。他是西北大学"真理卫队"的队长,听中共地下党指挥。这些材料充分反映了牛汉作为热血青年参加并领导学运的光荣历史,没有丝毫劣迹。倒是有一份揭发当时学运头头,包括学生会主席卢永福是国民党特务的检举材料(卢永福也在出版社,被另一派革命组织打成"狗特务",正在四处藏匿),但在这份检举材料后面附有一份甄别材料,原揭发材料纯属子虚乌有。我将这份检举和甄别材料逐字逐句抄了下来,并加盖了公安部的公章,递送给工作组。此事我跟牛汉说过,牛汉拍拍我的肩膀,表示感谢。我只是抄写了这点东西,怎用得着称谢!也许是在那个年代,谣诼、乱枪也伤人致命,让他免了横祸。

  上世纪七十年代初,人民文学出版社逐渐恢复业务,被彻底砸烂的东西,虽经修补,总显得千疮百孔,不复原样。严文井、韦君宜已回来主持工作,但仍有军代表在掌控。工作难度很大。首先是职工队员。其时各部门掺了很多"沙子","请神容易送神难",韦君宜排除各种阻力,好不容易把他们送到了该去的地方。另外班底有三十多位工农兵大学生。他们素质不错,但学的东西实在太少,难以胜任工作,于是她就为他们办起了学习班,学中外古今文学。牛汉当时还未落实政策,头上仍戴有"帽子",脑后留有"辫子"。韦君宜慧眼识珠,安排他去这个学习班教现当代文学,并实际上成为这个学习班教务的总负责人。牛汉职责在身,敢做敢当,一次一个副主任级的干部硬是不让他属下的几个工农兵学员去上课。牛汉便怒目金刚似的打上门来,与这个副主任理论。弄得这个副主任理屈词穷,乖乖地听了牛汉的,一股怨气只好憋在肚里,将脸都憋歪了。牛汉是条硬汉子,为工作他能逢山开路,遇水搭桥,敢于排除一切障碍。

  一九八四年,我已接任他担任现代文学编辑室主任,而他已离休,但仍被回聘担任《新文学史料》主编。该刊在行政上属于现代文学编辑室,编辑有分工,也有合作。一次,我感冒发烧近四十度,在家休息,忽然接到编辑室秘书赵琼的电话,说我属下的编辑×××,利用工作之便,盗用了《新文学史料》的重要档案材料,将之撰写文章在别的刊物上抢先发表了。牛汉为此气愤极了,扬言要来办公室揍×××。我了解牛汉,也了解犯案的×××,担心他们会真的打起来。于是我就抱病骑自行车去编辑室开会。本想让×××有个自我交代,消消牛汉的气,也避免类似监守自盗的事件再次发生。这会没能开下去,×××不但不认错,反而跟我没完没了地吵了起来,而且对我一直忌恨在心。这次老牛没来,大家虚惊了一场。但事后老牛给我来电话:此后不许×××染指《新文学史料》的档案材料。

老牛有怒目金刚的一面,也有平易随和的一面。我与他相处几十年,从未红过一次脸。当他尚未落实政策还在做普通编辑之时,有一位他的顶头上司总是犯职业病,喜欢见文字就改,用自己的语言习惯去改,老牛与作者联系的书信,也往往被改得面目全非。我觉得这样改毫无必要,就给这领导提意见,请他不要乱改。可老牛总是尊重领导的意见,每每将改过的东西重新誊正寄发。为此,我毫不客气给这领导提意见,后来乱改的现象就少了,老牛不知道是怎么回事,只说领导太忙,来不及改了。

一九七九年,当胡风反革命集团的冤假错案还未全面正式平反时,牛汉已恢复党籍。不久,他就担任了现代文学编辑室的主任,一九八一年当十六卷本《鲁迅全集》出版完后,原鲁迅著作编辑室撤销了,与现代文学编辑室合并。我作为鲁迅著作组的组长和副主任与他共事多年。他是掌舵的能手,在他的主持下,现代文学编辑室是建国后的第二个黄金时期,出版的图书种类多,为中国现代文学史做了不少拨乱反正的工作,许多非左翼作家的作品,开始挤进了文学出版的视野,恢复了中国现代文学史的原本面貌。特别值得一提,引起读者和文史家强烈反应的《中国现代文学流派丛书》《中国现代文学名著原作重印丛书》(后来我与张福海将之更名为《新文学碑林》,统一了装帧),还有多种丛书,重要作家

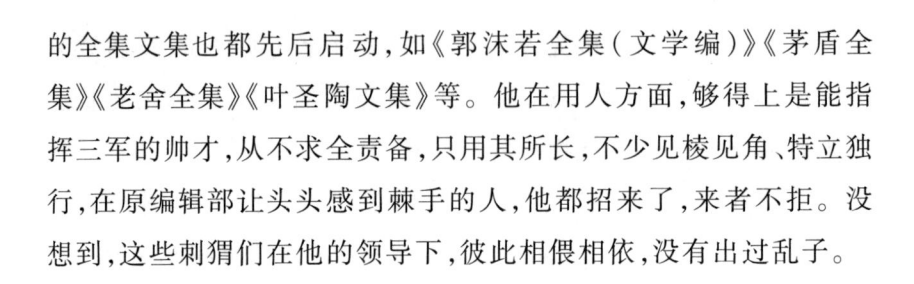

的全集文集也都先后启动，如《郭沫若全集（文学编）》《茅盾全集》《老舍全集》《叶圣陶文集》等。他在用人方面，够得上是能指挥三军的帅才，从不求全责备，只用其所长，不少见棱见角、特立独行，在原编辑部让头头感到棘手的人，他都招来了，来者不拒。没想到，这些刺猬们在他的领导下，彼此相偎相依，没有出过乱子。

他对下属好，但时有犯上之举。一九八三年社内领导班子进行了补充调整，一位刚来社不久的年轻同志被提为副总编，主管现代文学编辑室。牛汉本来具有终审权，但经他终审的稿子还得经主管副总编签字才能发排。一次他见到了这样的发稿单，当着我的面将之撕得粉碎。当事双方都是我的同事和朋友，逼得我当了一回和事佬，去做双方的劝导工作。好在这副总编不久就到政府机关做官去了，而牛汉也在差不多同一时间被借调去协助丁玲主编《中国》杂志去了，彼此没有再磕碰的机会。

牛汉这类犯上之举，也许多少有点傲上的成分，凭资历和业务水平：资历，他是老革命，他一九五三年刚来社时，就拟提他为副总编；水平，他已是蜚声中外的诗人和散文家，他终审过的稿子，是用不着别人再去审批的。不过在我看来，牛汉之有此举，主要是反对等因奉此的官场习气，官大一级就会压死人的陈腐作风。他一辈子都是个腰板硬朗的铁汉子，他只服从真理。诚如他自己所说，是个直立的人。

作为硬汉子的牛汉，我还见识过一次。一九八六年三月，在国务院招待所召开了第二届冯雪峰学术讨论会，到会的有不少党政领导和来自各地的学者。会上，大家都一致肯定了雪峰作为政治家、理论家、诗人、学者和出版家的丰功伟绩。唯独胡乔木在唱反调，说什么一九三六年雪峰将他送去延安时，派人监视他（谁都知道，为安全计，凡此情况，都得有人护送）。胡乔木一说到此，只见牛汉将帽子往桌上啪地一摔，走出了会场，跟去的还有冯雪峰的儿子冯夏熊。会场哗然,紧接着冯雪峰在上饶集中营的难友林琼上台抢话筒批驳胡乔木,弄得主持会议的韦君宜不知如何是好,会场中却有不少人在喊,让林琼讲!让林琼讲!

铁汉子牛汉在他被借调去参与主编《中国》杂志时,对当时中国作协的领导常有抗上之举,这是他后来回社跟我聊天时说及的。一九八六年,我在总编辑任上,也与作协领导的二把手鲍昌发生了磕碰,并且向他声言:人民文学出版社不是中国作协的下属机构,不搞圈子,不立山头,不拉帮结派。各走各的路,河水不犯井水。这事使时任社长的孟伟哉很紧张,马上去向当事人圆场。对我的这一妄举,牛汉却赞不绝口。

"文革"结束,人民文学出版社恢复了业务,一九七八年首办了第一个刊物《新文学史料》。这个刊物曾名噪一时,最高发行量曾达到六位数。在海外的影响也很大,上世纪九十年代初,在汪辜会谈后不久,我曾去台湾访问,对方就托我代购五份,全套的,后来我只凑足了一份。其时我常出国访问,在国外的书店里,常见到它的面影。可见它当时的影响是国际性的,因为它反映了十一届三中全会以来中国文艺界拨乱反正的真实面貌,引起了全世界的关注。而这个刊物的筹备者和稍后的主编是牛汉。一九八七年他离休后,我仍坚持回聘他继续担任主编,虽然他已不来社坐班了,仍给他保留了一间办公室。直到一九九八年,他坚持不干了才作罢,但仍请他担任顾问。

万事开头难,《新文学史料》筹备过程,我未参与,困难情况不得而知,只是当时也可能参与筹备的楼适夷偶尔跟我说过,我只是一句话应付过去:凭你的资历和人脉关系,办这么一个刊物,还不是小菜一碟。其实我也知道他与主持社务工作的韦君宜因其积案以及从干校调回出版社工作的事,一直存有芥蒂。双方不愿沟通。沟通的工作只能落在牛汉身上了。

这个刊物在国内外影响大,树大必招风。在我参与主持出版社工作时,就听到很有来头的反应:如说《新文学史料》是胡风派、雪峰派的同人刊物。当时,党正在平反冤假错案,文艺界的大案如"胡风反革命集团"案、"丁陈反党小集团"案、"冯雪峰右派"案等等。这自然成为《新文学史料》关注的焦点,也是为这些冤魂恢复名誉的义务。这就自然会冲击部分人的神经和感情,而发出什么这派那派的抗议。

一九八七年,又说上面有红头文件,凡已离退的干部不得再担任刊物主编的职务。人文社有两个著名刊物,即《当代》和《新文学史料》都涉及这个问题。《当代》原主编秦兆阳与《新文学史料》原主编牛汉都于一九八七年离休。这两人都是新编刊物的旗手,当时社内还没有合适的人选去接棒。于是,我就采取了一种变通的办法,这两个刊物都设双主编,原主编留下。为留下秦兆阳继任,我可没少费功夫,既面恳,又函请,好容易才说服了他。牛汉敢作敢当,请他留任,很爽快就应承了下来。并信誓旦旦地说:"不是有人有意见嘛,我要做给他们看看。"我说:"外面有点议论,你不必放在心上。文艺界源自二三十年代的宗派主义,要彻底消除,需要一个很长的过程。能在我们这一代里消除掉,就是万幸。"我很欣赏牛汉办事的历史责任感和时代使命感,因此很信任他,我虽经社务会决定去做挂名主编,但不参与编务,只为他做后勤,担责任。如有来自外面的压力,由我去扛。我光棍一条,没有什么羽毛需要特别珍惜的。对外面的议论,我没有直接告诉他,只劝他今后注意多向周扬阵营的人组发一些稿子。他说早就在做了,但答应写稿的人不多,已寄来的更少。

拨乱反正、改革开放深得人心,在我全面主持人文社工作后,《新文学史料》腹诽者有之,但没有受到任何政治压力,倒是后来承受着巨大的经济压力。后来的继任者仍然要面对这一问题。

牛汉在人文社编发了许多书稿,并曾一度担任现代文学编辑室主任,擘画了不少选题,但他作为编辑巨擘主要表现在主编《新文学史料》的任上。他在这一任上的时间最长,自一九八三年至一九九七年,后来作为顾问,该刊对他仍有所倚重。当然,该刊的成就,我们不能忘记韦君宜的决策,楼适夷的垦殖。楼适夷是中国现代文学运动的亲历者,作为作家、诗人、翻译家、散文写作高手,在文艺界有着广泛的人脉关系,鲁、郭、茅、巴、老、曹都是他的朋友。他作为《新文学史料》的初期的主编,后来的顾问,尽得天时地利人和诸多有利条件。

牛汉继任主编之后,在拨乱反正、改革开放、实事求是的时代背景下,他的编刊思想很明确。就是拨开迷雾,拉开帷幕,在历史舞台上,尽量还原历史的本来面目。原来,中国现代文学史总被描写为中国左翼文艺运动史。的确,左翼文艺运动是中国现代文学史中的主流。但主流有支派,无派不成河。牛汉以史家的眼光,宏大、包容的胸怀,去探寻"茫茫九派"。刊发的史料,除左翼之外,还有各社团、各流派,甚至包括"学衡派""鸳鸯蝴蝶派""现代评论派""新月派"等。这样,让读者看到了拂去了尘埃、撤下了帷幔的新文学面貌,真实的、鲜活的面貌。

《新文学史料》除了关注现代作家的创作活动外,还刊发了大量的文艺运动、文艺思潮、文艺论争的史料,左翼文艺运动中源自二三十年代的宗派主义顽疾,由于通过这些史料,厘清了原委,辨明了是非,牛汉编刊之功,也应该记下这一笔。当然也由于人事代谢,过去的宗派已基本不复存在。

牛汉是著名的诗人,编辑是他的职业。他这匹汗血马,"所向无空阔",干什么都能卓尔不群。他很热爱自己的职业,一九八六年当我被人文社公选为总编辑时,他与其他几位老专家就力劝我不要从命,一九八七年我又被任命为社长兼总编辑,一直干到了一九九九年,其间,他仍然多次劝我:"不要再去打杂了,业余去写散文吧。"当时他正处于散文创作的亢奋期,希望与我一起切磋。他业余写作,写诗、写散文,但他的主要精力仍集中在他的职业上,为了刊发一篇或一组好稿子,会兴奋不已。一九九二年许,经楼适夷的极力推荐,《新文学史料》刊发了我写的《冯雪峰评传》最后一章《在政治大批判的漩涡中》,署名史索。一次,牛汉给我打来电话,说是艾青将该文让其爱人读了两遍,向他祝贺。艾青以为史索是他的化名,因为他原姓史。牛汉电话中说,我不能贪天之功,据为己有,把我供了出来。由此可见他编刊的沉醉程度。其时他已不在任上,仍在关注着该刊。

  牛汉,我不敢谬托知己,但他是了解我的,加之,我们的脾性有些相近。彼此相处时,总有一种亲近感。他离我们远行了,聊写了这些,怀念他,祝他走好。

2013.10.25—27
原载《新文学史料》2014 年第 1 期

在人文社领导层中的李曙光

十一届三中全会以后,作为重灾区的文艺界,进行了"拨乱反正"的工作。其时,常有重磅文章见诸报刊的作者是两黎,一为黎辛,一为黎之。黎之,本名李曙光,他晚年撰写的《文坛风云录》和《文坛风云续录》,为读者所关注,特别是成了文学史家的案头读物。他曾是记者、编辑,从事过多种文体的写作,后来专事文艺领导层的工作,是周扬、林默涵手下的笔杆子之一,以致"文革"时被作为"阎王殿"的"判官"遭受批斗。一九七三年他从中共中央宣传部调来人民文学出版社,与我同事。他来社后,先是任当代文学编辑室副主任,一九七八年任主管当代文学的副总编辑,直至一九九二年离休。一九八六年起,他协助我主持全社工作,直至他离休,长达八年之久。他资格比我老,是一九四一年参加革命的"小八路";经验比我多,在基层和高层都工作过,但他与我共事时,从不以这些作为傲人的资本,心甘情愿、尽心尽力协助我的工作。

上世纪七十年代末和八十年代初,现代文学书籍出版不多,他作为副总编,曾兼管亦即终审过这类书稿。我曾经要他签发过这类书稿。找到他时,他抽看了一下稿子,便说:"你们比我懂得多,照发吧。"事后,我曾向人议论过他,说他是"甩手掌柜"。实际是他不懂绝不装懂。一九八三年,当时的国家出版局,决定在人文社试点编辑职务系列的职称评定工作,为此成立了评审委员会,韦君宜为评委会主任,下设职称评定办公室,李曙光作为评委兼任这办公室的主任，我为副主任，这样，我们的交往就多了起来。

评审委员会的第一次会议，是在韦君宜贡院的家里开的。韦君宜不善应酬，烧水、沏茶的事概由李曙光在张罗。就在这次评委会上，韦君宜有点打退堂鼓，觉得社里人才太多，又从未评过职称，评谁不评谁，拿捏不准。但是大多数评委主张评，韦只得少数服从多数，但她要求所有社领导不要申报参评，一以减小僧多粥少的矛盾，二来可以做到门前清，让评不上的人无法攀比。对这一提议，所有与会的社领导班子成员都表示赞同，其中包括一些享誉中外的老作家、翻译家和老学者。但事后有一资历较浅也不是评委的副总编辑不买账，坚持要参评。对此，评委会主任和其他评委可能与这副总编进行过沟通、规劝，但无效，这让我们在做具体工作的人感到很为难，总觉得开篇的第一碗水就没端平，对不住不予参评的其他社领导。李曙光对此总是忿忿不平，说：这人我可早知道了，他是什么好处都要争的，不属于自己的也要削尖脑袋去争！李曙光自此之后，总与这位社领导心存芥蒂，甚至有一种羞与为伍的感觉。后来在一起开会时，当面锣，对面鼓，总要在"争"字问题上，借题发挥一通，揶揄一番。

我作为这办公室的副主任，是正主任李曙光的部属。作为他的部属，他从不过多干预，而且从善如流。职称评定，总得有所依循，先得弄出一个条例。当时出版界没有这样的条例，而高校在一九七九年就开始了这方面的工作。于是我们选定北京大学中文系作为我们借鉴的对象。他让我去那里做调研，并参照他们的条例，由我起草了一份《编辑业务职称评定条例》。他一字未改就交给了评委会通过。在评定编审职务时，韦君宜提出当评×××为编审。我觉得她提到的这人，完全符合条件，但得横向比较，同样资历和水平的不得漏掉。为此，我提出了补评的四人名单。李曙光立即将我的意见转告了评委会。结果这四人也都评上了编审。这次试评所掌握的条件，近乎严苛，以致主管的文化部特聘了近十位

在人文社领导层中的李曙光

编审,如楼适夷、严文井、韦君宜、秦兆阳等,虽然他们都没有参评。由出版社评为编审的,除上述五人外,大都是根据他们原有的职别和原在高校已取得教授职称的,与其说"评",还不如说是"套"。

由于标的物树得太高,其下的各个台阶也相应高了起来,解放前后参加工作的大学本科生,几乎一律只评为编辑,有些在国内具有相当知名度的翻译家,也只评为副编审或副译审。对此,我与李曙光曾向评委会提出过会否影响到这一大批人的薪酬。韦君宜只淡淡地说:"试评不与工资挂钩。"谁也未曾料到,这一试评就使有些人一定终身了,他们相继在一九八四年或一九八五年退休,没有等到一九八六年的正式评定职称。

试评的工作难度大,难就难在谁能进入编辑系列的门槛,以及进入门槛后的各个台阶——助理编辑、编辑、副编审(副译审)、编审(译审)的评定,这涉及百来人,得一一为他们建立业务档案。办公室要先于评委掌握和核对参评人的业务材料。而来社不久的工农兵大学生,则要去翻看他们来社后参加培训的多种作业。我与李曙光几乎是日以继夜地埋首于浩如烟海的材料堆中。在这繁忙的工作中,我们配合默契,没有发生过摩擦。

一九八六年,阴错阳差,我成了人文社的总编辑。此前,我曾五次到国家出版局找领导请辞,其时,任国家出版局局长的边春光,托他的朋友,时任我社的副社长,带口信给我,大意是:为了避免权力的过于集中,需要有人出来制衡。为此,我又一次去国家出版局,推荐李曙光来充当这样的角色。主管人事的国家出版局副局长向我交了底:你们社的人员情况,我们很了解,李曙光有很多优点,资格也老,但他较软弱,关键时刻顶不住,不如你硬气……这就让我无话可说了,我的弱点也居然成了优点。用其所短,也是一门领导艺术。

一九八六年初夏,一位四川籍的诗人拟办一刊物,因受出版物的管控，得由出版社出版发行。这就是由我社出版的《华人世界》月刊，诗人任主编，我社则由李曙光出任主编，编辑部设在我社。这是一驾辕马骖马分工不明确的马车，很难形成合力，并且经常闹矛盾。一次，利用晚上的时间，我主持召开了双主编的协审会。社长孟伟哉也在座。但他很少发表意见。这会，先是沟通编务上的一些事，临末，这诗人主编提出要撤换编辑部主任。我对该编辑部主任的情况不了解，但明显感觉到这是在干涉内政。本想先听听社长和李曙光的意见，但他们两人都不吭声。于是只好由我来当恶人了。我以会议主持人的身份宣布："今晚的会到此结束。至于编辑部主任是否撤换的问题，那是出版社的人事安排，不宜在这次会上讨论。"事后，我忍不住责怪了李曙光：你为什么在这明显干涉内政、丧失主权的问题上不表态？他解释说：也许事出有因吧，这主任与社长出差福建组稿时，将社长晾在一边……啊，我明白了，原来是内战外打。

这驾双马拉的马车，终因矛盾太多，于一九八八年转交统战部去办了，人文社另行创办了《海内外文学》。

记不准是什么时候，他向我介绍了改革开放前后原人文社"三驾马车"的情况。开始，这三驾马车，分别是社长严文井、总编辑韦君宜、党委书记周游。严文井比较超脱，周游是天天上班，但谁也不明白他在干什么，难事、烦事、琐事都由韦君宜一肩挑。他们三人很难坐到一起，往外开会，都不愿并车。韦君宜宁愿坐公交。一九八三年十月，韦君宜任社长，严、周同时离休。韦上任伊始，就考虑交权，但她属意的一位社长人选，领导班子开会，只有一票赞成，无法通过上报。而她属意的党委书记是李曙光，但李不肯干。他说，干本行就勉为其难了，不想高就了。而一九八三年就任的总编辑屠岸，由于工作压力太大，患了严重的神经官能症，难能理事。急于脱身的韦君宜，于一九八五年年底离休，将领导班子三驾马车交由群众去选举。选举结果上报，但半路杀出个程咬金，民选结果不算,由中宣部直接任命了社长。他还向我说了中宣部这样安排不为人知的内幕。他在向我介绍这些情况时,好像是在说邻里的故事,不带丝毫感情色彩。

李曙光不愧是中宣部培养出来的干部,政治嗅觉很灵敏,处事很有分寸。

一九八七年初春,中宣部文艺局在涿州主持召开了一次大会,到会的大都是作家、文艺理论家和文艺管理部门的干部,主题是坚持"四项基本原则",反对资产阶级自由化。我也被邀请参加了。但中途我就溜号了,因我承受不了会上那种火药味,不少人指名道姓在骂人,戴帽子,打棍子,好像一场运动正在拉开序幕。像我们这代人,被运动搞得神经几乎崩溃,真是一朝被蛇咬,十年怕井绳,而且被戴帽子、打棍子的作家,不少是我社经常交往的对象。回来我将溜号的情况向李曙光说了。他支持我溜号,叫我不要再去了。并说,反对资产阶级自由化,这是主管意识形态部门的事,出版社在审稿时把好关就行了,不必参加这样的大合唱。会后不久,马克思主义文艺理论家程代熙要求将会上的一些主旨发言以及报刊上发表的反资产阶级自由化的文章,交由我社结集出版。我以当时能想到的理由婉拒了。婉拒后我向主管这类书稿的李曙光打了招呼,他赞同我的做法。

一九八九年那场"政治风波"闹得很凶,也波及了我们单位。当时,听不到中央的声音,无所适从。每次社领导班子开会,只是传递一些小道消息,直感到国家机关失灵了,迟早会出大事。就在天安门广场进行军警清场的前两天,我们正在开会,后院人声鼎沸,接着几位"群众代表"冲进我们的会议室,要求我们交出仓库钥匙,他们要去拿可以支援学生绝食斗争的物品。我说,一、仓库里只有桌椅板凳,信封信纸,图书的纸型,没吃的,也没用的;二、仓库里的东西都是国家的,我无权动用。这样僵持了一会,待"群众代表"走后,李曙光建议我马上溜走,并安排两位较年轻的社领导

为我放哨探路。我没溜,堂而皇之从大门走了出去,回到了家里,旷了大半天工。

随着天安门清场的结束,接着是各单位清理队伍,上面还派来了联络员,督促清理工作。在清理过程中,社领导班子几乎天天在学文件,自我清理,并清理各自的部属,过了箩,又过筛。我们认为,天安门事件,早期源于反"官倒",其诉求有其合理性,后来被少数别有用心的人利用了,公然反对现政权。在社领导班子看来,这种别有用心的人,在我们单位没有发现。上级不同意我们的看法,坚持要对曾参与天安门广场游行的两人给予处分。社领导班子为此多次开会研究,李曙光支持我的意见,并说"教育从严,处理从宽"是共产党干部政策的传统。为此,我找当事人谈话(另一人出国探亲),算是"教育"了,函请并不断打电话请求对这两人免于处分。上级也终于照准了。这两人后来工作干得很出色,是出版社的业务骨干。

李曙光主管的部门,人员多,摊子大,除了包含小说、诗歌、散文、文艺理论、少儿读物等当代文学外,还要主管两刊一报,即《华人世界》(后为《海内外文学》)、《新文学论丛》(后为《中华散文》)和《文学故事报》。后来又成立了综合编辑室,出版中外文化方面的读物,其成员有些是从外国文学编辑部合并过来的。

他在用人方面,总是求贤若渴,唯才是举,如发现了某一编辑能干,总是抑制不住心头的喜悦,逢人说项。由于他知人善任,工作效率高,各个摊子都能运转自如。有段时间,为了抓好当代长篇小说的出版,我要求他从全社范围内挑选精兵强将,组成一支能打硬仗的编辑队伍。很快,他就把这支队伍组建起来了。这支队伍编发了不少获得茅盾文学奖的长篇小说,被社会上誉为这一奖项得主的专业户。一九八九年成立的综合编辑室,也是由他组建的。

他在终审书稿时,凡他认为有经验、有水平又有责任心的责编编发的,只抽查一下。不然,他审得特别仔细。一次,在评定一编审时,由于评审对象在社会上已有一定的知名度,多数评委投了赞成票,唯独他投了反对票。他历举了这人在编发稿件中的许多硬伤,可见他终审稿件时的一丝不苟。说他是"甩手掌柜"完全是一种误解。

当代文学出版,历来是出版社的重要方阵,大都由社领导的第一把手抓,从冯雪峰、王任叔到韦君宜、屠岸主政时期,都是如此。我考虑到李曙光政治思想敏锐、业务能力强,工作效率高,一直放手让他干,除了让我定夺很少几部有争议的书稿外,很少有要我代劳的事,更没有让我操心的事。他的编辑业绩是可以与前几代主要领导媲美的。只是他深居幕后,从不张扬,为外人所不知,或知之甚少。

在我的印象中,李曙光总是深居简出,几乎不参加任何社会活动,连出版社组织的郊游、出外休假也不参加。以致社内不少人,对他鲜有印象。需要集体亮相时,他总是躲在最不显眼的地方,需要他发言时,从不长篇大论。名利角力场上,出来露面的场合,很难见到他的身影。他淡泊、恬静得有如修身的道士,所以他在仕途上,总是清正廉明,两袖清风;在为人处事上,总是律己严,待人宽。他大小也算是个副局级的离休干部,可总是一身平民百姓的打扮,像个解放初期的农村干部,没见他穿过西装革履,是典型的一介布衣。他平常总是以步代车,社内的公车,几乎没有坐过,只有去远处办理公务时例外。他家里有病人,生活较拮据,住房也很简陋,对此,他从未向单位张口提要求。为了稍稍改善他的居住条件,我曾叫他提出申请,都被他婉拒了。

最近三年,他一直被重病折磨,动弹不得。一次我给他家打电话,是他老伴接的,老伴要他接,结果还是因动弹不得而没有接应。我直感到情况不妙,急着想去看他,但总无人接应。后来得知,其时他全家都在忙着奔跑医院。去年十一月九日,他溘然长逝。事后好几天,我才得知这一噩耗,并向老干部服务部核实。据该部门说,家属为免惊动他的生前友好,没有向单位报告,就由他们自己于隔日把丧事处理了。他一生多彩而寂寥,而走得更为寂寞,作为他多年的同事,总有一种负疚感。如何弥补呢?秀才人情惟有纸半张,写下这些,算是对他的悼念,送他远行!

李曙光逝世百日忌辰作
原载《新文学史料》2014 年第 3 期

出版界的老黄牛王仰晨

上世纪七十年代，为了出版新编新注的《鲁迅全集》，特地成立了鲁迅著作编辑室。当时出版社还是由军宣队领导，一般部门都由军代表充任主任。就是当代文学这样的业务部门，也不例外，像专家屠岸、王笠耘等，也只配当军代表的副手。在军代表看来，只要认识一些汉字，就可稳坐这把交椅。可是他们不认识外文、古文、读不懂鲁迅的著作。他们有其胆，却乏其力，于是军代表的第一把手孙玉俊不耻下问，特来征求我的意见。其实不是征求意见，是叫我好好支持新任主任的工作。因我这个"愣头青"在"文革"中与他们不止一次过招，敢于冒犯龙颜，是个不稳定的因素。他说，这次部室主任调整，一要看家庭出身，二要看年龄。并指着我说，这些条件你都具备，但你比我们拟任的主任要大几岁，请你谅解。我说，我在人文社只想做个兵，从未有过当头头的奢望，不管谁当主任，我都会全力支持。外文、古典部门的主任安排，孙玉俊也一一跟我说了。我觉得不是很妥当，但懒得管了，只管自家的门前雪，于是我斗胆提出：考虑到鲁编室的特殊情况，如参加工作的都是一批老专家，如孙用、林辰等，拟借调来的也是一些名流、专家，为便于与这些专家们打交道，可否让王仰晨这位老同志任主任，你们拟任用的年轻人当副主任。这样安排会有利于工作。没想到，我这个建议居然被采纳了。在后来公布的部室主任名单中，王仰晨是惟一一位老同志。其实当时他还不算老，刚五十出头吧，正当壮年。

我刚进人文社时,王仰晨就是我的顶头上司。当时现代文学编辑部是个大部门,整个三楼都是它的属地,人员有好几十,业务范围自"五四"至当代的文学作品,包括群众创作。主任级的干部也能排成阵:正主任是老延安邓力群的夫人罗立韵,副主任依次是王致远、任大心、王仰晨、欧阳柏。王仰晨似乎是管"五四"文学出版的,这方面的业务不多,所以没有专职、固定的编制,来任务了,王仰晨只能临时抓差。当时上级提出出版社负有培养工农兵作家的任务,成千上万工农兵作者的来稿,像江河水滚滚而来,负责登记和退回来稿的秘书就有两位,忙得他们总是屁股后面搓绳子。在这种情况下,王仰晨的主要精力是处理这类来稿。

王仰晨为人很低调,开会时总是坐在椅角旮旯里,很少主动发言。发言时,声调很低,刚开了个头就收尾了,从不长篇大论,所以谁也不把他放在眼里,有人甚至在背后议论,说他活得很窝囊。但知情人却悄悄告诉我,他是老革命的子弟,其父原在上海搞工人运动,与陈云共事过,现今陈云时不时还去他南河沿的住家看望他母亲。他父亲逝世后,自己就去印刷厂当排字工人,上世纪四十年代,在桂林文化重镇才当校对、当编辑。他是自学成材的,出版这个行当的每个环节他都在行,业余时间,他也练习写作,发表过一些散文。由于他有这样的经历,所以大家都尊称他为"王仰"。从不叫他的全名或官衔。

他自律很严,每天总是第一位来到办公室又最后离开办公室,从办公椅上一落座就再不起身了。工余时间,同事们互侃大山,他从不参与。有人说他古板。但见了人,总是笑眯眯的,不管对方的长幼尊卑。

文化大革命的大风大浪,他好像是站在干岸上,没有湿过脚,他虽然倾向于我所在那个"保皇派",但他不写大字报,在各种批斗会上从不发言,你说他是逍遥派吧,他并不逍遥,人家在闹得沸反盈天时,他的心头却在滴血。见到人家在议论某某"当权派"或"牛鬼蛇神"时,要么摇摇头,叹口气。他虽然是个小当权派,一次军宣队、工宣队决定收这批小当权派进行"集训",由于他身世清白,豁免了,与我们同样享受革命群众的待遇。但"革命群众"中有位极富革命性的女将,反复动员他去揭发他知情的"走资派"许觉民。他却推诿说:"我是一九五六年才来社的,对他的情况不了解。"所以"文革"中他就被戴上了"右"的帽子。

待到全社去湖北咸宁文化部"五七"干校"劳动改造"时,他的"右"却遭到了通报批评。说是某次在批判某"五一六反革命分子"时,他作为该专案组成员,为其通风报信。

物以类聚,人以群分。我当时住在湖里放鸭子,成了化外之民,连队的情况,我都是通过颇为"右倾"的卢永福、王仰晨去了解的。一次,我因"反军"事件,即我在别的文章中已说过的拍桌子大骂军代表的事,军代表命令连队开我的批斗会。卢、王都告诉我,连队干部只有一名女排长主张批斗我,其他的干部都反对。这算是王仰晨的第二次"通风报信"了,是重犯。当时搞得最热火的是批斗"五一六反革命分子",凡"文革"中的风头人物,几乎无一幸免。我在"文革"初期也曾折腾过,担心在劫难逃。卢、王告诉我,所谓的"五一六"反革命事件,完全是子虚乌有,是逼供信的冤案。据他俩说,我所在的这派,受审的程代熙、陈新,不像另一派的某些人,乱供一气,冤屈了一大批人。到目前为止,还没有人供出你。王仰晨真是一而三地通风报信,好在我还是个人,没去揭发他。不然,他就罪责累累,万劫不复了。

可是由于他的"右",总有在劫难逃的日子。我们从干校回来没多久,党员要重新登记。可他这个一贯廉洁奉公、身世清白的老党员,就是不予重新登记。一位在干校主张批斗我的女排长,因其盖了帽的革命性,一直揪着他不放,王仰晨的每次检查,她都能从鸡蛋里挑出骨头来。待到这次登记要鸣锣收兵时,只好少数服从多数,让他重新登记了。他一肚子的委屈,无处诉说。只偷偷地跟我耳语了一句:"有王×在,人就没法活了!"

但他因此学会了迂回作战。从干校回来后,王仰晨多次动员我写入党申请书,他自告奋勇地要做我的入党介绍人。我应约写了,党支部三个王姓的女将来和我"个别谈话",那位在干校主张批斗我的女排长,坚决反对王仰晨重新登记盖了帽的革命派,她作为支委第一个跟我谈话了:"你要坚定革命立场,不要再右了,'文革'中你包庇方殷、刘岚山、龙世辉的错误不能再犯了……"我没等她把话说完,就甩出了几句话:"你说我包庇的这些人,不是已经落实政策一风吹了吗。你们既然还是这样看我,一切免谈!"我立马起身告辞了。

事后我将这一情况告诉了王仰晨。他当时没有说什么,只叫我不要性急。批评我没让人家把话说完就走人,太不礼貌了。

没过多久,他告知我,鲁编室将和古编室合并成一个支部。严文井社长也在古典室过组织生活,严也愿意做我的入党介绍人。果然,这两部门的支部很快就合并了,我的入党手续就顺利办妥了。可见王仰晨为我这事是颇费了一番心思的。他并且将此事偷偷地告诉了我们共同的老前辈、老朋友冯雪峰和孙用。他们第一时间就向我表示祝贺,冯雪峰并特地赠给我一本德文版的《马克思传》,在该书的扉页上写上"早春同志入党纪念"。

在鲁编室成立之前,王仰晨就不断抓我的差。当时由于人手少,编辑部的人员大部分还在"五七干校"改造,所以我就成了万金油,古典、当代、现代各部门都抓过我的差。王仰晨第一次抓差,是抓我去陪他审读《鲁迅杂文选》(上下两册)。这书稿是南开大学原中文系主任李何林挂帅编选的。每次来编辑部听取意见时,李与他的助手张菊香都是当天来回,旅途往返要耗出六七个小时,我倒很为这位老先生和他的助手的敬业精神所感动。但他坚持新选入的文章都要做题解,这在当时"四人帮"统治时期是自找麻烦,为此,我们之间经常发生分歧,但李先生很"固执",他硬要坚持自己的做法,所以这书稿最终胎死腹中,未能出版。

当时"四人帮"对"臭老九"极不信任。编务活动必须接受工农兵的再教育和监控。于是王永昌被派往北京电子管厂,与工人编注《呐喊》。我则就被派往北京汽车制造厂底盘车间,与那里的工人师傅一起学习鲁迅,一起编辑出版《阿Q正传》。王仰晨奉命向我布置这一任务时,面有难色,但上级的命令不得违抗,只嘱咐我要和"工人阶级搞好关系"。我到工厂后工人师傅没有居高临下来改造我,他们反而尊我为老师。我与这些工人师傅成了朋友。他们还常来出版社看望我的上级王仰晨,与王仰晨也成了朋友。我与他们一起将《阿Q正传》学了几遍,还学习了鲁迅自己在别的文章中谈及它的言论,将它们辑在一起,并将大家的读书心得,由我执笔写了一篇《鲁迅和他的〈阿Q正传〉》长文。这篇长文,当时也在这工厂接受锻炼的冯至老先生看过,当着工人师傅的面,作了充分的肯定,并主张在报刊上发表。这倒让我为难了,因为我摸不清"四人帮"的口径,怕发表后招来大祸,为此,我将打印稿交由王仰晨、冯雪峰定夺。冯说,这样的文章,还不到公开发表的时候。但王仰晨却主张将它附在《阿Q正传》卷首作为读后感,与《阿Q正传》一起正式出版,由他签发。这本小册子很快就出版了,印数也很可观。此事当时的官方舆论曾广为宣传,拍有纪录片,有一本画报曾以大部分篇幅报导过。当然重点报导的是工人阶级,意谓工人阶级是研究鲁迅的主力。

在"评法批儒"的运动中,王仰晨又嘱我编注一本《鲁迅评法批儒文辑》,一礼拜编妥后,王仰晨叫我交时任总编辑的韦君宜终审。韦接稿后没几天,就找我说:"这样的书稿我终审不了",叫我去找上级陈翰伯定夺。陈翰伯不仅是我们系统的领导,还是理论界的权威。很快,他批示:"可以出版,作急件安排。"书出版后,不断加印，可能超过两万册。毛泽东也看上了，要出版社出版大字本。于是我又日夜兼程，与校对科科长石永礼住在新华印刷厂督印。王仰晨也常去。在此之前，我曾与石永礼等在新华印刷厂督印过十卷本《鲁迅全集》的大字本，专供毛泽东阅读，所以印大字本的工作流程，编辑需要专注之处，大致心中有数。

王仰晨是人文社第一号老实本分人，他曾经受骗过一次而未察觉。鲁编室刚成立不久，就拟编《鲁迅书信集》，为了收全，在报刊上登广告征集，同时将已收集到的目录打印成册，到处散发，请各路专家补充，还带着我去鲁迅生前好友家当面请教。有一次，我与他一起去拜访×××。请其过目书信目录。这位专家只将目录瞟了一眼，就说："据我所知，至少遗漏了三十多通，别人不知道，只有我知道。"王仰晨恳切地要求他提供线索。他说："我不能提供，等书出来了再说。"王仰晨信以为真，在这人面前好话说尽，只差点下跪了。我知道这专家是旧病重犯了，孙用和林辰多次向我说过这位专家的同类故事。我不断地向王仰晨使眼色，并不断扯他的衣角，示意他走，可他却还在苦苦哀求。我怎么也搬不动他，只好先告辞，在房门外等他。他与这专家还蘑菇了好一阵子，天快黑了才出来。我不得不点破其谎言，并将孙用、林辰告诉我的故事，向他转述了一遍。他听后发出一声感叹："天底下怎么有这样的人呢！"

大概是在一九七四年或一九七五年吧，王仰晨又叫我当孙用的副手，编辑《鲁迅书信集》。其时，孙用已年过七旬，眼睛又高度近视，两千多度，其近视眼镜，北京的眼镜店都配不了，只有上海能配。孙用将两厚本鲁迅书信的打印稿交给我时，说，这样稿还是五十年代搞十卷本《鲁迅全集》时弄妥的，十卷本只选用了其中的小部分。其中有一封信的时间弄错了，叫我改正过来。临末他还郑重嘱咐我，这样稿只交给你和王仰晨，不能让别人看。后来由于

出版界的老黄牛王仰晨

《鲁迅全集》的摊子太大,我另有安排,这份打印稿不得不转交被借调来的×××。我将孙用告诉我要改正的一处告诉了他。可是没过多久,这人就撰文大批人文社,请问"人文社的编辑是怎么当的!"此事我很恼火,王仰晨更气忿,下令编辑部的档案材料要严加管理。

一九七四年,由国家出版局局长石西民出面,调集了全国十三省市一些大学组织以大学师生和工农兵群众参加的重新编注鲁迅著作的二十九种单行本,一九七五年,毛泽东就鲁迅著作出版作了批示。石西民明确将这一任务交给了人民文学出版社。于是王仰晨便成了指挥这一千军万马的总指挥。编辑队伍不断扩大,驻扎地不断搬迁,先是在前三楼301号,办公桌摆不下了,时逢一九七六年唐山大地震,就又搬迁至虎坊桥原《诗刊》编辑部的办公处,地震过后一两年,又搬回人文社的后三楼。十几间房都挤爆了。当时的鲁编室,真是庙小神仙多,全国主要院校中文系中国现代文学的中青年和部分老年专家都来居住过,成了通衢大道旁的客栈,竟日车水马龙,人来人往,负责内勤的是人文社天字第一号秘书赵琼,由她负责客人的迎来送往、生活起居。她忙不过来,则有外调来的一批青壮年做义工,其中出力最多的有王锡荣、陈琼芝、章新民、徐斯年等,有时,不是青壮年的包子衍、朱正也要搭上一把手,忙得人仰马翻。

一九七七年十一月,中央委派林默涵协助胡乔木主持新版《鲁迅全集》的编务、出版工作。至此,这一工作才走向正轨。

自胡乔木、林默涵来主持这一工作时,成立了领导小组,其成员除胡乔木、林默涵外,还从外单位调来了秦牧、冯牧、曾彦修、陈涌等。但坚持下来的只有秦牧和陈涌两人。在我的印象中,冯牧好像只参加过一次会议,他一言未发,可能是前晚开了夜车,一直在打盹,睁不开眼睛。临时参加会议的还有黄源、楼适夷。常来走访的则有李何林、戈宝权等。

胡乔木当时在中国社科院院长任上,还要参与中央高层的一些决策,没有来过编辑部,重要问题由林默涵出面去请示他定夺。

林默涵倒是经常来编辑部,他刚从江西下放回来,中央还未来得及给他安排工作。他在与我们的第一次见面会上,就向大家检讨了自己的错误:一九五八年出版的《鲁迅全集》第六卷中的《答徐懋庸并关于抗日统一战线的信》的题头注,是经他手定稿的,其中有不少处歪曲了事实,他要负主要责任。他这种坦诚的态度和他超凡的办事能力,王仰晨和同仁们都很佩服。他还为鲁编室弄来了一部小轿车,供鲁编室专用。王仰晨作为鲁编室头头,他从未私用过,以致专用司机陈师傅很有意见,觉得鲁编室的人"太君子",让他赋闲了。

胡乔木、林默涵来主持这工作后,算是汽车走上了高速路,道路宽广,方向明确,我们这些编辑只管脚踩油门,把住方向就行了。苦是苦点,但有盼头,经常不分昼夜地趴在办公桌前,要将《鲁迅全集》赶在鲁迅百年诞辰时面世。其间的情景,何启治和刘茵合写的一篇《播鲁迅之火》的报告文学,已有报导。我在这里就不赘说了。只想补充一点鲁编室在组织十三省市一些大学师生和工农兵一起搞鲁迅二十九种单行本,即红皮本的情况。不是全部,只限于我所亲历的部分情况。这些"红皮本"虽然林默涵指示只作为新编《鲁迅全集》中的参考,但窃以为它们是其基础,这一千军万马拼搏出来的成果,有杂质,也有闪光的沙金。目前已被视为文物了。

光组织这支队伍,王仰晨就费尽了心血。当然,这支队伍基本上是由地方政府和高校革委会组建的,但王仰晨总得了解各个兵团的实力,做到心中有数。为此,他在社内,倚重冯雪峰和孙用、林辰。由于我跟这些老前辈有私交,经常与闻其事,并参与意见。如具有垦荒性质的《鲁迅日记》，虽然社内已明确由冯雪峰来主管，但他当时年事已高，且不准出面亮相。工作只能偷偷摸摸地在家里干。谁合适出面做这一工作呢，冯雪峰放眼全国，有两人可供备选，最后冯与王仰晨和我翻来覆去在这两人中比较，最终选中了山东济南一中学教师包子衍，考虑到鲁迅日记的工作量大，允许包子衍带个助手。他的这位助手当时在上海还是一名刚二十出头的炼钢工人，即现今在鲁迅研究界已很活跃的、曾任上海鲁迅纪念馆馆长的王锡荣。真是不拘一格用人才了。

不拘一格用人才的例子还有朱正。朱正当时还在街道接受监督改造，为了调他来，王仰晨、冯雪峰、孙用曾多次碰头研讨过，他们也征求过我的意见。最终冒险将他调来了。

一九五八年出版的《鲁迅全集》第七卷，即《集外集》《集外集拾遗》等，编注工作不严谨，基本上没有注释，其时冯雪峰已划为右派，可能没让他过问，在当时出版的《鲁迅全集》十卷本中，惟独这卷显得特别另类。这一卷的编辑工作得重新来过，为此，王仰晨特别委派我先后出差辽宁师范大学和南京大学去物色合适人选。前者在编《集外集拾遗补编》，后者在搞《集外集》的红皮本。在我参与审稿的过程中，觉得南京大学的陈瘦竹是南京大学的名片，调不动；而另一主力邹恬已任中文系主任，也调不动。倒是辽宁师大的徐斯年，其时学校并不重用他，当时他脑后还有小辫子，但我认为他是匹千里马。我充当了一次伯乐，在王仰晨面前极力推荐他。王仰晨信得过我，很快而且很顺利地就将他借调来了。来了在试用过程中，他就崭露头角，所以我在他面前开玩笑逗他："林副统帅说过，发现天才的也是天才，你不要瞧不起我！"他理所当然地担任了这卷责编，二〇〇五年出版的十八卷本，又是他担任责编，在注释中，他又增补了许多新材料，工作做得很细很到位。为此，我曾向出版社主管其事的人打过招呼："如要付酬的话，徐斯年应该从优。"当时我已退休不在位了。

王仰晨常把我当作别动队的队员。《故事新编》红皮本,本来的责编是张伯海,不知为什么,一次,他却要我去主持这本书的审稿会,到会的是山东大学老教授孙昌熙和业务骨干韩长经等。我在审稿会上,直话说,特别是对该书所作的题解,基本上是持否定态度。当时我就发现孙昌熙老先生时有愠色,而韩长经却时不时地暗暗点头表示首肯,而作为责编的张伯海却一言不发。为什么要演这出戏,当时感到有点疑惑,因为忙,没去深究。时隔年多,一次张伯海和我出差山东济南,他拉着我一定要我上医院去看看刘泮溪老先生。我推托说,虽然我知道刘泮溪是周扬所说的解放后研究现代文学的三个半专家之一,但我与他无一面之缘,贸然去看他,显得唐突。他坚持要我去,并说,刘泮溪先生住医院,是我引起他犯了心脏病。这时,他才具体地告诉了我上面那幕剧的原因:在编注《故事新编》时,山东大学中文系的主要骨干教师都参加了,刘泮溪老先生也参加了,但刘与孙这两位老先生意见分歧很大,弄得他俩手下的学生辈老师无所适从。你在审稿会上的意见完全与刘泮溪老先生的意见相吻合,你无意中的站边,使得孙、刘两位老先生又大闹了一场,让刘老先生因生气而住院了。张伯海也诉说了自己的苦衷。他原是孙、刘的学生,后在山东大学任教,与他们都是同事。所以有话不便说,不得不让王仰晨另请高明来主持那次审稿会了。我反复被领导用其短,王仰晨这么老实巴交的领导也学会了这一招。

他的这一招还使用过多次。

当时鲁迅研究是热门,鲁编室经常收到这类很有来头的来稿。他都交给我去处理。

有一部鲁迅旧体诗词的笺注稿,曾得到郭沫若、茅盾、周振甫的肯定。编辑部得知大家、名家肯定的书稿,有不少编辑偷偷地看过,主张即使当时出版不了(因作者有些历史问题还未落实),也要将它高价买下。王仰晨无暇看来稿,就叫我去定夺。我认真看

出版界的老黄牛王仰晨

了原稿,只觉得个别注释是花了功夫的,但整部书稿的基调是鲁迅向往红色根据地。我认为它曲解了鲁迅,是趋时的庸俗作品,主张冷处理,打印几句退稿信的套话,一退了之。稿退了,但我还通过茅盾的儿媳妇陈小曼去诘问茅盾,他作为大家,怎么也看走眼了。陈小曼转告我茅盾的回复:"既然郭老都肯定了,我不便再说什么了。"

这样经我手退掉的书稿,光社科院文学所的就有两部。当时文学所的所长是马良春,这人是书生,很本分,每次都很耐心地听我的意见。承认我所指出的一切问题,的确是实,并说,这是集体创作,难免的,可否让我帮忙重写,好给大家一个交代。我说这事我做不了主,你去找王仰晨商量吧。王仰晨正当用兵恨少时,当然没有放我去干这事。

有一部五六十万字的《鲁迅评传》稿,被唐弢否定了,但时任济南师院副校长的田仲济老先生却向我写信推荐。我挤时间看了,觉得其中有许多闪光的东西,虽然作者还是个廿六岁的共青团员,一位默默无闻的中学教师。我主张退修。写了详细的退修信。作者所在的山东省革委会得知这一消息,马上在省内调集人马,特为作者成立了修改小组。刚上任不久的鲁迅博物馆馆长李何林得知这一情况后,设法弄到这书稿看了一遍后,就决定调这作者去鲁迅研究室做鲁迅研究工作。但不知为什么,说作者犯错误了,书稿的修改工作没能进行下去,李何林拟调他的事也黄了。这作者后来去南方一所大学任教,时见报刊上有他的文章刊布,但他似乎已转行在从事古典文学研究了。

时至一九八〇年,眼看离鲁迅百年诞辰很近了,而定稿组任怎么快马加鞭也赶不上趟了。这定稿组主要倚重的是林辰。这位老先生是慢性子你急他不急。他是写注释的老手,措词、词序甚至音节等都很讲究,有时一条注文就得斟酌老半天,往往薄薄的一个单行本,定稿也得花上个来月时间。当家的王仰晨急了,他觉得日记、书信部分,定稿组已顾不上了,日记部分他想交给外借来的包子衍主持定稿,鲁迅全部书信,包括《两地书》拟交由我去主持、定稿。在十六卷本《鲁迅全集》中,这书信占了三大卷。如按定稿组的速度,得要近一年的时间。王仰晨知道我是个快刀斩乱麻的粗工,认为我能赶急。我知道自己在专家云集的鲁编室的分量,多次婉拒,但看到他那副愁眉紧锁的苦相,我这只蹩脚鸭终被他赶着上架了。仅花了三个月时间,就提前交卷了。交卷时,他盈盈一笑,笑纳了。

在这么短的时间里就完成了这一任务,虽然我很累,累得每晚回家时,顾不上吃晚饭,就瘫在床上起不来了。我累,参与定稿的其他人等也很累。还有原来大兵团作战的,如华东师大、厦门大学、上海鲁迅纪念馆、北京鲁迅博物馆等承担单位的编注人员。他们是分兵把口,各管一摊,这摊完事了,下摊再来。在这些人中,给我留下较深印象的是华东师大的陈子善。他虽然现在已成了现代文学研究界的大名家,但当时还是个不到三十岁的小青年。他嗓门大,与大喇叭包子衍难分伯仲,我们常以"大喇叭"或"小喇叭"称呼他们。他不仅嗓门大,且眼明手疾,干事极为利索。比如某条注在鲁迅杂文中也曾出现过,他能很快就从杂乱无章的书稿中找出来,移过来稍加修改就行了。我倚重的不仅是陈子善等这批参与注释的同行,我身后还有随时都可以去请教的老前辈孙用。凡我所求教的问题,他都一一作答。孙用与我同住红星胡同,领教极为方便;我早先曾编过《鲁迅书信集》,有不少冯雪峰为我写的释疑解惑的便条,可以参用。很可惜,这些便条没有保存下来,不然,新编《冯雪峰全集》当可增加不少看点。至于书稿中政治敏感性强的注释,则请林默涵定夺,如丁玲、穆木天等注文就是他定的稿。

王仰晨对我是有知遇之恩的。前面已经说过,我入党时,他颇费了心机。另外为我解决夫妻两地分居的事，他也从中做了许多促进工作。石西民局长为解决我这一问题，曾三次给当时的中央政治局写信，并为此事责怪过时任出版社社长严文井、时任总编辑韦君宜，说是"你们要外调专家，却放走自己的专家"。因为时值"文革"，我知道家属迁京的事，没有指望。曾拟去武汉大学任现代文学研究室主任，该校并为我爱人也安排了工作。石西民说我是"专家"，虽然他来社看过我经手的书稿，但我认为他给我这一称号，当来自王仰晨的推荐，因为我是他的部属，对我的情况最了解。一九七六年，我与家属两地分居的事，在中央政治局过问下，终于顺利解决了。由于有这种情缘，我就死心踏地在王仰晨的麾下甘作一名小兵，虽然后来有中央机关来调我高就，也不为所动。

鲁编室麻雀虽小，在王仰晨的言传身教下，却成了一所培养人才的学校。他虽然执行的是"无为而治"的政策，但他营造了一个极利于人才成长的环境。凡来鲁编室呆过的人，都极为留恋这个环境。觉得这里的人正、风气正，深得鲁迅为人做事的真传。有人问我："为什么鲁编室人都被领导看中，要么当官，要么当学者。"我回答不了，叫他们去问王仰晨。

一九八一年，国家出台了给百分之四的人涨工资政策。鲁编室有一个名额，经群众投票，一致同意我去占这个名额。但事后没多久，人事处处长李智敏找我谈话，说王仰晨很快就将退休，他原是十四级干部，如能提到十三级，就算高干了。这一级，对王仰晨极为关键，问我能否将这次涨工资的名额让给他。我毫不犹豫地答应了。虽然我当时也很苦，上有多病而卧床的父母，下有三个正在上学的小孩，而爱人的工作也还没落实。但我很为王仰晨这位十四级的老干部抱不平，心甘情愿地将这一名额让给了他。

王仰晨级别不高，社会荣誉也没有，什么"家"都不是，即不为社会所承认。但时任国家出版局局长的王子野，却在首届韬奋出版奖的提名会上，郑重地向与会人提到了王仰晨。说他一辈子默默无闻地在出版线上作奉献，韬奋出版奖应首先考虑评这类人。当时，我虽然赞同王子野的观点，但怕在单位里摆不平，一起报上拟评的名单中还有蒋路，王子野说，首届评奖，每单位只能提一位。蒋路是著名的翻译家，名声在外，可王仰晨只有行内人知道，社会上不知道，你们单位就只报王仰晨吧。就这样，王仰晨成了首届韬奋出版奖的获得者。

他获得这一荣誉称号，真是实至名归。他特别擅长搞大型全集，五十年代，他就编发过这类书稿，退休之后，虽然老弱多病，患有养身病支气管扩张，冬天春天经常咯血。退休之后，还得抱着病体在编发几十卷的《巴金全集》和《巴金译文集》。当时他经手的《茅盾全集》四十卷尚未完，茅盾的儿子韦韬总是来向我争夺王仰晨这个责编。王仰晨实在顾不过来，使得韦韬对出版社颇多意见。

《巴金全集》《巴金译文集》编发完，他就油干灯烬，病逝了。他为出版事业，真是做到了鞠躬尽瘁，死而后已！

王仰晨待我很好，可我却冒犯过他，鲁编室刚成立时，他对编辑的考勤抓得很严，每天上下班都要到各办公室巡视。一次他发现我所在的办公室的人刚上班时都在翻看报纸，一个个叫到他办公室训话，其时我也在看报纸，但没有找我。被训话的人觉得他在袒护我，有人还挖苦过我，用激将法让我这个刺头去给王仰晨提意见："你这种做法，像幼儿园的阿姨管小孩，有人甚至说你是个工头。其实上班前看看报纸也有益，当时报纸除有新闻外，还间有关于鲁迅的信息，了解这些信息，对工作有利。你不要管得这么严。"他没有接受我的意见，并说我讲出这样的话，有失党员的立场。的确，说他"工头"，谁也接受不了。

他从来不向组织提个人的要求，一次却希望我帮帮他小儿子王小平的忙，能否调到出版社来做个小编辑。王小平水平不错，他发表的文章我也看过,觉得他来出版社做编辑工作,完全可以胜任。因此我找王小平来面试。面试这关也通过了。正准备正式调他来时,碰上了知识青年返城的高潮。全社有好几十个这样待业的干部家属,其中包括社级领导的子女。如果开了一个口子,让他们都来出版社子承父业,出版社将会近亲繁殖,而且社里也没有这么多的编制,所以社务会议做出了决定,一个口子也不开,将门彻底关上,于是拟调的王小平也只好作罢。等这一返城知青的高潮过去了再说。待到这一高潮过后,我就启动了让王小平来社的进程,但王仰晨告诉我,王小平已去国外留学了,不必再予考虑了。王仰晨似乎为此事心存芥蒂。让他很不痛快。从此,我与他的关系就再不像以前那样融洽了。我没能为他这一惟一要求帮上忙,总感到对他是种亏欠。

王仰晨在不正常年代总被批其"右倾",他曾经检讨并带自我调侃地说:"我是条老黄牛,只管拉车背犁,不看方向。"在方向忽东忽西、忽左忽右的年代里。难能可贵的就是这样的老黄牛。只有耕耘,才有收获,所以他为出版社收获了不少,光成套的全集、文集就数不胜数。为出版社丰厚了家底,当代人及后来者都得感谢他。

2015 年 6 月中旬

折翅仍在飞翔的舒芜

人文社建社伊始,第一位社长冯雪峰在筹建时,他的重要工作是物色人才。解放初期,人才奇缺,处处要人。一次,许觉民去文化部参加会议,会议决定,人才冻结,任何单位不得从外张罗和物色人才。冯雪峰听了,马上去了文化部,与周扬理论。周扬不得不为人文社开了一个口子:人文社不受此限。从此,冯雪峰的手伸得很长,只要他相中的人才,凭他在政界、军界、文艺界的影响,毫无阻碍地将他想要用的人才,都调到了自己的麾下。舒芜原是广西正拟重用的人才,从准地方大员调来人文社当一名普通编辑,并且心甘情愿。

我来人文社时,舒芜已被打入另册,但还留在社里在整理古籍,与我们这些号称"革命群众"的人几乎没有任何来往。但关于他们这批以聂绀弩为首的才子们的传闻,却不绝于耳。如说他们如何以诗词唱和、调侃当局;《文艺报》事件冯雪峰挨批,上面拟调巴人来社主持工作,他们如何写黑板报表示抗议,以致惊动了文化部高层,特派工作组前来整风等等。当时二编室(即后来的古编室)头号才子聂绀弩是主管二编室的副总编辑兼主任,倚重的主力是老报人张友鸾、舒芜和专擅古诗词的陈迩冬等。而张、舒则被称为聂的左丞右相。

我与舒芜的第一次面对面接触是一九七六年初春,其时,我已第二次下放文化部石家庄干校,临时回人文社办事。当时行政部门认为我已不是人文社的人了,不给我安排住宿。时任人事科长、李季的夫人李小为就叫我住在她的办公室,将她的办公桌当作我的床铺,好说歹说叫行政科送来了铺盖卷。李小为觉得行政科待我不公平,当着他们的面说,"将来人文社的天下,就是陈××等人的天下……"

我寄住在人事科办公室,闲来无事,就在二楼各办公室串来串去。当时,社务办公室、党委办公室都在二楼,他们正在清理"文革"中的各种交代材料和外调材料,以及抄家时抄来的文字材料。在党委办公室见到了舒芜的一大批材料。其中最引起我注意的,是他阅读《鲁迅全集》的读书笔记和马恩列斯毛著作的读书笔记。这笔记记得很恭谨,既有寻章摘句的重点,也有读书心得。而《鲁迅全集》他通读过两遍,两遍都有笔记。我是专攻现代文学的,《鲁迅全集》也只通读过一篇,虽也写过读书笔记,但远不如舒芜的恭谨、详尽,自愧弗如。所以当时我就对这个已打入另册的人,另眼相看了!正在这时,广西来人要舒芜写材料,李小为临时抓差要我接待,我看着舒芜写,他一挥而就,一口气写下了四五页纸,文不加点,没有任何一个字的改动,真可说是倚马可待。凡搞古典文学的人,写起白话来,总有一种文白夹杂的酸腐味,而舒芜写的白话文,却十分自然流畅,这是一般人很难达到的境界。从此,我在"人文"中又发现了一个才子,以后逢人就说他的才气。

一九六九年秋,人文社"全锅端",端到湖北咸宁文化部"五七干校"。我们都成了"天涯沦落人",而他,竟成了我的部属。其时,我被封为第十四连某个班的副班长,职责是管劳动,也叫劳动改造。但我历来对劳动改造思想的神话,不怎么恭维。当我读大学时以"中右分子"去劳动改造时,有一左派说我"劳动虽好,但不结合思想改造",我即回敬说:"你不是我肚子里的蛔虫,你怎能知道我劳动没结合思想改造呢!"所以我管劳动,只管劳动任务的分配及劳动成果的检查,即不要把禾苗当稗子拔掉就行。当时班里需要重点劳动改造的对象是韦君宜、舒芜、周绍良,加上后来被揪出的"五一六分子"孙昌雯。这些需要重点改造的对象,在我看来,表现都很不错,韦君宜即使叫她拔草,也总是累得汗流浃背,我担心她身体虚弱,总要她休息,但她总是与大家同起坐,不领情额外照顾。舒芜虽然不胖,我总觉得他长的是一身赘肉,脸上也似乎有点浮肿,特别是走起路来,总把握不住重心。另一位走路困难的是周绍良,他有一条腿似乎有点瘸,我特别担心他们会摔跤,少不了总得提醒他们。干校这地方,一下雨地上就像抹了一层油,滑得像溜冰场一样。有一次,我去食堂打饭,一手端饭碗,一手端菜碗,被摔了,可是两手端的饭菜一点汤都没摔掉,被大家视为神迹,广为流传,不少人来向我取经。所以我不得不提醒大家,千万不要跟我学。叫他们雨天走路时,最好拄一根木棍。

  主管政治思想工作的正班长,叫钟尧熙,她原是人文社财务科的普通工作人员,中共党员,政治思想比我强,但"革命性"与我一样,属于随大流的一类。加之舒芜等人已是"死老虎",我们没有对他们开过一次批斗会,"生活会"也没有挨过批。

  当时政治批判的靶子是反革命"五一六分子",所以班里的孙昌雯就在劫难逃了。孙系原人文社校对员,再普通不过的一位老百姓,她怎么成为反革命分子"五一六",当时我与钟尧熙搞不清楚,事隔多年,也没搞清楚,最终不得不一风吹了,说是子虚乌有。孙当时已患癌症,起坐都感困难。一次在批斗她的会上,军代表对她搞"喷气式",我看不下去,念了一句最高指示:"要文斗,不要武斗。"这军代表反驳我道:"她是反革命,是反革命就得低头认罪!"我懒得与他理论,啪的一下关上房门,以上厕所的名义开溜了。

  自此之后,舒芜在工余时,总愿跟我聊聊天,天南海北,不涉及政治,但有时无意间也涉及他的身世。我原以为他是桐城派的后裔,出身书香门第,其儿童时代、少年时代,肯定会是养尊处优的,但没想到,他的这个时代,也有不少辛酸苦辣。至于他高中未毕业就当高中语文教员,不久又当大学教员,二十岁时就写有轰动文化界的《论主观》,这些"当年勇"他未透露过半句。一次,他也许怕我中毒,与他没划清界限,忽然冒出一句:"我是个五毒俱全的人。"我问何谓"五毒",他说:"一是叛徒,二是胡风分子,三是右派分子,四是反革命修正主义分子,五是反动学术权威。"我在"文革"中曾有段时期被"重用"过,在"专案"组待过,他的情况,也即"问题"多少听说过一点:他似乎只有一顶"帽子",即"右派分子"。所谓的"叛徒",是他在读高中时,曾参加过中共。后来叛徒把他供出来了,他不得不承认。而当时是国共第二次合作时期,有些共产党员的身份是公开的。所以他的"叛徒"未被追究。但他到底是个打入另册的人。我没有接他的话茬,漫应之说:"总不至于十恶不赦吧"。

我在这班待了没多久,先是被派往四川、江西、安徽去调查方殷、刘岚山、杨立平的"问题",继是驻任湖里的工棚中在放鸭子,编制属于后勤排了。再后又任生产组副组长,与该班脱离了关系。

一九七一年初夏,原人文社为了恢复部分出版业务,从干校先行调回了第一批约二十人,我在其中。舒芜回来得较晚,可能是一九七三年吧。他回来后,在古典文学编辑室工作。一九七八年出版社对一些新来的大学生进行补课进修,舒芜在这个进修班中,主管中国古典文学教学。

他回社后,我曾去他崇文门外的豆谷胡同家拜访过一次。这个家像个窝棚,白天也得开灯,楼上很矮,几乎伸不直腰。

他的住房条件实在太差,有一次他来到红星胡同看房子,看的是原军代表头头、出版社第一把手的住房,是三间房的单元房,新盖没多久的楼房,算是当时出版社的豪宅了。我一家五口住在它的下边一间十二平方米的小房里,下面相应的单元住了陶庆军、孟庆锡和我们三家。可见当时社领导严文井、韦君宜对他的重视和重用。所以他来看房时,显得特别高兴,并向我说,我们将成为邻居了。可是没过多久,就听说他另调中国社科院去主管该院的院刊《中国社会科学》去了,原拟分配他的那套单元房住来一位也是刚调来的编辑部主任,韦君宜属意物色来的她的接班人。事后得知,舒芜是为此生气而它调外单位的。为此,群众中也有议论,觉得韦君宜老太太失察了:放走了人才。后来韦老太太曾对我说过,她重用这人:"是我瞎了眼",可能也与她放走舒芜的事有关。

舒芜去主管的《中国社会科学》,当时主管社科院的胡乔木,曾将它定性为"龙门刊物",凡在它上面刊发的文章,必须够教授、研究员的水平,谁能在它上面发表文章,就算"登龙门"了。可见主审其稿件的人,绝非等闲之辈。

一九八一年是鲁迅百年诞辰,中国决定要在北京召开国际学术讨论会来纪念。为了准备这次学术讨论会,早一年前,鲁研界就调集一批专家写文章,名家还"隔离"起来,配备秘书,住进了高级宾馆,专事论文的写作。迨到一九八一年夏天,参加会议的人员也确定下来了。人民文学出版社鲁编室,当时号称北京的"中鲁"("东鲁"是社科院的鲁迅研究室,"西鲁"即鲁迅博物馆),居然没有一人有参加会议的资格,而孙用、杨霁云由于是鲁迅生前的朋友,倒是被邀请了。但不是以"鲁编室"的名义被邀请的。为此鲁编室的同仁们像炸开了锅。在他们看来,鲁编室鏖战多年出版的十六卷本《鲁迅全集》,理应是纪念鲁迅诞辰百年的重礼。有人去这一大会的筹备组兴师问罪,得到的答复是"鲁编室没有学术论文"。的确,鲁编室其时正忙于编注《鲁迅全集》,没有任何人去写论文。

这事招致了鲁编室同仁的不满,外调来的"大喇叭"包子衍放起了炮来:"人家把我们看扁了,他们无非是要篇论文做入门券吧。我们这里的人不仅能编书,也能写书,有什么了不起……我们这里的写手很多。"他历举了一大批人,最后死死盯住我,要我去写。当时我也有点斗气,跃跃欲试,但我已被韦君宜调至这个纪念会的宣传组。这组的组长是全国作协的秘书长李庚,她是副组长,

折翅仍在飞翔的舒芜

属她直接领导。于是向她请假,她不容商量地予以拒绝。我只能用咖啡提神开了一礼拜的夜车去赶写这篇论文。正在写的过程中,《中国社会科学》杂志来了两个编辑向我约稿。我不敢去攀龙门,婉言谢绝,并向他们列举了一大批鲁研界的顶级专家,如唐弢、王瑶、严家炎等,请向他们约稿。来者说,这批顶级专家的文章,编辑部早就看过了,到目前为止,还没有一篇让主审满意的。来人指着我说:"你是王瑶先生推荐的,是他,叫我们来向你约稿……你就试试吧。写了让我们领导看看,也请北京专家看看。"我听了"试试"两字,不由得又犯牛脾气了,问来者说,"你们还是另请高明吧。"但我既已骑在马上,只能策马前奔,没有退路了。没过几天,我的文章已草就。由于是"试试",我没有再花工夫去修改,就将草稿寄给编辑部了,想听听他们的意见后再改。很快,他们将打印稿寄来,并寄给其他专家去征求意见。其时,我由于连轴转,一个礼拜没睡过觉,加之不断喝咖啡,胃病又犯了,生下的孩子是泼出去的水,懒得也无力再去管它了。可是没过几天,编辑部来电告知,这文章,领导决定采用了。我问编辑部有改动否,答曰一字未改,并说,你这近四万字的文章,一次登完,这是破例的,该刊一般只刊万字内的文章;由于纪念鲁迅百年诞辰在即,刊物在赶印,不然就赶不上趟了。

事后得知,其时舒芜在《中国社会科学》任编审,实际上由他掌控终审大权。他虽然不以鲁迅研究专家名世,但他曾向别人说过,鲁迅是他一生崇拜的偶像,且通读过两遍《鲁迅全集》,对鲁迅其人、其文,是研究得很有造诣的。所以他对研究鲁迅的文章,自有他的主见。他不唯名,只看货色。我的拙文,能入他的法眼,自感很荣幸。但后来我们在面晤时,彼此都未提及此事。公事公办吧。

由于鲁编室有人在"龙门"刊物上发了长篇论文,当时负责鲁迅百年诞辰国际学术讨论会的王得后找我,要我担任这次学术讨论会的组长。由于我乡音太重,在大庭广众中从不敢发言,极力辞让。他也知道我这湖南蛮子的弱项,恩准了。他坚持要我当副组长。至于鲁编室与会的,他问我需要几张入门券,我说,我可以不与会,但鲁编室两个正副主任,即王仰晨、李文兵总不该冷淡他们吧。他满口答应,说你要几张入门券就照给,但你不能逃会!想来,这几张入门券的轻易获得,还得感谢舒芜。

当我主持人文社全面工作时,舒芜好像已经退休了,家住西直门北面的社科院宿舍皂君庙,我曾去拜访过两次,一次是纯属礼节性的拜访,只见他客厅的堂名"碧空楼"是程千帆的手泽。我知道,程与他交往颇深,他们是同行,专攻古典文学,又都属才子型的学者。我曾是程千帆的学生,他在一九五七年被错划为右派,我一直为他抱不平,后来我得知绝大部分右派将会平反,立马将此消息告知我在武大中文系任系主任的同学易竹贤,叫他立马将仍在中文系资料室抄卡片的程千帆调回教学第一线。后来我主持现代文学编辑室工作时,决意收他的夫人沈祖棻教授的诗文编集出版,沈是著名的女词人,文章也写得漂亮,其时沈祖棻已过世,编其集子的事只能求托程千帆,为此,我与他常有书信来往,他来北京开会时,也常要来看看我这个学生。他刊行的著作,也总要签名送我。但我在舒芜面前,从未说及这些,为免引名人以自重之讥。但因他又拉近了我与舒芜的距离,同类相求吧。第二次去见他,一是向他了解冯雪峰主持人文社工作的情况,二是向他组稿,希望他有好稿子不要忘了娘家。冯雪峰虽然批评过他写于四十年代的《论主观》,但他心服口服,对冯充满了敬佩之情,向我叙述了许多冯主持人文社的许多非凡之举,如"古今中外、提高为主"出版方针的确立,校注四部古典小说的定夺等。这在解放初期敢于这么做,是要有胆识和魄力的。至于向他组稿,当时没有落实什么,但他后来的好稿子,总是先交人文社。

折翅仍在飞翔的舒芜

在我与舒芜的鲜有交往中，一是觉得他是个才情横溢的学者，能道人之所未能道，有见地；一是觉得他为人本分，很少有历尽劫波者的世故，胸怀坦荡。解放初期，他与中国许多高级知识分子一样，对新中国充满了感情和期待，钻研马列主义，诚心改造思想，追求进步，亦规亦矩地听毛泽东的指示，救赎自己作为旧知识分子的原罪。这有他当时精读马恩列斯毛经典著作的笔记和近两年发表的当时日记作证。但他自己也未曾料到，由于他应组织的要求，交出了胡风给他的"密信"，以致使许多文化人成了楚囚，酿成了"胡风反革命集团"的大冤案。这让他挨了许多人的咒骂，将他视为出卖耶稣的犹大。确否？冤否？只好听诸历史的审判。个别人的诅咒，发发一己的牢骚，倒也是可以理解的。但我认为，这是时代的悲剧，不宜苛责个人，即使舒芜不易帜、不改换门庭，这个悲剧迟早会发生。解放前夕两次批判胡风，就已揭开了这个悲剧的序幕。

2015年5月下旬

原载《新文学史料》2017年第2期

编辑龙世辉

一九六五年二月十七日,我来到了北京朝内大街166号三楼现代文学编辑部小说南组报到。这间办公室,四面围堵着办公桌,加上我共九人。领导将我一一向八位在座的编辑介绍。我的办公桌安在龙世辉的背后,他转回头问我:"听说你是湖南隆回人,我是武冈人,邻县,小同乡!"于是我与他见面就熟了。临到工间休息时,他圆盯着双眼问我:"看你这模样,肯定是出身书香门第,家庭成分呢?"我如实告诉他时,他的眼睛瞪得更圆了,劈头一句:"不要瞎说!谁信!我出身地主,与你这个出身贫农的一比,就没人相信你的话!"他五短身材,钉头斧脑,的确像个苦力。我与他的第一次接触,就感到他很豪爽,在有点近乎失礼的言语中,透露出他的坦诚。

他对我这个小老乡,似乎特别关爱和照顾。南方人到北方过冬,第一难关是烧煤取暖。我第一次搬往朝内平房时,取暖的烧煤炉子,是他自带工具来安装的。每天下班后,都要手把手地教我如何引火、添煤,如何捅炉灰,如何防止煤气中毒。后来我搬往红星胡同,还时不时地要来检查。"文革"中的一九六八年冬,他被审查了,不便来关照我了,我又没得他的真传(由于以前有依赖思想),一次煤气中毒,差点送了命。可见他以前那样关照此事,是真为我的生命担忧。

他曾以长者的口吻告诫我:"干编辑这行,能人不愿干,非能

编辑龙世辉

人又干不好。你不要自以为是研究生,读了不少书就自信。干编辑要真功夫,光从书本中是学不来的。告诉你吧,干编辑一要过审稿关,起码要五年;二要过加工关,至少得要三年。"可是当编辑部第一副主任当众宣布我已过了审稿关时,他又改口说:"审稿这一关容易过,最难闯关的是加工!你不要翘尾巴!"

我没有翘尾巴,为了学好编辑这一行,我从总编室借来了现代文学编辑部的所有书稿档案,利用所有业余时间,去拜读老编辑加工过的稿件和校样。遍读他们经手的书稿档案时,给我印象特深的是三位前辈:一是小说南组的龙世辉,一是小说北组的王笠耘,一是诗歌散文组的张奇(其时张已患肝癌,不怎么上班,不久即去世了)。他们经手的书稿档案,我看过不止一次,是我的重点学习教材。

也许是编辑部领导为了锻炼我,来社不到半年,领导就将老编辑已在加工的三部书稿转交我责编。但这三部稿子都被我一一枪毙了,有一部是判缓刑,寄给作者去修改。从此以后,龙世辉再未与我谈业务上的事。

唯一的一次例外是,一九六五年初秋,在讨论一部献礼书稿的编辑会上,我对这部被领导看重的书稿唱了反调,说它不成型,只是一捆草,难以加工成书。我正在说自己的看法时,龙世辉就不断暗暗地捅我。会后他批评我是"初生之犊不畏虎,讲话也不看场合"!

豪爽如他者,有时也有点小世故。这可能与他的一些不甚公平的遭遇有关。

他曾经向我说过,他来出版社后,也曾大红大紫过,当过团支部书记。第二任社长巴人(王任叔)重用年轻编辑,他是其中之一。但他在处理一部来稿时,曾将吃娘奶的力用上了,却费力不讨好,作为不尊重作家的坏典型挨了批判。他不肯说是哪位作者的书稿。在我不断的追问下，一见周围没人，才凑着我的耳朵悄悄地说，是《林海雪原》。该书原稿写在碎纸片上，稿面零乱得不知如何下手。当时就像新媳妇第一次下厨房，在锅碗盆勺、油盐酱醋、珍肴时蔬面前，乱了分寸。但作品生活气息浓郁，人物也刻画得不错，用这些原材料，是可以做出一桌珍馐佳肴来的。领导嘱他为作者改写几章，让作者参照着改写下去。他遵命为作者改写了几章，作者也很满意，并口头授权，以后凡编辑加工过的稿子，不必处处交作者定夺。这书稿经他细心打磨后，一出版就引起了轰动，作者也成大名人了。可是当作品增订再版时，由于当时找不到作者，就擅自将书中描写女护士的一段删掉。书出来后，作者大为不满，将他的擅权告发了。领导以此为由头，在编辑部搞了一次小整风，叫编辑们应如何尊重作者。

类似的情况还出现过一次。这一次龙世辉没有跟我说过，是东一耳朵、西一耳朵从别人那里听来的。其时成立了作家出版社，划归作协主管，严文井任社长，楼适夷任总编辑，他在经手欧阳山的《三家巷》长篇系列时，很不看好继之而来的《苦斗》，提了很尖锐的意见。他已有不尊重作者的前科，作为惯犯被作协党组抓住了，在整个出版行业开展了一次大整风。《三家巷》《苦斗》，我在当学生时就看过，对《苦斗》实在不敢恭维，于是我将龙世辉暗暗地引为同调。

也许是龙世辉有过这两次挨整的记录，他在编辑组内总是挨批。当时编辑组每礼拜六下午要开生活会，开展批评与自我批评。第一个做检查和挨批的总是龙世辉。而每次折腾的总是一件事，即他上班时总是打不起精神，午休后还时不时地打哈欠。另外一件事是他有狐臭，领导教训他，要他勤洗澡。开始几次，我见怪不怪。但老是在演这场戏，我憋不住就向领导提意见了。我说，生活会怎么老是敲打龙世辉，他已成了和尚手下的木鱼了。凡人都有

编辑龙世辉

自尊,点拨一下就行了。而且人都有犯困的时候,特别是在看那些枯燥无味的来稿时。我也犯困过,差点睡过去了……领导倒没因此批评我包庇坏人,也许觉得我是刚来编辑部的年轻人,"童言无忌"吧。

龙世辉不怕上级领导,如韦君宜、许觉民等,但对他的顶头上司组长和部室主任(王仰晨、欧阳柏除外,他与欧阳柏还经常开开玩笑,彼此在一起吹吹牛。他们是如何吹牛的,将在下面说到)却总像耗子见到猫一样。我曾有过两次犯上作乱,他严厉地批评过我,为我捏一把汗。一次是组长在班上逐个检查工作时,我冲着组长从座位上扬长而起质问她道:"审稿是否有定额?我昨日处理过三个中篇,有三十来万字,而且每部都写了审读意见,同时写了退稿信。这些我都交给你了,你是知道的,怎么还来问我!"一次是夏天过周日,全社员工去通县的大白河游泳。在返回的卡车上,我们的组长和一位副主任在闲聊时,说到当时的来稿太多,看不过来,而社里每周又要抽人到社会上参加劳动,加强思想改造。其中一位副主任说,这类事就让新来的大学生去干吧。当时新来的大学生就我一人。我听后忍不住放了一炮:"思想改造,是所有知识分子的课业,新来的大学生不能为别人代劳!"这两次,龙世辉都说我太猖狂,也太不懂人情世故了,叫我等着挨整吧。

我没有挨过整,只是受过一些小刁难,可是他在"文革"中却又挨整了。

是谁在整他了,至今也没弄明白,其时只要贴上"革命群众"的标签,一己也可以称"众",就可以呼啦啦地横冲直撞,所向披靡。有署名"革命群众"者写大字报揭发他的问题,一是揭发他家庭出身不好的原罪(后来听说他父亲的问题是个冤案,被平反了);二是揭发他发表的某篇寓言,有严重的政治问题。在我小时候就听大人教导过我们"狼外婆"的故事,这"狼外婆"到底是谁,

263

孩子们也从未去深究过,但她绝对不是隔壁的孙奶奶或李奶奶。寓言这玩意儿,跟"狼外婆"的故事相似,这是孩提时候就知道的浅显道理。谁要去深究,就会重演清代的"文字狱",很普通的"清风无事乱翻书"一句即景诗,也会招来杀身之祸。"文革"中因文字获罪的比比皆是,龙世辉也难以幸免。揭发他的第三宗罪,大得吓人,说是他参与议论毛泽东与江青恋爱时期的浪漫故事,是反毛泽东和"文化大革命"旗手江青的罪大恶极分子,是现行反革命。这一大案的"主犯"是方殷。方殷是个诗人,难免有点浪漫谛克,他单相思地去追寻已去延安革命根据地的一位女性。一次,他去看了江青的演出,说毛泽东看这演出时感情投入得失态了,一直在流口水。方殷讲这故事,龙世辉只是个听众,有罪也轮不到龙世辉。

这是我当时的看法,我觉得他没有什么了不起的问题,没有与他"划清界限"。但他自己却与群众隔离起来了。当时革委会也似乎没有为他设专案组,只是放在群众中审查。是如何审查他的,我未参与,就不得而知了。只知运动后期,他的"问题"被一风吹了。

龙世辉这个经常挨敲打的木鱼,也得顽强地活下去。所以他常以自吹来自娱自乐,从而获得了"龙大吹"的诨名。

他这个诨名广为流传。一次我碰上他的大儿子,问我见到过龙大吹吗,我以为他是问我龙大垂或龙大锤,我说这人不认识。他儿子一愣说:"是我爸,他不跟你在同一办公室吗。"我当时批评他儿子说:"你这样叫他的诨名,不太礼貌吧!"

我作为编辑新手,而且看过他经手的几乎全部书稿档案,觉得他的毛笔字写得好,对书稿把握得像名医把脉一样,其审稿意见总是高屋建瓴,要言不烦地指出书稿的得失,加工的手术刀操控得十分准确,总能就着作者的文风和思路,去锦上添花。他的寓言也写得不错。但所有这些,他从未吹过,即使要他吹,他也会改变话题。好汉不话当年勇。

他好吹的主题,不外乎他的孔武有力,高超球技。他的乒乓球打得也可以,工间时常在过道的球桌上表演。但他不吹乒乓球的竞技,却好吹别人没见过的排球,他说他扣球时能将对手扣趴。至于他年轻时的孔武有力,人家认为他在吹牛,我倒觉得他小时候可能学过武术。我与他的老家临近湘西,土匪多,家家为了防身,都有学武的习惯。可是他没参加过武术比赛,不能眼见为实,所以认定他是在吹牛。

他在湖北咸宁文化部"五七干校"时,我却躬逢过他与欧阳柏的吹牛比赛。欧阳柏在解放前曾担任过武汉《大刚报》的主笔,来文学出版社后,曾担任过现代文学编辑部副主任,但不怎么管事,也可能是由于他没有革命经历,不便重用,所以也喜欢吹牛。他与龙世辉在吹牛的本事上,难分伯仲。

我曾经在一篇写干校的文章中,写到他俩的吹牛比赛,该文发表时,他俩尚健在,不便当着他们的面撒谎。只是其中的"白面书生"是特指欧阳柏,非指龙世辉。有兴趣的读者,可以参看本书中的《迫不得已的出风头》。

虽然他们都出身于书香门第,是否见过农民插秧都值得怀疑。类似的牛皮,他们津津乐道,我们也听得津津有味,谁也不愿干扫兴的事,去点出他们的破绽。

在我看来,龙世辉在出版社,虽然懂行的领导很看重他,凡有重点书稿,或疑难杂症的书稿,都会记起他,倚重他,但他在一般有光荣革命经历的基层领导心中,却不是一个听话的乖孩子,时不时还得被敲敲打打,心中自有块垒,他的吹牛,是自娱自乐,借以消愁。

一九八四年,人文社被国家出版局确定作为编辑职务评定的试点单位。由于这里老资格的专家、学者太多，时任社长的韦君宜感到欠账太多，难以评审，所以她要求现任社领导都不参评。解放前后毕业的大学生也基本上不评编审的高位。但她觉得像王笠耘那样的著名编辑，如果不评编审，很难说得过去。我虽然不是评委，但在职称评定办公室工作，觉得有义务将自己的看法提供评委会考虑。为此，我横向比较拟了一份可考虑评为编审的名单：王笠耘、龙世辉、王仰晨、卢永福、杜维沫。其中既有从事当代，也有从事古典、外文的编辑。他们应该在同一档次上。我拟就的这份名单，评委会一一通过了，韦君宜并说我比她考虑得周到。所以龙世辉是人文社第一批编审，说得上是凤毛麟角。

可是在这之后没多久，他特意跑到我办公室来向我告别。我觉得其时社会风气在逐渐变好，他继续在出版社工作，当大有作为。劝他留下，他忿忿地说：我不屑于×××的指挥。关于他离开人文社的原因，我见过好几种版本。他跟我说的离去原因，算是另种版本，特予提供以备考。

韦君宜曾说过，龙世辉是出色的编辑，但做不了出色的领导。我也是这么看的，因为我们都来自湘楚蛮地，号称湖南骡子，加之他还有侗族的血统，比我更"蛮"。但人有所长，也有所短。有时短也有短的用处。我开始跻身领导岗位，就是上级看上我的短板。后来听说他在作家出版社副总编辑任上，干得有声有色，为同事们所称道。

我与龙世辉先后从"五七干校"回来工作后，我们分处不同的部门，业务上很少交集，日常生活中也鲜有来往。八十年代初，他兴冲冲地告诉过我，他在湖南先后发现了莫应丰的《将军吟》和古华的《芙蓉镇》。惊叹道：湖南这块出过叶紫、丁玲、周立波、田汉等名家的地方，他在小说南组工作，一直瞪大眼睛寻觅湖南的作家，直到现在才发现两颗能照亮天空的星星。我以前的工作是白干了,不过,这两部书稿也存在不少问题,特别是《将军吟》,能否出版,就要看领导的魄力和担当了。最终这两部书稿都被他加工成读物,并获得了首届"茅盾文学奖"。

在我看来,龙世辉之所以是著名编辑家,一是靠他一双慧眼。他是伯乐,千里马常有,伯乐不常有。二是他算个名医,通过望闻问切,就能判断出书稿的病灶所在,能对症治疗。三是一位名厨,即使不起眼的原材料,他也能加工成珍馐佳肴。凡书稿一进入编辑部这个加工车间,参与的人很多,有一审、二审、终审,每审还可能有多人参加。于是到书一成名,争功者在排着长队,其中很难分出谁是骥足,谁是骥尾。但可以肯定的是,龙世辉绝对不是附骥尾的苍蝇,他从未嗡嗡叫过,去争功过。我在这里为他表功,他在九泉之下,也许会翻白眼、翘胡子。他常说,我们没更高的本事,就只能替别人当帮佣。

上世纪刚进入九十年代,听说他已患肺癌,住入医院进行手术,当时正在做手术后的化疗。他大儿子熬好一钵鸡汤往医院送,我跟着他大儿子往医院去看他。一见到他,只见他形销骨立,头发都掉光了,与以前相比,判若两人。但他仍很乐观,说是过了化疗这一关,就没事了。他指着他儿子送去的鸡汤说,闻到它的味道就想吐,但为了增强体质,再不想吃的东西,也得硬往嘴里塞。为了活下去,他表现得很顽强,也很乐观,相信自己能闯过化疗这一关。他告诉我,头发掉了没事,以后还会长出来,这是医生说的,不会假。他还劝我戒烟,他说自己就是抽烟招来的祸,要我一定把烟戒掉,戒掉它也不难,不要信什么"戒烟糖""戒烟茶"的鬼话,关键是意志,求生的意志,熬个几天就习惯了。

看来他有顽强的求生意志,并以此来劝活人、好人;但他到底没闯过死门关,当他六十五岁、正午太阳刚西斜的时候,就跌落西山了。

他逝世后,其妻谢素台给我打来电话,要求出版社为龙世辉出一本书。我满口答应,叫她将书稿直接寄当代文学编辑室。不久,书就出版了,谢素台又给我打来电话,反复申言"感谢""感谢"!我觉得需要感谢的倒是龙世辉,是他,将自己最美好的年华献给了出版社,经他的手,为人文社的当代文学建树了不少的名著碑林。

2015年5月25日
原载《当代》2016年第3期

张琳,应该请入人文社"凌烟阁"

二〇一五年四月初的某一天,张琳给我来电话,气喘吁吁地说:"早春,看来我已不行了,气喘得厉害。你要保重身体!"他气喘是老毛病,我没把它当回事,只是在电话里安慰了他几句,并劝他要多下楼走走,晒晒太阳,不能总是把自己关在房子里。万万没想到,他这次电话,是向我告别,诀别!四月十一日,他就走了,永远地走了!我一直在等着单位老干处通知和他家属的电话,想向他遗体告别,但我一直没等到这样的通知。后来他的老伴姜金兰来电哭诉着说:"丧事是家里人办的,没有惊动任何人。单位写了一个讣告,讣告贴出来了,写的是几句套话,套在谁身上都对,对张琳的事迹不了解!"这也难怪,现在单位主事的大都是年轻人,不了解张琳其人,而且张琳这人很低调,又没当过官,只是一位小语种的编辑。一辈子只知默默地工作,不事张扬,在当今追星风甚炽的时代,自己不装扮就没有粉丝。但据我看来,他是一颗耀眼的星,是完全有资格进入人文社的"凌烟阁"的,与众多星级人物,能够排排坐在一起,供后人景仰。

我认识张琳,是在"文革"期间。这一时期,狼烟四起,无处不是角斗场,与走资派斗、"牛鬼蛇神"斗,派与派斗,派内也斗。当时我与他属同一派,同派也窝里斗。那时搞大民主,派的头头也没有绝对权威,在某一问题上,难免有意见分歧,有分歧就有争论,有争论就免不了斗嘴。张琳口齿伶俐,像只好斗的公鸡,往往使我们这派的头头也败下阵去。我们这派的头头是研究马列主义文艺理论家程代熙,能言善辩,但在张琳面前,辩才难分伯仲。他好辩,嘴皮子厉害,笔头更犀利。他的文笔老辣,文句中总好像夹带着风雷电闪。会说又会写的人不多,所以当时就引起了我的注意。经打听,他是外国文学编辑部一名朝鲜文的翻译,当时三十来岁,与我算是同龄人,可他早就有不少译作问世。曾经倾倒一代人的《卖花姑娘》《红色宣传员》就是他翻译的。我是一截没有个人娱乐的枯槁木头,但在万人空巷争看上演的上述一剧一电影时,也曾去凑过热闹,并为译文的信达雅叹服,成了它们的粉丝。

不知为什么,我也似乎成了他的"粉丝"。人文社"文革"初期,文化部从外地调来了一名女干部,充任革委会主任,是钦定的革命派头头,但我左看右看,仔细端详,觉得她似乎不怎么"革命",没有一点共产党的"革命"传统影子。于是我利用一个晚上的时间,奋笔疾书,在我所在编辑部的三楼过道的两面墙上,贴满了大字报。这大字报跟"反资""反修"无关,意在"清理"革命队伍,向"革命队伍"的主帅发难。现在回过头去看,无非是出自知识分子的一种所谓"良知"在发难,与"革命"不沾边。没想到,这种"良知"在人文社的编辑队伍中,特别像张琳这样的知识分子中引起了共鸣。没过几天,社内就呼啦啦地成立了以反对造反派主帅的造反派,被另一派谥为"保皇派"。造反派也好,"保皇派"也好,事隔多年,大家都大彻大悟,觉得是在瞎胡闹。但张琳却从这胡闹中,从灵魂大暴露的"文革"中,看出了多人的本相,一直将我引为知己。他好辩,但与我从未争辩过,不管碰到什么问题,我们往往一拍即合。

他目光犀利,思维缜密,看人看事,独具慧眼。一次他忽然问我,"与你共事的×××怎么样?"我说,"人很聪明,是当官的料。"他却说:"你等着瞧吧。他在这里干不了多久。这里只是他往上蹿的跳板。我只听过他一次施政报告,就觉得他是个政客,耐不住这里的寂寞。"果然,没过多久,这人就四处活动,另择高枝,从政当官去了。

我与他业务上没什么交集,但从相识到相交,彼此往访逐渐增多,六七十年代,我住无量大人胡同,他住北京站旁边的苏州胡同东口,节假日、星期天,经常走访,有时晚饭后散步,不知不觉中,就走到对方家去了。八十年代,我们同住东中街42号单位宿舍楼,成了邻居,走访就更方便了。他的夫人姜金兰,是朝鲜族,一到冬天,总要腌大缸小缸的朝鲜泡菜,甜、酸、辣多味杂陈,很合我们湖南人的口味,他家便成了我家餐桌上的无偿供货商。至于在湖北咸宁文化部"五七干校",我曾是管湖田生产的生产组副组长,他是犁田的牛把式,是我的部属。但他精明能干,干一行,会一行,专一行,用不着我的"领导"。我们偶尔聊聊"斗批改"的事,斗"五一六"反革命集团的事。他说,"五一六"是收拾"造反派"的政治游戏,他很为我们对立面的那么多"五一六"分子抱屈。而我们这派的头头程代熙,他与之常在窝里斗过,但他说,程是专搞马列主义文艺理论的,对马列的经典著作很熟,怎么看,也不像"五一六"反革命分子。他知道,我在干校常与军代表吵架,劝我不要任性。军代表有点作威作福,他们不见得很坏,只是错误政治路线的牺牲品。本来,他不怎么关心政治,但他比我更懂得政治。

他说自己出身地主家庭,但我凭直觉:不像。他的长相,就显露出他少年时期经历过的风霜,短粗身材,黝黑皮肤,个子不高,但筋骨壮实;他待人处事,很率真,敢喜敢怒,在讲出身、讲成分的年代里,他没有一点出身不好的包袱。一九九二年,他离休后,曾回山东定陶县农村老家住了一段时间。回来后,他按不住心头的喜悦告诉我:党的惠农政策使贫穷落后的农村大改观,他在农村里过得很舒坦。并劝我将来退休后回老家住一段时间。可是后来他又向我诉说了他身世的难言之隐:他从记事时起,就不知道自己的母亲到底是谁。后来他为寻找自己的母亲,不辞旅途辛劳,去千里之外寻亲。也许寻母心切,误将别人的母亲认作自己的母亲,并按月寄出赡养费。据他老伴最近告诉我,后来自费经基因鉴定,证明他的确是认错人了。至死也没有找到自己的母亲。

  他的身世也许还有我们不知道的辛酸。他小时候的家乡,遭日本侵略者的蹂躏,成了沦陷区,小学升高小必须学习日文。他"眼见的学习日文只有一种用途,那就是给屠杀中国人的日本鬼子充当翻译。这是个为虎作伥、助纣为虐的角色,最招人恨,老百姓背后骂之为'龇牙狗'。我不想做'龇牙狗',所以在日文课上全不用心。不想有一天日语教员叫我站起来回答问题,他指着自己的鼻子、眼睛、嘴巴,让我一一说出日语词,我一概摇头不知,一顿藤条教鞭随之落在我的身上:打了又罚,令我在讲台边一直站到下课"(张琳:《我的译事》)。小小年纪,就有这样的民族大义,并造就了他尔后桀骜不驯的性格!

  他为了躲避日本侵略者的蹂躏,十三岁就从老家流浪到国统区和解放区上中学、大学,全国解放后,从山东大学中文系二年级被征召到北京大学东语系专修朝鲜文。本来,由于他学日语受到了刺激,对外语一概排斥,但这是"组织的决定,个人无条件服从也"(引同上)。

  他在山东大学读中文时,系主任是著名美学家、翻译家吕荧,而在北大学习朝鲜文时,系主任是国学大师季羡林。真是名师出高徒。他二十七岁时,就有译作在全国性的刊物和出版社刊发。他的译作往往用笔名鲁陶、鲁定、齐岱等,主要译作有:

  《朴八阳诗选》,朝鲜朴八阳著。一九五八年九月人民文学出版社出版。

  《红色宣传员》,剧本。朝鲜赵白岭著。一九六二年八月人民文学出版社出版。该剧经北京人民艺术剧院豪华阵容演出一百多场。上海、辽宁等人民艺术剧院及各地的地方剧团相继演出。观剧者"万人空巷",一票难求。

  《卖花姑娘》,朝鲜电影文学剧本。原载《电影剧本》一九六三年第3期,一九七八年人民文学出版社出版单行本。该电影放映时,又是万人空巷地争相观看。

《火炬》(诗集),朝鲜崔荣化著。一九六五年作家出版社出版。

《朝霞》,剧本。朝鲜崔灵宝著。一九六五年作家出版社出版。

《青春的舞台》,剧本。朝鲜池在龙著。一九六五年作家出版社出版。

《白头山》,长诗。朝鲜赵基天著。一九七八年人民文学出版社出版。译者自述:"抗日战争时期,我开始懂得世事。那是一个大灾难、大悲愤、大奋起的时代,我对文学的欣赏,是喜欢有战斗性,有反抗精神的作品……所以,在我译的作品中,最下功夫翻译的是朝鲜著名诗人赵基天的长篇叙事诗《白头山》。上世纪五十年代初,我国就出版了《白头山》的两个中文译本,一为北大教授余振从俄文转译,一为老作家楼适夷从日文转译,到了一九七八年才有我从原文直接翻译的中文本出版。朝鲜《劳动新闻》很快进行了报导,加花边刊登了我为译本写的《前言》。""翻译这部诗作,在遣词用字、构建句式方面,我总要苦苦思索,想尽力体现出原诗的豪放而又细腻的风格以及更具诗人个性的浓烈的抒情色彩。"(引同上)

《圣火》,长篇小说。朝鲜安东民著。一九九五年七月人民文学出版社出版。

《世界反法西斯文学书系·朝鲜卷》(含他人部分译作),一九九二年重庆出版社出版。

一九八七至一九八八年去朝鲜平壤参与校译《金日成选集》,重译《卖花姑娘》《血海》等多部歌剧。

张琳耿介和较真的性格也表现在他的译事中。《红色宣传员》有一句译文:"让人人都有饭吃难道不重要吗?"剧团特请朝鲜的专家"把关",将其改为"叫天下人都能吃饭生活是一件不要紧的事吗?"张琳不服这样的改动,恢复了他的原译。这样,他就受到了"不尊重朝鲜同志"的严肃批评,并扣发他的年终奖金,还不让他参与相关的外事活动和演出活动。他去平壤参与《金日成选集》校译时,新闻出版署外事司司长找我,说张琳在朝鲜犯了同样性质的错误,要我社给予他处分。我知道张琳的为人,以本人不在,不能搞缺席审判为由搪塞过去。后来张琳回国向我"汇报"出国近两年的情况时,我才明白,张琳不仅是性格耿介、较真招惹的祸,还是他坚守自己的国格、人格使然。我很佩服他,岂能给他处分!

一九九二年,我与他出访韩国时,在韩国文化界,张琳其名,如雷贯耳。他与我闲聊时,说韩国曾拟将所有汉化的地名改掉,当局有关方面向他征询意见,他以朝鲜半岛历史沿革为由,持不同意见。后来好像只有韩国将首都汉城改为首尔。这是情有可原的,因"汉""唐"两字,外国人往往以之代指中国。

张琳的本职工作是编辑,译作是他的余事,由于中朝因抗美援朝形成的特殊关系,中国出版朝鲜的文艺作品,数量相当可观,这些作品都是经他一人之手编发的,可见其工作量之大。而且由于他驾驭汉语的能力非同一般,外国文学编辑部编发的不少世界名著,译文都经他手润饰过,如他跟我说的《一千零一夜》等。他说,译者纳训是国内首屈一指的阿拉伯语专家,但由于他长期生活在阿拉伯国家,对母语汉语反而比较生疏。他很乐意为其翻译做些润饰工作。他作为人文社的劳力、苦力,不仅在幕前亮相,也在幕后效力。

这样的功臣,也曾遭遇到被"优化"掉的命运。大约在上世纪八九十年代,为了适应市场经济的需要,国家出版社系统明令其编辑、出版队伍要搞"优化组合"。我却迟疑不愿跟风。因我考虑到,人文社的前任放眼全世界,很多小语种都配备了专家,在分兵把口地侦察全世界的出版情况。现在，小语种的作品大都被挤出了市场。但我认为小语种的专家不能被挤掉，国家有义务将他们养起来，以备不时之需。所以人文社另类地没搞"优化组合"，塞责地搞了个"自愿组合"去交差，而且为他们这些被市场挤出者另行搭建了"文化编辑部"或"综合编辑室"的平台。

我认为张琳应该进入人文社的"凌烟阁"，是星级人物，并非凭一己的好恶。这以他不少轰动一时的译作为证。一九八八年，他曾获朝鲜政府颁发的二级友谊勋章。二〇〇四年，中国翻译家协会授予他"资深翻译家"荣誉称号，表彰他是"有突出贡献的翻译家"。

张琳逝世百日忌辰时作。其中译作简表为姜金兰提供。

原载《新文学史料》2016 年第 1 期

孙用晚年行藏拾记

孙用辞世后,我还总在思念他,时不时地向年轻的同事们提及他。有的新同事不怎么愿意听,认为我成了祥林嫂了。我自己也感到奇怪。关于他,我只为他写过一篇小文章,一则悼词(与朱正合作),还有《中国出版名人录》中一条有关他的词条,没有写过纪念文章,总感到对他是一种亏欠。他辞世后,我又动员其家属将他所有的藏书捐给了出版社。而这批藏书,由于资料室太逼仄,至今尚未打开,在出版十八卷本《鲁迅全集》时也没能用上。这就让我感到更为愧疚了!

我在学生时代,就知道孙用是鲁迅亲手扶植起来的著名翻译家、鲁迅研究专家。他翻译的作品,特别是裴多菲的诗,成了我们的案头读物。我来社后,从同事们那里知道,他不擅应酬,见了生人还脸红,像深闺中的少女,所以一直未敢去叨扰他。文化大革命中的一九六八年,全社人员集中在社内打地铺同睡办公室,我与他同睡一间房,但过的是军营生活,得按军号声起卧,没有闲聊的机会,且当时有人揭发他在建国前有历史问题,是个不干不净的人,"革命群众"都得回避。但不久就听说,建国前他不仅没有过失,还帮助他身边的朋友去了新四军,是为革命立过功的。由于他年长,"四清"工作队没参加。下干校由于是"全锅端",他一家也都被端去了,但他一家好像先住在另一地方,不与我们同连队。当时他已年近古稀了,可能得到了一点特殊的照顾。后来归队了,在种菜,与我不同班,很少见面。

孙用晚年行藏拾记

"文革"时,我已搬住红星胡同(也叫无量大人胡同),是个有东西两院的大宅院,听说这里原本是个酱油厂,所以房间较多。东院有三排房,居中的一排房较宽敞,住的都是名人。自东向西依次是翻译家伍孟昌,国民党起义将领高宗禹,翻译家、鲁迅研究专家孙用,一九二三年就加入中共的老党员、曾任古典文学编辑部副主任的赵其文,红学专家周汝昌,法文专家赵少候。西院房子少一些,只有两排,北侧的一排四间房,由副社长许觉民、办公室主任徐达分住,阿拉伯文翻译家纳训、法文翻译家梁均则分住南侧居中的两间。其他较次的房子,住的是普通老百姓,像我们这些刚来的小百姓,则几人挤住一间,而且老在搬家,东西院都住过。我还在一间约六平方米的门房里住过几年,当看门人。

也不知为什么,我这个看门人,居然与这些名人(除赵少候、徐达外),都成了忘年交,特别是孙用、赵其文两家,他们的家属,也跟我混得很熟。我成了他们家的常客。还经常去他们家蹭饭吃。这两家的师母,都很会做菜,吃起来特别可口,其手艺,要胜过餐馆里的大厨师。至今想起来,还不禁在流口水。而与我曾对门而居的周汝昌,每当我下班回宿舍时,就见门上贴有他写的便条:"早春兄:如晚上有暇,盼来舍下笔聊!"他耳背,与他只能笔聊。

一九七一年初夏,孙用与我和王仰晨第一批从干校被调回人文社,林辰因"文革"前曾担任过古典文学编辑部主任,当时人文社的头头特别是说话算数的军代表,不知道林辰的专长,没有看上他,他回来得较晚,待到成立鲁编室时,林辰才落在这部室的编制内。鲁编室成立前,孙用就被王仰晨抓过一次差,而且是长差,外去上海,一干就近一年。他们两人受命去上海赶急印制一九三八年版的二十卷本《鲁迅全集》。他俩是临危受命。一九七一年,中日恢复邦交,日本田中首相访华,周总理向人文社索要《鲁迅全集》作为国礼送人。可当时鲁迅虽然很"热",却没有他的书,"四人帮"统治时期,鲁迅充当的是打鬼的钟馗角色,但有关他的全集,却遍找了北京城,一套也没找到。自一九六六年起,出版社早就停摆了,从业人员也被赶到干校去劳动改造去了,而且鲁迅的书,"四人帮"亦很忌讳,不让出版。心中有鬼的人,总是怕这怕那,也很怕鲁迅。周总理为了应付急需,最后可能是从版本图书馆要了一套一九三八年版的《鲁迅全集》,二十大卷,装帧也不错,拿得出手。这事被当时的国务院出版口知道了,于是指令人文社赶急重印这套书。可是他们不知道,这套书虽然很具规模,装帧也漂亮,但它是在上海成为孤岛时期印制的,编校质量没过关,冯雪峰曾指出其中有不少被编者臆改的地方,所以建国后没有重印过。这次受命重印,孙用和王仰晨是不二人选。孙用曾经手编发过鲁迅的著作,又独力编发过十卷本《鲁迅译文集》,对鲁迅著译又校勘过多次。而王仰晨又是出版方面的通材,排版、印制、包括该用何种字号、何种材料,都是老眼,这两人作为搭档,可称得上是绝配。所以他们两人,在上海苦战了近一年,终于大功告成。这次重印的这二十卷本,可以说是定本,为以后出版的《鲁迅全集》十六卷本,和将出版的《鲁迅译文集》,提供了较好的版本依据。这套书于一九七三年出版。

  他们在上海苦战时,我曾被领导派去看望过他们一次。之所以去看他们,是听说王仰晨被累病了。我去看他们时,他们的工作已近尾声,王仰晨的病也好了,孙用便拉着我去鲁迅纪念馆借一本书,是何书,我已记不住了。他说这书是他奉命从鲁迅著作刊行社调往北京时,将他的一大批存书捐给这纪念馆的。可我们去纪念馆时,让孙用坐了冷板凳,接待者不认识孙用为何人,让他在过道里苦等了大半天,求借的书没有找到,我俩悻悻而返了。

  鲁编室成立后,我与孙用同在一个办公室办公。当时他已年过古稀,仍与大家一样,按时上下班。由于他的眼睛高度近视,上下班得靠自己的双腿慢慢地挪动着走路,与他相依为命的师母,总是不放心,天天搀扶着接送他。我说这事交给我,我可以用自行车接送他。师母不放心,怕万一有闪失。而我骑车的技术也不娴熟,不会上车,总是迈腿跨上就走,加之孙用个子魁梧,体重起码有一百六七十斤,所以也不便强求。

孙用的办公桌很特殊,其上总是摆着一个比较大的座钟,下班时,桌子上收拾得干干净净,除了这个座钟外,一个纸片都不留,不像我们那样,桌面上,总是摆着凌乱不堪的书稿。

他在上班时,给我留下最深印象的,是每当外人来问鲁迅的某句话,或论及某事的话,出自《鲁迅全集》的某卷某页。求询这样事的电话,总是不断。有的还来自中央。开始总是由我这个小字辈去回答,但我找起来很费劲,不得不去求助他。他是鲁迅著作的活字典,某话某事出自哪卷哪页,基本上不用翻书,就能回答出来。后来,这类的事,只得全权委托秘书请教他后去代办。当时,除了红宝书被广泛引用外,其次就是鲁迅了。后来中央政策研究室有一人来求询《赵氏孤儿》传入欧洲的事,我找古编室一位编辑,当即就让他得到了满意的答复,解决了他久悬未解的疑难。为此,他大发感慨说,人文社以前为他们解决了不少有关鲁迅的疑难问题,没想到古人的事,你们这里的人也很了解。为此,我大夸、特夸了孙用一通,并供出:能解决鲁迅疑难问题的有多人,但真正算得上鲁迅活字典的,只有孙用一人,他校勘过鲁迅著作多遍,而且有超强的记忆力,能过目不忘。

外人只知道林辰是参加过《鲁迅全集》两次编辑的人,我反复说,这不确切,参加第二版《鲁迅全集》的人,除林辰外,还有冯雪峰、孙用。冯雪峰在幕后编注《鲁迅日记》,孙用除在幕后编注鲁迅书信外,还亲自参与鲁迅著作征求意见本,即红皮本的工作。1976年唐山大地震他去大女儿小芬家避难时,才退休。但他退而

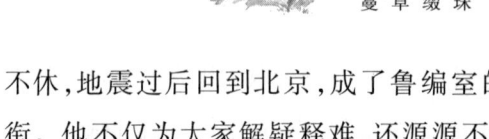

不休,地震过后回到北京,成了鲁编室的顾问,虽然没给他这个头衔。他不仅为大家解疑释难,还源源不断地提供资料,他是有名的藏书家,特别是鲁迅著作的版本,收集很全;跟鲁迅有关的著作,包括外文版的,他也收集很多。

当时鲁编室在搞红皮本,即鲁迅著作征求意见本,王仰晨经常找冯雪峰、孙用,我也叨陪末座,参与商量借用人员的事。其时,朱正寄来了《许广平回忆录正误》的书稿,王仰晨交给我们三人看。我们三人都认为朱正是块搞《鲁迅全集》的料,虽然冯认为朱"有一种按捺不住的骄傲",但其"正误"是花了功夫的,很看重这个人选。后来王仰晨冒着风险,也费尽周折,终于将他借调来了鲁编室。朱正来社后,我就给起了个诨名"朱正误",很快就传开了。由于他此前就知道孙用曾看过他的"正误"稿,可能是冯雪峰在信中告诉他的,所以他在正式借调来京前,就以戴"罪"之身(时在街道监督劳动改造),带着时任湖南省新闻出版局局长李冰封,去孙用家拜访过。后来彼此成了朋友。总之,当时王仰晨很倚重孙用,像他倚重冯雪峰一样。为此,他向当时当家的严文井、韦君宜请求,给孙用安排了一间书房,并将他在山西煤矿工作的儿子孙顺临调回北京,以便照顾他年迈的父母。

唐山大地震后,由于朝内166号经鉴定为危楼,几处墙出现了裂缝,鲁编室的工作不能停,就搬到在虎坊桥的原《诗刊》编辑部去办公,加上借调来的人员。当时,北京市内的交通不像现在这么发达,上下班不仅得有体力,挤公交车还得有赴死的决心。我一件短大衣的扣子,就多次被挤飞了,掉了再钉上,又被挤飞了。其时孙用已过了七十四岁,显然已受不了这份罪,经王仰晨的手,为他代办了退休手续。其时,他住在南京大女儿家,得知消息给王仰晨回信说:"兄的关注真正使我感激,现在只请兄代我高兴,等这次返京,同早春兄一起,拿酒来!"

孙用晚年行藏拾记

他办妥退休手续回到北京时,特向我打了一份移交:原来由他经手代鲁编室所借的全部书刊,其经手人均改成我。我接了他的班。凡鲁编室公用的书刊,都由我出面去资料室代办手续。当时资料室的主任是戚焕勋。他对我法外开恩,每次都让我径自进入库房自找需要的书刊,临末在卡片上签个名就行了。但临到《鲁迅全集》出版了,我去归还这些书时,凡鲁编室的同事,包括外借来的同事,一个个地找过,还是缺了几本。按资料室的规定,丢失的书要按原定价的三倍赔付,珍稀本还得随行就市加价,让我寝食不安了好一阵子。但社里觉得情况特殊,经手人又有孙用,被豁免了。费力不讨好的怨气才消了些。但究竟让公家的财产蒙受了损失,至今仍心怀愧疚。

我曾在有关王仰晨的文章中说到,孙用将两厚本鲁迅书信的打印稿交给我,要我给孙用当助手编发《鲁迅书信集》。当时在"四人帮"统治下,怕犯忌招惹了他们,将原由孙用在五十年代所加的注释全部删掉,只出白文本。近日,我从孙用写于"4.4晨"的便条中得知,他当时不仅在编这书,还与冯雪峰一起校点鲁迅日记。他写给我的便条不长,照录如下:

早春同志:

关于鲁迅书信集,我实在没有出力,只在最近,才作了一点校对工作。昨天看到报告,仍由你和我联名,实在使我不安。……我以为报告上由你或仰晨同志签名,最为合式。日记如上报,也应如此办理,即便是我和雪峰同志标点。昨开会时,领导上曾询及编集鲁迅书信经过,所以可由仰晨同志与你在正式的报告上签名,以免误会。

我已不能干什么工作,单是看一下书信排列次序,就花了不少时间,现决于本星期内搞完;日记则要到下星期内交稿了。

我今天不去社了,小加(孙用外孙女,作者注)又要上医院去,因感冒未瘥而咳嗽加剧,非去不可。

早安!

孙用上 4.4晨

孙用做了工作又不署名不显摆的事,实在太多了。为鲁编室同事解疑释难的事例举不胜举。我曾收到过他不少的这类便条。有一便条居然写了四页纸,有的是同事托我去请教他的,已交请托人了。我只是当鸿雁信使,因我与他同住一院。而我向他请教的问题,往往即问即答,不留任何痕迹。但有一件事,却令我没齿难忘。

鲁迅在《华盖集·忽然想到(九)》中说:"我的一个朋友从印度回来,说,那地方真古怪,每当自己走过恒河边,就觉得还要防被捉去杀掉而祭天。"对此,一九五八年版没有设注,千军万马搞的红皮本也没设注。我觉得应该设注。在一次我与孙用夫妇走访冯雪峰时,我说了自己的想法,并向他俩求教。他俩当时答不上来,但却双双动了起来。冯雪峰向时任北大东方文学系的常任侠教授去函请教,孙用却去书店特为我买来了常任侠著的《印度的文明》。本来,常任侠在他所著的书和给冯雪峰的复信中,就此事已说得很清楚了,但我觉得它不是最早的出处,印度教和佛教早在东汉时就已传入中国,古籍中当有记载。于是我又自找麻烦,从中古的史籍中去掏,好容易从《大慈恩寺三藏法师传》中找到了相关的记载。于是综合各方的材料,写下了如下的注文:

恒河 南亚的大河,流经印度等国。在印度宗教神话中它被称作圣河。传说婆罗门教的主神湿婆神的"精力"化身婆婆娣,喜欢撕裂吞食带血而颤动的生肉。所以恒河一带信仰湿婆神的教徒"每年秋中,觅一人,质状端美,杀取血肉,用以祀之,以祈嘉福。"(见《大慈恩寺三藏法师传》卷三)"杀

孙用晚年行藏拾记

掉而祭天"可能指此。

孙用退休后,仍在为《鲁迅全集》做义工。三十年代鲁迅支持黄源任《译文》主编而终被停刊一事,鲁迅在文章和书信中都说到,且说了一些牢骚话。我总想将此事的原委弄清楚。当时当事人除邹韬奋已故,大都健在,但他们大都各说各话,研究者也往往只取信一方,莫衷一是,我无所适从。向孙用求教。孙用便马上给主要当事人黄源去信。很快,黄源的复信寄来了。这信写了四五千字,涉及所有的当事人,对名家也不讳忌。黄源要求这信只让我看,且看后必须寄还。为了尊重黄源,我在有关的注文中,力求四平八稳,抹去了棱棱角角。可见史家要做到秉笔直书,是很不容易的。

由于我与孙用同住一院,同事们碰到了难题,都托我去请教孙用。孙用为此常要去他的书房里找有关资料,有时还得架梯子爬上爬下。他年事已高,腿脚不便,又高度近视,我常为他捏一把汗,并愿为他代劳爬梯子。但他总是拒绝了,说自己书刊只有自己清楚,别人帮不上忙。自己没有的资料,则常去旧书店买。逛书店是他一生的爱好,余钱都花在买书上。他说,书能被用上,就体现了它的价值,书不必物还原主。为此,他还向我说了一个故事:某年,社科院外文所一位年轻研究员,从他家拉走一板车外文原版书。可是没过多久,他去逛旧书店时,发现了这批书,一本不落地成捆地摆在地上还未上架。他按书店的收购价加成买了回来。我反复向他追问干这缺德事的是何人,他不肯说,只曲为这人解释道:"也许他碰到了什么困难。急需要钱用,不得不将之变现了。"

由于我们经常在一起聊天,时不时要聊到一九四九年在上海成立的鲁迅著作编刊社的情况。他说,编刊社初创时,许广平参与其事,冯雪峰是她亲自点的将,编辑人员,她点名要调来的是杨霁云和他本人。林辰、王士菁是冯雪峰调来的,调林辰时,冯还搬动了时在西南局任要职的楚图南。当时冯在行政事务方面，倚重的是王士菁，而在业务方面，倚重的是林辰。那时，他与冯雪峰并无深交。待到冯雪峰被错划为右派遭人唾弃后，他与冯才成了朋友。他常去看望冯雪峰，并将他所藏冯雪峰的全部著作，悉数赠给了作者本人。建国前，冯雪峰为革命颠沛流离，自己的著作也不便随身带。

编刊社以及后来归属人文社的鲁编室，在编发《鲁迅全集》时，编者所加的注，重要的注，都由冯雪峰亲自起草，每条注，都得在讨论会上通过，集体定稿。一九五四年《文艺报》事件冯被免职后，这种做法就很难坚持下去了。基本上是各吹各的号，各敲各的锣，以致第七卷基本上没有作注。鲁迅书信当时已搜集到一千三百三十多封，编校、注释都由孙用一人独力完成了。但临出版时，上级命令只选取其中的三百多封，其他未收的千来封，或被认为"敏感"，或被认为"无关紧要"。主持其事的冯雪峰已无权过问了。孙用说到此事时，不禁唏嘘！

孙用说，编刊社初创时，冯雪峰就对鲁迅著译、书信、日记、所整理的古籍等，做出了全面的整理、出版规划。鲁迅日记涉及的人很多，他让杨立平搞了人名索引，以备外出采访。而译文十大卷的任务，早就交给他去完成。编刊社（含后来人文社的鲁编室）人员很少，编辑人员只有冯雪峰、王士菁、孙用、林辰、杨霁云。杨立平可能充任秘书，殷维汉则负责打字。

孙用交友有点像鲁迅，对小字辈如我者，还有许多大学的年轻教师，社会上无名的鲁迅研究者、学习者，都像老朋友一样对待。他晚年常为这些人写便条，释疑解难，自己解决不了的，就去书店买书送他们，或转问他的老朋友去讨教。据我所知，他的故交很多，杭州如黄源、史莽，在北京东城的有唐弢、戈宝权、叶水夫、李何林、郑公盾等。像他的这些朋友，经他的引荐，也成了我的老师和朋友。他与这些朋友,都是君子之交,没有一人是在杯盘交错的酒宴上滥交的。

他爱憎分明,有时甚至倔,很狷介。孙师母给我说过一个故事。一次,他家来了一客人,这客人的人品不怎么样,他躲在里面的房子里插上门,就是不出来见来访者。让师母很为难,开始是说他卧病在床。既然卧病在床,来访者非要去卧榻前请安;师母又得扯谎话,他去医院了……让她左支右绌,"这老头子太让我为难了!"

某一天晚上,我去他家串门。一见面,他就忿忿地说,"杭州人没个好东西!"我说你与师母都是杭州人,你的朋友黄源、史莽不也是杭州人吗?他在我说这话时,从抽屉中抽出一份油印的讲稿,"你看看,这算什么东西!"这份油印稿是他的杭州籍老朋友、大名家××在福建师范学院的讲稿。讲稿基本上是按一九五八年举国批判冯雪峰的口径写的。等我看完了这讲稿,他忿激地说:"此人谬托知己!在北京与冯雪峰还彼此走访,很热络,但周扬现在快复出了,得改换门庭了!等冯雪峰落实政策了,看他如何面对冯雪峰!"他这时,颇有为冯雪峰这位老朋友两肋插刀的架势。

一次,他的一位老朋友、著名的作家、翻译家××来拜访过他。这人,当时还未完全落实政策,暂时安置在一个不起眼的单位,心里难免有怨气。事后,他告诉我这人访问他的情况,来人说:"现在我无所求了,只求名和利!"孙用对此只淡淡地说:"真是人各有所好呀!狗争骨头蝇盯疮!"我知道,孙用对名和利自有自己的一套看法,他看不惯追名逐利者。

孙用很有名,他擅长世界语和英语,是著名的翻译家,为此曾得到过匈牙利政府奖,曾当过全国人民代表大会代表……但他在我面前从未谈过他的"当年勇",只谈些日常琐事。如我曾送过他一点我岳母亲手制作的土茶。他喝了,觉得胜过他常喝的西湖龙井,就老来向我要。我小女儿入学前一直没给她取名,只按她排序叫小三。我希望孙用给她取个名。孙用说,取名不必那么讲究,我两个女儿只用了她母亲名字中的一个"芬"字,一个叫"小芬",一个叫"亦芬"。你的小三中的"三"字,改为"珊"字就行了。取名千万不要陷入名缰利锁中。

  他不追名,更不趋利。他是出版社中惟一在解放初期就定的二级编辑,为此,他很不安,总认为自己是"无功受禄"。他老了,得常去光顾医院寻医问药。他从不去大医院,专去红星胡同东侧胡同中的街道医院,当时可能叫建国门医院。我几次向他要医药费发票,代他报销,每次都遭到他的谢绝,说"我的工资够高了,这点药费我负担得起。"当时跟我接触较多的楼适夷也一样。每次绑架他去医院,他总是偷偷地跑回家,说花公家的钱心痛。这样的人,在当今社会,不知还有否?

  孙用逝世卅多年了,我觉得愧负他的有几件事。
  一、是我从他的遗物中发现他写于上世纪三十年代的散文和杂文,很得鲁迅的真传,文章写得很漂亮,也很有骨气,不经意处常流露出鲁迅式的幽默。其中有好几篇是批判郁达夫的。其时郁达夫在浙江省政府主席陈仪门下当幕僚,又正与王映霞在热恋。作为老夫子式的孙用看不顺眼,于是忿而为文。当时他在文坛中还是条小牛犊,真是初生之犊不畏虎。但他这样的遗文不多,本想再去搜罗一下,为他编本书,由于我后来一直在打杂,顾不上了。所以现今的读者不知道他还是个够份的作家。
  二、十六卷本《鲁迅全集》出版后,主持其工作的林默涵要编辑人员写两篇编辑心得式的千字文,我所写的《鲁迅著作中的托洛茨基》,其资料完全是孙用提供的,我要他署名,他坚决拒绝。结果只由我一人署名顶替了。
  三、一九七三年出版的二十卷本《鲁迅全集》(1938年版经校订后重印），他在出书后就送我一套，我将之当作重要的礼物，值得纪念的礼物，特为它刻了一枚："孙用赠书"的图章，加盖其上。后来知道，他与参与工作的王仰晨都没给样书，是自己掏腰包买来送我的。而我却将它卖了换米吃，因为当时我穷得揭不开锅盖了，连自己在大学读的30元一套的《鲁迅全集》也卖了。那时我的工资是59.50元，由于单位当家的忙于搞运动，没有按时按政策为我转正，妻子也没有找到正式的工作，全家三代七口都得靠我独力支撑，加之生性笨而倔，万事不求人，韦君宜曾给过我钱，都如数奉还了。所以临到困难时，只得变卖家当。家当中值钱的就是孙用送我的这套书，时价80元，而我写写画画的那套《鲁迅全集》也按原价卖了30元。

四、一九七六年清明节时期，天安门前悼念周总理以致形成了"四五运动"，而我第二次下干校不能躬逢盛事。我当时从新闻报导中就直感到这是反"四人帮"的群众运动，所以函请孙用函告我天安门前的详情。为此，他几乎每日都给我寄来一信，详述天安门广场的情景：有多少人，是何阶层的人；有多少花圈；多少标语，多少挽诗、挽联，重要的都照录；群众中喊出什么样的口号……他都一事不漏地记下而函告我。后来干校一副校长下令要检查北京来信，我顶了他一句："这不违反宪法吗！"顶是顶了，但自己藏匿着孙用给我的信，不得不趁夜深人静时，偷偷地跑进干校旁的果树园，将它悉数烧掉了。孙用本来对政治不感兴趣，当我们与冯雪峰按例每周都要碰一次头，我与冯雪峰主要谈时政，他夫妇俩却与冯师母在另处聊家常。他曾言当时的政治是"大人在说小孩话，小孩却说大人话"，不值得当真。可他在"四五运动"期间给我的信中，在记叙当时天安门广场的情景时，忍不住要发些感慨，对"四人帮"的一言一行，总是看不顺眼，情不自禁地要揶揄一番。如我保存着这些信，等于手中捏着一团火，怀揣一颗炸弹。当我从干校回来时，当面向他请罪。孙用告诉我："在人屋檐下，不得不低头！

你在干校给我的信件,也销毁了。不然,被人家发现了,你我都会成为现行反革命,我们就没有再见面的机会了!"

五、"文革"中后期,我成了逍遥派,闲来无事,学着做木工、补旧书、刻图章等。他听说我在刻图章时,由于他父亲是刻字工人,就将一些废弃未用的章料给我,其中有一枚小的,好像是象牙的,由于它不吃刀,至今未用。当时他给我这些章料时,我就说,这是你父亲留下的,应该留作纪念。他说,"我眼睛不好,不能子承父业,从未用过,而且这些章料,是普通的石头,不值得留存,你全部拿去试刀吧。"可我拿来也只是试刀而已,难以刻出像样的东西,辜负了他的一片盛情厚意!

关于孙用,我写了这些,深深感到语言的无力,无力表达我对他感情的万分之一。对他的感情只能深深埋在心坎里,去念想了!

2015 年 7 月 7 日完稿

原载《新文学史料》2015 年第 4 期

多面手王笠耘

我来社第一次听到王笠耘这个名字,觉得很儒雅,也很富诗意,待见到他本人一睹真容时,真是名实相符。如果让他去演知识分子,是用不着化妆的。他个子颀长,皮肤白净,五官端正,好像是按黄金比例排置的,戴一副深度的近视眼镜,起座行动都按规就矩。年轻时,肯定很帅气。他的夫人袁榴庄,与我同在小说南组,她像个大家闺秀,笑不露齿,言不喧哗。这对夫妻,可称绝配。听说他俩都毕业于清华大学。建社伊始,就来到了人文社,是人文社的元老。

王笠耘时任小说北组组长。人文社人员组成特殊,不少是"五四"以来的文化名人、学者;还有不少是来自革命老区的红军、八路军、新四军、解放军中从事政工、文宣的老革命,小部分是国内名校的高材生。王笠耘的部属中,就有老延安的女连长潘漪。听说她是双枪手,曾威震一时,后来转行搞文艺。那时社内大大小小的各级领导,都有着光辉的革命经历,像我所在小说南组的组长,就是抗日战争时期的老革命。他作为一介书生,居然能当个小官,完全是凭他过硬的业务。

也许因为他缺乏光荣的革命经历,为人很低调。除了谈书稿外,在各种学习会上,只是竖起耳朵听,很少主动发言。他对我们这些小字辈,也总是平等相待,没有任何哼哼哈哈的官腔和俗调。当时我与他不在同一组,业务上没有交集,但在过道里撞见了,总是他首先向你打招呼。他与人打招呼时,有一个习惯性的动作:侧着身子,目视对方,盈盈一笑。

　　当时人文社后院有座很别致的小院落,住的都是在改稿的作家,如浩然、冯骥才等几乎是常客。这些常客,几乎都是小说北组的作者。王笠耘得常去与他们交换意见。

　　我在别的文章中已说过,我来社后,就将所在部门老编辑经手的书稿档案,从总编室借来拜读过。其中特别引起我重视的有三人,其中就有王笠耘。如果说龙世辉擅长把脉,而王笠耘则擅长举刀动手术,很像个外科大夫,整容的外科大夫。他的审稿意见写得很长,有的还装订成册。从书名到标点,更不要说书稿的主旨、结构、人物、语言的遣词造句……都逃不过他的手术刀。像我等初出茅庐的小字辈,即使有眼力,也没有这样的耐心。看他的审稿意见,无不叹为观止。

　　这样的人,当然得受领导的重用。当时现代文学编辑部的常务副主任王致远特别依重他。所以有人说他属于王致远派。王致远是个干事的人,但他似乎与时任副社长、副总编辑的许觉民有点不和,于是在这个编辑部内,就有了王致远派与许觉民派之分。韦君宜历来只干自己的业务,在派系中从不选边站。而我初来乍到,采取的是等距离外交。而且是新来的小媳妇,姑嫂妯娌谁也没来招兵买马,乐得逍遥自在。如果选边站,小字辈就像蚂蚁,哪边都可将你踩死。"文革"后期,上级派来了一位管行政事务的头头,可能是军代表之下的第二把手吧,他总想跟管业务的第一把手王致远争抢交椅。为此,他老来跟我套近乎,想将我搜罗到他的麾下去反王致远。这人想当人文社的第一把手,其胃口也真是太大了点。我不屑于这种权利斗争,坚持等距离外交。由于我的不识相,很快就得到了报复。当我的家属调来北京时,军代表的第一把手孙玉俊和政治部主任卢玉忆,亲自出面找他这位主管行政的头儿,商量给我家安排住房并明令将两间空房分给我时,真是现官不如现管,他扭头就走了,而将我全家五口安排在一间四季不见阳光的

多面手王笠耘

暗室里,当货物码放起来。王笠耘自然比我更了解选边站的后果。他从未拉帮结派过,所谓的王致远派,也纯属子虚乌有。在王致远说话算数时,也没能第一批优先将他从干校调回来。

王笠耘历来只埋头自己的本职工作,对编辑工作,他既看成是自己的职责,也是自己的爱好。所以后来他出版了好几本关于编辑工作的书。文化大革命中,每个单位都山头林立,各派斗得天翻地覆,他只站在干岸上看风景,是个典型的逍遥派。

一九六九年,他夫妇俩都随大家一伙到湖北咸宁文化部"五七干校"去接受"劳动锻炼"和"思想改造"。我们属同一连队,但不在同一班排。加之后来我在湖中住工棚当鸭司令,成了化外之民,与王笠耘仍少接触。后来我管大田农事,倒是经常见到他。要他这个大半辈子当书生的人当农民,的确是勉为其难了,使上浑身喝娘奶的劲,也驾驭不了那些生疏的农具,更不会使巧劲了。所以他在干农活时,总是汗流浃背、气喘吁吁,不是他在使农具,好像是农具在使他,老让他招架不住。当时的口号是"滚一身泥巴,炼一颗红心",泥巴是滚了一身又一身,但"心"却严重缺氧。如果剖出来看看,不见得是"红"色,很可能是紫色或白色,没有血色了。

在干校,我倒听到过他的一则新闻。有一次,为了改善大家的生活,经军代表恩准,宰了一条"战友"们自己养的猪,让大家自己动手包饺子吃,而且是敞开吃,直吃到自己不想吃为止。我们下干校的初期,竟日吃远从北京运去的咸菜疙瘩丝就饭,没沾过油腥子。每人肚子都被刮得干干净净,所以这次破天荒的吃饺子,都要超出日常量的几倍。我是南方人,不习惯吃饺子,吃一个就感到饱了,但这次我也吞下了破纪录的三十多个。人高马大的壮劳力牛汉吃了六十多个,听说打破最高纪录的是王笠耘,他居然吃了一百个。确否? 谁也没去核实。但这在连队里广为流传,甚至成为大家茶余饭后的笑料。可我却笑不出来,觉得让这批书生受这样的罪,值得吗! 于是我决意发挥我的一技之长,去湖里放鸭子,并夸下海口，保证每人每天能吃到一个鸭蛋，改善一下大家的生活。

后来出版社恢复了业务，"五七战士"分批次先后回到了原单位，重操旧业了。大约是一九七五年吧，他和屠岸当上了当代文学部的副主任，主任是军代表中一个连级干部张××。这人公开提出：如果要让出版大权掌握在无产阶级手里，军代表必须要有对书稿的终审权。终审权之争，在当时闹到台面上来了。在一次编辑部全体人员都参加的大会上，为之展开了一场辩论，历来好辩的古编室王思宇，与之唇枪舌战了一场。我却觉得这是当时普遍执行的"九儒十丐"干部路线，有理说不清，没有参与辩论。可事后王笠耘却经常找我，虽然当时我与他不在同一部门。他向我谈的是委屈和无奈。临末总是摊开双手说："怎么办呢！"

一九七二年，我在编发《激战无名川》时，也碰到同类问题。当时有一位自认为无产阶级大权在握的组长，总要在我经手的书稿甚至校样上写写划划，以体现自己作为领导者的存在。在万般无奈下，我只好让他去出彩亮相，结果让他龟缩了回去。由于我有这方面的经历，就在王笠耘面前当起了一回传经授道的"老师"："碰到这种情况，你可一推了之。一往外推，推给作者；一往上推，推给韦君宜。"（其时韦已从干校回来主持部分社务工作）王笠耘听了我的传授，不敢照搬硬套，因他的顾忌太多了，总怕伤了和气。

我与王笠耘的交往实在不多，一九七三年在现代文学编辑部内成立了个鲁迅著作组，一九七五年又成立了鲁迅著作编辑室，我与他不在一起办公了，很长一段时间，甚至不在一个办公楼内办公，但到底在一起相处过，我倾慕过他，何况"相逢何必曾相识"，有缘分就行。后来我主持人文社工作不久，他曾被聘为人文社专家委员会委员，每年至少有一次在一起开会，社内组织的春游、秋游也常在一起，他逝世的前一年吧，我家与他家还一起去游过圆明园。当时见他腰板硬朗，腿脚利索，没想到我去美国探亲时，他却不告而别了。我回来打电话问他夫人袁榴庄。他夫人哽咽着说：

多面手王笠耘

"没想到,他本来好好的,没想到!"

榴庄希望我在他逝世后写一篇纪念文章,并将她留存在手边的一些有关他的资料寄给我。但我对他相知不深,写他的文章,怕人家说我谬托知己,附骥尾以自炫。但最近闲来无事,我翻阅了他往往写于深夜给我的一束信,不禁感叹:"知我者,笠耘也!"因此我抑制不住,要为他写点不能忘却的纪念。

我主持人文社没多久,他就退休了。听说他退而不休,在埋头写自己的长篇小说,一辈子为他人做嫁衣裳,为自己做件寿衣吧,在情理之中。一九八五年韦君宜在没有物色好接班人,就急着撂挑子,去赶写自己《露沙的路》和《思痛录》等,曾轰动一时,他一直在韦君宜手下工作,对他当然有启示。而且他多才多艺、十九岁就在中国顶级的清华大学毕业,是位神童;而且是钱锺书的及门弟子,受其熏陶,博古通今,中西并重。大家只知道他是著名的长篇小说编辑,其实他是个多面手,他曾出版过诗歌《心花飘向远方》,写过散文和评论。人文社"凌烟阁"中不少名人老来整理旧著时,都在哄抢着要他当责编。韦君宜的传世之作,是否是他当的义务责编,我不得而知,但他为她提出不少意见,是尽人皆知的事。一九九五年,楼适夷过九十岁生日时,我就决定为他出版一本《楼适夷散文集》,楼老当时就点将要王笠耘当他这书的责编。我考虑到王笠耘究竟年龄大了,要他去搜寻解放前的旧报刊,有点于心不忍,就另外安排了现代文学编辑室一位年轻的编辑去当责编。楼感慨地说:"王笠耘也老了! 我这个老贼还枉活着。孔老夫子说,'老之不死谓之贼'!"

王笠耘退休之后,一直在埋头写自己的长篇小说,但他一见到他的同事有新作发表,就要犯职业病,往往在第一时间就要函奉他的"审读意见"。那时,我的同事刘茵说我的评论文章写得像散文,何不试着写写散文呢。当时,我还在打杂,她的意见听听就完了,没有去试。一九九四年,我随中国出版代表团访问日本。日本内山书店办有一份供日本人学习中文的刊物《中国论》,每期都要刊发一篇中国当代作家的文章。内山书店的老板和其同仁们都是中国通。他们了解人民文学出版社,要求我社同仁能包干一年,即要求我们提供十二篇文章。考虑到内山书店与鲁迅及冯雪峰的关系,我满口答应了,回来后就将任务交给了牛汉、绿原、屠岸等高手,每人写三篇包一季度,而第一季度的急着要稿,我不得不披挂上阵去打开台锣鼓了。我花一天时间写了三篇,即《我的朋友》《家乡的小桥》和《竹笋颂》。稿寄出后,编辑部马上来信,索要我两老和孙子的照片,说要将之制版与《我的朋友》一文起发。自此之后,我就断断续续写过一些散文和杂文。在国内刊物上发表时,犯职业病的王笠耘一见到了,就急着给我写信,这些信往往写于"深夜"。

我收到他这样的信共有七封,论及我的文章约有十多篇。

他的这些来信,都是很好的文评和散文,文字如行云流水,飘逸洒脱。更令我惊叹的是他那把庖丁解牛的手术刀,总是那么深入腠理而游刃有余。他总是站在高处,能洞察幽微;在我不经意处,也能说出个子丑寅卯来。

我与他的文字交往,开始是他犯职业病,见到《当代》《中华散文》有我的作品,就马上在"深夜中"给我寄来"审读意见"。这些"审读意见",总是钉是钉,铆是铆,从不讳言作品中的毛病,如他曾说我好用古文的习惯不好,要我学习群众口头语,《红楼梦》中的语言;有的文章没有发挥充分的想象,就事论事,是急就章;有的在结构上缺乏讲究……因此我觉得他是敢于直言的诤友,所以也将一些发表在外地报刊他不可能见到的文章寄给他,向他求正。可是后来由于我的懒散,又加之读者的口味变了,正经的东西没人愿看,所以我不像他所企盼、所祝愿的"笔下生花",而是笔头锈蚀了,很少写东西了。而只能写点像这样的回忆文章,为故去的老友们还点感情债。

多面手王笠耘

王笠耘是个通才,他虽然只从事长篇小说的编辑和写作,而且以此名世。但别人并不了解他是博古通今、中西通吃的全才。如我在写《竹笋赞》时,印象中有古人将之比喻为"玳瑁簪"的事典,但就是找不到出处。可他却随手拈来说:"古人咏竹的多,咏笋的少,只记得宋诗里有一首七绝,拉出了孟尝君:'田文死去宾朋散,抛掷三千玳瑁簪。'"这让我这个专学中文的人惭愧得无地自容。而他是专修外国文学的,在给我的来信中,随处可见他信手拈来的洋典,如"评论家是失败了的诗人";"卢梭在《忏悔录》里说,他总想在人前来点幽默,却不伦不类,闹得十分尴尬。"……

在人文社的群星中,专家多,通才少,王笠耘是很难寻觅到的一位通才。

二〇一五年七月十六日完稿

附:

王笠耘来信一束

(一)

早春:

谢谢您赠送的《冯雪峰评传》。人过保险期,来日不长;我原打算只选读一部分,不料一沾手就被这块四十多万言的大磁铁吸住了,成了每晚的必修课。虽不是一口气,却也陆续看完了,有的章节还看了两遍,一再激动不已。

对书里那些明显的优点,如材料翔实,特别是有您大量的第一手材料,它不仅对研究现代和当代中国文学有价值,而且对研究中国革命史也提供了一些不能替代的史料……这些，我不想多谈了，只想谈点突出的印象。

首先，使我感到惊奇的是，《评传》尽管一丁一卯都得有根有据，没有自由驰骋的空间，但是它的可读性很强，有时就像读一部流浪汉结构的长篇小说。我一再联想到李六如的《六十年的变迁》。本来嘛，冯雪峰的革命经历，原就带有某些传奇色彩。他一直处在斗争的尖端，矛盾的漩涡：他的命运构成了贯穿全书的最大悬念。上饶集中营的秘密活动，惊险紧张；建国后文艺界的陷阱、恶浪，撞击人们的心灵……这些都是用朴实平易的语言再现出来的，却比一般小说还要跌宕多姿，扣人心弦。即使不了解冯雪峰的读者，也会被它所吸引、感染。一部作家评传，能做到雅俗共赏，这很难得，是它突出的优点。

其次，给我印象深刻的是没有掺假，没有躲闪回避。

在极左的阴影下，评传和回忆录，有的假话连篇，有的真假掺和，还有的是假话不说，真话有选择地说。您们采用的是还历史以本来面目，既突现了冯雪峰的主导方面，也没有回避他的缺点和他性格中的悲剧因素。"画虎画皮难画骨，知人知面不知心。"您和他长期相处，交往很深，画出了他的骨，透视出了他的心，再现了他水晶般的灵魂。对于他的文艺思想，《评传》有许多独到的见解，毫不躲闪地指出，他对毛泽东有关"政治标准第一，艺术标准第二"的说法提出了异议。这从另一个角度加深了对冯雪峰性格的挖掘，也引起了我许多思索和联想。

祝贺您和万家骥同志写了一本好书。它的意义不是"评传"一词所包容得了的。

倒也真巧，刚看完《评传》，就见到了您的散文新作——《冯雪峰与我放鸭子》。它正像冯雪峰这出大悲剧的尾声：十几年以后，这位卓越的大理论家、作家、诗人又出现在观众面前。他手上拿的不再是笔杆，而是鸭杆……我很喜欢这篇散文，这是一首悲歌。篇幅不长,却突出了三个鲜明的形象——冯雪峰、"我",还有鸭子,都有个性,神态逼真。这位湖畔诗人,从杏花春雨的江南湖畔,翻雪山,闯上饶,最后却被流放到酷热"气蒸"的边鄙湖畔。这两个湖畔的反差,使冯雪峰的悲剧形象得到了进一步的深化、升华,耐人寻味。我很赞赏您在字里行间闪现的幽默感,它反衬出更沉郁的悲剧气氛。有些比喻很新鲜,如"像醉虾一样红中透黑"等。结尾很精彩,渗透着忧愤,给冯雪峰的形象最后又添上了一笔光彩。相形之下,我觉得开篇显得平板了些。如果把开头介绍背景材料的文字,化整为零,穿插到冯雪峰放鸭子之后,那就以他放鸭子始,以他不放鸭子终,结构上是否更完整、更谨严一些?

一本评传,一篇散文,双重兴奋,使我按捺不住,啰嗦不休。已是深夜,还是就此打住吧!我和榴庄祝您人健笔健,盼望您有更多的新作诞生!

王笠耘
1994 年 8 月 14 日

(二)

早春:

信和刊物都收到了,谢谢。您的散文新作《竹笋》和《家乡的小桥》,使我看到了你另一种题材和相应的另一种风格。优秀作家的手里都握着多种多样的彩笔,但同样都给人美感。古人咏竹的多,咏笋的少,只记得宋诗里有一首七绝,拉出了孟尝君:"田文死去宾朋散,抛掷三千玳瑁簪。"你将这"玳瑁簪"人格化了,另有新意。我更喜爱《家乡的小桥》,字里行间可以听到流水声。两篇都有闪光的警句跳出来,令人喜悦。

你善于用些文言的词句,这使你的文笔很简练,有时还很俏皮,有风趣。但是,当我津津有味地看着竹笋在你笔下成长时,却过多地遇到了一些古色古香的语言,如"儌侘而死""恂恂儒者""软如麈毛"……不瞒你说,这个"麈"字把我这个老九真难住了,我想,如果在你的作品里,能多出现些活鲜鲜的口语(包括元曲、平话、《红楼梦》中的口语),那就会更洒脱,更生动,用北京话说,更有股子"帅劲儿"。不知你以为怎样?

你信上提到"舍不得丢下学术研究"。这使我记起钱锺书在清华外文系课堂上引用过的一句名言:"Critic is the poet failed."("评论家是失败了的诗人。")这话很尖刻,说白了就是"搞不了创作才搞理论"。不记得这出自哪位名人之口。不过,从许多角度来审视它,又觉得不无道理。我坚信,在散文天地里,你可以大有作为,千万别把这座金矿扔掉而去采煤,虽然煤也很重要。

我还想起巴人当年的一个计划。他说将来他要以出版社的题材写长篇小说。现在你又进入了出版社各种矛盾的漩涡里,对多种人和事的体验会更深刻,为什么不能考虑巴人未完成的计划呢?你对农村的复杂斗争了解得很深,也可以在这方面构思。从《放鸭》中对冯雪峰的刻画来看,再从《评传》中对冯雪峰那么复杂材料的编写来看,你对人物和结构这两个长篇的难关,都可以跨越过去。长篇的怀孕期较长,我倒真希望你不妨早些考虑。实在说,关键是对自己的信心。信心能产生"特异功能"。

庸医爱开药方,愚人爱出主意,反正是供你参考吧!

祝你的笔下流出更多更美的新作!

榴庄问候。

王笠耘
1995年6月6日深夜

（三）

早春:您好!

上个月您提到的那篇新作,刚刚读到,是一篇别具一格的散文。

《我的朋友》,好庄重的题目!开篇头一句却使我哑然失笑:"我的朋友元元,是我的孙子,今年两岁……"这突破了常规思维,很新颖别致。

这个两岁的小家伙成了作品的主人公。他既有两岁幼儿的共性,又有他独特的个性,独特的行为方式,不像有些作品,把小孩子写成了微型的成年人。这篇散文的艺术魅力,就在于您逼真地再现了元元的稚气。稚气是一种美。为了寻求这种美,人们爱神话,爱童谣,爱剪纸,爱熊猫……

您一如既往,展现了您的幽默风格。这篇作品,从整体构思上就渗透了幽默感,一些具体情节又为它的展现提供了跳板。这种幽默是自然的,不是外加的。外加的幽默总沾着油滑、庸俗的邪味儿,不是"正宗"。

这篇作品有警句,开篇和结尾都闪现着它的光芒。不过我觉得,您这方面的潜力,还没充分发掘出来。如果您有意识地多注意一下,我相信会有更多光彩照人的佳句被唤醒,跳进您的作品。

刚刚读完,杂乱记下点印象,就此打住吧!

渴望着不断地读到您的新作!

榴庄问候

王笠耘
1995年12月22日夜

（四）

早春：

　　这信回复得晚了:《当代》每期总要在中转站歇够了才到我们这里来,你那篇《无情的父爱》也就没能及时读到,及早奉告。

　　你送来的四篇杂文,带给我很大的喜悦。它们更充分地体现了你的幽默风格。这种风格,在诸多风格中是稀有元素,特别可贵。古往今来的作家,并非谁想幽默就幽默得了的。(卢梭在《忏悔录》里说,他总想在人前来点儿幽默,却不伦不类,闹得十分尴尬。)另外,你发挥了另一优势——博古通今,旁征博引,给这些杂文增添了重量和立体感。

　　这四篇杂文中,我特别喜爱《论吃饭之难》和《大师的教诲》。前者一层层铺开,一层层深入,每一大段落开头重复"吃饭难",形式上像一首讽刺诗。后者的结尾是神来之笔,给大师来了个"木匠戴枷,自作自受",妙不可言。《说"小"议"大"》也很引人:思路开阔,像镭,是放射性的。这四篇的写法各不相同,各得其妙。

　　读这些作品时,我一直注意挑毛病。你说这都是"急就章",四个工休日写了十来篇。这也真难为你了。传说王勃的《滕王阁序》、曹植的"七步诗"等名篇名诗都是急就的,可是读来却使人感到从容不迫。你的杂文,有个别地方却露出了急促的笔锋。是不是这样？我又在吹毛求疵了。

　　《无情的父爱》这一篇,塑造了父亲这个内涵深邃,引人深思的艺术形象。他之所以无情,是为了迫使儿子具有谋生的过硬本领。他最无情的"测试",也正是他父爱的集中表现。"东边日出西边雨,道是无晴却有晴。"从刻画人物上看,无情成为他父爱的一种个性化的表现方式。这是作品的优点和特点。另外,这里表现了令人惊骇的生活真实,一个灾难连着一个灾难,但是并没有像"诉苦作品"那样令人沉闷疲累,因为你采用了可喜的幽默笔调,给冷色的画面上平添了点点暖色。这也正像大悲剧《李尔王》中,莎士比亚偏偏安排了个"弄臣",在无穷尽的苦难中专说逗乐儿的怪话。

使我感到惋惜的是,作品显得有些粗糙,较少细节描写和环境气氛烘托,似乎总在急于交代事情。这使我想起《水浒》的"简本",着重于交代故事,而鲁迅赞赏的"繁本",却细致丰富多了。当然,你是在回忆往事,而往事如烟,细节、气氛等可能淡漠了,不过,既是创作,不是写"外调材料",似可发挥想象,以求更高层次的典型化,不知你以为如何?

《"偷"的忆念》展现了一幅独特的风俗画。开篇结尾各有一段议论相呼应,使结构对称完整。但开篇似显得有些拖沓了。

拉拉杂杂,信口开河,供你参考吧!但愿没给你泼凉水。希望你一鼓作气,有所感、有所思就写。一支风云笔,瞬息变永恒!

王笠耘

1998.9.14

(五)

早春:

岁月匆匆,猴年就要来了,给你拜个早年!你送来的三篇新作都读过了,使我很兴奋,感触不少。

《回望雪峰》是篇出色的纪念文章。它那强烈的感情色彩,逼人的气势,诗一般的语言,使冯雪峰这位含冤而死的历史人物,像天山的雪峰一般耸立起来。它凝聚了雪峰一生的光辉业绩,熔抒情、叙事、议论于一炉,既是赞歌,也是控诉。

在《人走茶自凉》里,你解剖出"人走茶凉"的奥秘在于一个"权"字。你使形形色色的人物在"权"字的哈哈镜里亮相,让人感到既可笑又可悲。这篇短文继承着中国散文的优秀传统,那精辟的见解,辛辣的嘲讽,使我想起韩愈,也想到鲁迅。非常可喜的是,作品里引进了一些谚语和活泼泼的口语,读来亲切,俏皮,给你的幽默风格平添了文采。

《我看君宜同志》这一篇,采用了电影手法:先把韦君宜从远景的谜里迎来,到了近景,又把她的背影送进了远景的谜里。开头这个谜是初见韦老太,从表面接触中引发出来的;末了这个谜却是多次接触后在更高层次上产生的,迫使读者深思她心灵的创伤。这两个谜首尾呼应,使结构更臻完整,也使韦老太这可亲可敬的形象一步步深入地走进读者的记忆里。

这三篇作品我反复读了好几遍,总想挑些毛病。毛病当然会有的,世上哪有十全十美的仙品?可是还没寻思好,暂且阙如,想好再说吧!

我深深感到,在你摘掉乌纱帽以后,作品发生了飞跃。在语言、结构、幽默风格等等方面,都攀上了一个新的高度。看来乌纱帽对作家是个紧箍咒,难怪茅盾那么不愿意做官儿呢!

正月新春就要到了,祝你笔下生花,创作大丰收!

王笠耘
2004 年 1 月 18 日

楼适夷——一个纯真的人

楼老适夷同志逝世十六年了,凭我与他的交往,是应该写篇纪念文章,还点感情债的。他逝世后,出版社为他出版了一本纪念集,其中收了我的一篇文章,即《不像"长"和"家"的楼适夷》,那是为庆祝他九十岁生日而写的。当时《中国文化报》的记者站在我办公室的过道里等着我的文章发排,是典型的急就章,只能在我与他交往过程中捡点零碎铺衍而成。

虽是急就章,但它却完成了一个"历史"任务。上世纪九十年代,文艺界的一些往百岁奔的老作家,如巴金、冰心等,各种媒体纷纷为他们祝寿,号称"世纪老人"。我认为楼老也该跻身"世纪老人"之列,而且他是硕果仅存的中共党员的左翼作家。所以当他临近九十岁生日前夕,我就给人文社的上级主管单位国家新闻出版署递呈了一个书面报告,希望由它出面来为楼老庆祝一下他的九十岁生日。一九九五年一月三日那天,新闻出版署果然来了两位主要领导,还带来了《中国文化报》的记者。当时,楼老已卧病在床,离不开氧气。祝寿的地点只能在他的病床前。而且他很"顽固",坚持党员不搞祝寿之类的活动。经我反复劝说,才同意在他家让三朋好友走访一下。这样记者未敢暴露身份,只能混迹其间。既然记者来了,就得有文章供发表,为此,我早就请相关编辑部组织几篇文章,让媒体宣传一下。但临到祝寿期,相关编辑部的纪念文章,没有一篇落实下来,逼得我仓促上阵来应付。

新闻出版署领导在为楼老祝寿时,承诺为他编辑出版全集。

这倒让我为难起来:楼老写作经历有七十来年,各种文体如小说、诗歌、散文、杂文、话剧等都写过。还有不少大部头的翻译,约有三十多种;而且他的交游甚广,老一辈的作家、翻译家,还有政界、军界都有朋友,他又喜欢写信,光书信的搜集、整理就是一项浩大的工程(后来,他与黄源一人的通信,就出版过一本专集)。好在楼老不识"抬举"坚辞领导的这一安排。他躺在病床上,连连摇头摆手,并呼哧呼哧地一字一顿地说:"我是写过不少东西,但那是为了革命工作,为了挣点稿费换米吃,不是为了艺术创作而写的。没有什么值得为后人留下来的东西……现代文学史中,值得出全集的只有鲁迅一人,我怎能和他排排坐呢!……千万不要劳民伤财了!"为了调和他与署领导的意见分歧,我建议正为他编的一本《楼适夷散文集》,争取快点印出来,全集的事容后再与楼老商量。这倒得到了他的首肯,并说社里为他安排了两位得力的助手,帮他在搜集整理这类文章。有这么一本,就万幸了!早前还出过一本《适夷诗存》。

楼适夷这位世纪老人,没有活到一百岁,二〇〇一年九十六岁就去世了。为了怀念和纪念他,出版社与上海鲁迅纪念馆特为他编发了一本《楼适夷纪念集》。当时这书的编者也来向我组稿,但我却颇为犹豫,不敢下笔。不敢下笔,倒不是因为没米下锅,没什么可写,而是因为楼老是性情中人,童心未泯的诗人。他讲过的话,做过的事,不见得一桩桩、一件件经得起事实的检验。加之他经历的事太多,年老又身患重病,是肺心病,脑子严重缺氧,所以他经历的事,往往记错、记混,如他所说曾与鲁迅、冯雪峰编辑《前哨》的事(该刊于1931年4月20日晚连夜印制完,其时楼尚在日本,是四月底回国的。他与江丰等可能参与了该刊的寄发等发行工作),第二次带陈庚去见鲁迅的事……都是于史无凭的事,而现在的史家却据以为信史。如果我要写他的文章,先得在这方面去费口舌,就很不得体了。所以拟写的文章一直搁着。

楼老是个感情盛于理智的人,时不时有点感情迸发不计后果。一九八三年,领导派我去上海他女儿家将他带回北京。可是事后得知,他并未归家,却寄住在丁玲、陈明夫妇家里,原因是他与师母黄炜为家务事闹了点小矛盾。师母碰上这么个老小孩,一点辙也没有。师母还跟我说过一个故事。他的另一在北京的女婿,是位著名的有头有脸的文艺理论家,一次在家里闲聊,话不投机,硬是将他的女婿赶出门,并扬言以后不许进他家门。我还听说,上世纪五十年代,他去印度访问,忽然在酒店里号啕大哭,说是三十年代他做了一件对不起党的事。这次感情失态,招致了他在"文革"中,三年蹲"牛棚"挨批斗,四年在干校接受劳动改造,五年被"挂起",迟迟落实不了政策,差点被遣返原籍当农民,以致师母与当时主政人文社的韦君宜大闹了一场。最后还是他的老朋友冯雪峰将他的问题"说清楚",才从干校调回到原单位,直到一九七八年才出任人民文学出版社的顾问,筹办《新文学史料》季刊。这刊物在他的"顾问"下,办得风生水起,享誉中外。

众所周知,一九五七年八月在作协党组扩大会上,当夏衍爆炸性发言时,他被炸得魂飞魄散、神不守舍地号啕大哭,并指斥冯雪峰是"骗子"。这次感情失态,使得这两位生死与共的朋友彼此成了陌路,多年断了以前那种如胶似漆的关系。

说彼此视同陌路,说的并不十分准确。我知道楼老的这次感情失态,使批判冯雪峰的大会,火上浇油,成了野火,使会场气氛骤变。冯一直感到惊诧,但他并不否认楼的全人,每每说及这一话题时,他只是说:"他这个人呀……"意谓他不动脑子,只是说到"第二次见陈赓时",冯才动了点感情说:"他知道我没言论自由了,就瞎说!"至于楼老,却一直为之抱憾终身,有种百身莫赎的感觉。楼老在我面前,在凡向他请教三十年代左翼文艺运动时,他总忘不了说鲁迅和冯雪峰。他说自己原属太阳社和创造社中人,在革命文学论争时，由于自己无知，跟着大伙反鲁迅，一九二八年，读了冯雪峰的《革命与智识阶级》一文后，态度才转变。他说："我叛变了，改旗易帜了，惟鲁迅与冯雪峰的马首是瞻。"一九八三年丁玲在义乌举行的首届冯雪峰学术讨论时，说冯雪峰在上海搞左翼文艺运动时，离不开两条"狗腿子"，一条跑得最勤的"狗腿子"就是楼适夷。丁玲讲这话时，楼适夷盈盈一笑，笑纳了这一"封号"。

冯雪峰逝世时，由于当时冯还未落实政策，丧事办得冷冷清清，只在协和医院内举行了遗体告别仪式，楼适夷以戴罪之身，偷偷地在他遗体前放了一束鲜花，以示赎罪和怀念。逝世后不久，他就主动请缨，为冯编辑了一本诗集，并写了前言。一九七九年，冯的冤假错案得以平反，恢复了他的党籍，恢复了名誉，在西苑饭店召开了千余人的追悼大会。会前，他与身在四川的胡风，反复琢磨胡风唁电的措辞，力求准确地评价冯的一生功过。冯被落实政策前后，我就在赌气写有关冯雪峰的一些文章。他总是鼓励我写，并主动为我联系出版机构。后来，我居然写《冯雪峰传》，在国家出版局的一份内部刊物《出版工作》月刊上连载，别的文艺刊物都不敢登。楼老得知后，极为兴奋，他不仅自己看，还动员他的朋友戈宝权、黄源、叶遐修、蒋锡金等看。他的这些朋友，都是耄耋老人。一次，我接到戈宝权老人的电话："你的冯雪峰传，我落了一期，没有见到。我现在眼睛不争气。书报都不看了，惟独只看你写的冯雪峰传，用放大镜来看。这是适夷同志推荐我看的。"一九八六年九月二十日楼老还给我来信建议：

> ……现在丁玲的南京回忆《魍魉世界》闻已决定在《中国》刊载后，再由《史料》转载，这办法好。为此，我想到：你在《出版工作》所连载的《冯雪峰》应该在《史料》重新发表。此文，我是每期都看的，是雪峰重要传记，有许多新材料与新观点。本来雪峰不仅仅是一出版人物，现在发表在那里，很多现代文学研究者，工作很难看到，应该发表在《史料》。以上建

议,请将此纸请牛汀、李启伦传阅。

他在这段话的旁侧,又特别签上他的名字"适夷",以示郑重。

类似的意见,我与他见面时,他也向我说过,但都被婉谢了。一是因为我是出版社的头,且兼着《史料》的主编,不便近水楼台先得月,在自家的刊物上发表自己的东西;一是《史料》发表的都是作者亲历的第一手资料,发表《冯雪峰》这样的研究性著作,有背办刊的宗旨。面谈时,他都被我说服了,没想到他在信中又旧事重提。

一九九五年十月,我写就了《冯雪峰评传》的最后一章《在政治大批判的漩涡中》,楼老是一九五七年八月中国作协党组扩大会的重要见证人,而且他在这批判大会上,已如前述他听了夏衍的爆炸性发言,失态得号啕大哭,并指斥冯雪峰为"大骗子"。所以我将这文章送给他,请他提意见。这次他懒得征求我的意见,先斩后奏地跟我说:"文章已由我直接交史料编辑部了,请他们作急件处理,可能已经发排了。"真是尊意难违,只得听之任之,只要求编辑部刊发时不要用我的本名,随便用了"史索"的笔名。楼老这样做,可能有段不便明说的心曲。在批判冯雪峰那次会上,让他感情失态的有关冯雪峰的"罪行""劣迹",我在该文中一一作了辨正,都是强加给冯的"莫须有",是诬陷。他似有恍然大悟的感慨。

《冯雪峰评传》由重庆出版社出版了,我送给了他一本。他又一次提出,要在《史料》上重发或摘登。我基于前面所述的理由,婉拒了。

在此之前我为《中国大百科全书文学卷》写了冯雪峰的词条,向他征求意见。他认真看了,并建议我去请教丁玲。丁玲时住协和医院,她抱病看了,并通过她的秘书转告她的意见:要我加强对冯二、三十年代翻译马列主义理论的叙述。冯的这些翻译教育了一代青年作家,她并举胡也频为例。

上述事例均说明,楼老不是出卖耶稣的犹大,是耶稣虔诚的门徒。他的一次感情失态,让他抱憾终身!

当我主政人民文学出版社时,上级主管人事部门就给我打招呼,要我给楼老安排专车,配专职司机和秘书,因他属副部级干部。上级还特别叮嘱:是副部级,不是副部级待遇。我弄不明白,副部级与副部级待遇有何区别,因当时人文社享受副部级待遇的有好几人。主管领导告诉我:电话里说不清楚,反正你只给楼适夷安排专职司机和秘书就行了。

我领命去楼老家给他做安排,他却一口拒绝:"我无功受禄,于心已很不安了。司机还是去跑公务吧,我只有私务了。至于秘书,还是我自己兼任吧。我有病,但脑子还行,没患老年痴呆……"

他虽是副部级,但甘愿过普通老百姓的生活。他年老多病,免不了要去光顾医院,有时还得住院治疗。几次住院,他都偷偷跑回了家,说是住不习惯。一次却向我吐了真情:"花公家的钱,很心痛!人总是要死的。我的老朋友几乎都走了,留着我勉强活着,有什么意思!"他感叹地说:"活着容易死真难!"

一九七八年,上级任命他为人文社的顾问。一般顾问,是顾而不问。可他这位顾问,却时常为当家的人出谋划策。我上任伊始,他就为我写了一封长信,就《新文学史料》、古典文学外国文学出版,提了许多建设性的意见。这封长信,当时曾摘要刊发于人文社的《社务报导》。就在他给我写信的前后,他还就全国出版工作的情况,给时任国家出版局局长边春光写了长信,刊发在《出版情况》上。

上世纪九十年代初,国家公布了《著作权法》,人文社原据有的众多版权,面临着重新洗牌的局面,地方出版社都在虎视眈眈地盯着人文社的这份家底,说是面临哄抢也不为过。在这种情况下,楼老又被请了出来,借重他众多的人脉关系去说项。如傅雷译作版权的事，他就居间做了许多斡旋工作。

他在斡旋中，从来不拉偏架，总是为作者和出版社两方考虑。他在与傅雷家属的调停中，尽量保护作者的权益。他在给我的来信中说到：

> 我社拟编《巴尔扎克全集》，拟收入傅雷译本，但有些地方，须加以修改，恐傅敏（指为傅雷家属）不同意，要我说项，我当场婉辞了。认为此事难办。后来与绿原（按当时为主管外国文学出版的副总编）同车返京，在路上我与他辩论了一场。我认为死人的文章不能改，是中国古籍（整理）优秀传统，原文确有可疑或不妥，甚至译文错误，也只能用注解说明。又如译名的统一，是现在的事，修改当时的译名，也是违反历史事实的……

我觉得他的意见是对的，当即将此信转给了外国文学编辑部的负责人看。请他们认真考虑楼老的这一意见。

他对当代创作也经常"顾问"。一九八六年的某一天，他电话召我去他家一趟，说有一事相商。我如约赶到了他家。见面时他就表示歉意："老糊涂了，感情用事。你现在是大忙人，怎么就给你下'御旨'，而且召之即来。你得便时来一趟就行了……既来了，就言归正传。"他说，老作家周而复，党在整不正之风时，碰在了刀刃上。这次整风，从中央做起，拿大人物开刀。周在写抗日战争的小说，出访日本时，为了增加感情知识，去参观了日本供奉甲级战犯的靖国神社，犯了大忌。至于生活作风问题，那是有误会的，不属实。现在他被开除了党籍，撤销对外文委的领导职务。他的作品，别的出版社不敢出，我想你是有担当的，而且中央领导也明示，他可以作家的名义，从事创作和社会活动。他正在写《长城万里图》的系列长篇。你能否安排编辑与他直接联系一下。他写的东西，我看过一部分，是有分量的。

蔓草缀珠

我回到单位后,即与主管副总编商量此事,并当即安排了得力的编辑,去向周而复组稿。

一九八七年,楼又向我来信。信的内容本来他已跟我面谈过,他之所以要写这封信,可能是想让主管此事的人都知道。原信不长,照录如下:

早春同志:

今天《参考》上见报道,今年的纪念南京大屠杀五十周年,我记起周而复所写的《南京的陷落》。此稿闻在何启治同志处,不知已否发排,可否在今年秋间出版。此稿为历史全景小说,不是写得最好,但写大屠杀场景是惊心动魄的,别的(?)采用大量史实,出现众多历史真实人物,亦不失为目前创作中新的样式。听说现已用电子排版,则出书必快,不知何启治审阅意见如何,可否及时出版?

周而复出国犯了错误,也因写抗战历史小说找感性知识,擅自去了"靖国神社"(其他生活作风是有误会的),适逢党号召整不正之风,从中央做起,从有名人物开刀,适逢其会。(以他示众,后亦无继)受了严厉处分。但规定待遇不变,作品可以发表,他自己也正在努力争取回党,抗战历史小说四部作,已写两部,现在闭门写第三部,出版社能及时出此书,如反应好,对他的争取亦有利。不知兄与何启治同志及其他负责同志可以考虑否?我早想提出,今天见《参考》提到,就写此信。

敬礼!

楼适夷

3月22日(1987年)

信末他又提到:"这小说是大家靠边时,他写了一部四十万字抗战题材小说稿请我看,我把它否定,劝他另起炉灶写历史全景小说。他听了我,把前稿取消,动手写此四部作的。所以他犯错误,也有我的关系,心甚不安。"

他所关注的《长城万里图》第一卷《南京的陷落》于当年七月出版,其他三卷也相继出版。社会反应尚好,作者和楼老也比较满意。一次我与李文兵去拜访陈涌时,顺道去周而复翠微西里的部长楼里看望他。他特设家宴款待我们,对我社能如期高效地出版他的《长城万里图》表示感谢。因当时有他的日本朋友在场,彼此都没谈及这一套反映抗日战争的书,也没说及楼老对这套书的关注。只是说,组织已启动对他所谓犯错误问题的甄别过程,很快就会得到改正,恢复他的名誉。临末,他说已写就一部有关总理的长诗,约有几万行,希望人文社审读一下。不久,他寄给了我,我粗粗翻了一下,觉得写的太散文化,诗意欠浓,婉拒了。此事未敢去惊动楼老,因他已卧病在床了。

楼老是中国现代文学史舞台上的重要角色,与"五四"以后的各种文学团体,不同色彩的作家都有交往。人文社关于中国现代作家、作品的第二次出版高潮,他都"顾问"过,是弄潮人。在出版中国现代作家流派丛书,和中国现代作家"原本选印"丛书(后改名"新文学碑林"丛书),就选目多次去征询他的意见。他就选目提供了自己的看法,并就入选的版本提供寻觅的线索。当时我就发过感慨:楼适夷充任人文社的顾问,是真正的名副其实。他对外国文学特别是日本和苏俄文学的出版,也是行家里手,顾而问之过。在这方面,有蒋路、绿原、文洁若等外国文学顶级专家的回忆文章,我就略而不叙了。

我曾在《不像"长"和"家"的楼适夷》一文中,为他这位老小孩画过一幅素描。他一生的经历,就是一部现代文学史。他历经坎坷,蹲过国民党的监狱,被判无期徒刑;在新四军和志愿军中当过官,一九五二年来到人民文学出版社,当过副社长和副总编辑,可是他的官越当越小,最后只管过编译所,相当于部室主任,虽然仍挂着副总编辑的名义。他从政几十年,但一点也不懂从政的潜规则。他曾跟我说过,上世纪五十年代初,由于冯雪峰不断受批判,上面派来了巴人来当副社长和副总编辑,拟让其慢慢取冯雪峰而代之,而楼却站到聂绀弩为首的反对派之列,他们出黑板报公然表示反对。大约是一九五六年吧,一次文化部派来一副部长来社视察,楼在二楼过道里见到巴人办公室门上贴着社长兼总编辑办公室的门牌,他怒不可遏地质问巴人:"冯雪峰还没免职,你怎么能这样干,快把它撕下!"上世纪九十年代,一位在政治上持异见的作家,发动作家们声援他。在声援书上,楼老也签了名。事后,主管单位要我过问一下。我遵命去过问了,可楼老只淡淡地说,"我见冰心老人也签名了,声援书写了什么内容,我没看。"他就是这么一个大大咧咧的人。上世纪九十年代末,我已经超龄服务多年,出版社当换当家人了。可他却仍向来人说陈某某是民选的当家人,我支持!

楼老不会当官,但他是一个纯真的人,正因为这一点,才值得纪念、怀念!

2015 年 9 月 16 日完稿

聊答李霁野先生

读了李霁野先生的《几则通信》，我不禁想起了童年在家乡见到的一件事。一位很有权势又好弄权势的乡绅，有一次赴宴归来，上吐下泻，家人为他请来了医生。医生按脉之后诊断为肠炎，说是吃坏了东西。乡绅要这位医生必须说出是宴席上的哪道菜使他坏了肠胃，如果说不出来，那就是江湖骗子。这位医生当然说不出，结果挨了一顿臭骂，只得悻悻地走了。

《〈鲁迅与斯诺谈话整理稿〉座谈会纪要》中摘登了我的几句话，其中涉及李霁野先生的有四句，已如他给我的训斥信中所引。就是这四句话，不知劳烦他写了多少信，在这里发表的就有七封。使我不得不佩服他写作欲的旺盛。

我刚收读他的训斥信时，虽然对其中那些无端辱骂的话出自一位耆宿大贤之口的事，感到惊讶，本也想礼尚往来回敬几句。但"有理不在声高"，"辱骂和恐吓决不是战斗"，还是平心静气地给他写了一封说明情况并表示歉意的信。不管情况怎样，惹得一位老前辈生气总有一种歉疚之感。原信是这样写的。

> 看来先生在生我的气，虽然始料未及，而责任终归在我。
>
> 那次座谈会我是被中途拉去的，他们要我去代表出版社向到会的同志表示欢迎，事先毫无准备。会上除说了几句欢迎感谢与会者的话之外，也顺带从编者角度对斯诺有关鲁迅谈话的整理稿作了一点评估，即编辑部为什么要发表这一可能引起争议的东西。除讲过已发表的那些话之外，还说了诸

如整理稿有不少错误,对人对事评价失当,整理不同于鲁迅原话记载等。其中涉及先生的那一段,我的原话是如此说的:"对李霁野先生的评价,不好理解,证之李先生与鲁迅的交往和李先生的一生经历,下这样的判断似乎太过。当然,众所周知,鲁迅与后期未名社的关系不太融洽,对某些人和事有些不满,不知是在寄给台静农或曹靖华的信中,有些流露,颇有微辞。他们之间也许有误解,事出有因。"

座谈会后,编辑室提出要把我的发言摘要与到会同志的发言摘要登在一起,我没有同意。理由是我的发言没有内容,且涉及的人事仅凭印象,而当时我又忙于其他杂事,无暇去核对资料。经手的编辑同意了我的意见,答应不发了。但临到刊物付印时,这编辑又告诉我,经与室内编辑共同商量,我的发言摘要还得刊出,且工厂已在等着上机器,不能改动了……

这信寄出之后,真是自讨没趣,不仅没有得到他的谅解,而且还扬言要遵奉鲁迅的"原则"对我这不知"悔改"的"青年"(?)进行"谴责或痛斥"(见《几则通信〈七〉》)。鲁迅并不是门面上用以驱鬼辟邪的钟馗,我没有被吓倒,反而很想让他那封训斥我的信公之于众,使我的所谓"造谣诽谤"之罪昭告天下。于是,我要求《新文学史料》编辑部给他去封信,同意将那封训斥信在《整理稿》发表后的影响的综合报导中予以报导。信发出后,我私下又给编辑部打了招呼:只要篇幅允许,他那些骂我的话,可以一字不漏地刊出;为节省篇幅,我可以不予答辩,只需以注的形式作一订正,即将"台静农"三字订正为"曹靖华",或在注中恢复我的原话,即"不知是在寄给台静农或曹靖华的信中……颇有微辞。"

本来,为了在此再次答复李霁野先生,也只需作这三个字的订正就足够了。但既然说开了,不妨多说几句。

聊答李霁野先生

一、李霁野先生在《几则通信〈七〉》中说:"若是有人有意或无意将鲁迅先生未做的事或未说的话强加在先生身上,我若置之不理,那就是我对不住先生。……这不是私人泄愤的小事。"这种身肩大义的正气,很值得敬佩。但他未免是在无的放矢,我未曾"将鲁迅先生未做的事或未说的话强加在先生身上"来"诽谤"过李霁野先生,而且鲁迅先生在《整理稿》以及在致曹靖华等信中那些对李霁野先生的"微辞"或"谴责",我一句都没有引用过,就是现在,我也还是一句不引,以免再次招致他的怨恨。这是做小字辈人物不得不有的一点世故。

二、我不仅不愿意引用那些可能招致李霁野先生怨恨的鲁迅先生的原话,而且我那涉及他的四句摘要的话,主旨不是去弄明"倾向右翼"的事实根据,而是说明鲁迅做出这一判断的感情因素。既是感情因素,就难免有主观的随意性。总之,我的原意还是想为贤者讳的。当然,为贤者讳可能有损圣者,但古训说过"旧鬼小",也就懒得顾及两全了。我这样做,反而落个自讨没趣!李霁野先生是否像鲁迅先生所说"倾向右翼",我不敢肯定,但从当时鲁迅的有关书信看,至少在一九三一年,他们之间的关系总不能说是融洽的,鲁迅先生对他确有微辞。我所说的"颇有微辞",虽经李霁野先生再三问罪并昭示天下之后,我仍然认为不是"造谣诽谤",更不会"悔改"。

三、李霁野先生在给我的训斥信中,指责"有些人在情况已变并大白之后,不肯在那些信中加注,或拒绝发表鲁迅致章锡琛的遗简,那就使人莫测高深了。"显然,这里的"有些人"是指人民文学出版社中人,即编注鲁迅著作的人,其中包括我。的确,鲁迅书信的注释是极为简略的,有不少失注的地方,也有注而不当甚或错误的地方。这是需要当事人和广大读者指正的。我们欢迎这样的指正。但李霁野先生的指责有点语焉不详。因为鲁迅对后期未名社不满的言论颇多,直接或间接涉及李霁野先生的有多处。如果都要加注，就不胜其烦了。例如，鲁迅在一九三一年十一月十日的一封信中，说"霁野久不通信，恐怕有一年多了"。这是很普通的一句话，但毋庸讳言，又带有较强烈的感情色彩。因这一年是白色恐怖极为严重，鲁迅处境十分艰难的一年，他盼望朋友来信的心情是相当殷切的；然而李霁野先生写信与否是他的自由，他不写信也许还有注释者不知道的客观原因在。像这样的地方该不该设注，注释者是颇为犯难的。李霁野先生所说的"情况已变并大白"的事，可能是指鲁迅所说未名社"经济也一塌糊涂"的事，因他为此写过几篇文章。但读者对这样的陈年老账未必感兴趣。类似情况一般都不设注，如一九二九年夏鲁迅为版税事拟与北新书局打官司，也没有设注。注释不能取代研究，这类问题恐怕只能留供研究者去解决了。何况未名社结束时的经济账在《鲁迅全集》第十二卷的一六〇页注［2］中还附带作了一点交代。至于"拒绝发表鲁迅致章锡琛的遗简，……使人莫测高深了"的事，不知何所指？这封遗简，分别收入《鲁迅书信集》和《鲁迅全集》。既然他提出了这一问题，总该事出有因吧，于是我问遍了社内有关编辑部，都说没有接到过这样的投稿，因而也就不存在"拒绝发表"的问题。我社倒是退过他的《简·爱》的翻译稿和其回忆录有关解放后的那部分。退稿是出版社正常工作的一部分，理应得到李霁野先生的谅解，何况他是不以"私人泄愤"自许的。

四、的确，李霁野先生在有些文章中表现得胸怀坦荡，遵奉"过则无惮改"的古训，如说："鲁迅对未名社两个成员（其中有我）不仅有'微辞'，还有极严厉的谴责"；又说："鲁迅先生同斯诺谈话，说我'倾向右翼'，鲁迅先生的话是有点根据的。"同样的事，我只说"颇有微辞"，而他却说是"极严厉的谴责"；我只说"可能事出有因"，而他却自认"是有点根据的"。我说的分量要比他自认的轻得多，却诬我为"造谣诽谤"，并要揭露我的所谓"真面目"。这

聊答李霁野先生

就使我大惑不解了：是像前面所说那位乡绅那样玩弄权势乎，抑或寻衅滋事乎？

本来，对于李霁野先生训斥我的信及其他一大串有关的信，我只需订正三个字或恢复我在座谈会上的原话就足以答复了，但提起笔来就写了这么多，自己也感到无聊。谢谢不厌烦的读者，谢谢《动态》编辑部为这些无聊文字提供了篇幅。

一九八八年八月二十日
原载《鲁迅研究动态》1988 年第 10 期

补记：

该文发表后，招致李霁野先生暴怒而生气住了医院，并坚辞了鲁迅博物馆的顾问（因该文是在该馆主办的《鲁迅研究动态》上发表的），作为晚辈的我很是不安。但我在这次座谈会上的发言，针对的对象是在鲁迅研究界一言九鼎的唐弢先生，即李先生"好意甚感，见时代谢"的那一位。唐先生在座谈会上说，鲁迅所说"倾向右翼"的是韦丛芜，而非李霁野。这就让我大惑不解。光从字面上看，当时韦丛芜所在营垒已很分明，即"右翼"，而非"倾向"，所以我就说了文中所述的几句话。加之常来鲁编室串门闲聊的李何林曾经向我们说过，解放前后，王冶秋（老共产党员）与李霁野关系很僵，李何林居间做调解工作也无效，起因也是"倾向"问题。

《新文学史料》违背我的意愿发表了我的几句话，自有他们的苦衷，不然，它发表《鲁迅与斯诺谈话整理稿》就是在制造假史料，违背了它的办刊宗旨。

附：

几则通信

一 致《鲁迅研究动态》

编辑同志们：

鲁迅先生同斯诺的谈话记录发表后，各方面都很注意，其中有关于我"偏向右翼"一语，引起我的一些朋友的关怀，我对他们口头或书面简单说明一下，以为事情也就过去了。不料《新文学史料》1988年1号发表《〈鲁迅与斯诺谈话整理稿〉座谈记要》，其中有陈早春的发言，与该刊应具备的史料真实性就完全背道而驰了。我现将我为此事先后写的几封信，寄给你刊发表，也就聊作一点史料，供有兴趣的人一阅吧。

李霁野
88.4.16

二 致陈漱渝

漱渝同志：

来信知《四季随笔》已收到，再版本只有个别错字了，读起来可较为愉快。只是买初版的读者大上出版社的当，对于他们无补，是一憾事。

鲁迅与斯诺谈话稿，我看了看，对于"偏向右翼"，我并不介意，我在《为韦丛芜一文答客问》中略一谈及，认为鲁迅即使说了这话，也并无恶意，也许还有点根据，因为我未自动加入左联，亦未参加斗争与论战，名字是叶以群为我写上的，解放后调查我才知道,他并未告诉我,我一直不认为我是左联成员。我也未自动加入文协,也是以群写上了我的名字,以后倒是通知我了。当时我也不知道鲁迅拒绝加入。我知道以群是好意,不仅对他无恶感,还深为怀念。鲁迅未必知道,认为我随意跟一些人走,也很自然。我这样想也许不对,因为我无心细查时间。唐弢同志要澄清这一说法,好意甚感,见时代谢。

霁野

87.10.5

三 致陈早春

陈早春先生:

顺手翻看一下刚收到的《新文学史料》1988年1号,看了看《〈鲁迅同斯诺谈话整理稿〉座谈记要》,见到你的发言:"再说对李霁野的评价,我记得鲁迅在给台静农的一封信中,似对李霁野颇有微词,可能事出有因。"这个"似"加得十分稳妥,"事出有因"用得尤为神妙,可见你社出版的《鲁迅全集》(11、12、13卷收书信,其中当然有致台静农的全部书简),你早已不知抛置到什么地方去了。要不然,在你们举行的严肃座谈会上,发言前你为什么不查对一下呢?不过作"事后诸葛亮"也无妨,请将"微词"查找出来,将原文公之于众,那就比"似"显得负责任一点点了。我是遵守古训的:"过则勿惮改"。若是找不出什么"微词",一个"似"字遮不住你的真面目:你是用鲁迅的名义进行造谣诽谤!

顺便说一下:鲁迅对未名社两个成员(其中有我)不仅有"微词",还有极严厉的谴责,见他致曹靖华的几封信中。这是因为他写信时不明真相,不怪他。在我写并由你社出版的《鲁迅先生与未名社》中,我已将事实澄清了。至于有些人在情况已变并大白之后，不肯在那些信中加注，或拒绝发表鲁迅致章锡琛的遗简，那就使人莫测高深了。

你的话是印在《新文学史料》上，我要求这信也在那上面发表。

李霁野
三月三日

四　致《大地》编辑部

编辑同志：

《鲁迅与斯诺谈话整理稿》在《新文学史料》发表后，该刊为此召开了一次座谈会并发表了记录，想已看到。陈早春（据介绍是人民文学出版社社长兼《新文学史料》主编）在结论似的发言中有几句妙论是涉及我的，看后本一笑置之，不料有一友人很关心，特来告我这一新闻，并说一位社长兼主编这样信口开河，不能听之任之，你有责任将实情告知读者。因此我写了致陈信，寄上一阅，如《大地》不便刊登，请将信寄还为感。

李霁野
三月三日晚

五　致《大地》编辑部

编辑同志：

3.15信奉悉。致陈信我也寄《新文学史料》了，估计他们未必肯刊登，所以寄给你们看看，也料到你们不便刊出，只是向舆论界略作表示耳。陈个人复信很难令人满意。

信你看过，还认为不是无事生非，并愿转寄，盛意可感，即希转去好了。

李霁野

三月三十日

六　致《新文学史料》

诸位编辑：

　　三周前挂号寄上一信,请将我给陈早春先生的信在《新文学史料》上发表。接《大地》编辑信,也说我给陈的信,他看过之后也转给你们了,请你们迅速答复,是否刊登我给陈的信。我等待二星期,到期不得复,我就只好另想办法了。

李霁野

四月廿三日

（霁按：以后复信不刊登。）

七　致汪人和

人和同志：

　　三月廿九日来信早收到了,因为去京开会,不慎又烫伤了右脚,治疗二周,总算好了,因此对外来信件都迟复了,请谅。接你信前,我已经给《新文学史料》诸编辑写过一封信挂号寄去,请他们一定将我给陈早春先生的信在《史料》上发表,迄今尚未得复,我已另函去催复,他们若拒不发表,只是犯更大的错误。鲁迅先生爱护、培养、批评、谴责或痛斥青年,都是极有原则的,严肃认真的,这是他伟大精神的一个方面。若是他知道错了,立即道歉更正,如对一师大学生；青年如悔改了,他不仅原谅,还可以作为朋友,终生不渝,如对一北大学生；这就更显得他的风格崇高了。若是有人有意或无意将鲁迅先生未做的事或未说的话强加在先生身上,我若置之不理,那就是我对不住先生。此意尚请谅解,这不是私人泄愤的小事。

  顺祝

健好!

李霁野
四月廿三日

说"小"议"大"

在常人心目中,凡"小"的都怪可怜爱,小宝宝、小乖乖不用说了,就是小牛犊、小羊羔、小猫、小狗,甚至小老虎,也很招人爱。据说各国各地都有"小动物保护协会",可见爱"小"的普遍性了。中国自古至今,富人们都要"纳小",纨绔子弟拈花惹草,首选的是"小家碧玉"。时代在进步,现今的"大款""大腕"却时兴配个"小蜜"随身带。唐人诗中将漂亮可爱的闺秀比作"小茶",似乎深谙"品尝"的滋味。情人眼里的西施,爱之深、情之笃难以用言语表达时,就呼之为"小鸽子""小麻雀",真是"不着一字,尽得风流"。"小"之可爱,不可胜数,就是连看破红尘、无七情六欲的道家,也惟独对"小国寡民"情有独钟。

前几年,小个子也特别吃香,医学家和报刊主编多次告诉我们:凡小个子,身体要比凡人健康,寿命要比凡人长,智商要比凡人高……征之于古往今来的历史,还凿凿有据,似乎凡小个都是伟人,伟人大都是小个子。这种理论一出,别的效果不得而知,倒是使部分"残废"或"半残废"的小伙子在姑娘们面前长了威风。姑娘们找对象的尺码大大地放低了。

小个子中的确有伟人,小个子吃香不足为怪,但谁能料到,中国旧社会大抵是"小人"吃香,就是现代,"小人"也似乎活得比别人滋润。大人们大抵都爱"小人"。

"小人"们之所以历来走红,为"大人"们所钟爱,大抵与他们的特有天赋有关:巧言令色,察言观色,逢迎讨好,会找关系,会攀

龙附凤,喜抱粗腿,喜掇臀捧屁……只要能取悦"大人",可以不避污贱,就是吮痈舐痔的事也干得出来。汉文帝幸臣邓通就为帝吮痈。秦王患痈疾,吮痈者可以得车一乘,舐痔者可以得车五乘,吮更下面的××,可以得到更多赏赐。这样的"小人",代不乏人。一部二十四史,都辟有《佞幸列传》《宦官列传》《阉党列传》,专载他们的"德行"。

在这一大批佞幸小人中,随手拈来两位以"贤"字命名的佼佼者,聊以领略他们的"贤哲"。汉哀帝时的董贤,没有什么值得称道的资历,只是长得还算漂亮,哀帝"悦其仪貌",他玩腻了三宫六院的女色,又好男色。当然这董贤还有优点,就是"性柔和便辟,善为媚以自固"。说白了,就是他很会取悦主子,供主子狎玩。这些,就是董贤的全部本领和本金了,但他所得的却是出乎常人的预料。年方二十二岁,就做到大司马、卫将军的大官。一次,匈奴单于来朝,哀帝率全朝重臣接见。这单于不谙大汉国情,见有这个小伙子列在老臣中间,很是奇怪,便问翻译。翻译无以答对,便问皇上。皇上说:"大司马虽然年少,但是个大贤,所以能居要位。"单于叹服不已,"乃起拜,贺汉得贤臣"。

一人得道,鸡犬飞升。他老婆也住进宫中,妹妹成了昭仪。据汉制,昭仪"位视丞相,爵比诸侯王"。位置本已高得玄乎,但皇上还嫌不够,在后妃的"椒房"旁,另起"椒风"以相匹配,其位仅次于皇后。董贤的三亲六戚,都因缘得高官厚禄,就是他家的僮仆也都受到"武库禁兵,上方珍宝"的赏赐。至于他本人,皇上令起"大第北阙下,重殿洞门",几乎全按天子的制度行事。

董贤这个"小人",比起其他的佞臣来,还算好的,因为他不怎么害人,或害人较少。明朝大名鼎鼎的佞臣魏忠贤,却胜过"前贤"多矣。魏忠贤只因私通熹宗的乳妈而得宠。他本不识字知书,开始皇上封他个"司礼秉笔太监"的官,一些书呆子御史官奏"例不当入司礼",结果被塞了一嘴马粪。

由于魏忠贤本性"好谀",用现在话说,就是好拍马屁。"上有所好,下必甚焉。"皇上被他拍得晕乎乎的,他本人也被拍得晕乎乎了。"海内争望风献谄","章奏无巨细,辄颂忠贤",连宗室、廷臣、总督之辈,都"佞词累牍,不顾羞耻"。当时还掀起了一股颂德立祠之风。有个监生叫陆万龄的,甚至奏请"以忠贤配孔子,以忠贤父配启圣公"。至于他的亲朋好友,都因他得到了封荫。他的侄子、堂孙还在襁褓中,不会走路,也被分别奏封了"安平伯""东安侯"。

魏忠贤之所以胜过董贤,还在于他的"猜忍阴毒",结党营私。鲁迅说过,奴才当了主子,比主子更厉害。魏忠贤就是个典型的例证。他在皇帝面前,是十足的奴才,但他利用专擅的"谀"术,又成了一人之下,万民之上的主子,以至凡所经过之处,"士大夫遮首拜伏,至呼九千岁",比万岁爷只差丁点儿了。他窃持国柄,手握王爵,口含天宪,一班文武大臣,都拜在他的麾下,成为爪牙。或为"五虎",或为"五彪";吏部尚书、太仆少卿之流的朝廷重臣,还只能屈居"十狗";等而下之的,就只能充作"十孩儿""四十孙"了。他们结党营私,残害忠良,排除异己,一帮书生也以"东林党"之罪名,几乎被杀戮殆尽,民间言语对他们稍有不逊的,就被剥皮、割舌头,企图堵住每一张嘴。

就这么一个魏忠贤,把个大明朝弄得民怨沸腾,江山破碎,最终覆没。末代皇帝崇祯不得不代父背过而大发感慨,说魏某是"真小人也"。可惜他觉悟得太晚了,自己落了个自缢的下场。

人们可以爱"小",但不能爱小人。孔老夫子说过:"益者三友,损者三友。友直,友谅,友多闻,益矣;友便辟,友善柔,友便佞,损矣。"这是交友之道,也是用人之道。至圣先师这一谆谆教导,虽然被儒家奉为经典,但是就在以儒道治国的朝代里,也几乎不起任何作用,而那些坚持他这套教诲的儒生们,反而成了专擅"便辟""善柔""便佞"的小人们的阶下囚或刀下鬼,这倒值得人们深

思了。要想使"小人"们绝迹,使"大人"们无以爱其"小人",恐怕得从经典之外另求他法了。以法治代以人治,让"大人"们不要太膨胀了,是否可供一试?

原载《文学自由谈》1995年第5期

"名著热"的袭击

今年是名著出版年,中外古今名著,一下子成了孙大圣点化的猴毛,同一名家的同一名著,以多样装束、多副面孔,跟跟跄跄挤进了书店,甚至也爬上了书摊。这是大家哄抢热门选题的结果,听说同一选题、版本多至几十几百种。眼下又有多家在争出国家项目的《鲁迅全集》。不知是何种春风化雨而使然,转瞬之间,偌大的工程,有的已"隆重推出"了,有的已作为"本世纪末最宏伟的工程"付诸实施了,不少却似乎是眼热难熬,纷纷在物色"写书不如编书"的学者来挂名主编……既为哄抢,其规模之大,速度之快,效率之高,都令人叹为观止。这类书的出版,大都采用撒大网竭泽而渔的办法,不出则已,一出就是系列化、丛书化,将你有我有他有的尽"化"其中。一"化"就是十几种,几十种,甚至上百种。其"化"比化学反应还要快,一眨眼工夫,上百种的古籍整理,几十种的多语种各国别的作品翻译,就像变戏法一样,都以其漂亮的装潢,在招徕读者。

这类名著,不少是只能瞟瞟封面,而经不起阅读内容的,更切忌学究们去研读。古籍整理总得有个版本依据吧,翻译作品总得念几句洋文吧,这点起码的常识常规似乎已不适应市场经济的需要。管他娘的,只要捞到钱就行。为达到目的,可以不择手段,将现成的改头换面也是手段之一。翻译是否准确,整理是否符合原著,那是学究们的事,为了竞争,何暇顾及!既是竞争,价格规律是不容忽视的。为了降低成本,在类似马粪纸上印着比蝇头还要小的蚊头小字,字儿一串串地在纸面上嗡嗡乱飞,怎么也看不到眼里去。如果有饥不择食的傻子硬要啃下去,得将眼睛报废。

这类名著,包装有术,推销也有方。据广告云,只要买齐这类书者,即可大富大贵。何以大富?因设有巨额奖金;何以大贵?却颇费猜测:是否买书可以显示其身份,何况是论批论堆的趸买!但古有皓首穷经也未必能致仕而大贵者,何况买经不等于穷经。

名著热煞是好看,但不知有多少国家的人力财力枉然成了热耗!过多的热耗酿成了热浪,正在袭击着那些不经心的读者。为国家和读者计,有关方面似应重申一下出版社的专业分工,控制重复出版和交叉出版,禁止变相盗版,取缔非法出版。苟能如此,庶几可望从名著中剔除假冒伪劣者,而使名著长盛不衰。

原载 1995 年 8 月 29 日《中华工商时报》

大师的教诲

最近,一朋友送我一份重礼:四大卷精装本《林语堂散文经典全编》,是某出版社出版的"回顾中外文学大师丛书"的一种。编者在"前言"中说林语堂是"杰出作家","思想深坠"(原文如此)。既是"文学大师"、"杰出作家"的"经典",不得不拜读了。鄙人看书的习惯,先是随便翻翻,觉得有看头的方从头至尾逐页读。随手一翻,几行字赫然在目:

> ……在哲学的观点看来,劳碌和智慧似乎是根本相左的。智慧的人决不劳碌,过于劳碌的人决不是智慧的,善于优游岁月的人才是真正有智慧的。

在下是个"劳碌"的命,从小劳碌,直到少年、青年、中年,以至老年,先是体力劳碌,继是脑力劳碌,从未尝过"优游岁月"的滋味。按林大师的经典哲学,自是笨蛋一个,蠢牛一条了。本来我也不乏自知之明,早就将自己归于不"智慧"的一类了,熟人、朋友、包括老婆儿女也都说我笨,特别是在目前"八仙过海、各显神通""有权不用、过期作废"的时候,我更加显得笨了。"大师"的这席话,对我是一针见血的针砭,只好心悦诚服领教了。但继而一想——笨牛也会想,抽他一鞭子,不就奋蹄前奔了吗?何况大师说的是"哲学",不得不想。于是想起了孟老夫子来,他的至理名言是"劳心者治人,劳力者治于人"。"治"者,奴役、驱使之谓也。真是"长江后浪推前浪,世上今人胜古人",今贤胜于先哲多矣。先哲还只是瞧不起"劳力"的劳碌者,而今贤却将"劳心"的劳碌者,也一并归于无"智慧"的笨蛋。

这样的"哲学",是"优游岁月"者的哲学。为了聆听先贤的教诲,并学以致用,只好将这四大本的"经典全编"置之一旁,免得阅读的"劳碌"以减少了"智慧",也算是实践了一回"优游岁月"。

原载 1998 年 4 月 17 日《中国文化报》

造名术记略

名人,本来是林中的秀木,同行中的出类拔萃者。为普通大众所敬慕,不然,怎能称得上"高山仰止"呢。但现今的不少名人,却是假造的古董,纸扎的花。在假冒伪劣商品充斥于市的今天,名人也不乏假冒伪劣者。

拙劣的骗名者,一眼就可以看穿。比如冒充某政府首长,某校名教授,某报名记者、某中央级剧团名导演、名演员的,屡屡见诸报端。甚至还有冒充警察、解放军、税务稽查员的。所冒没什么名气,但有权力,可见名、权、利是三位一体的。这类冒名行骗者,只是有脸无皮,有胆无术,比起那些鼎鼎大名的造名者来,真是"小巫见大巫"了。而且这类骗名者,大抵还要冒着风险,他们很容易被人识破,遭受唾骂,有的还难免缧绁之灾。

比起他们来,造名有术者却要高明得多了。其术深具智慧和谋略,计谋于斗室之内,行之于千里之外,虽然表现得千姿百态,花样翻新却严丝密缝不露痕迹。他们的命运也相当幸运,至少是在他有生之年,或因名得利、得势,或受万民景仰,或被请进庙堂、殿堂,甚至还可载入史册,名扬四海,远播千秋。

造名术虽有多种多样,但用得最多也最有效的,大致有如下几种:

一曰"靠"。"在家靠父母,出门靠朋友",这是明明白白的一种靠法;"朝中有人好做官",也属于这一法。人除了父母、朋友外,还有太太、千金、大姑子、小姨子,也是可以靠的,即所谓裙带关系也。这些靠法,古已有之,渊源有自,不足为怪,也不用多谈。时代在进步,人也越来越聪明。现在不仅靠古法,还有新人新法可靠,如靠奸商、靠捐客是也。仅举文坛为例。你不会写文章而想成大作家吗?有法!雇一个小文书,口授一点经过编造的离奇经历,特别是床笫或野合的感受,带着浓浓的"色",交给捐客去书稿竞卖会上拍卖,再请几个大款、大腕去当"托儿",将标价抬得高高的,于是搞出版的奸商们蜂拥而上,几经讨价还价,百万、几百万成交了。于是这就成了报刊头版头条的社会新闻,舆论争相报道。大作还未出版,名作家的交椅就已坐定了。据说还有拍卖书稿题目的,书稿呢,对不起,谁屑于伏案爬格子呢!再比如从未画过画要想当大画家也不难,胡乱涂鸦几笔,注明×派杰作,给捐客塞把钱,交给古董文物店,标价几十万。无人问津怎么办?这"画家"坦然答曰:"我不卖画,是卖名。"价码越高,不就名也越大吗。

二曰"炒"。现在搞市场经济,产品要包装,要推销,要广而告之,让消费者知晓。这是需要的,也是可以接受的。但商家也得讲诚信,卖的是瓷杯,不能说成是金瓯。商家做广告,还得遵守广告法,可名人的造名,却无法可依,"和尚打伞,无法无天"。自己没名,可以假名人以自重。有的名人,短短几年,主编的书刊难以数计,序跋题签也多如牛毛,而且中外古今,天文地理,人文科学,自然科学,包罗殆尽。这样的名人已成了造名者的工具。造名者四处在物色这样的人梯,这样的开路机。此其一。其二,买通各种媒体,广播里有其声,屏幕上有其影,报刊上有其文。这文,或是高价买来的,或是哥儿们讲义气彼此帮忙吹嘘的,或是自个儿关着门用着化名自吹自擂的。其炒作术之多,难以一一缕述。

三曰"爆"。此法难以名状,偶见街头巷尾爆米花者,庶几近之。一个小小作家,一生中写的也不过有数的几篇作品,编个小册子也未尝不可。但他要争个"著作等身"的大作家,于是乎就大编特编起来。就这有数的几篇文章,颠倒编序可以变出多本,利用加减法又可变出多本,换换题目又幻出了多本。多本相加,就是一大摞。于是乎,中外名人词典中的条目就丰富多彩了,可以与多产的巴尔扎克、托尔斯泰比肩而立了。

四曰"讼"。现在的作家们都好争讼、聚讼,特别喜欢大头头出来批评他,更喜欢诉讼。这并非文人相轻使然,他们这样做,为的是造名,借此可以名声鹊起,获得轰动效应,让妇孺老少皆知,大有"不能流芳百世,也可遗臭万年"的大丈夫气概。鲁迅生前就曾碰到过这类事,他斥责这类人为"天津青皮",他的对策是决不理睬,以便他们难以售其奸。

五曰"装"。装成大作家、大批评家的样子。他们很善交际,可以拍着一部长、大名人的肩膀称兄道弟,特别是在大庭广众之中,众目睽睽之下,竭力表现出与其亲昵之状。他们还特别喜欢也特别善于赶会,拎着一个文件包,来也匆匆,去也匆匆,会开到半截了,他来了,每次都这样表白:"我刚从某某会赶来。盛情难却啦,这会也不得不来呀。"这会尚未完,他就站起身,又是一以贯之的一套表白:"实在对不起,某某首长在某某地方主持个会,非要我去说几句不可,只好告辞了。"对他们,知情的人给以蔑视和冷笑,不知情的人却刮目相看,很遗憾不能亲聆教诲。

有人说,"文人是清高的",不见得;"文坛是圣洁的",更不见得。"争名于朝,争利于市",那本是赃官和奸商们干的勾当,现在可不也是他们的专利了?谓予不信,就请大家去睁眼看看吧。

一九九八年四月十一日
原载1998年4月30日《光明日报》

会海无涯，何处是岸

"老兄,这阵儿忙什么啦?"

"忙开会呢。"

我们经常听到这样的应酬话。

当然,开会可以使我们懂得革命的道理,做人的道理,工作的道理,而且通过开会,我们还可见到许多首长的风采,不少会上做报告的领导有思想,有逻辑,有文采,幽默睿智,使我们获益匪浅。

但是,我们干什么事,总得讲究适度,春风是好的,老是刮个没完没了,花团锦簇的世界就会成了满地残红;春雨贵如油,老是滴滴答答没完没了,就会烂秧,就会霉菌滋生。会不可不开,但不要多得闹会灾。

我们的会,的确太多了,名目繁多,形式多样,屈指数不胜数。各团体、各党派、各阶层、各行业也有名目繁多的会。各自在基层,基层的大小事也得靠开会来解决。没事了,恐防有事,各个谈谈情况吧,于是开碰头会、例会。总之,无时无处,中央开、省里开、市里、县里、乡里、村里都在开。在本地开,本单位开,在宾馆开,旅游胜地开,隔三差五还要开到国外去。

这可忙坏了主持开会的头头了。所到之处,都得上主席台,作报告,下指示,念秘书连夜赶写出来的稿子。念得口干唇燥,头昏眼花。念顺了,尚可得意一番;念错了,弄得汗流浃背。不够档次没配秘书的头头,就只能临场发挥了,从"人之初"说到"天地玄黄",从宇宙之大说到苍蝇之微,天南地北,海阔天空,云山雾罩。

说者无心,听者无神,于是哈欠之声不绝于耳,像是谁使了催眠术似的,大家昏昏欲睡。开会,相当多的是必需的,必要的,但也有不少的会是可开可不开的,还有一些会,是压根儿用不着开的。

忙了一天的会,回到家中,总该换换脑筋,休息一会儿了吧。于是打开电视机,先看晚间新闻联播。但首先看到的仍是各种各样的会,头头们如何在赶会。翻开报纸吧,头版报道的也大都是各种各样的会。会,好像成了一个无体不附的幽灵,甩不掉,摆不脱。

中央三令五申,反对文山会海,可我们仍然泡在会海中,不知何时才能爬上岸来,实实在在去干点实事。"学海无涯勤是岸",将之套改为"会海无涯勤是岸",不知可否?凡勤政者都在忙于干实事,下基层了解情况,或现场指挥,或运筹帷幄。当今不少新任的部长,一上任就下基层去了,并未召开大会,信誓旦旦地搞例行的就职演说。由此可以看出无涯的会海,至少已露出了地平线。但愿多一些这样的部长,少一些会海泛舟的戏水英雄。普度众生吧,阿弥陀佛。

原载 1998 年 7 月 5 日《金融时报》

论吃饭之难

吃饭难,不是难在无隔夜米,难在无米可炊,像灾民和贫困人口那样。这里所说的吃饭难,是难在饭菜太多、太频、太饱、太腻;难在不想吃而又非吃不可。

现在是吃喝成风,上级来了,为搞好关系,要吃;客户来了,为做好生意,要吃;素不相识的来了,也得请吃,因为"无事不登三宝殿",来了总得找点事儿,比如查查这个,查查那个,等等。总之,是"上下对'口',横向连'席'",都在吃。而且这吃,口福要齐天,宴席要上档次,山珍海味,名烟名酒都得上,不然,关系僵了,生意吹了,无事也有事了。毛主席说过,"革命不是请客吃饭",老百姓将它改成"革命就是请客吃饭"。某些以"革命"自诩的国家工作人员,闻此不知作何感慨,是抓到了痒处,抑是戳到了痛处?

吃饭难,难够了一张嘴。明明吃饱了,吃腻了,打饱嗝了,又上来一道名菜,还得品尝品尝。无酒不成席,喝足了五粮液,又上了茅台、酒鬼,"一口闷,感情深",不喝没感情,非喝不可。有口福的算是一种享受,没口福的,特别是肠胃病患者,却是一场灾难。席散人尽,回到家时,快快吞乳酶生,酵母片,为防万一拉肚子,还得另加几片黄连素。

吃之难,还难在说话。吃饭是应酬,既是应酬,就得伶牙俐齿,"见人说话,见鬼打卦"。拙口钝舌固然不行,不顾对象,不懂机变,乱说一气更不行。中国是礼仪之邦,说话颇多讲究。韩非子深谙其中三昧,著有《说难》,是说话学的经典。当然,《说难》是讲臣下在诸侯面前说话之难,现今的应酬,其面可要宽广得多了。对象虽然不一,但其难却一也。韩非子感慨道:"非知之难也,处之则难也。"不是不知道事理,无话可说,而是该不该说,在什么时候,什么场合,什么情绪之下说。在应酬时,主人,即东家,最好要有外交官的本领,要善于辞令,要随机应变,有时得环顾左右而言他,有时又得针锋相对,但须谏而不讪,争而不傲。

现今的吃饭,大抵是马拉松赛跑,少则三五小时,多则通宵达旦,喝茶,喝饮料,斟酒互敬,一巡,二巡,三巡……让菜一道,二道,三道……各种山珍海味,一一品尝。边吃边喝边磕牙花子,先是无话找话说,尽说些屁话、废话,慢慢地言归正传,明修栈道,暗度陈仓,彼此讨价还价。酒醉了,借酒发疯,说些疯话。但酒醉吐真言,烧香的谈"愿",佛爷甩"签"。彼此合拍了,于是便"卡拉OK",相声演员式的"说学逗唱"的诸般本领,发挥得淋漓尽致。

吃饭难,真是难于上青天。不去吃不行,迫不得已呀,不吃办不了事!去吃吧,有如在磨盘中挨碾,活受罪。何况吃空了国库而不顾几千万尚少饭吃的贫困户,良心上也受折磨。当然,也有专以吃喝为业的各路神仙,巴不得香火不断,三牲酒礼俱全,威福带来了口福,口福提高了威福,何乐而不为。吃请或请吃,做东又做客,吃了东家吃西家,吃了被告吃原告,因此仓廪府库空虚,单位发不出工资,管他娘的,怎会有为难的感受!为了解救那些随俗不得不吃,迫不得已不得不吃的食客,为了整治为害四方的野狐神仙,为了不让国人都成了游方和尚,在这般歪风屡禁不止的情况下,何不断然决然昭示天下:让那些"酒精考验的干部"们自掏腰包;不吃不办事的干部则让其无事可干,统统将他们从神坛上拉下来分流。

原载1998年6月9日《中华工商时报》

人走茶自凉

人一退休,特别是那些长字号人物,脱离了原来痴迷的工作、工作单位、上下级、部属、同事,十之八九都水土不适了,在患"老年不适症",总觉得人家在另眼看他,另样待他,人前人后好说一句口头禅:"人走茶凉啦。"他们不仅说之于口,还形之于文,在报刊上就见到过好几篇这样的文章,历历说出了他们退休后遭冷遇的苦境,道是人情冷暖,世态炎凉,今不如昔了。

"人走茶凉"的现象,也许有其普遍性吧。当你在位而权倾一时那刻,人家即使对你无所求,也得随俗为你敬上热茶;你既然走了,就没有必要热茶相待了。何况在大千世界、芸芸众生中,难免有那么一批势利眼,将人与人之间的关系纯粹当作利用与被利用的关系。特别现在已是市场经济时代了,过去的战友之情,同事的友情也得随行就市,按使用价值而明码标价付钱。当你在位时,其使用价值会得到充分利用。此其时也,你见到的总是笑脸,听到的总是好话,人家像个热熨斗,把你一切皱褶,给熨得妥妥帖帖,因为他对你有所求,求升迁、求房子、求职称、求一切于己有利的东西。现在你既然不在位了,没权了,无可利用和交换了,当然就成了路边被弃置的敝屣,不屑一顾了,人一走茶就凉了。有的则更甚,如果你在位时坚持了原则,没有与这些人进行过权力的交易,没有给过好处,即使他所献的殷勤白费了,把马屁拍到了马腿上,那么你一走,不仅茶凉而已,没将茶盅砸到你脸上,就算万幸了。

当然这也不能一概而论,而苛责一方。在有"人走茶凉"感觉

人走茶自凉

的人中,也许不无虽老还在恋权,死活不肯撒手权柄的人。"为官一任"的长字号人物,忽然从庙堂上落到自己的斗室中,再不能对下属颐指气使了,行无呼拥,令无百诺,部属另攀高枝,社交活动中露脸的机会少了,故旧疏于交往,好容易见上一面,要么只有"今天天气哈哈哈"之类的客套应酬,要么视而不见,形同路人。这样,你就自然有恍如隔世之感,落寞、孤寂,甚至忿懑,日积月累,退休养老而成了退而养病了,看什么都不顺眼,不顺心。境由心造,人家刚沏好的热茶,也认为是凉的,不堪品味。

恋权者不见得都是为官几任的大人物,没品第的小字号人物也有权可恋。现官不如现管,管在权就在。报刊上不断披露的不少大贪污犯,官很小,甚至算不上官,如营业员、仓库保管员、会计、出纳员等,他们靠山吃山,靠水吃水,把权弄得滴溜转。就是门卫吧,我就亲身领教过他们的权势。一次出国去某大使馆办签证,材料就是递不进去,经人指点,给他按行情塞了五十元红包,马上就放行了。就是扫马路的清洁工也可弄权,他若看你不顺眼,一笤帚冲你扫将过来,弄得你灰头土脸。这些人退休了,虽然没丧失什么荣光,但断了活水源头,没茶可喝了。所以感叹"人走茶凉"的现象不仅官而已。

恋权、弄权,在我们"三千年文明古国"的大中华,是源远流长的。就说我们大家熟知的始皇帝嬴政吧。当其"初并天下,无不宾服"时,觉得权势的滋味实在是太"酷"了。为了能年年岁岁、岁岁年年都过皇帝的权势瘾,便发奇想:任怎么也不能死。于是一拨一拨地派人去海内外名山遍寻长生不老的仙药。可是这一拨拨人总是有去无回,欲仙不成,终究一死。就是死了,这权柄也是死不撒手的,于是他就大造陵寝,据太史公说,他特别看重这陵寝中的宫殿和百官位次,因为这些是他权柄的象征。但这一切,也只是象征而已矣。他一死,茶很快就凉了,有秦一代,终二世而亡。

秦始皇在这方面,虽然不是始作俑者,只是他对权势的执着,堪称后世的楷模。继之有汉武帝的承露盘，继之又有各种炼丹术的出现，多少朝代的皇帝。总想长生不老，总想万岁万万岁。他们迫于自然法则，老了不得不让位，但还要去当太上皇，老婆要去垂帘听政，旧臣不得怠慢，令他们辅国佐政。上行而下效，属下的百官也得有个安排，于是敕命、诰命满天飞，还有世袭的官爵禄位。他们认为，人不能走，茶不能凉。

但是，人总是要走的，茶总是要凉的，你不走，就迫你走。还说我们熟知的始皇帝吧，正当他在吹嘘自己"功盖五帝，泽及牛马"时，不甘心做牛马的一些英雄豪杰就在打他的主意了，陈胜很不服气地说，"王侯将相，宁有种乎"，于是揭竿而起了；刘邦一见到始皇大驾出行的场面，就发出了"大丈夫当如此"的"嗟乎"，已在觊觎他的王位了；八尺大汉项羽来得干脆利索，"彼可取而代也"。回望过去，岂止秦朝一代而已，一位哲人说过，一部中国二十五史，就是一部血淋淋的相斫史，为了至尊至上的皇位，英雄豪杰拼死争，家中的父子、兄弟、夫妻、姻亲也争得个你死我活，岂止人走茶凉而已。

狗争骨头人争权，争的位置有尊卑大小之别，但其争却总是相同的，只要历经百年的民主革命还不彻底，就要争遍天下。我们多少受过点民主方面的教育，待到发苍苍、眼茫茫时，就不要再恋权去发号施令了，把位置腾出来，让年轻人去干，长江后浪推前浪，世上今人胜古人，还管这茶的凉热干吗？

其实，人走茶自凉，这是事之常理，人之常情。你既然不在位了，你与人家已没有了工作关系，他们没有必要跟你交流了，向你请示汇报聆听指示了，你已不能为他们解决问题，包括公事私事。你既然已不是一方的神灵，自然就没有了一方的香火。何况那些勤供香火的人，都是来向你许愿祈福的，呛得你眼痛鼻酸，够难受的了。少了香火，就多了一份宁静。

总有"人走茶凉"感觉的人，是不是还有点恋权思想在作怪？

而致人有先热后凉感觉的人,是否早就利用过你的权势了,说不定今后还在觊觎新主子的权势?淡薄权势多少有点民主思想的人,茶热不为之喜,茶凉不为之悲。记住:人走茶自凉!

原载《中华散文》2003年第12期

乡　思

也许是我的长相缺乏地方色彩,与人初次打交道时,总得声明自己的籍贯。

在国内多次出差,不少初次见我的人总说我是华侨,而安徽的一位作家并把握十足地断定我是马来西亚华侨。我不得不声明:"我是湖南邵阳隆回人。"

到国外出访,也碰到了这类麻烦。去苏联,把我看作日本人;去新加坡,把我看作广东人;去日本,又误以为我是日本本土的冲绳人。每遇到这种情况,我都不得不郑重声明:"我是土生土长的中国湖南邵阳隆回人。"

每当我说起自己的籍贯时,都要勾起我对故乡的怀念。

隆回是个偏僻贫困的丘陵县,生我育我的洞下村更是个偏僻贫困的小村,而我的童年又是在贫困中度过的。贫困的故乡,贫困的童年,却更能激起我丰富而亲切的思念。

我的家乡,唯一富有的是山,是水。在那里,山,大大小小,高高低低,造化安排得错落有致。我们生活中见到的是山,听到的也是山:地名不是什么山,什么岭,就是什么坡,什么坳;太阳、月亮的出没,叫作升山、落山;雨是从天而降的,可我们那里的谚语却是:"望云山落雨淋得哭,丫吉山落雨晒得谷。"好像布云降雨都是山的职掌。至于水,山脚边,小路旁,宅院前后……处处有泉水,有池塘;小溪纵横交错,上面的石板桥、石拱桥星罗棋布,你站在一条桥上,可以呼应十一条桥上的人;桥下是潺潺的流水,人影、树影,

乡　思

掠空而过的云影、鸟影,清晰地倒映其中,嬉戏其间的小虾、小鱼,都可看个透亮。山、水占据了那里的绝大部分空间,而素称广阔的天空,却只像口倒扣的荷叶锅,只是在山峰间露出的锅沿外的一线天,引起人们对天外天的遐想。

我虽然只在故乡的山、水间爬滚了十来年,但它们的倩影,包括它们给我幼嫩肢体上创下的伤疤,将如影随形地陪我一辈子。而且它们以不可思议的神力,为我一生涂上永不褪漶的底色。它们铸造了我的性格、意志和情绪。在我的性格、意志和情绪中,都可以见到我故乡中的山,故乡中的水。我和故乡的山水已融化为一体。诚如我向外国友人所说:我是土生土长的隆回人。

比起一般人来,我可能较少"地方主义",也很少犯过"怀乡病"。但怀乡的丝缕是细微的,有如残剩的蛛丝,即使不借风力,也会在气流中飘拂。

一九八四年初冬,我在日本京都一家植物园内参观,偶然发现了两株小灌木,同行中谁也不起眼,我却驻足看了个够,还蹲下去仔细端详了它的茎,它的每一个枝丫,每一片叶子,以及它那像葵花样的小花。看了这一切,我不禁叫出声来:"这是我们家乡的皮树,怎么在异国他乡能见到你!"这种我们家乡叫作皮树的小灌木,普遍丛生在墒边、路边。据说它的皮是制造皮纸的原料。皮纸是过去文书、契约的必用纸。它薄如蝉翼,韧性好,吸墨性强,又经久不变色。不管是皮树和皮纸,自我离开家乡以来,再也没见到过,真是"久违"了!皮树与我曾结下过良缘。它的皮,曾慷慨地为我们农家的小孩提供过绑物的绳索;经过脱皮的茎,锯断,稍做加工,就是象棋子,歇工时可以现做现玩。在这家植物园内,我情不自禁地把这一切向我们代表团的每一个成员说了,向日本的向导和翻译说了,絮絮叨叨,不管他们有无兴趣听。

还是在京都。我们从大阪返回宾馆,殷勤周到的主人考虑到我们对丰盛的中式宴席和西式宴席都有点腻味了,便带我们去一家餐馆吃涮牛肉。他说:"你们北京的涮羊肉,是风味菜,可是我们日本没有,只有涮牛肉,可以与它媲美。"我是不吃羊肉的,北京的涮羊肉,为了陪客是领教过的,实在不敢恭维,今日却要去吃与它"可以媲美"的涮牛肉,未吃就有点倒胃口了。但为了礼貌,不便拒绝,只得硬着头皮,屏住气去吃了。这涮牛肉的做法、吃法与涮羊肉基本一样。据餐馆招待小姐介绍,他们馆子里做涮牛肉的铜火锅和木炭,是特地从中国进口的。我想:这可能是要与我那"不敢恭维"的涮羊肉媲美吧。招待小姐这么一说,我越发肚饱了。我漫不经心地看着她升火,端上牛肉片,端上各种大碟小碟的佐料。忽然,在一碟佐料中意外地发现了"久违"多年的家乡小菜。这种小菜,像韭菜而非韭菜,像小葱而非小葱,学名叫薤、叶子叫薤白。在我们家乡,将薤白切成细段,用作各种荤素菜的佐料。特别是炒小鱼虾和炖荤汤时撒上一撮,别有一番风味。将它切成细末,拌上禽蛋,油锅摊出来,青黄香嫩,色香味俱佳。它和辣椒一样,是我们农家的常用菜,"席上珍"。可是自我离开家乡后,虽然走南闯北,去过不少地方,都没有碰到过。只是近几年来,在北京的大菜市场中,冬季偶可见到它的鳞茎,而见不到它的叶子。没想到漂洋过海到日本,居然能见到它,并有幸品尝它,使我感到格外的高兴。我将这种高兴之情向同席的人说了,通过翻译向招待小姐说了。顿时,我身后拥上来几位招待小姐,频频向我鞠躬,各个都递给我一碟这样的佐料。也许是这种佐料的作用吧,这顿涮牛肉吃得很欢、很香。

从京都返回东京,第二天就得乘飞机回国了,有一日本友人要见缝插针,赶在我们归国前便宴我们一次,问我们喜欢吃哪种日本的风味菜。我抢先说:"涮牛肉。"代表团的其他成员,也许碍于我是带队人的身份,没有提出异议;本来他们是喜欢日本的各种海鲜的。于是我们便在这友人的带领下,去寻找涮牛肉的馆子了。找了几家这样的馆子,都只有煎牛肉卖。不得已,只好吃煎牛肉了。

乡　思

我暗自忖度,煎牛肉和涮牛肉的佐料也许同样少不了我家乡的那种薤白,便以吃涮牛肉的兴致在等待着煎牛肉了。但临桌就餐时,就是不见那薤白的佐料。结果,我的打算落了空!

一种小小的灌木皮树,一种不名一钱的小菜薤白,何足启齿,而我却这样难以忘怀!有什么办法呢,只因我是土生土长的隆回人!

一九八五年

访 台 三 愿

这次去台湾,与"三"字结下了不解之缘。五月三日由北京出发,五日下午三点许住进圆山饭店。游了台北、基隆、台中三地;逛了日月潭、九族民俗村、阿里山国家森林公园三个景点;在铺天盖日的桧木林中,看到了三千年神木和多株三代木。而在访问过程中亦不断萌发着三愿。

一愿两岸早日直航。台湾与大陆隔水相望,可谓近在咫尺。但现在往返之间,比绕地球一转还难,手续烦琐,要有三方证件、认可、保证等,时间耗费也太多,至少得花四天。若直航,两个来小时足矣。但愿两岸直航的谈判取得进展,为一家人探亲访友提供交通方便。

二愿两岸加强合作,以振兴中华的经济和文化。在文化出版合作方面,两岸都有强烈的愿望,并已取得了成效。科技、经济领域想必也是如此。台湾的确是个宝岛,但弹丸之地缺少大鹏展翅的空间,城市中的商业招牌大过店面甚至楼舍,既可见其繁荣,又显其窘迫。大陆幅员辽阔、市场广大、资源齐备,工业已成体系,但技术、工艺和管理等较为落后。如果两岸能够移凸补凹,取长补短,龙的传人定可驱动龙的腾飞。

三愿两岸尽快统一。我们这次来台湾,所到之处,所见之人,都极友好、诚挚、亲善。这也难怪,两岸同胞,都有着共同的祖先,共同的文化传统,同样的血脉。"血浓于水",尽快"回娘家""回老家",这是大部分同胞的心愿与呼唤。看来,两岸统一,是人心所向,大势所趋。如能统一,中华民族不仅可以彻底终结百多年来的屈辱史,而且那已令人艳羡的"中华经济圈"必将为人类做出卓越贡献。

原载台湾 1994 年 3 月《出版人》

感受尼亚加拉瀑布

一九九八年夏天,我与单位的一位同事出差美国,应邀到了美国仁斯利尔理工大学许教授家做客。许教授是美籍华人,到了他家,双方都有异乡逢知己的感觉。在他家逗留了一天,日程的安排不容许我们再待了,但主人坚持还要亲自陪我们去参观世界胜境尼亚加拉瀑布。他说,凡他接待的客人,没有不奉陪去逛这胜景的。到了北京,必得去逛故宫、八达岭长城;到了美国东部,必得去逛尼亚加拉瀑布,不然,就是虚此一行了。

尼亚加拉瀑布,我们在中学的地理课本中曾读到过它,知道它是美洲最大瀑布,说得它如何神奇、伟大。但从黑白制版的图片上看,也无非是两块大小不一的窗帘布。我与我的同事在主人的盛情之下,不得不调整了访美日程。越是有差异的事物,越富吸引力,越能勾起人的好奇心,我们倒要去看看这两块窗帘布的究竟。

仁斯利尔理工大学地处纽约州首府奥尔巴尼附近,北行至尼亚加拉瀑布,只半天车程,一天恰好够一个来回,不必在途中过夜。隔日清晨,天刚蒙蒙亮,主人就陪我们启程,我们乘坐的卡迪拉克小轿车,特别稳当,风驰电掣,也如坐客厅中,几乎感觉不到车外的声响。我们就在这样的"客厅"中神聊起来:从各人的身世聊到国际大事,从中国聊到美国,自然也聊到了瀑布,庐山瀑布、黄果树瀑布、镜泊湖瀑布、壶口瀑布……主人一边驾车,一边也参与神聊,他走过的国家很多,见过的瀑布也很多,但侃起瀑布来,他却一概不予置评,只是说:当你们今天见到了尼亚加拉瀑布后,你们才有参

感受尼亚加拉瀑布

照系,才能论长短,评优劣。

近午时分,我们都有几分倦意,昏昏欲睡。忽然,我们一下惊醒了,似有闷雷在地壳中滚动,莫非碰上了地震?不禁出了一身冷汗。打开车窗,闷雷又像是从地壳中滚到了空中。主人对我们的惊愕不做任何解释,只是说:"快到目的地了。过一会,你们还可看到奇异景观哩!"车在行驶,闷雷在滚动。大约过了几分钟,只见车的前方灰蒙蒙一大片,万里晴空,惟独这一片在铺云布雨,彩虹交织。不经主人点明,我们也意识到,前方就是我们的目的地——尼亚加拉瀑布。

车进入了尼亚加拉市。该市以瀑布命名,据说人口只十来万,但名气很大,各国政要、大亨,大都在此留下过他们的足迹,一些重要的国际会议也在这里召开。我们的车东转西拐,终于在靠近瀑布的地方,找到了一个泊车位。据主人说,今天因不是大礼拜,不然,要找到一个合适的泊车位,比上天还难。

下了车,主人把我们领上一个小山丘。沿路人流如注,白人、黑人、黄种人、棕种人……似乎全世界的人种都汇集到了这里,其中还有拄拐杖、坐轮椅的老年人和残疾人。尼亚加拉瀑布能让如此多人倾慕,该不是徒有虚名吧。

登上山丘,举目一望大小两处大瀑布,就有一种石破天惊、山崩地裂、自己随时将被撕裂被掀翻的感觉。在这里,人变得渺小了,成了沧海一粟、落地败荚。

主人为我们当起了导游,他撕破嗓子向我们介绍瀑布的情况。在震耳欲聋的瀑布冲击声中,我一句也没听清晰。好在有说明材料在,事后翻阅,才知这瀑布处在美国和加拿大的国境线上。较小的瀑布属于美国,高五十五米,宽三百二十八米;较大的瀑布属于加拿大,高五十四米,宽六百四十米,呈马蹄形,故称马蹄瀑布。大瀑布的泄水量占总泄水量的百分之九十四。

主人又将我们引向河岸,凭票登上了一游轮,在入口处每人领到了一件塑料雨衣。上到船上,只见船上无一处不是湿漉漉的,座椅形同虚设,谁也不敢落座。船离开岸边,向瀑布驶去。将近瀑布时,船颠簸不定,只见河水在不停地打着旋子,形成无数个旋涡,似有无数蛟龙在水下掀风作浪。

　　游船开始驶进美国瀑布一边,来不及穿上雨衣,就已淋了一场大雨,头发茬里都是水,刚举起的照相机也望水而缩进了怀中。这瀑布不像"疑是银河落九天"的庐山瀑布那样峻急而缥缈,有其缓急的节奏,它是倾泻而下,有如"黄河之水天上来",只有轰轰作响的一个音符。自天而降的水柱溅起的浪花比瀑布本身还高。在船上几乎分不清哪是瀑布,哪是因瀑布而起的浪花。在这里,水沸腾了,疯狂了,彼此在追逐、碰撞、挤压、厮打、拼杀,并且力竭声嘶地呐喊、咆哮。整个战场烽火连天,乌烟瘴气,遮天蔽日。

　　我们揣着一颗战栗和恐惧的心离开了较小的美国瀑布,船改向驶进了加拿大一方的马蹄大瀑布。在这里,水的战斗场面更大更壮烈了,船颠簸得也更厉害了。我曾领略过壶口瀑布的暴烈和威严,一江浩淼无边的水注入壶口的倾泻之势,有如排山倒海,但我仍敢站在壶口下的一块大石头上,去端详瀑布的一叠叠浪花,去品味迎面狂风的拍打。可是在这里,虽有船的载体,我却被挟持在同事的腋窝底下,他生怕我被风浪掀倒。几次想掏出相机拍照,但瀑布似乎在拒绝一切拍摄,游客手中的相机都慑于它的淫威,不敢轻举妄动。我们在这大瀑布底下,在铺天盖地的水柱旁边,在倾盆如注的水花中间,只感到天在塌,地在裂,莫不是"水山暴发"!山洪暴发!我们这些被殃及的"船鱼",有的紧紧互相搂抱着,有的紧靠依傍物,不见任何动静和表情,有的抱头鼠窜,有的大喊尖叫,只有个别弄潮儿,索性脱了雨衣、上衣,赤膊着,在船舷上昂头挺胸,任凭风吹浪打,为水的疯狂大战呐喊助威。

　　船的前方有一大片灰蒙蒙的混沌世界,瀑布激起的水浪高不可测,它莫不是宇宙的大黑洞!我们正为面临它而捏一把汗时,船

感受尼亚加拉瀑布

却快快地掉转了头,没让我们再去冒险了。这样,马蹄大瀑布与我们只能算是擦肩而过,我们只算是看到了它的一点边缘,没有深入到它的腹地,没有看到它狰狞的真面目。也许人的生命极限只能靠近它的边缘吧,不知冒险家是否进入过它的腹地?

船到岸了,眺望远去的河水,浩瀚而平缓,只是仍然在打着旋子,似乎不堪刚才疯狂大战的疲惫而在喘着粗气。而我们也长舒了一口气,刚才那惴惴的心平息了下来,而且感到无限的欣喜和满足,一种人生经历中丰收的满足,大自然赋予人类无限风光的满足。

在返程的车上,许教授问我们观感如何,尼亚加拉瀑布与其他瀑布比较怎样,并说,你们是搞文学的,定会有绘声绘色的描写。我与我的同事都无言以对。老子曾经说过,凡物太大了就没有形,声音太大了就不可闻。真是"声真不世识,心醉岂言诠"。对尼亚加拉瀑布,我们只有感受,不能描绘,也许是"象外之意,系表之言"都是"蕴而不出"的。

原载《当代》2001 年第 5 期

杜荃是谁[*]

一九二八年八月,当革命文学论争正在激烈展开的时候,《创造月刊》第二卷第一期发表了《文艺战线上的封建余孽》一文,作者署名杜荃。这是一篇针对鲁迅开炮的文章。它一笔抹煞鲁迅过去的战斗业绩,认为他历来和形形色色敌人的斗争是"猩猩和猩猩战",毫无"曲直"可言;而鲁迅本人,却是"资本主义以前的一个封建余孽","是二重性的反革命的人物","是一位不得志的Fascist(法西斯蒂)"。这篇文章,尽管火药味很浓,因为缺乏事理的论述,也并未产生过什么有力的影响。然而,它毒化了当时革命文学阵营内部的论争空气,刺激了鲁迅并因之而涉及论争双方的情绪,所以引起了当时并以后的人们的注目。大家都在询问:这杜荃是谁? 这个问题,当时没有解决,现在仍然没有解决,将近三代人,都相继在文艺界里寻觅,以致成了现代文学史上的一桩疑案。

杜荃的这篇文章是发表在创造社的刊物上的,而且又集中代表了创造社一些参与革命文学论争者的一种激越的极端情绪,他是创造社中人,这大概是没有什么疑问的。创造社中的郭老曾用过杜衍这化名,而杜是他的母姓,因此,人们嘀咕着:杜荃是否就是郭沫若?

然而人们只是在私下里嘀咕,从来不曾公开议论。这是很不正常的。现在冯乃超同志把这个问题提了出来,这是"拨乱反正"

---

[*] 该文原是为注释《鲁迅全集》于1979年8月3日给中央领导的报告,后补缀成文。

杜荃是谁

的新气象。他在《新文学史料》一九七八年第一期的《鲁迅与创造社》一文中说：

> 杜荃是不是郭沫若？我过去(着重号系引者所加)认为不是的,郑伯奇也认为不是的。但仍有不少的人来访,多半都肯定是郭沫若。我曾试图弄清楚它。由于郭沫若一直在患病,不大见客,是不宜于拿这样的问题在这样的时候去打扰他。拖到一九七七年十一月十六日,我同几个同志到他家里去,看他精神比较好些了,便问他曾否用过杜荃这个笔名。他有点茫然的样子在回忆后说:他用过杜衎、易坎人……的笔名,杜荃却记不起来了。后来我托他的秘书找出杜荃发表在一九二九年十二月《新思潮》上的那篇《读〈中国封建社会史〉》一文请他看,他看过后说,该文的观点和他相似,但也没有说这篇文章是他写的。杜荃这个人还没有找出来,问题当然没有得到最后解决。我没有为郭沫若掩盖的企图,文章既然发表在《创造月刊》以及和创造社有渊源的《新思潮》,则杜荃与创造社有关系的假设,不能说完全没有点根据。《沫若文集》还在,新版将要重新编辑,将来可能找出结论来。

冯乃超作为创造社的一个重要成员,公开地提出了这个问题,并"试图弄清楚它",又在"弄清"它的过程中,亲自访问了郭沫若,提供了解决这一问题的重要线索。这对我们继续探讨这一问题,是深富启发和教育作用的。

至于冯乃超同志对这个问题的看法,我们固然不好妄加推测和评断,但他的一些想法还是委婉却不容歧解地表达出来了。"我过去认为不是的",那么现在呢？他虽然没有明说,但他是倾向于认为杜荃有可能就是郭沫若的,不然,他也就不会托郭老的秘书找出另一篇也是署名杜荃的文章请郭老去看了。

如果说,冯乃超的看法还不十分确定,那么,同是创造社的另一个成员张资平却早就认定无疑了。一九三〇年四月,鲁迅在

《萌芽月刊》第一卷第四期上发表了《张资平氏的"小说学"》一文,五月,张资平马上在《洛浦》创刊号上发表了《答黄棘氏》(按:黄棘是鲁迅发表《张资平氏的"小说学"》一文时的署名)进行反驳。其中有这样一段话:

> 现在我要正告黄棘氏,不要不读书而尽去"援中国的老例"啊。假如英文教师同时对外国史有研究,当然可以教外国史;国文先生对伦理有素养,也未尝不可以担任伦理学。"二重反革命","封建的遗孽","不得志的 Fascist(法西斯蒂)"(见麦克昂氏的批评鲁迅的我的态度气量和年纪)尚可以转化为革命文学的先锋!这就是唯物的辩证法,黄棘氏知道否?

大家都知道,张资平文章里的这些引语都出自杜荃的《文艺战线上的封建余孽》一文,而杜荃在这篇文章的第一节"发端"里明确说了它是针对鲁迅的《我的态度气量(器量?)和年纪》一文而写。可是张资平不说这是杜荃的文章,而说是"麦克昂氏"的文章。"麦克昂"是郭沫若的一个众所周知的笔名。那么,既然杜荃=麦克昂,而麦克昂=郭沫若,于是就:杜荃=郭沫若了。若问:张资平这时已经脱离了创造社,他这样点明杜荃的身份,是不是对郭沫若的栽诬呢?我们不能这么说。据知,当时张资平与后期创造社中人闹翻,但与前期创造社的元老郭沫若的交情并未决绝。张资平堕落成为汉奸,是以后抗日战争时期的事,从这时起,他与郭沫若才分属于彼此敌对的营垒。至于说到"栽诬",只是在今天才能产生这样一种提法。今天,鲁迅在人民的心目中,已享有他所应得的崇高的地位,人民不容许无端攻击鲁迅,如果有谁凭空说人攻击鲁迅,这才叫作"栽诬"。可是在当时革命文学的论争中,彼此都是平等的论争的一方,在那种情况下,张资平说出杜荃是郭沫

杜荃是谁

若,对郭不见得有什么损害,说不上是对他的"栽诬"。那么,是不是胡说呢?这也不可能,当时郭沫若健在,虽然他远居国外,但他并未割断与祖国的联系,对国内的一切动态了如指掌,人们总不便当着人的面胡说这人未曾干过的事吧。而且,从张资平的文章看,他引用"麦克昂氏"的话,正是想当着郭沫若的面而借重郭的名气,以加强自己对鲁迅的攻势。

正像张资平知道攻击了自己的黄棘就是鲁迅一样,鲁迅对于攻击了自己的杜荃是谁,也是有他自己的看法的。他在一九三〇年三月发表在《萌芽月刊》第一卷第三期的《"硬译"与"文学的阶级性"》一文中,有这样一段话:

> 从前年以来,对于我个人的攻击是多极了,每一种刊物上,大抵总要看见"鲁迅"的名字,而作者的口吻,则粗粗一看,大抵好像革命文学家。但我看了几篇,竟逐渐觉得废话太多了。解剖刀既不中腠理,子弹所击之处,也不是致命伤。例如我所属的阶级罢,就至今还未判定,忽说小资产阶级,忽说"布尔乔亚",有时还升为"封建余孽",而且又等于猩猩(见《创造月刊》上的《东京通信》)……在这样的社会里,有封建余孽出风头,是十分可能的,但封建余孽就是猩猩,却在任何"唯物史观"上都没有说明……(见《二心集》)

显然,这里鲁迅所引的"封建余孽""猩猩"这些词汇,都是出自杜荃的《文艺战线上的封建余孽》一文。可是,鲁迅是怎样给这些引语注明出处的呢?他颇有深意地说了"见《创造月刊》上的《东京通信》"这一句。当时的《创造月刊》上,并没有任何一篇标题为《东京通信》或标明是"东京通信"的文章中,有前面所引的这些内容。而署名杜荃的这篇《文艺战线上的封建余孽》,既没有"东京通信"这样的副题,文末作者也没有写上"寄自东京"之类的字样,《创造月刊》的编者更未做出任何"文稿是寄自东京"的说明乃至暗示。那么，鲁迅为什么要把这篇看来与东京毫不相干的文章称为《东京通信》呢？看来，这只能说明，鲁迅是在作有意的暗示。这一暗示，读者是不难领悟的。当时创造社的中坚分子几乎都在国内，只有郭沫若一人避居东京。鲁迅希望通过点明一下作者所处的地方，让读者连带想到身居这地方的作者来。当然，那时在东京而又参加国内革命文学论争的也许不只郭一人，但除了身负盛名如郭沫若者之外，鲁迅是没有必要作这种暗示而不直说的。

鲁迅不仅在《"硬译"与"文学的阶级性"》这一篇用"东京通信"这一称呼来指署名杜荃的这篇文章，在《两地书》里，他也是这么处理的。一九三二年，鲁迅在整理他和许广平的通信编为《两地书》出版的时候，正是郭沫若的《创造十年》出版不久。就好像是为了回答郭沫若的这本新书，他在第一三五信（即一九二九年六月一日的信）中，添上了这样一段原信中没有的话（原信见《鲁迅手稿全集》书信第三册第一二七页）：

> 在上海，创造社中人一面宣传我怎样有钱，喝酒，一面又用《东京通信》诬栽我有杀戮青年的主张，这简直是要谋害我的生命，住不得了。

此处所说的《东京通信》，也正是指署名杜荃的这篇《文艺战线上的封建余孽》，其中"诬栽"鲁迅"有杀戮青年的主张"，原话是这样的：

> 所以个人主义者保守者棒喝主义者是"不足虑的"，"可怕"的是社会主义者改革者共产主义者的青年。
>
> 这些青年一时还不会死，然而又"可怕"，这怎么办呢？这只好叫他比"老头子"早死了！
>
> 杀哟！杀哟！杀哟！杀尽一切可怕的青年！而且赶快！
>
> 这是这位"老头子"的哲学，于是乎而"老头子"不死了……

杜荃是谁

如果说,上述分析还包含有推测的成分,还不足以说明问题的话,那么到了一九三四年五月十五日,鲁迅在给杨霁云的信中,就说的明确得多了,甚至直呼其名了。鲁迅在这封信里说:

> 集一部《围剿十年》,加以考证:一、作者的真姓名和变化史;二、其文章的策略和用意……等,大约于后来的读者,也许不无益处。但恐怕也不多,因为自己或同时人,较知底细,所以容易了然,后人则未曾身历其境,即如隔鞋搔痒。……这些(以前的)人身攻击的文字中,有卢冀野作,有郭沫若的化名之作……(《鲁迅书信集》上卷第五四二至五四三页)

这里说明了,郭沫若曾经化名攻击过鲁迅。现在的问题是:郭沫若的化名是什么,他用化名攻击鲁迅的文章是哪一篇?众所周知,鲁迅在写此信之前,郭沫若与鲁迅直接或间接交绥的文字,都署本名或常见笔名,这些文章,都不能叫作"化名之作"。联系到我们上面已经探索过的各种情况,特别是鲁迅在《"硬译"与"文学的阶级性"》一文中所作的暗示,那么,我们有根据怀疑,所谓郭沫若的"化名",当指杜荃,所谓"化名之作",当指《文艺战线上的封建余孽》。

鲁迅在信中说的他拟编的《围剿十年》这一书名,大概是从一九三二年出版的郭沫若的《创造十年》套来的。在论战中,鲁迅有从对手攻击文字中套用或变用书名和笔名的习惯,以便使自己的文字的针对性更为明确,书名如《三闲集》《二心集》《南腔北调集》《花边文学》等,笔名如丰之余、隋洛文、公汗等。鲁迅这本书一直没有编成,我们看不到它的内容,但是,既然书名是从《创造十年》套来的,它里面肯定会收有《创造十年》的作者郭沫若的文章。而且这文章曾经刺激过他,使他"忿懑"过,以致使他忘怀不了。这样的文章,恐怕只可能是鲁迅多次提到并曾暗示过作者身份的《文艺战线上的封建余孽》。

杜荃即郭沫若，与鲁迅接近的冯雪峰和杨霁云等都是这样认定的。一九七三年，冯雪峰告知了笔者，并连带说到了鲁迅一九三二年写的一首七绝《偶成》："文章如土欲何之，翘首东云惹梦思。所恨芳林寥落甚，春兰秋菊不同时。"冯说，这首诗是题送光华书局老板沈松泉的。沈虽然为鲁迅出过书，但交情不深，不便直接找鲁迅题字，只好转求冯请托。开始鲁迅不太乐意，最后还是应允了。诗写好之后，冯不懂它的含义，当即问鲁迅。鲁迅说："'东云'，指日本；'春兰秋菊不同时'，我与郭沫若不是搞不到一块吧。杜荃骂我的话，怎能忘记得干干净净。我也曾有过向郭沫若组稿的念头，但终究打消了。"冯还说，送给沈松泉的诗而谈及郭沫若，可能因为沈与郭关系不错，沈的书局为郭出过几种书。

　　冯雪峰的话该是可信的，他是鲁迅身边一位"可以随便谈谈"的朋友，向他说及个人生活中一些不愉快的事，是完全可能的。何况鲁迅既可笔之于书，又何妨宣之于口。而且冯雪峰谈到这首诗的产生过程及诗的本事，他不仅作为见证人是令人信服的，而据此本事去求诗的旨意，也可以得到贴切而准确的理解。关于这首诗，虽然其中没有冷僻的用典，文字也不艰深，但各家的解释却很不一致。有说是怀念日本友人而兼及日本文坛的，有说是个人的感时述怀之作，也有说是有感于反动派摧残文化事业而写，而关键是对于诗的末句"春兰秋菊不同时"的理解有歧义。或说这是诗人喟叹时节乖违，兰、菊各不以其时，以致消萎，比喻反动政府对作者的摧残；或说这是指日本芳林寥落，像春兰、秋菊不能同时开放那样，所以诗人不想到日本友人那里去了；或说这是比喻诗人自己现在的境况和少年时能去日本的境况，已大不相同。这些理解也并不是全然没有道理，但总嫌不够贴切，而理解是如此地分歧，也说明了它们的说服力不强。而冯雪峰引鲁迅的话说它是"搞不到一块"的意思，这是对这句诗的最好的注脚，也是打通全诗意旨的关隘的一把钥匙。"春兰秋菊不同时"，原本《楚辞·九歌·礼魂》：

杜荃是谁

"春兰兮秋菊,长无绝兮终古"。而后人却往往在兰、菊"异芬"、"不同时"、"可同时"、"异时荣"这类意义上去运用它。鲁迅在此也是沿用了传统的用法。犹言他与郭沫若因时地境遇不同,感情、性格、思想方法等很难强合。这是委婉其辞,而又颇深感慨。在反动派肆意摧残文化事业,使得"芳林寥落"的时候,而幸存者又"搞不到一块",这种感慨是够深沉的,同时它所包含的思想内容也是够深刻的。鲁迅并未因与郭沫若的"交恶"而怀私恨,他萦回于心的是对反动派的公仇,是因这种"交恶"而使他们不能并肩战斗。

在鲁迅那里,杜荃是否郭沫若,他暗示过,明点过,说在口头上,也写在文章中,他的看法是明确的。至于郭沫若,他虽然一直没有正面承认这件事,但是他从来也不隐讳自己和鲁迅之间有过一段不愉快的关系,并且透露了一些蛛丝马迹,从中可以探到解决杜荃问题的一些线索。随手举几篇他的文章为例罢。

一九三〇年初,他读了鲁迅的《我和〈语丝〉的始终》,颇有感慨,写了《"眼中钉"》一文。其中说到他与鲁迅的关系时说:"关于鲁迅呢,我只间接的引用过他的一句话,便是'中国还没有一个作家'(见《文艺论集》中《天才与教育》),而且我还认识他的并不是'傲语'。"如果是这样,他与鲁迅该不至于"交恶"了,事实上,鲁迅也并没有因为他引用了这句话而"忿懑"过。可是,他却在下文中忽然"坦白地招认"说:"成、郭对于周、鲁自然表示过不满,然周、鲁对成、郭又何尝是开诚布公?……始终是一些旧式的'文人相轻'的封建遗习在那儿作怪。"这段话检查了革命文学论争中双方态度上的错误,是很诚恳的,但就文理来看,既然前一段并没有举出任何"文人相轻"的事实,后面的这一"坦白招认"的评断又是何所指呢?读者是怎么也看不出这两段文章中的联系来。只好这样认为:作者这样着笔,是暗示存在着一桩与这断语铢两悉称的事实,例如有过这篇署名杜荃的文章的事实。

一九三六年八月三十日,郭沫若写了《蒐苗的检阅》一文。这是他看了鲁迅的《答徐懋庸并关于抗日统一战线问题》之后写的。针对鲁迅在文章里做出的虽然"曾用笔墨相讥,但大战斗却都为着同一的目标,决不日夜记着个人的恩怨"这一堂堂正正光明磊落的声明,郭沫若说:

> ……尤其使我抱歉的是我们"未尝一面"而时每"用笔墨相讥",我们的这种态度的确生了不少的恶劣影响,我临着"大战斗"当前有时都难免要感觉着"为着同一的目标"而"不日夜记着个人的恩怨"的困难。这困难在我是切实也感觉着的,虽然时常都在努力着想克服它。我自己究竟要比鲁迅先生年青些,加以素不相识,而又相隔很远,对于先生便每每妄生揣测……

这态度也是很坦率的。尽管没有涉及署名杜荃的文章,但是承认有由于"每每妄生揣测"而时又"用笔墨相讥"的事。

在鲁迅去世十年之后,郭沫若在一九四七年八月三十日写的《一封信的问题》一文中说:

> 只是由于一部分朋友的认识不足,惹起了一场"笔战",说遗憾倒也是值得遗憾的。不过我也还要替后期创造社的朋友们说几句公平的话。他们的批判鲁迅即使是出于错误的认识,以为鲁迅代表着封建意识的残余,但他们是对事不对人,存心在打击封建意识,并非打击鲁迅。后来那些朋友,一反而推戴鲁迅,不就是很明白的证明吗?

既回顾了往事,又表明了心迹。尽管没有说明这攻击鲁迅为封建余孽的人是谁,但就在为这种攻击所作的辩解中证实了当年创造社确实作过这样的攻击。

前面所引冯乃超的文章谈到,冯乃超专门为了这杜荃的事询问郭沫若,郭的回答只是说:"记不起来了"。如果杜荃是郭沫若,这句答话是不可信的,因为这篇署名杜荃的文章并不是兴到之笔,

杜荃是谁

可以事过境迁就忘掉了的;如果杜荃不是郭沫若,这句答话同样是不可信的,因为这篇署名杜荃的文章当时就成为举世瞩目的一大公案,自己若不是是非中人,怎么能够"记不起来"呢,这是根本用不着去记忆的事情。对于这一回答比较近情理的解释,是他不愿涉及这一问题,如同外交辞令中的"无可奉告"一般。

杜荃除了大家注目的《文艺战线上的封建余孽》之外,已如冯乃超所指明,还有一篇《读〈中国封建社会史〉》(载一九二九年十二月《新思潮》第二、三期合刊),后一篇文章也发表在和创造社有渊源的刊物上,更可看出作者与创造社的关系。两篇文章都表明作者对马列主义作过一番研究,特别是后一篇,只有当时舆论界的先驱者才能写得出来,可见他不可能是创造社的一般追随者,而是中坚分子。他的文笔相当圆熟老练,在二十年代运用白话能达到如此水平的,只有寥寥可数的几个大手笔。而从文字风格看,则与郭沫若的不仅形似而且神似。我不想罗列那些显而易见的特点,只想说及如下一点似乎也就够了。郭沫若文章独有的"正字"的习惯(这可能与他是文字学家有关),在《文艺战线上的封建余孽》这一不甚长的文章中,就出现了六次之多。"正字"的极端是抠字眼,而这篇文章的主要论点都是靠它建立的。

我们还可以置这些语言风格上的相同点不谈。值得我们注意的是杜荃文章中的观点,是否与郭沫若同一时期的观点相吻合。我们不妨来两两对照一下,给它们对对号。

首先让我们分析一下《文艺战线上的封建余孽》发表时期的情况。

杜荃在《文艺战线上的封建余孽》中有这样一些话:

> 鲁迅的文章我很少拜读,提倡趣味文学的《语丝》更和我没缘……
> 在未读这篇随感录(按:指鲁迅的《我的态度气量和年纪》)以前我的鲁迅观是:

> 大约他是一位过渡时代的游移分子。他对于旧的资产阶级的意识已经怀疑,而他对于新的无产阶级的意识又没有确实的把握。所以他的态度是中间的,不革命的——更说进一层他或者不至于反革命。

这是杜荃在一九二八年八月说的话。而郭沫若在同年二月写的《留声机的回音》中也这样地说过了:

> 语丝派的"趣味文学"是资产阶级的护符……但是语丝派的不革命的文学家,我相信他们是不自觉,或者有一部分是觉悟而未沏底。照他们在实践上的表示看来倒还没有甚么积极的反革命的行动。

这里好像是杜荃在抄袭郭沫若。惟一的区别是杜荃点了鲁迅的名,而郭沫若却没有这样做。但当时创造社中人大都认为鲁迅是语丝派的"主将",郭沫若也不例外。

然而过不了多久,郭沫若又转而去抄袭杜荃了。

自从杜荃对语丝派"主将"鲁迅的看法由"不革命"升到"二重性的反革命"之后,郭沫若对语丝派的看法也跟着改变了。他在一九三〇年一月写的《文学革命之回顾》中说,语丝派"胶固在他们的小资产阶级的趣味里,退回封建的贵族的城垒",与胡适、新月派一起,"一方面向近代主义(Modernism)迎战,一方面向封建趣味阿谀,而同时猛烈地向无产者的阵营进攻"。

其实,这里并不存在谁抄袭谁的问题。如果我们想到杜荃就是郭沫若,那么这种互相"抄袭"的奇怪现象马上就可以得到合理的解释了。

杜荃的《文艺战线上的封建余孽》,最主要也是最醒目的论点是认定鲁迅是"封建余孽",是"法西斯蒂"。我们可以进而看看,郭沫若的文章中是否也有类似的说法。

郭沫若在一九三二年出版的《创造十年》的"发端"中,有这样

杜荃是谁

一段话：

> 革命的文学研究会万岁！
> 拥护文学的正统！
> 打倒一切反动的文学团体！
> 拥护我们的文坛总司令鲁迅先生！
> 反对文学研究会的就是反革命！
> 反对鲁迅先生的就是反革命！

> 是的，还有一个"被压迫民族的文学"，也是该呼几声万岁的。我们贵大民族的贵大百姓，要算是不折不扣的"被压迫民族"了。我们贵被压迫民族的贵民族主义文学呢？？？在这儿我很抱歉，可惜我们鲁迅先生沾染了点子章回体的小说派头，要等到"下回分讲"，于是乎让我们的"万岁"也就不好明目张胆地叫出来，我们须得学学我们的先生"顾虑到官边"啦。打个折扣，叫他妈半声罢。好的，我们再来呼叫起来：
> "被压迫民族的民族主义文学卐！"

> 在这儿要加一个注解，这个屁股上的卐字，就是"古东多卐"的屁股上的那个字一样，是当作"万"字在使用。"万岁"的一半自然就是卐，但有聪明的读者定要把它连想到法西斯蒂，那也是他的自由。

郭沫若在这里说的都是反话，有点不好理解。其实它的主要意思是：鲁迅作为文学研究会的发起人(？)，认定"被压迫文学"是文学的正统，进而发展到默认法西斯蒂的"民族主义文学"，因为在它猖獗的当时，鲁迅没有着力批判，而是要人家听"下回分讲"，鲁迅与法西斯蒂沾了边；而鲁迅在文坛上固守"正统"和"总司令"的地位，排斥一切，打倒一切，只许人家山呼万岁，这是封建专制主义的表现。如果我们这样的理解没有曲解郭沫若文章的原意，那么就可以说，这也就是杜荃文章中的主要而醒目的观点。

杜荃与郭沫若文章观点的相同,如果再看看杜荃的《读〈中国封建社会史〉》,那么,我们更不能不惊叹:两人何其相似乃尔!他们——

一、同时研究同一问题,进度一致。

杜荃说:"目前(按:指一九二九年)我也在准备研究这个事项(按:指中国古代社会)……我自己目前的题目是中国的氏族(原刊误排为'民族'——引者)社会向奴隶制度更向封建制的转移,已经研究得稍有头绪,是正想向封建社会突进的。"郭沫若说:"一九二九年,我陷在日本的时候,为了要想弄清楚中国社会史的发展,我开始了古代社会的研究"(见《美术考古一世纪·译者前记》)。杜荃在一九二九年六月,对于中国古代社会"已经研究得稍有头绪"(可惜后来没有见到署名杜荃的研究成果),而郭沫若也正好在这年九月已写完并编讫了《中国古代社会研究》一书。

二、同一研究目的,针对同一种社会舆论。

杜荃说:"对于未来社会的展望每每要求我们回顾过往的轨迹。……中国的旧人们有一句口头禅,便是'我们的国情不同'。……我们的课目应该有一道是:要来使他们看看中国的情形究竟同也不同!"郭沫若也在一九二九年说:"对于未来社会的待望逼迫着我们不能不生出清算过往社会的要求。……中国人有一句口头禅,说是'我们的国情不同'……然而中国人不是神,也不是猴子,中国人所组成的社会不应该有什么不同。"(见《中国古代社会研究·自序》)

三、同一指导思想,同一研究方法。

杜荃说:"在目前除用唯物辩证法的方法以外是没有第二种可以采用的";在处理材料时,需要"从考古学入手",需要"有人种学民俗学金石文字学"等方面的知识。而郭沫若被公认是我国运用马克思主义观点研究中国历史的开拓者,是金石文字学研究的权威,他创造性地把古文字学和古代史的研究结合起来。他在这方面的论述甚多,不胜枚举,就不详加摘引了。

四、同一基本观点,同一结论。

杜荃说:"Marx 在他的《政治经济学批判》的序上说:'大体上亚细业的(即氏族社会),古典的(即希腊罗马的奴隶制),封建的,及近代资本家的生产方法,是可以作为经济的社会体制之发展的期段。'这四种是必经的阶段。据笔者的研究,周代正和希腊罗马之古代相同,是奴隶制,当时的所谓'封建诸侯'其实多是自然发生的王国。中国的真正的统一在秦始皇廿六年兼并天下划一制度权衡文书以后!!!"而郭沫若这时写就、一九三〇年出版的《中国古代社会研究》,也恰好是运用马克思主义观点,创造性地论证了我国古代社会完全符合马克思所揭示的社会发展的普遍规律,同样经历了原始社会、奴隶社会和封建社会。他与杜荃的观点完全一样。而他对于各个社会阶段的划分,也与杜荃同样地存在着某些可议之处,例如他们都认为殷代是氏族社会,周代才开始奴隶制时代等。

这里只能举其荦荦大端,其他相同的地方还不少,如对于禹,两人都认为不是一个人,而是"中国的先住民族的传说系统",而所根据的资料都主要是齐侯镈的"处禹之都"之语。

值得注意的是,在这里,杜荃与郭沫若的相似,已经不是一般学术观点上的"英雄所见略同",而是同一阅历,同一世界观,同一思想水平,同一学术修养,在同时期内研究同一课题,且又在同时期达到同一建树。这不是孪生儿般地相似,而是同一灵魂、同一体魄、同一五官、同一身手的同一人。

综上所述,杜荃即郭沫若,看来是没有什么疑义了吧。我们引证了鲁迅的文章和书信,引证了冯雪峰转述的鲁迅的谈话,引证了张资平的文章,然而最权威、最雄辩的还是杜荃和郭沫若本人的文章。昔人云:"文如其人。"见其文即可识别其人。何况,我们引证这些文章,还不仅仅着眼在文字的风格上面。

我们不惜花一些精力查阅资料，考证清楚杜荃是谁的问题，仅仅是为了弄清楚历史的真相，也就是实事求是，尊重历史的意思。而且这样做，对我们所尊重的郭沫若同志并无什么损害。郭沫若的一生，已经盖棺论定，虽然他早年写的那些骂鲁迅的文章，不是根据事理，但到后来，他对鲁迅是奉为旗帜般地尊敬的，一时的失言，不影响他的名世高论，更不影响到正确看待他一生的丰功伟绩。我们不必为贤者讳。其实，这是要讳也无从讳起的事情。鲁迅和郭沫若之间都"曾用笔墨相讥"，难道不是大家都很熟悉的文坛掌故吗？这又何限于上述的这一例！冯乃超说得好："即使杜荃是郭沫若也不见得是大问题。能说鲁迅对创造社一点儿误会都没有吗？"（见前引文）

我们将杜荃的问题考证清楚，弄清楚历史的真相，为的是总结历史的经验。鲁迅与郭沫若，虽然贡献有大小，在历史上的地位有高低，但他们同是中国现代文学史、革命史上的两颗巨星，他们在祖国的天空中交相辉映。但是，同志的误解，往往为敌人所利用，早在革命文学论争和左翼文艺运动时期，不少敌人就企图利用鲁迅与郭沫若等人之间的矛盾，如说什么鲁迅思想的跃进是向创造社的"投降"等。同时，同志之间的误解，也影响了自己人的情绪，影响了并肩战斗的威力。从我们上面所引鲁迅和郭沫若的一些文章中各自所发的感慨，就可深深地感觉到这一点。

将杜荃的问题考证清楚，弄清楚历史的真相，还将有利于我们更好地读懂鲁迅的一些作品，也有利于郭沫若佚著的搜集出版工作，这是鲁迅和郭沫若的千百万读者和研究者都希望着的事情。

一九七九年
原载《鲁迅研究文丛》第一辑

附：

"杜荃（郭沫若）"——惊动高层的
《鲁迅全集》一条注释（摘录）

徐庆全

一九三二年，鲁迅在《三闲集·序言》中说：

> 我先编集一九二八至二九年的文字，篇数少得很，但除了五六回在北平上海的讲演，原就没有记录外，别的也仿佛并无散失。我记得起来了，这两年正是我极少写稿，没处投稿的时期。我是在二七年被血吓得目瞪口呆，离开广东的，那些吞吞吐吐，没有胆子直说的话，都载在《而已集》里。但我到了上海，却遇见文豪们的笔尖的围剿了，创造社，太阳社，"正人君子"们的新月社中人，都说我不好，连并不标榜文派的现在多升为作家或教授的先生们，那时的文字里，也得时常暗暗地奚落我几句，以表示他们的高明。我当初还不过是"有闲即是有钱"，"封建余孽"或"没落者"，后来竟被判为主张杀青年的棒喝主义者了。

鲁迅这里说到的在上海"遇见文豪们笔尖的围剿"，熟知这段历史的人都知道，就是在现代文学史上占一个重要章节的"革命文学"论战。

第一次国内革命战争期间，创造社的郭沫若、成仿吾等先后参加革命实际工作。一九二七年该社倡导无产阶级革命文学运动，同时增加了冯乃超、彭康、李初梨等从国外回来的新成员。一九二八年，创造社和另一提倡无产阶级文学的太阳社对鲁迅的批评和鲁迅对他们的反驳，形成了这次以革命文学问题为中心的论争。由于是论战，参加者发表的一些文章都带有一些火气，甚至率意扣帽子。比方说，以杜荃的署名发表的《文艺战线上的封建余孽》一文中，用尖酸的语言攻击鲁迅"是资本主义以前的一个封建余孽",而"资本主义对于社会主义是反革命,封建余孽对于社会主义是二重的反革命",因此"鲁迅是二重性的反革命的人物","是一位不得意的 Fascist(法西斯蒂)"。而且,由于是论战,很多人的文章是以笔名发表的。称鲁迅为"封建余孽"的杜荃就是一个笔名。

关于鲁迅这段话,一九五八年版的《鲁迅全集》的编者们,在笔名的考证上却留下一个空白:即对"杜荃"没有像对"石厚生"后面加上一括号注明是成仿吾一样也加上一个括号注明是何许人也——《全集》其他涉及"杜荃"的也同样如此。这个问题就留给了一九八一年版的《鲁迅全集》的编辑者了。

陈早春:杜荃就是郭沫若
定稿小组:真人不好露相

鲁迅的《三闲集》,收录在一九八一年版的《鲁迅全集》第四卷中,该卷的责任编辑是陈早春。陈也在人民文学出版社工作。与冯雪峰交往很密切,对《鲁迅全集》的编辑也是了解的,所以对"杜荃"这个名字并不陌生。但要真正找出这个人是谁,却还要下一番功夫。

经过多方考证,陈早春做到了这一点。在一九七七年中央决定由胡乔木、林默涵来领导并主持《鲁迅全集》的编辑工作时,他就拿出了考证的结果:杜荃是当年创造社的首脑郭沫若。因此,他在关于鲁迅这段文字中的"封建余孽"的注释中,在杜荃后加上一个括号,写明"郭沫若"。

但是,陈早春的考证结果,在一段时间内,并未得到应有的尊重。陈早春告诉我:

> 我在第四卷第一稿上,也就是初稿上,就注明了杜荃是郭沫若,但在定稿小组审定时,却被划掉了;第二稿我还注明,仍然被划掉了。在第三稿、第四稿、第五稿上,我仍然坚持写上,但都如同以前一样,还是被划掉了(2003 年 11 月 8 日电话采访陈早春记录)。

杜荃是谁

虽然陈早春没有多谈及被划掉的原因,但在我看来,定稿小组不让杜荃的真人"露相",大致还不是对陈早春的考证结果有什么怀疑,而是因为这个考证的结果是郭沫若。

编辑出版《鲁迅全集》,虽然是学术范畴的事,但是,由于鲁迅在中国的地位,他与文坛一些人交往的复杂的情况等等,对《全集》进行编辑、注释,有时候不免要牵涉到一些重大的人和事。正因为如此,不管是一九五八年版还是一九八一年版的《全集》编辑工作,都是在中央领导下进行的。一九五八年版就不说了,就一九八一年版来说,早在一九七七年,中央就决定由胡乔木挂帅,林默涵披挂上阵,主持这一工作(后因乔木忙于其他工作,便委托林默涵代为负责)。这年十二月初,林默涵就和《全集》编辑一起就注释、整理与出版工作中有关方针性的问题以及注释体例等拟出了条例。在这个条例中特别要求:"注释中遇到的一些较重要或较复杂的问题,应特别严格掌握分寸,并将注稿送请上级领导审定。"有了这项规定,编辑在遇有一些较重要的注条,经反复讨论拟就初稿后,或由林默涵审定,或由林转请胡乔木或其他有关同志审定。

陈早春的考证结果,显然是属于应该"严格掌握分寸"的范畴之列。定稿小组当然要慎重考虑了——五次将这个注释划掉,自然是这种慎重的结果。

另外,当时让定稿小组为难的是,郭沫若对此有"记不起来了"的答复。当然,郭沫若的答复,不是他看到了陈早春的考证结果,而是他在回答当年与他一同参与论战的创造社另一名元老冯乃超的询问时说的。冯乃超将郭的答复写在了《鲁迅与创造社》一文中,此文在一九七八年第二辑的《新文学史料》上发表。想来编辑领导小组不得不作这样的考虑:既然郭沫若本人已经"记不起来了",陈早春的考证结果再正确,恐怕也不宜在注释上体现,只好割爱了。

陈早春无奈上书,
胡乔木、周扬定夺

一条辛辛苦苦考证出来的注释被五次划掉,陈早春心有不甘。出于对历史负责的考虑,他对定稿小组的负责人申述自己的意见。负责人无奈,只好对他说:你打一个报告吧,我们考虑一下,或者给你转送上面来定。于是,陈利用一个下午的时间,写成了长达四千字的报告。(略)

临末,陈早春建议:

一、在鲁迅著作中凡是牵涉到杜荃时,当注明他即郭沫若。

二、转请郭沫若全集编辑委员会,将上面说到的杜荃两篇文章收入集中。

不知领导以为如何,候盼指示。

《鲁迅全集》第四卷责任编辑

陈早春

1979.8.3

陈早春的这个报告,转悠了半年多的时间,才在一九八〇年三月十三日由林默涵送给"周扬同志并乔木同志"审定。林默涵在附上的信中写道:

> 鲁迅《三闲集》序言中,讲到有人骂他是"封建余孽"、"棒喝主义者",这是指《创造月刊》第二卷第一期杜荃《文艺战线上的封建余孽》一文中的话。
>
> 杜荃何人?过去的注释都未讲明。现在鲁编室负责此书注释的同志,根据各种材料,认为杜荃就是郭老,看来他的看法是可信的。但是否注明,我们没有把握。先将陈早春同志给定稿小组的信送阅,请你们考虑应当如何办?盼即示知。

前面说过,胡乔木具体负责《全集》的审定工作,周扬并没有参与此事。林默涵把报告送给胡乔木即可,为什么还要加上周扬的名字?原因除了周扬是文艺界的领导人之外,更重要的是,周扬此时是"郭沫若著作编辑委员会"的主任(林默涵也是编委)。林默涵认为,既然陈早春在报告中提出将其结论告知郭沫若著作编辑委员会,就更有必要让周扬或郭著编委会来认定。如果周扬同他一样认为是"可信"的话,这一考证结果,对正在编辑中的《郭沫若全集》也大有益处,将这《文艺战线上的封建余孽》和《读〈中国封建史〉》两文收入《郭沫若全集》也是应该的。

三月十七日,周扬批示说:

和郭著编委的同志共同研究一下,我看可以注明。请乔木同志酌示。

同一天,胡乔木批示说:

同意周扬同志和陈早春同志的意见。

至此,已经接近于定稿的《鲁迅全集》第四卷中,加上了这条注释。但是,事情还没有完结;郭沫若的秘书王廷芳看到陈早春的报告后,却提出了异议,由此又引出了周扬和李一氓之间的信函往来。

王廷芳:结论还有待于继续探讨
李一氓:从历史的高度看待注释

在周扬将陈早春的考证结果交"郭著编委的同志共同研究"的时候,郭沫若的秘书王廷芳看到了这一报告。他虽然承认陈的考证是一家之说,但仍认为结论还有待于继续探讨;而且,他对陈文中的行文也颇有意见。为此,他给周扬写下了这样一封信:

周扬同志:

最近我才看到你和乔木同志对林默涵同志关于"杜荃就是郭沫若"的请示的批件及附件。把我所了解的一些情况和意见向你反映一下:

一九七七年十一月十六日,是郭老八十五岁的生日。冯乃超同

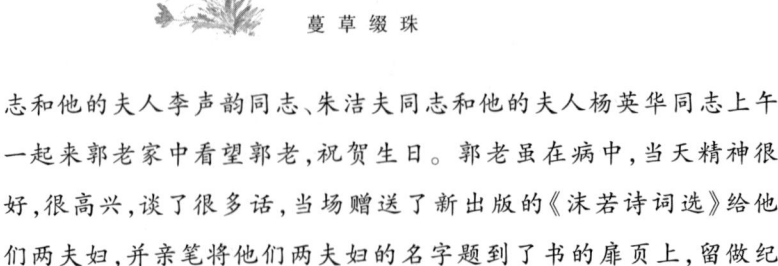

志和他的夫人李声韵同志、朱洁夫同志和他的夫人杨英华同志上午一起来郭老家中看望郭老,祝贺生日。郭老虽在病中,当天精神很好,很高兴,谈了很多话,当场赠送了新出版的《沫若诗词选》给他们两夫妇,并亲笔将他们两夫妇的名字题到了书的扉页上,留做纪念。在谈话将要结束时,冯乃超问郭老在一九二八年至一九二九年之间,是否用过杜荃这个笔名发表过文章?对杜荃这个名字,乃超同志说了几遍郭老还是听不懂,乃超同志就在一张纸上写了杜荃两个字,郭老才听明白,他拿着这个名字,沉思了很久说,我当时用过麦克昂、杜×、易坎人等笔名,记不起来用过杜荃这个笔名。除了杜×以外,我记不得再用过杜什么的笔名。乃超同志看到郭老已经很累了,就起身告辞。他并且把一本铅印本载有杜荃文章的32开本的什么资料留给了我,让我趁郭老精神好时给郭老看看,再帮助回忆一下这件事。我按照乃超同志的意见,很快就把这两篇文章给郭老看了。《中国封建社会史》一文是全文,《文艺战线上的封建余孽》一文是摘要。郭老看后对我说:《中国封建社会史》这篇文章和我当时的观点很相似。《文艺战线上的封建余孽》这篇文章是摘要,不知全文是什么样,从这个摘要中,看不出个所以然来,你想法找一份全文来看看。但我记不得用过杜荃这个笔名,你就把这个意思告诉乃超同志吧。我按照郭老的指示及时地告诉了冯乃超同志。同时托阿英同志的女婿吴泰昌代找一下《文艺战线上的封建余孽》的全文,不久郭老病情加重,吴泰昌同志也未找到该文,事情就放下了。

冯乃超同志在《新文学史料》一九七八年第一期发表的《鲁迅与创造社》一文中扼要提到了此事。使我十分惊讶的是,《鲁迅全集》第四卷的责任编辑陈早春同志,在他给《鲁迅全集定稿小组》的报告中,说郭老"记不起来了"是既未肯定,也未否定,进而说郭老"记不起来了"这句话不可信。这篇文章是郭老写的,郭老也不可能"记不起来了",不是郭老写的,郭老也不可能"记不起来了"。他结论就是这篇文章就是你郭沫若写的,你郭沫若在扯谎。同时你郭

杜荃是谁

沫若自己也默认了。我觉得陈早春同志这种态度是极不严肃的，对一位八十五岁高龄重病在身的人，对将近五十年前的一件事，连"记不起来了"都不允许，未免太过分，太苛求了。

我认为这两篇文章是不是郭老写的，还可以进一步地考证和讨论。但是我可以肯定地说，如果这两篇文章是郭老写的，他绝对不会回避这个问题，不承认这件事。我还清楚地记得，五十年代楼适夷同志他们编辑《沫若文集》时，有人建议他把《创造十年》中的《发端》一文删去，他对这个建议很不满意，并为此写了那样一条很重要的注，坚持把这篇文章保留了下来。为什么二十年后他的态度会完全改变呢，我认为是不可能的。陈早春同志也承认，这篇文章即便就是他写的，也不会"影响他一生的丰功伟绩"，更不可能使鲁迅先生更加伟大。

陈早春同志的考证，作为一家之言，是无可非议的。但是他的方法和态度，有值得商榷之处。比如他对鲁迅的话是作为证据来看待的，然而不难看出，鲁迅的那些话，实属猜断，也算一种考证吧！考证毕竟是考证，考证不是证明。只有证明才能定论。要证明这件事，只有两个办法：①发现原稿；②走访当事人，故人的话要听，在世人的话，也要听。特别是与此事有关的健在的老一辈同志的话，就更应该听。但是陈早春同志在这方面缺少积极行动。还有，陈早春同志在表达自己意见时，对郭老也欠尊敬，这里就不多说了。

只要方法、态度对头，问题还是有可能得到解决的。

因此，我建议：

一、鲁迅全集要注明杜荃即是郭沫若，应加上"据考证"或者"据××人考证"为好。

二、现在的情况下，郭老的全集不收这两篇文章。

三、热切地希望成仿吾、李一氓、阳翰笙、冯乃超、李初梨同志帮助回忆一下这件事，尽量把这个问题弄清楚。

四、再进一步在刊物中讨论这一问题，看其他人能否提供一些新的情况。

以上意见，如有不当之处，望指示。

顺致

敬礼！

王廷芳

六月十九日（80年）

王廷芳信中以郭老对待《发端》一文的态度为例，说明郭沫若所说的"记不起来了"并不如陈早春所言，是对问题的"回避"。这一事例的确是存在的。

一九三一年，郭沫若写成了回顾、总结创造社历史的长文《创造十年》。文中虽然谈及有关"革命文学"的论战，但对鲁迅的态度尚属平和。不料，一九三一年七月二十日，鲁迅发表了《上海文艺之一瞥》的演讲，他在评述一九二八年革命文学运动兴起的社会原因及其功过时，指出创造社等在这次运动中所产生某些错误的根源是由于"他们对于中国社会，未曾加以细密地分析，便将在苏维埃政权之下才能运用的方法，来机械地运用了"。演讲中并对某些创造社的成员提出了批评。郭沫若读到后，对鲁迅的批评感到不满，便在已完成的《创造十年》一文中加上了一篇《发端》。文中再次把批评的矛头对准鲁迅，称鲁迅为一个独霸文坛的"总司令"。

到了五十年代，人民文学出版社编辑出版《沫若全集》时，当时担任郭沫若秘书的王戎笙主张不收《发端》一文。但是，郭沫若坚持要收，并为此发了脾气。王廷芳告诉我：

郭老一般是不发脾气的，但当王戎笙同志向他建议删去这篇文章时，郭老却发了脾气。他说，这是历史嘛，一定要收。后来，还是收进了书，郭老并特意写了一个注释（2003年8月8日采访王廷芳记录）。

杜荃是谁

郭沫若在注中写道：

> 这篇《发端》，因为和鲁迅的文章有些抵触，有朋友建议删去。但我想鲁迅的《上海文艺之一瞥》既未删改，为了保留事实的真相，我也就把《发端》仍然保留下来。好在我这篇文章在鲁迅生前写的。我虽然写了这篇文章，并无改于我对鲁迅先生的尊敬。

王廷芳的这一意见虽然很有道理，但仅凭这一点却不足以颠覆陈早春扎实的结论。不过，周扬对此倒也很重视。他是否与成仿吾、阳翰笙、冯乃超、李初梨（均为郭著编委）等人商量过，没有材料证实，但他的确与李一氓（亦为郭著编委）商谈过这个问题。有李一氓致周扬的信为证：

周扬同志：

关于"杜荃"的问题，我想应该是郭老，他生前未承认，冯乃超不自己说是或不是，而去问郭老，就把事情弄复杂了。

鲁研的意见应接收，两文均应编入郭集。事情又会引起一些议论。现已成为笔战，说不好听的话是很自然的。问题是当时一九二八至一九三〇这时期的"左"倾怎么看，从历史唯物论而言，自有它的必然性，也可以说当时"不错"，事后看来是错了。在大革命失败的前提条件下，而这些同志都是失败的参加者，幸存下来，不左一下反而不会进账。难道逃避或消沉，只有在左一下之后，才转为沉着应战。我不想多说，我是说不要怕写"法西斯"而矢口否认，说杜荃不是郭老反而不好。说杜即郭，是实事求是，进而为之申辩，说那时左一下并无不可，这是历史，这是斗争。不过现在新月派，东吉祥胡同的正人君子都一概翻身，反而要把郭老打下去，怪就怪在这里。只差为王平陵、张道藩之流说好话了！

敬礼

李一氓

八月四日

李一氓信中提到的"新月派，东吉祥胡同的正人君子"，是指现代文学史上另一个著名的派别新月社。该社在一九二三年成立于北京，是以一些资产阶级知识分子为核心的文学和政治团体，主要成员有胡适、徐志摩、陈源、梁实秋、罗隆基等。该社曾以诗社名义于一九二六年夏在北京《晨报副刊》出过《诗刊》（周刊），一九二七年在上海创办新月书店，一九二八年三月出版综合性的《新月》月刊。新月社主要成员曾因办《现代评论》杂志而又被称为"现代评论派"。这一派基本上是拥护蒋介石的，在政治上主张"英国式的民主"，"好政府主义"，在文学上则竭力攻击"革命文学"运动。至于"正人君子"的称谓，语出《大同晚报》。一九二五年北京女子师范大学事件时，拥护章士钊的《大同晚报》，称现代评论派（后为新月派）的陈源等人为"东吉祥派的正人君子"。

大约周扬很赞成李一氓的意见，也主张从历史的高度对鲁迅与郭沫若的"笔墨相讥"来认识。因此，他希望李一氓把信中的观点加以发挥，写出一篇文章来论述，以期引起人们的探讨，达到王廷芳所说的"进一步在刊物上讨论这一问题"的目的。但是，李一氓却没有接受这个建议。他在给周扬的信中写道：

周扬同志：

您的意思是好的。但您知道我现在的注意力放在中联工作上，没有时间，也没有精力来对付这件事。虽然这个问题总是一个问题，总得端出来，可一发表，必然万箭起（齐）发，我可招架不起。暂时，偶尔写几行给您，聊以快意而已。乞谅。顺颂著安！

李一氓
九月四日

李一氓虽然不接受周扬的建议，但仍认为"这个问题总是个问题"。因为在他看来，陈早春的考证固然很正确，应该接受，但是另一种现象也应引起足够的重视，即"有些研究鲁迅的人，忽略了研究鲁迅与东吉祥胡同的正人君子的关系，忽略了研究《二心集》、《南腔北调集》等这些鲁迅

杜荃是谁

杂文的精粹所在",一味地纠缠于争论之间的个人恩怨,而忽略了从历史的高度来看待这场争论。后来,他在回忆录中谈到鲁迅对创造社的批判时说:"鲁迅之所以为鲁迅,不在于他写了几篇讽刺创造社的文章,而在于他站在中国劳动人民一边,站在中国共产党一边,贡献了他的智慧。"这正是从历史的高度得出的结论。

这里,李一氓没有谈到对郭沫若及创造社的看法。不过,联系他给周扬的信,套用他对鲁迅的评价,说他会这样地评价郭沫若恐怕也是实事求是的:"郭沫若之所以为郭沫若,不在于他写了几篇讽刺鲁迅的文章,而在于他站在中国劳动人民一边,站在中国共产党一边,贡献了他的智慧。"

当然,这是引申出来的题外话,不去说他了。与本文相关的内容是:郭沫若著作编辑委员会认可了陈早春的考证,那两篇署名"杜荃"的文章,收进了《郭沫若全集》。

原载《纵横》2004年第4期

《英烈传》校点说明

《英烈传》曾题《皇明开运英武传》《皇明英烈传》《云合奇踪》等。它的作者,相传为明代嘉靖时武定侯郭勋,后又曾假托为徐文长,实不可靠。这书属"讲史"类小说,仿《三国演义》"七真三假"的体制,所叙故事,大都本于史传及其他杂著、野史。它写的是朱元璋和其他"开明武烈"反抗元朝统治、建立明代王朝的故事,在一定程度上表现了当时动乱的社会,特别是农民在阶级、民族压迫下的生活和斗争。朱元璋作为农民起义领袖的政治、军事思想和活动,以及他逐渐演变为封建帝王的过程,也得到了相当的反映。而且它网罗故实,写了众所瞩目的明朝开国史,塑造了朱元璋和其他"开明武烈"的形象,描写众多的战争场面,它的意义是不容忽视的。鲁迅在《中国小说史略》中就曾赞许道:"叙一时故事而特置重于一人或数人者……《水浒传》即其一,后出者尤夥。较显者有《皇明英烈传》……"

但是,《英烈传》也像当时产生的许多讲史小说一样,艺术表现上是比较粗糙的。也许作者囿于事事要有根据的成见,史料的铺叙多于艺术的描写。尽管人物描写也有成功的地方,如第十二回"孙德崖计败身亡"中写俞氏三兄弟的武艺,特别是俞通渊的过人膂力,刻镂细密,而又跌宕有致,并以烘托、反衬等多种艺术手法渲染了气氛,使其神态跃然纸上。但是这样的好例在全书中并不多见。语言也比较简陋。应当指出,书中神话传说与封建迷信杂糅间出,思想内容上有不少糟粕。本来,元末广大人民遭受封建王

《英烈传》校点说明

朝的残酷压榨,又逢群雄竞起,连年混战的险恶处境,不得不把自己的希望、幻想寄托在势力雄厚的革命领袖、英雄身上,从而把他们神化。不过旧社会里的人们,特别是农民,他们的政治理想完全寄托在"真命天子"的出现上,因而这些传说无不充满了皇权天授的天命观。这是一方面。另方面,朱元璋出身农民,为了攫得皇权宝位,需要神化自己,装扮得迥非凡人,而为了建立和巩固自己的统治,又不得不玩弄神道设教这一套历代所传的把戏,无怪乎他生前就写下了《周颠仙人传》。《英烈传》的作者的思想受时代的限制,所有这些,照录不误,且加渲染。举凡这些,今天的读者,是需要加以分析批判的。

《英烈传》对我国戏曲、曲艺的影响是相当大的,京剧和各种地方戏常就它的一些情节进行改编演出。评话还有专说《英烈传》的,像常遇春反武场、徐达被困牛塘等,是《英烈传》的关子书。至于取材于《英烈传》的京剧、地方戏的传统剧目,书末所附剧目简介,可以看出一个大概的情况。

《英烈传》对我国戏曲、曲艺的影响虽然很大,但小说本身却未经过认真的整理。过去坊间的各种刻本,大都错讹百出,不堪卒读。解放之后,赵景深先生曾作过校注,于一九五九年由上海中华书局出版。这是一个可读的本子,但删改之处较多,凡因错简等原因造成难以卒读的地方都删掉了。为了保存原书面貌,供戏曲、曲艺工作者参考,我们特另行整理出版。

这书的版本,据孙楷第《中国通俗小说书目》所载,最早的有明代万历十九年杨明峰所刊的《皇明开运英武传》,仅八卷六十回,藏日本内阁文库。其次是《新刻皇明开运辑略武功名世英烈传》,六卷,题作"书林余君召梓行",无刊行年代,藏日本内阁文库和成篑堂。国内所藏最早的是崇祯本《皇明英烈传》,亦为六卷,此本当与余君召本为一本。还有《云合奇踪》(亦题《英烈传》)。此本以旧本《皇明开运英武传》为底本,而加以剪裁,间有装点处。

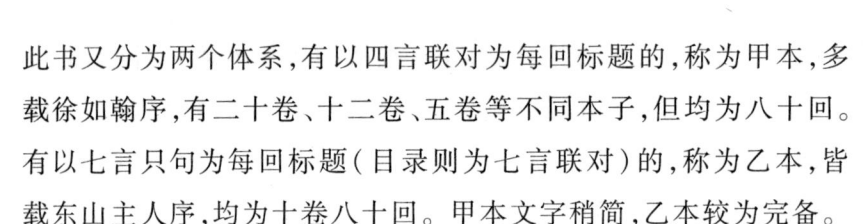

此书又分为两个体系，有以四言联对为每回标题的，称为甲本，多载徐如翰序，有二十卷、十二卷、五卷等不同本子，但均为八十回。有以七言只句为每回标题（目录则为七言联对）的，称为乙本，皆载东山主人序，均为十卷八十回。甲本文字稍简，乙本较为完备。

我们未及对各种版本进行研究考核，只以较为流行的致和堂本作为底本，参校恒顺堂本、文富堂本。考虑到该书是提供给戏曲、曲艺专业工作者参考的，当以尽量保留原书面貌为是，所以文字以底本为据，一般不作增删，只参校各本，订正错别字，删除衍文，调顺窜倒文句。有些名物的订正，除了参校各本外，同时参考有关史书与杂著，如朱元璋的姐夫李贞，底本作李桢，他本间作李桢，今则据《明史》统一为李贞。

文字虽从底本，但整理出来的本子，与它不尽相同。

一、订正回目。底本以七言只句作为每回标题，而目录则用七言联对，今以目录就回目而删其中的第二句，以求两者一律。文字有歧异者，则择善而从。但有些回目与正文内容不符，如三十四回"花云妾义保儿郎"，有关情节全在前回，第七十九回标题为"刘伯温辞官隐逸"，与该回所叙内容不符。为了使内容与题目相搭，而改用目录中各回的第二句七言"张虬飞锤取二将"和"铁道士云中助阵"为回目。

二、删去了书前东山主人的序言。底本所载的序，错漏严重，无可索解。文富堂本亦有署名东山主人的序，但内容迥异，篇幅多出三分之一，无可校改。而恒顺堂本则已删去，因从该本而删。

三、底本、文富堂本除少数几回末后有"欲知后事如何，且听下回分解"的套语外，绝大部分回末后均无此缀语。细察这些本子回末大都悬下引人再看下去的"扣子"，无需再用此外缀的套语。今从其基本面貌，不再于多数回末后加缀语，聊备古小说的另一格式。

书后收集了部分资料，计有：赵景深《小说闲话·英烈传》一文摘录,陶君起编著的《京剧剧目初探》中的有关剧目简介,以及《元明两代职官制度简表》和《元明两代品官服制简表》,作为附录,以供读者参考。

我们的勘误、标点、分段等整理工作很可能存在不少问题,特别是书中的韵文,大都拙劣不堪,又梓印错误百出,难以索意,现在虽然参校各本,改正了一些错误,但仍有非校勘工作所能解决了的问题。所有这些,切盼读者指正。

一九八一年元月

致 朱 正

——奉《鲁迅传略》*稿审读意见

朱正同志：

　　……

　　大作稿面干净，字迹清楚，语言流畅而洒脱，虽是学术著作，但是侃侃谈来，娓娓中听，因此我一口气就拜读完了。编辑室内还有两位同志与我"流水作业"，也都先后看完了。我们在一起交换了意见，看法基本一致，现摘要奉闻，供你参考。

　　一九五六年你在我社出版了处女作《鲁迅传略》，由于你那众所周知的命运，这书也寂没无闻了，不用说一般青年人不知有这么一本书，就是一些图书馆恐怕也无存了。这次重订再版，对作者和读者们都具有纪念意义。这次的稿子虽说是原版的重订，其实可算一部新书稿。我将它与原版粗粗对照了一下，发现除了作者、书名相同，文字风格相近，章目分法没大变化（新增两章）之外，内容却大大改观了。材料重新作了取舍，安排，观点更为明晰、系统，增写了大量新的内容，篇幅涨出了大半，行文较原版更为从容余裕。因此我们在处理它时，完全当作新稿对待，没有去过问原版本的情况。既然这样，你在稿末所做的"重印后记"当改为"重版后记"，以正读者视听。

　　大作占有丰富的资料，征引极为繁富。总的感觉是：资料源广

---

* 《鲁迅传略》，朱正著，人民文学出版社1982年9月出版。

致朱正

流畅,潺潺不舍地总汇笔端。涉及的大事件总是旁征博引,自不待说,就是一些小小事件,也总是变化着视觉角度,从多方面征引资料,做出具有立体感的论述。如鲁迅与朱安的一段婚事,在鲁迅生活中只占有小小的一角地位,而现有的资料也极为有限,但你在一千多字的篇幅中,却引用了来自好几个方面的直接或间接材料,对这个问题做出了令人信服的论述。而有些众所周知的事件,你在叙述时,也没有贪图便利,松懈自己的努力,去沿用成说,而是尽力去发掘新的材料,予以补充、增益。如鲁迅在"五四"时期开始创作时的思想状态,他在《〈呐喊〉自序》中说得颇清楚,一般传记也只是征引其中的有关部分来论说。这样做也似乎足够了,但你除此之外,还挖掘了刘半农的一首记事诗《除夕》,以其中所记"周氏兄弟""欲招缪撒,欲造'蒲鞭'"的情况,证明了鲁迅这时的创作准备,除了小说之外,还有杂感。这一资料既印证了《〈呐喊〉自序》的说法,又补充了新的内容。由于你资料占有丰富,因而驱遣自如,达到了得心应手的程度。如在第十一章中叙述远东反战会议的情况时,得闲引来了鲁迅会晤马莱坐电梯的故事,似乎是一点"余兴",但读者从中却可以看出鲁迅的风貌,胜过彩笔的描绘。

可以看得出来,尊稿付出了艰辛的劳动。你对鲁迅生平事迹了如指掌,特别是对鲁迅自己的言论、著作作过认真的研读。凡征引之处,没有寻章摘句、断章取义的毛病,能了解"全文"的精神,融会贯通。而且你不仅通读过各版排印本,比较了各版的异同,还研读过一切能够见到的作者手稿,将排印本与手稿比勘雠校,深入到作者创作过程中去窥探其思想情绪。如你在论述鲁迅一九二五年至一九二六年的活动时,征引《两地书》中的资料就大都据手稿。其次,对鲁迅生前友好、亲属所提供的"第一手资料",也做过认真的研究,不仅研究了鲁迅与这些亲友的交往史,还连带研究了他们的"行状",摘其可信可用者而用之。第三,"知人论世",欲知人必先论世,必先探究这人活动的环境,在这方面你也是下过功夫的。你没有满足于征引现成史书上的结论,没有满足于笼统的概念,而是深入到原始资料中去,深究这些概念的内涵及外延,了解历史发展的具体过程。众所周知,北洋军阀政府是极其反动的,鲁迅在北京时曾迭受迫害。但是鲁迅一九二六年八月去厦门一举,是否应该与北洋军阀政府的反动统治联系起来,是否像流行的解释那样:"三一八惨案"以后北京的政治环境更险恶了,鲁迅面临着通缉的威胁,而南方的革命运动正走向高潮,于是鲁迅就到南方去了。你没有轻便地沿用这一通常的说法,而是深入地分析了北洋军阀每个派系力量的消长情况,断然在第八章中做出了一段漂亮的"翻案"文章,指出鲁迅这次南下的一个主要动因,是他与许广平的爱情关系。这样因深究历史发展具体过程而不得不推翻成说的情况,在稿中还出现过不少,只是平铺的叙述掩盖了因破而立的锋芒,难为一般读者发现。如第十章说及鲁迅于一九三二年北上探亲的北平环境是:"华北军政负责人(所谓'北平军分会代理委员长')是一年前'九一八'事变中丢掉了东北地盘的张学良,他当时的政治态度相对地说还算比较开明。鲁迅感到,那时北平的政治环境要比上海好些⋯⋯他很想回北平去用一两年功,把多年想编的《中国文学史》编出来⋯⋯"这说得很是轻巧,可是熟知鲁迅研究史的人,都知道你是在与一些权威的"第一手资料"的提供者唱对台戏,因为他们在回忆录中把当时北平的环境描写得十分险恶。你基于对这一环境的分析,重新写了鲁迅在此时此地的一段传记,而让前人的看似花环套顶的有关描述显得黯淡无光。

　　从上面的叙述中,我们已经可以看出,你不仅占有充分的资料,而且对它们进行了认真的甄别。在素称权威的"第一手资料"面前,没有被威名慑服而盲从,没有受习用的成说所囿而迁就。有关这方面的情况我不想多说了,这在你的《鲁迅回忆录正误》中可以看得很清楚,而这本《正误》的成果已全部体现在《传略》稿中。这种作史传的态度也充分表现在对待鲁迅自己的一些言说方面。

致 朱 正

前面说过,由于你了解鲁迅的"全文",对鲁迅著作包括原稿都做过悉心的研读,因此也能"正误"。鲁迅一些失记的言说,能在同一问题的不同说法中辨明哪种说法更符合本人的真意。如鲁迅去厦门的动因,你就没有轻信鲁迅《自传》中的说明,而是广为征引其他文章和书信,做出了颇为符合真实情况的解释。鲁迅文章中所记载的事实,也大都做过考证,如他在《新青年》发表作品所署的写作日期,凡属误记的都在括弧中加以不作任何声明的订正;《为了忘却的纪念》一文本来引有柔石在狱中致冯雪峰的信,你没有贪便从这里转引了事,而是另据这信的原件,因为鲁迅在写文章时,已将其中三处"大先生"改为"周先生"。这是区区小事,但从中可见你用力之勤,治学的严谨。

所有这一切,都反映了你的实事求是、尊重客观历史的科学态度。我不想用"史德""史识"这类美丽的字眼来评说它,但有几点却是应该肯定的:一、你的倾向性寓于传写的史实中,不作空泛的议论,这对于传略稿是颇为得体的。二、对鲁迅一生的生活、事迹不回避、曲说、掩饰或任意拔高。既传他的丰功伟业,也写他的日常生活,包括他与朱安、许广平的婚姻生活。鲁迅与同一营垒中的战友的龃龉和争论,这是常人感到颇为棘手的问题,而你却毫无顾虑地面对史实,秉笔直书。而对不少前人描写过实的地方,均据事实予以扳正。看来,你深信鲁迅所说"战士的日常生活,是并不全部可歌可泣的,然而又无不和可歌可泣之部相关联"。三、对一些尚不十分明了的问题,不遽下判断,如鲁迅与周作人决裂的因由,因"冲突的双方都无一字说明",没有像一般传记那样仓促表态,因而在引用材料时注意了各种不同的说法。

总之,尊稿可视为信史,它占有丰富的资料,以史家不可或缺的科学态度,对它们进行了精心的甄别、取舍和论述,凡所考证和论述,都显得相当精审、缜密和确凿。该稿是你多年研究鲁迅成果的总结,它将为以后的鲁迅研究提供一个相当好的基础,至少在资料方面廓清了迷雾。它的出版,将为广大读者提供一本可以信得过的读物。

马克思说过,真理像光一样,它很难谦逊。你是信奉这句格言的。因此,我不揣冒昧,想直言不讳地说一下该稿的缺点。不过我不敢坚信所谈的就是真理,非得要你服从不可,只是供你参考。而且就算是真理吧,限于各种原因,也未必就能全盘接受照改,只是希望你扬长避短,尽量在原稿上作些弥补。而有些地方,我已尽其所能代庖作过一点弥补,请你酌夺。

比起你对资料占有、甄别、取舍、驱遣的功夫来,对鲁迅思想及鲁迅作品思想研究的功力却要逊色一些,也许是你素擅前者,用心太专,而对后者却难以兼顾,因而有关的论述就显得较为平淡,缺乏耀眼的光芒。稿中有关鲁迅思想的论述,只是沿用了前人的一些说法,而近几年新的研究成果都还没有来得及总结,如鲁迅前期的"进化论"思想、鲁迅思想的演进过程、鲁迅对"国民性"问题的探讨等就是这样。而且有关思想论述在全稿中所占比重也太轻。对于鲁迅代表作的思想内容的论述要多一些,而且分析得条理分明,层次井然。但容我直说,这一成果的出现,恐怕主要是借助于你的文字功夫,并非来自研究心得。当然有时也不乏真知灼见,如对《药》中夏三爷形象的分析,就能道出前人之所未道,如说反动统治者如何"促使人们尽量堕落","鼓励告密","鼓励叛卖"等的发挥,是颇为警策的。然而像这样的例子不可多见,而且夏三爷在《药》中所处的地位到底是次要的,对他的过多分析反而只是说明了笔者的一种感兴发挥,最多也只反映出笔者潜在的艺术分析能力,难以表明它即是已经具备了的学术水平。问题还不仅仅在此,而在于缺乏对鲁迅作品做出综合的分析,缺乏站在鲁迅思想史、创作史以及中国现代文学史的高度上来论述。

这虽然是你书稿中存在的一个主要缺点,但并不影响它的生命和它的存在价值;如果你写的是一部评传稿,那又再当别论。作

致朱正

为传略稿,首要的要求是实事求是地、历史唯物主义地介绍鲁迅的生平事迹,为读者提供一本可以信得过的读物,而这些已如前述,你是做到了的,而且做得很好。因此,该稿不必为此大为翻修,可否适当弥补一下。不过有无这一弥补是不一样的,弥补好了会使读者受益。

尊稿第八章(一九二六年——一九二七年)是在初版本中涨出的一章,看来你花了不少力量,搜集了大量资料,相当精到地论证了你需要论证的问题。我曾在前面称道过这段文字。我之所以称道它,是因为它代表了朱正风格,即"正误"的风格。如果把它收在你的《鲁迅回忆录正误》一书中,那是可以与其他姊妹篇相映成辉的,但放在《鲁迅传略》中,总感到有点扞格。因为传略要求准确地叙述出事实,不是考证出事实。考证是需要的,但须在后台进行,不宜在前台表演,即使万不得已要上前台,也只宜亮相一下,似当尽量节省篇幅。本来,你在书稿中大都是这样做的,在拨开史料迷雾时,没有把拨开的过程全盘端出来。如你在说及《奔月》的创作时间时,只轻轻地说了一句话:"这是他在厦门期间所写的惟一一篇小说。"这一句话,本是你费过九牛二虎之力,考证出《铸剑》并非像一些论者所说是写于厦门这一事实之后才说出的,它具有出世的艰难经历,你没有也无必要交代它的形成史。可惜你没有把这种做法贯彻到全稿中去,因此这一章的有关部分,在风格上显得不甚谐调。其次,在内容上也显得有点虚胖。你多方征引、考证,无非是想说明鲁迅的南下与许广平的恋爱有关,这样的说明,所占篇幅不宜过长,然而它却大得出奇,大得像孕妇突出的大肚子。我为此喋喋不休地饶舌,为的是想说服你把它删掉一些;而它是你的得意之笔,很可能下不了狠心。

这个问题牵涉到结构。在结构方面值得商议的还有几处。一是第二章的内容嫌单薄了些,所占篇幅也太少,与其他各章不甚相称。你能否重新搜集一点资料,补写部分内容。二是鲁迅前期与后期相比，前期叙述文字的量大于后期，如能把这个局面颠倒一下就好了。可否在末两章中增写相当的反蒋反日的内容。

　　另外还有个比较好解决的小问题。你征引的资料繁富是个优点，但也有为它所累的地方。特别是征引鲁迅言论时，有些地方几乎一处不漏，人家可以就它做出鲁迅著作名目索引来。这种情况在第八章和末两章中表现得最为突出。这也表明了你对鲁迅著作的熟悉程度。但我以为传略的体裁，总以能把问题说清楚为限，因此我擅自把那些在此限之外的许多征引删掉了，篇幅很可观，也许还删得不彻底。你当不责怪我太狠心吧。

　　尊稿由我担任责编，乐得与你共事。我的任务除了写这封长信奉告意见之外，是在发排前做点技术加工。你是老编辑，估计这类技术活也不会多。这稿大概是我经手书稿中最为省事的一种，有条件让它早日问世。我想年初发排，十月见书，请你赶在这个期限内完成你的一切工作。

　　特此奉达，并祝
文安！

陈早春上
一九八三年二月

《绠短集》编后记

一九八一年底,湖南人民出版社的同志建议我将几篇有关鲁迅的论文,辑为集子出版,列入一九八二年出版计划,约定我于这年六月前交稿。这事使我老犯嘀咕:鲁迅是现代中国百科全书式的人物,他的思想、创作是个宝库,博大精深,浅学如我辈者,不能入其堂奥,不能长绠汲深,这些文章,够出集子的水平吗?要说我也在试做一点研究工作的话,那还刚刚在起步,在耕耘,远未到收获以总其成的时候。因此一直未曾动手编辑。好在出版社后来压缩了这方面的计划,没再来催稿,不了了之,自己也就乐得不负赖债的责任。可是到了一九八四年初,另一位与我相当托熟的编辑,恳切希望我将这些文章交由他所在的出版社出版,并说他已出面活动,请了鲁迅研究界的前辈××同志写篇序言。真是盛情难却呀!我颇受了感动,特别使我感动的是那位愿为拙稿写序言的前辈,因为我知道,这位前辈从未给别人的著述写过序言。既然我能例外地得到他的垂青与提携,那就自己虽是驽骀,也得奋蹄一跃了。于是,我就去搜索报刊,准备应约而动手编辑起来了。可是正在编辑中,这位前辈给我来了一封信,略谓:"现在请所谓名人写序已经很臭了,有名人写序的书,往往使有识者掩鼻而过。你的文章,自有它的价值,又何必多此一举,反而使自己蒙受误解呢?何况,我虽然并不是常常都能做到很是谦虚,但总觉得给人写序或在书面题签之类的资本还不够。这也是我不希望为此的一个原因。"这段话除了说及我的文章有过奖之处而说到他自己又有过谦之处而外,有关序言之类的话,我都是同意的,而且我还认为,他的这类言行,具有反对不良时尚的作用,我是从心底里支持他的,并不因自己得不到他的提携而有丝毫怨艾情绪。我给这位前辈复了信,完全同意他的主张和做法,打算让我的这个集子,秃着头去面世。可是万没想到,时尚正是如此厉害!拙稿仅因没有名人的序,就不能出版了。好在世上居然还有不靠名人序言去创牌子的出版社,也居然还有不凭耳而凭眼的称职的编辑,这个秃着头的已遭唾弃的集子,居然再被召回到了湖南人民出版社。对此,我是颇多感激和感慨的。因有这样两种兼并的感情,也许还由于一种斗气好玩的坏脾气,本不乐意编集的我,却忽然变得积极起来了。

这个集子的文章,大都是我在从事新版《鲁迅全集》编注工作的业余时间写的。我的本职工作是编辑,受职业的限制,难得有时间和精力对学术问题进行系统、深入的研究,只能结合本职工作,在工作中偶有所得和所感,而又感到欲说不已时,才忙里偷闲,赶写它一篇、两篇。而有些篇,则完全是为了工作而写的,比如《杜荃是谁》那篇的原胚,就是为了注释"杜荃"这个条目而向上级所打的报告;有的则是根据审稿意见而写的,如《书简评书》。当然也有一些篇什,并非完全着眼于编辑工作,倒是主要着眼于探讨鲁迅研究中的一些问题,如《鲁迅思想及其内在发展》等,但其观点,都是在编辑工作中酝酿、形成和发展起来的。总之,这些文章都是我从事编辑工作的副产品。好在编辑工作本身就具有很强的研究性,工作逼迫自己去搜集一些资料,思考一些问题。而所思考的问题,不仅涉及鲁迅的思想和创作,还涉及现代文学史,甚至还涉及我们的民族和国家的命运。这样,才使我有把它们辑为集子出版的勇气。

研究是极为严肃的事,一个观点的建立,概念的选择,甚至文字的表达,都是搜索枯肠、绞尽脑汁的事,至于穷书林以搜集所需资料,那还只是提笔前的准备功夫罢了。我深知这一点,然而往往做不到。集内的文章，没有能炫人耳目的绝密资料，只是在现有资料中略抒一孔之见而已。资料既不珍奇，观点也不很圆熟。尽管它们的诞生，曾经历过不短的怀孕期，但限于写作时间的难得，还是不得不让它早产。就如其中的《鲁迅思想及其内在发展》，早在一九七六年写《鲁迅及其〈阿Q正传〉》时，就开始酝酿了，原计划写一个十来万字的小册子，但临到刊物急迫约稿，又限于刊物的有限篇幅，结果只花了六天时间，刮肉剔皮、仅存筋骨地草就了三万来字。交出的是个草稿，未及润饰和訾正，本打算见到编辑部的审读意见后再做修改的，没想到编辑部就按草稿付排了。其他许多篇，大都是在礼拜六晚和礼拜天这段时间内匆促完稿的急就章。现在回过头来看，总有一种吃了夹生饭的感觉，一种大题目小作了或好题目作坏了的感觉。

聊可自慰的是，我未曾有过为研究而研究、为写文章而写文章的打算，所写的大都有所感、有所见，特别是对别人未及说或未敢说的题目，尤为感到兴趣。写它们的冲动，只是有如骨鲠在喉，不吐不快。其中有些篇的发表，当时的编辑是捏着一把汗的，而有的还难倒过个别较为谨慎的编辑，我只好抽出改嫁别家。好在粉碎"四人帮"以来，我们沐浴在学术民主的空气里，党的实事求是的作风深得人心，这样的文章也没有一篇遭到过夭折。

集内的文章，都是在报刊上发表过的。鲁迅是"不悔少作的"，意在保留少年时期的"天真"。我已年过五十，无"天真"可言，但总想"活到老，学到老"，过去的幼稚和粗疏，正好留待读者的指正，使自己得到教益，有所长进。因此，我在编辑这些文章时，一般均保留最初发表时的模样，已经发觉到的某些问题，也不去大作修补了。只是个别篇因发表报刊限于篇幅被删去的部分，却据原稿作了补充，文字上稍稍作了一些润饰。

这些文章，大致分三类。第一类是对鲁迅思想和作品一些重要问题的论述，中心点是"国民性"问题。第二类，是在编注《鲁迅全集》和有关鲁迅书稿过程中碰到的一些小问题。这些小问题，往往被读者和研究者所忽略，却又无不与一些大问题相关联。第三类，重点论述了鲁迅与雪峰的关系，以及鲁迅通过雪峰对后辈所产生的影响。在我看来，雪峰是鲁迅的传人，在大家不愿谈不敢谈的情况下，应该破破这方面的寂寞。至于各类的编排，均以发表时间先后为序。

  这个集子的出版，大概恰逢鲁迅五十周年忌辰，谨以它作为一份不成敬意的薄礼，参与大家对鲁迅的纪念。

一九八六年

《续英烈传》校点说明

在十四世纪末和十五世纪初,中国历史上曾发生了几起重大事件,即明初的被史学家习惯称作的"削夺诸藩""燕王靖难""壬午殉难"和"建文逊国"。这是明王朝统治阶级内部一场场殊死的政治斗争和军事斗争。它不仅为史学家所关注,也由于它尖锐的情节冲突,吸引了作家和戏剧家,而作为他们小说或戏剧的题材。

《续英烈传》就是反映这一历史事件的"讲史小说"。它的故事情节几乎与历史事件是"同步"发展的。故事从明太祖确立自己的继承人开始,至建文帝从"逊国到归国"结束,时间的跨度不长,但它囊括了这一时期的重大事件。明太祖在位三十一年,皇太子标早死,第二子秦王樉和第三子晋王棡也早卒,钦定皇太孙允炆继位。太祖驾崩后,允炆改元建文,是为建文帝。由于建文帝的仁柔懦弱,也由于燕王棣及其他诸王早就拥有重兵,太祖一死,明王朝廷就如木桶炸箍,分崩离析,中央政权孤危已极。诸王中燕王最为剽悍雄杰,对朝廷的威胁最大。建文帝不得不用齐泰、黄子澄计谋以削藩。结果周王橚被废为庶人,湘王柏惧罪自焚而死,齐王榑、代王桂也被废为庶人。燕王本来已在受牵制和暗算之中,如此四面楚歌形势的逼迫,加以他觉得三位皇兄均已早死,自己以高皇帝嫡系第四子的身份,论伦序也当立他,岂甘心屈居侄辈建文帝之下,于是就决意反叛朝廷。建文元年七月,杀朝廷所置大吏张昺、谢贵等,指齐泰、黄子澄为奸臣,援引"清君侧之恶"的祖训,在北平举义,号为"靖难"。朝廷派旧大将耿炳文往讨,结果兵败于滹沱河，即刻召还，代以素不知兵法的勋戚李景隆统率。其时燕王已北袭大宁成功，扩大了地盘和实力，也安定了后方。当景隆想乘虚攻取北平时，被燕王回兵大败。其后，又大败景隆兵于白沟河和德州。燕王乘胜进围济南，三月不克，被守将盛庸掩击，锐气大挫。朝廷改任盛庸为大将军，大败燕兵于东昌，燕大将张玉战死，精锐丧失几尽。自此，南北处于相持局面。后来，燕王通过政治斗争探得朝廷虚实，再次出师南下。朝廷遣大将徐辉祖（徐达子，燕王妃兄）出援山东，与都督平安大败燕兵于齐眉山。由于朝廷举措失当，不信任徐辉祖，召他还朝，前方势孤，相继败阵。燕兵便渡淮河趋扬州，江防都督陈瑄以舟师迎降，径自渡江进围南京。谷王穗和李景隆开金川门迎降，宫中火起，朝廷化为一炬。燕王入京师即帝位，改元永乐，是为永乐帝。永乐帝登基后的第一件事，就是对那些主削藩者的报复，下令大索齐泰、黄子澄等一大批建文帝的旧臣，榜其名曰奸臣，大行屠杀，或碎磔，或剥皮，并施族诛之法。族人无论长少皆斩，妻女发教坊司为娼，姻党则发配到边疆，其中以方孝孺、景清、铁铉等所遭之祸最惨。

　　小说中所写基本上合乎史实，惟有第五卷所写建文帝难中祝发为僧，难后云游四方的流亡生活，以及从"逊国到归国"的过程，大都是根据传说加以附会的，而这些附会也曾见于明代的史料，因此，《继英烈传》在普及历史知识方面，是有一定作用的。而它所反映的内容，又是历史上的大事件，更为读者所瞩目。

　　这些事件，相当深刻地反映了当时王室一场争夺最高统治权的斗争，加以作者的铺排和点染，这场斗争就以更为具体可感的形式表现出来。也许作者的本意另有所属，但作品的客观效果却充分说明：这场斗争是十分残酷的，儒家的纲常伦纪这层耀眼惑人的薄纱，被它撕得粉碎。为了争夺皇帝这把交椅，什么骨肉之情，姻党裙带，都无以感召或维系彼此的心，燕王棣为了从自己侄儿手中夺来帝位，费尽心机，政治上明争暗斗，军事上火并鲸吞，以及屠戮建文旧臣等一系列举措,无不从雄杰、机谋中透露出一股血腥味来。建文帝虽然口口声声宣扬仁孝,但他为了保住帝位,总想置诸叔于死地而后快,他的"削藩",与燕王的斗智斗勇等,又何曾能见到"仁孝"的影子?徐辉祖本是燕王的内兄,但在这场争夺帝座的殊死搏斗中,先是力劝建文帝囚禁自己的外甥作为人质,继而统率大军亲征自己的内弟。

《续英烈传》虽是采撷史料,铺叙而成的历史演义,但它仍不乏小说艺术的特点。其中几个主要人物如燕王和建文帝,有不少地方描写得颇为成功。如第一回写明太祖"面试皇孙",通过简单的属对一事,就对比映衬地写出了燕王棣的雄杰和皇太孙允炆的仁柔。第六回写燕王"擅驰御道,又当陛不拜",而建文帝却不听左右弹劾,不予追究,也是这种对比映衬的写法,将他们两人的性格鲜明地反映了出来。而在诸多战争场面的描写中,燕王的智勇与建文帝的懦弱,也得到相当的反映。而燕王的智勇,又还往往在他的谋士的反衬中得到了突出。其他如湘王"乘马执弓,跃入火中"自焚的那一幕,只是通过简短的叙述和描写,就将一个失势权贵者郁火中烧时的悲愤与绝望,描绘得淋漓尽致。至于有关方孝孺、景清、铁铉等建文旧臣被戮的场面的描写,是相当壮烈而震撼人心的,而这些人物的语言,也如金钟玉磬,既铮铮作响,又圆润而有遗音。还有战争中的许多场面,都是写得惊心怵目的。

可惜这类描写不太多见,只是一些零星的段落。作品过于拘泥于史事、史实,许多重大的矛盾没有得到充分的展开,深富戏剧性的材料没能创造到戏剧化的情节。总之,作品多的是材料,缺乏的是匠心独运的创造。

这与当时整个历史演义小说的创作水平有关,也与作者的世界观有关。看来,《续英烈传》的作者,与旧中国大多数封建士大夫一样,总是用封建"正统"的唯心史观来评价史实,褒贬人物,特别是以"天命论"的思想,来观照和解释事情的成败,人物的命运。

小说第一卷的主要篇幅描写姚道衍等僧道术士,就是想通过他们的嘴,说出书中所写人事,都是"天心"早已安排好的"定数",建文帝的逊国、燕王的"靖难"夺权,莫不是如此。

由于作者所持的是这种"天命论",把一切存在都看成是天意的安排,既歌颂建文帝的"仁孝",也歌颂燕王的"智勇"。永乐帝诛戮建文旧臣既是英雄壮举,而建文旧臣的死难又是谨守君臣大义的英烈行为。此亦一是非,彼亦一是非,毫无是非可言。以这样的观点来观照明初统治阶级的这场殊死斗争,自然不能做出科学的评价和真实的反映。历史演义小说家所常说的"审理乱之大趋,迹政治之得失",也就成了一句空话。

这种属于思想内容方面的问题,也必然要影响到作品的艺术创造。既然一切都可求助于"天命",认识和研究历史存在,也就可以消极怠工了,只要采撷既有史实,堆砌材料,便可卸却责任。而"天命论"又可为作者济艺术创造力之穷提供方便。前面已经说过,该书往往不能将深富戏剧性的材料创造成戏剧化的情节,这固然与作者的艺术创作能力有关,但因袭的天命观不得不使作者的创造力受到阉割。我们只要回想一下前面所说的那些求助于鬼神的战争场面,就感到大煞艺术风景。

也许是由于这些原因吧,《续英烈传》在民间流行不广,也很少为文学史家所提及。据孙楷第《中国通俗小说书目》记载,它只有五卷三十四回的"旧刊大字本"和二十四回的"道光二十年的双桂堂本"。但它所反映的内容,仍为戏剧家所注目。据陶君起的《京剧剧目初探》所载,京剧及各种地方戏的《千忠戮》《搜山打车》《方孝孺》《碧血十族恨》《奏朝草诏》等,大都与这小说反映的内容有关,可见它的影响的存在。但是,我们出版此书,就其影响来说,与其说是看重过去,还不如说是着眼于未来,因为它所反映的历史事件是深富戏剧性的,也许可以吸引今天及以后不少戏剧家对它进行再创造。

《续英烈传》校点说明

上面我们说到京剧与地方戏的有关剧目，只是谨慎地说它们"大都与这小说反映的内容有关"，而没有断定它们即源于这小说，这是因为过去只说它们源于《明史》。其实《明史》成书于清代，早于《明史》的《明史纪事本末》也出现于清初，而《续英烈传》大都认为成书于明代。如果事实诚然如此，那么，《明史》其源恐怕应该追溯到这部小说，而这部小说的价值也就应该重新评说。

这部小说的作者署"空谷老人编次"，有人疑为纪振伦作，无可考。我们这次所据的"集古斋梓"刻、经国堂刊印的本子，页九行，行二十一字，共五卷三十四回，前有署名"秦淮墨客"的序。从《中国通俗小说书目》所谈有关情况来判断，我们所据的本子即是该书目所说的"旧刊大字本"，也就是《续英烈传》的主要版本。因无别的善本可供校勘。而道光二十年双桂堂本又只有二十回，显系另一本子，无以用来校勘，因此，我们只能仅凭自己一点正字的知识，并参考一些有关的史料，改正了书中的一些显系错讹的地方。原书第五卷第三十三回有不少处拼错了版，这次均作了调整。全书除删去了卷首一篇对今天读者无甚意义的序之外，卷目、回目依旧，文字也未作增删，只是对明显的衍漏，作了弥补。然而错误恐怕难免，尚希读者指正。

一九八六年

《中国文史人物故事书箱》出版缘起

人民文学出版社与北京科文经贸总公司合作,即将推出《中国文史人物故事书箱》。这套书,总计十余辑,每辑十种,首批推出三辑三十种。每种六万字,以明白、晓畅、规范的白话文记叙文史人物。字数虽少,但记叙的都是名人名事,披沙拣金,从大量原始资料中撷取菁华。初识文字的不嫌其深,学者不嫌其浅,笔者力求做到雅俗共赏,老少皆宜,妇孺皆知。

这套书,原是应新加坡出版商之约而策划的。八十年代初,该国总理李光耀先生倡导华族文化传统,提倡学习汉语,狮城内的出版商们纷起响应,立即来到华族文化的故乡中国物色编者和撰稿人。人民文学出版社是他们的首选对象。该社的同事们觉得这是一件很有意义的事,欣然接受了这一任务。从组稿到编辑,历时几年,百多部稿子已经成形正待发排时,原出版商因故难以履行合同。我们认为这是一套好的选题,不必强人之难,如在国内出版,也会受到读者欢迎的。正当我们准备出版时,北京科文经贸总公司慧眼相识,愿意鼎力相助,于是这套书理所当然地在华族文化的故乡与乡亲们见面了。

中国是人类文明的重要发源地,有着灿烂辉煌的文明史。当然,过去的辉煌已经成为历史,但历史是现在的根基,传统中蕴藏着面向未来的力量。

中国是文明古国,这是明摆着的事实,不用多说了;物质文明建设离不开精神文明建设,而精神文明建设有赖于弘扬优秀的民族文化传统,这是人人皆知的大道理,也用不着多说了。要说的话都包含在这套书中。你看了这套书,如若增广了知识,陶冶了情操,精神为之一振,觉得做一个中国人是无上的光荣和骄傲,那么,我们几年经营的心血、斥巨资印制的苦衷,将不会白费。

一九九五年十二月

《冯雪峰评传》修订后记

《冯雪峰评传》曾收入由陈涌同志主编的《中国现代作家评传》丛书中，重庆出版社于一九九三年十月初版，一九九五年十月再版，现在又由人民文学出版社出版修订本，时值冯雪峰百年诞辰，聊作对他的一个小小纪念。

冯雪峰在敌人的铁屋中东撞西突，逃脱了敌特的追捕，历尽了中央革命根据地的艰辛，爬雪山、过草地，完成了二万五千里长征，在上饶集中营九死一生……总之，在敌人的刀丛和弹雨中顽强地活了下来。也许由于他性格倔强，阳刚有余而阴柔不足，历来亲下而抗上，得理不饶人，因而得罪了不少人，便在自己的营垒中，屡遭误解和排斥，屡受屈辱和折磨，终于佗傺而死。而死前仍希望回到党的怀抱中，一生坚持共产主义的信念，始终不渝。他死了，甚至在他被改正了错案，恢复了名誉之后，还有一些文艺界的实权人物绝不"宽恕"，仍在诬蔑他，干些掘墓鞭尸的勾当。

冯雪峰的一生是与中国现代文学史同始终的，他是中国左翼文艺运动的重要神经元，解放初期面世的中国现代文学史，到处都有着他的身影和声音。一九五七年后，一切都翻了个过。某些人至死仍不能容忍他，也许怕的是他在文学史中的再现，活仲达害怕死诸葛，于是他们就动员可能动员的力量，分赴各大学，把大学师生当小学生，去向他们"宣讲"他们的主张，意谓被歪曲了的中国现代文学史绝不容许"拨乱反正"过来，到处充斥着反右期间的老调，要冯雪峰派永世不得翻身。

《冯雪峰评传》修订后记

拙作就是在这样的背景下进行酝酿而开始拟稿的。可是当时有关冯雪峰的文字,很难变成铅字面世,特别是在文艺界。人民文学出版社的《新文学史料》,在楼适夷、牛汉的主持下,在中央号召的"拨乱反正"中,曾刊登过几组有关冯雪峰和胡风的文章,舆论界就放风说,该社是"雪峰派"和"胡风派"在当家,使得当时的社长惶恐不安,该刊险遭封杀。在硬汉子"老牛"的坚持下才保存了下来。当时,我们曾欣喜若狂地见到了文史资料出版社出版的一本《回忆雪峰》。据知,这是一本犯颜赌气的出版物,冯雪峰在上饶集中营的难友、全国政协委员吴大琨为冯的不公正遭遇抱不平而发了牢骚:冯雪峰不仅仅是他们文艺界的,也是政界、军界的!政协的出版社也应该出版他的东西。于是该社找了郭丽卿做编辑来编这本书。事有凑巧,这编辑的已故父亲郭天民,是冯雪峰在长征时红九军团的参谋长,当然她得为其父执而尽力了,结果编就了一本极富文献价值的书。该书由胡耀邦题写书名,收集了政界、军界、文艺界许多老同志的回忆文章。

我之研究冯雪峰,也有一点犯颜赌气的性质,你不准写嘛,我偏要写!而且也值得写,传主本身的经历,牵动着左翼文艺运动的无数神经,通过这个是非人物,可以理清左翼文艺运动中许多是是非非的问题。《回忆雪峰》的出版,也表明某些实权人物也很难像以前那样能够一统天下了,这给了我很大的鼓励。可是文艺界仍多白衣秀士,容不得一点不同的声音。为了准备写传,我开始研究冯雪峰的文艺理论和美学思想,写了《冯雪峰现实主义理论初探》,某中央级文艺刊物的一位编委为之奔波拟予发表,可是拗不过主编的那支生杀予夺的朱笔,不说任何理由就被枪毙了。时隔半年多,丁玲得知这一情况,她赌气地特派其夫陈明来要去了稿子,在她主编的《中国》上,抽掉了两篇已发排的稿子,抢先以头版头条的位置发表了。可见她赌气之盛。

有正义感而好赌气的人不在少数,当时国家出版局内部刊物

《出版工作》月刊的兼职编辑王树芬告我：冯雪峰不仅是文艺界的人，他还是出版家，有关冯雪峰的文章，我们刊物可以发，如果是你写的，我们一字不改，酬费从优。一九八四年，她从朱正那里得知朱与我和陈琼芝有撰写冯雪峰传的打算。这年除夕，她忽然给我打来电话："你们的稿子怎么还没寄来，版面已空出，在等米下锅，春节后怎么也得发排。"我丈二和尚摸不着头脑，还以为是别的什么稿子，电话里纠缠了大半天，才弄明白她所需要的稿子是冯雪峰传。至于冯雪峰传稿的事，我们三人的确酝酿过，我与陈琼芝并为之做过一些调查和采访，但考虑到大环境不会有出版的机会，谁也没有提上日程去写它。我坐蜡了，朱正、陈琼芝远在外地，远水救不来近火，开台锣鼓非我来敲打不行了。万事开头难，第一章第一节虽然字数不太多，但全书的结构、章节、写法甚至文字风格，都得成竹在胸，而且冯雪峰既是是非人物，传记来不得半点想象和虚构，资料的准备必须相当充分，才好下笔。我很佩服王树芬逼稿的高招，也深为她不顾一切的正义感所折服，只好乖乖从命，仓促上阵。春节一过，第一章第一节算是如期交稿了。因是专栏稿，每月一节地连载，为免断炊，我不得不急电、急函向朱正、陈琼芝请援，希望他们火速应征，快速接上。但都没有得到明确答复，只好由我一人唱独角戏，一连唱了两年。待到一九八七年，我已全面主持出版社的工作，整日杂务缠身，无暇旁骛自己的写作，连载到一九八六年年底就戛然而止了。该稿只写到传主生活的一九三六年，是个断尾巴蜻蜓。

《冯雪峰》传稿在连载的过程中，不断得到各界的鼓励和支持，先后有五家出版社向我约稿，准备出书。楼适夷、黄源、戈宝权等一大批老先生告我：年老眼花了，别的书报基本上不看了，你的《冯雪峰》传，每期都看，拿着放大镜看。当最后一章《在政治大批判的漩涡中》在《新文学史料》上以史索为笔名发表时，刊物一抢而空，在北大进修的日本学者四处打听史索其人，艾青也误向原姓史的牛汉表示祝贺。他由于视力障碍,请老伴为他读了两遍。所有这些,都给予我极大的鼓励,觉得真理和真情是可爱的,学术界和广大读者是可爱的,也是可敬的。我知道,这并不说明我的传记写得怎么好,只是它撇开了人间的世故,说了一些人家不愿说或不敢说的实话,多少伸张了一点正义,尽可能去恢复历史的真面貌。当然,由于各种原因,在某些地方,实话也是打了折扣的。

《冯雪峰》传是个半拉子工程,一九九三年作为《冯雪峰评传》出版,完全是陈涌同志的力促和指点。续写者万家骥是他亲自点的将。本来,此前他与万家骥没有任何交往,也从未见过面,但他看到过万家骥的文章,认为他有一定的理论素养。其实,我与万家骥是大学同学,与他合作当不至于扯皮,就欣然同意了。可是这却苦了万家骥,他必须在预定的期限内交稿,为了完成这稿,他一年多足不出户,其间大病两场,一次甚至被误诊为肝癌,要他准备后事了,但他一直坚持写下来。一九三六年鲁迅逝世后的章节,除了最后一章《在政治大批判的漩涡中》是我写的之外,其余的都是他独立完成的,我只为他提供了一些资料和大致的思路。由于作为评传体例的需要,对全书有关传主作品的评论,他也付出了艰辛的努力。

该书自始至终得到了陈涌同志的错爱,他作为《中国现代作家评传》丛书的主编,对我们的稿子,从头至尾字斟句酌地看过几遍,并请当时有影响的几位批评家帮助审过稿,提了一些宝贵的意见,并给予极大的鼓励。临出版时,他给出版社打招呼:必须给作者最高稿酬。

《冯雪峰评传》已面世十年了,如果算上它刚在刊物上面世的《冯雪峰》已近二十年了,理该对它作些重大的修订,如评传中涉及不少人,原书对这些人以及与传主的交往,很少介绍,按理说是应该补写的。但考虑到原书已是历史存在,即使它有许多不足和错误,也只好留着它孩提时的光屁股而不再事打扮了。只是由于中央档案材料的解密，凡涉及传主的，据此作了一些补充修订。而且当时在写作时，是带着激情的，如最后一章三万来字，我只利用了一九九二年国庆休假的一天半时间，就一挥而就，草稿即是定稿，现在已近老朽，再没有这样的文思和激情了，轻易不敢再动。

冯雪峰原在浙江省立一师的校长经亨颐先生于"五四"时期提出了"与时俱进"的口号，现在我们党中央也提出了这样的口号。在"与时俱进"中，冯雪峰作为中国现代文学史中的是非人物和被魔化了的怪异形象，现在他的功过是非似乎也已去伪存真而盖棺论定了，文艺界的老宗派情绪也平息了许多，周恩来号召的"咸与更新"，当指日可待了。果真如此，我们的作品也许就成了陈迹。大多数作者都希望自己的作品永生，而我们却希望它早日腐朽，希望不正常时代早日结束。而今之所以还在修订重版，只能算是"白头宫女"在"闲坐说玄宗"了。但愿如此。

《激战无名川》出版记

一九七一年春末夏初,也不知是刮的什么政治风,曾要彻底砸烂的、要犁庭扫穴、深挖三尺的人民文学出版社,从湖北咸宁文化部"五七"干校调了近二十位"五七"战士回到原单位,我也是其中的一位。当时的人,大都已麻木了,自我已不复存在,像是尘沙,任风摆布,吹到哪里算哪里。回到原单位干什么,说是要试着恢复部分业务,即出书。当时出版社都关门了,旧老九变成了泥腿子,在与天斗,与地斗,也与人斗,笔墨纸砚已被犁耙锄头取代了。书店,只有新华书店,摆放的尽是"红书"、样板戏。中外古今的文学名著统统被认为是"封资修",或被销毁,或被封存,惟一幸存的只有两位作家的作品,一是鲁迅的,一是浩然的。读者顿顿吃肥甘佳肴,也会感到腻味,社会上闹起了严重的书荒。这样,我们这批首先回到原单位的少数人,就成了救"荒"的先遣队。

我回到原单位,在干校晒黑的皮肤还未褪去,僵硬的手指握笔还感到吃力,就投入了紧张的编辑工作中。首先是与古典文学编辑室周汝昌、戴鸿森一起读郭沫若的《李白与杜甫》的书稿。这是总理办公室转来的稿子,来头大;作者名望高,本来用不着严格的三审就可发排的。但书稿中罔顾事实的扬李抑杜的观点实在难以苟同,而其论据都经不起推敲。至于硬把杜甫划为地主成分,让人哭笑不得。为此,我们这三位编辑,通宵达旦地开了近一个月的审读会,而且每人都写了几千字的读稿意见。最后领导告知,作者不能接受任何有关作品观点的意见,除资料性的明显错误外。这样,我们就白忙活了一个多月了,弄得神魂颠倒而不讨好,书出版后,很多读者来信骂编辑部,而这些信又不敢转交作者,吃了个哑巴亏。

当时人手少,像我这样没有经验的年轻编辑也成了万金油,除外文编辑没参与,其他古典的、现代的、当代的、鲁迅的都去滥竽充数。下面想重点说一下编辑长篇小说《激战无名川》的情况,从中略可窥见当时的时代风貌。

一九七一年顷,只有浩然的《艳阳天》独占文学舞台。为了改变这种局面,人民文学出版社战战兢兢地试着出版长篇小说。一九七一年八月二十一日至二十三日,出版社组织了十三人的队伍,除编辑外,还有出版、校对、行政人员,连续两天两夜审读《激战无名川》(原名《时间颂歌》)。附带说一句,当时的编辑工作,习惯于大兵团、运动式作战,也许是"文革"大批判运动的仪轨。这部作品,描写了抗美援朝战争中铁道兵一个英雄连队在敌机狂轰滥炸下保障铁道运输线畅通的艰苦卓绝斗争,写的是一个英雄群体。作者是战争的亲历者,有厚实的生活基础,艺术上也比较成熟,所以大家认为,它可以作为重点书稿尽快推出。尽管它结构比较松散,语言比较粗糙,但这都可以在编辑加工中解决。领导委派我作为该书稿的责任编辑,立即去与作者和他所在单位铁道兵部联系。

作者郑直(本名郑云林),人如其名,很直,彼此相见恨晚。我把社里的意见转告他,他有的接受,有的拒绝。此后,我们就流水作业,他改一部分,我看一部分。凡我改动处,都征得了他的同意。我们每礼拜交接一次。当时他住在五棵松的铁道兵部机关里,那时没有地铁交通,每周去那里往返一次,是体力活,更是耗时间。

我与作者配合默契,交接没几个回合,他就完全信任我了,凡我改动处,他都照收了。这样的合作很愉快,但半路杀出来个程咬金。这人时与老副主任王仰晨平起平坐,可见他是个管人的官儿,而且上级明确我的工作由他管,由王仰晨协助。这人姓徐,年纪不小了,可能是个老革命。我们从干校调回来时,他就在位了,听说是从文化部调来的,调来改变出版社的领导结构,从而也改变"板结"的土壤结构。可见他是第一批掺进来的"沙子"。这徐×,人很老实,也没架子,见人总是笑眯眯的。但不知何故,他总犯糊涂。上班早起骑来自家的自行车,晚上下班回家时总是找不着,要别人走光了,最后剩下的那辆才算他的。上午去食堂,因饭菜是分开排队打的,他要么只端着饭碗找不到菜碗,要么端着菜碗找不到饭碗。每次都是好心人帮着他找。至于业务工作,他似乎不太清楚出版社是干什么的,更不懂编辑这个行当及其工作程序,《激战无名川》的编辑加工工作刚启动时,由于他跟我不熟,没有过问,也没有过手,我也没有向他请示过。慢慢熟了,他就来过问甚至代庖了。有一次他表情严肃地告诉我,他在书稿中发现了一个很严重的政治问题,要我特别注意并彻底解决。是什么问题呢,原来书稿中写到一个随军女护士,冷天喜欢将内里的花衬衣领子翻过来。他说这是严重的小资产阶级情调,是无产阶级文学作品中不能容许的。类似的不是问题的问题还提了很多。我没有采纳,也没给他解释,于是乎他就亲自动手,在我和作者修改加工过的稿面上,径直改了起来。凡他改过的地方,几乎没有一处说人话的,谁也看不明白,至于错别字连篇还在其次。这可让我为难了,家丑不可外扬,在作者面前我不得不扯谎,说是一个不懂事的小孩在上面乱画,我没注意保管好稿子,是我的责任。一次两次还可搪塞过去,一而再、再而三就不得不如实招供。作者听了,大光其火地说:"你们的领导就这个水平!我的书稿撤回!"这逼得我不得不告御状。他的顶头上司看了他改过的稿子,于是决定他不得再过问我的工作了。天下太平了!

可是天下并不太平。更严重的折腾还在后头。

当时文艺创作中有一个经典公式,即口含天宪的江青提出的"三突出"。恕我愚顽不灵,这"三突出"的经文我已背不下来了——当时就没往心里记。其大意是：文艺作品要集中写"高、大、全"的英雄，要突出这样的英雄，其他人物都是配角；"高、大、全"的英雄不能有丝毫的缺点，更不容许有错误。对照这个公式，《激战无名川》书稿显然有诸多"硬伤"：一、它写的是一个英雄群体，除主人公郭铁是个顶天立地的英雄外，还写了一大批连排干部、班长、战士，甚至炊事员等的英勇斗争事迹，很难让他们作为配角去突出郭铁这个主人公。二、郭铁够"高"够"大"了，但不"全"，他有性格方面的急躁情绪。三、作为党在军队中的代表指导员林杨的形象写得较为单薄。这些都不符合"三突出"经文教义的要求。这些，在我这个不识时务者看来，只能说是美中不足，不至于影响书稿的命运，所以每次在与作者交流时，只是泛泛地提及，没有强求作者去重写或改写。作者也表示：生下的孩子是啥样就是啥样了，再去打扮也只能遮遮丑。

一九七一年年底，作者的修改和编辑加工结束，于一九七二年一月四日打出了清样。当时出版人，都还有"文革"的余悸，甚至恐惧，工作起来，真是如坐针毡，如履薄冰，每迈出一小步，都怕闪了腰。所以这清样打出了很多份，两份送作者所在机关，多份分送国务院办公厅、国务院出版口、外交部亚洲司朝鲜组，美太司美国组……总想多找几个婆婆管管六神无主的儿媳。另外还打出了多份清样去大白楼生产队和北京师院中文系召开作品讨论会，广泛听取各方面的意见。为此，整整花了一个月的时间，分别召开了三次多人参加的座谈会和四次听取个别领导人（计有当时出版口的三位领导、外交部一副部长和朝鲜组组长）的意见会，总计听取了领导、工农兵、革命干部和革命知识分子近九十人的意见和反映。他们几乎一致肯定了这部作品，认为它"描写了伟大的战争、伟大的军队、伟大的时代"，比此前同类题材的作品更胜一筹。当然在这些提意见的人中，也不乏"三突出"不突出的意见，但说者并不强求，无非是照本宣科在宣传教义。

《激战无名川》出版记

一九七二年一月下旬,作者与编辑部一起,综合分析了各方面的意见,又进行了第二次修改,二月初即付型印刷。

正当此时,铁道兵部主管宣传的干事孙××给我来电话指示:"书稿他们还要审查,马上停印!"岂有此理!我忍受不了这种不容置辩的命令。我可不是他麾下的一个小卒,而且我所在的机关也有当家的婆婆,我难以忍受这种越权行为,火冒三丈,未经请示,就急匆匆地打上门去,与他理论。这位孙××,在以前对《激战无名川》的内部讨论中,我曾领教过!他总以"兵"自居,不屑于与我们这些"臭老九"平等对话。至于他的业务能力,除了会背"三突出"的公式外,其他就不敢妄加评论了。所以他对书稿的意见,我只当他是在聊天。虽然他的官不大,但比起他的上级张副主任和郑副部长来,架子却大得多。其实,《激战无名川》作者的官也不比他小,至于资历,他只可算是一个晚辈。可他对作者也习惯于下命令。在我打上门去与他激辩的过程中,作者也在场,他一言不发,只是暗暗地向我使眼色。有的眼色可能是在赞许我,有的可能是在劝阻我。这也难为了他,因为县官不如现管。在我与孙××辩论中,孙祭出的仍是"三突出"的法宝,想引我上钩,给他一个我在反江青的把柄。我没有上他的钩,只谈一些书稿中的具体问题。这样的辩论当然没有结果,只是乱费口舌,我不得不告辞。临走给他撂下了几句话:"书稿的责任人是作者,是出版社,是主管出版社的国务院领导机关。我们敢负一切责任。再说我们已听了近九十人的意见,包括官不小的几位领导的意见,你的意见只占九十分之一。我们知道我们的工作该怎么做,敢做敢当!书已经上机器印刷了,机器该怎么转还得怎么转!"

附带说一件逸事,正当我怒火中烧回到单位时,人民日报社文艺部一位编辑、我的校友来访,要我谈谈《激战无名川》的情况。在当时,谈文艺作品,当然离不开"三突出"的套话。我这位同学一说及"三突出",我硬是把他推出门去。这样迁怒于他,我至今仍在抱歉。

没想到,我在与孙××激辩中,越权说了大话。回到单位一汇报,惊动了我的顶头上司,他立即请示国务院出版口的张梓南。张指示,原计划印行的五十万册减印到一万册,作为征求意见本内部发行。"三突出"的魔咒还真灵!

好在一万册终于与读者见面了,读者纷纷来信肯定了这部作品,三月三十日,首都图书馆专门为此召开了五十六人参加的研讨会,该馆没顾及是内部发行的禁忌,居然将它作为纪念毛主席《讲话》三十周年的优秀作品,向读者推荐。许多电影厂拟将它改编成电影,长春电影制片厂捷足先登,书一面世,就来京和作者与出版社联系,着手将之改编成电影,很快就公开上映了。

与社会反响强烈形成反差的是作者所在的单位,在孙××的管控下,强令作者又作了第三次、第四次修改,怎么修改,都通不过。待到一九七六年粉碎"四人帮"后,有一天接到作者打来的电话,他如释重负地告诉我:孙××由于在"四人帮"圈子里陷得太深,现在正停职检查。原来如此!

《激战无名川》的征求意见本出来后,我忙别的书稿去了,再也没过问。听说"文革"结束后,人文社又重印了一次。这本书本来很普通,却惊动里里外外那么多人,以及多方面的领导。通过它的出版,聊可窥见当时作为作者、作为出版人的艰辛,以及时代的一些风貌。聊可庆幸的是,这样的时代已一去不复返了!

2013 年 8 月 3 日
原载《新文学史料》2013 年第 4 期

《法律行者》*序

我刚从美国归来,半睡半醒地接到刘仁文博士的电话,隐约中听到,他最近要付梓一部《法律行者——刘仁文法学随笔之三》的著作,希望我与同是老乡的玉清为之写序。我自忖没有为人作序的资格,正在想托词婉拒时,门铃响了,邮递员送来了他寄的"快递"。打开一看,是《法律行者》的目录和部分样稿,还有一封情辞恳切的信。凭着我们喝同一山溪水长大的老乡情谊,以及多年交往中对他的好印象,只好领了这份差事。

仁文希望玉清侧重从法律角度论他的书稿,这倒是选对了人,因玉清是全国人大法律委员会委员,算得上是作者的同行和领导。而我呢,只是个编辑匠,虽有作家的头衔,但很少创作,年年总是歉收。我与法学界的接触,也仅有一次,那是在二十世纪八十年代,我参与最高人民法院组织的第一次法官高级职称的评定,忝列为评审委员。虽是滥竽充数,但却让我了解和学习到了许多东西。一般人认为法学和文学是不搭界的,认为前者侧重逻辑思维,后者侧重形象思维。其实不然,法学界也不乏优秀的作家,在参评的高级法官中就有,曾与我有过文字交往的原山西省高级人民法院院长李玉臻(笔名寓真)为我主编的一刊物投稿,我读后极为兴奋,当即嘱编辑部将其列为头版头条刊发。看了仁文寄来的样稿,也感到同样的兴奋。他既是法学家,也是作家。这集子中的许多随笔

---

* 《法律行者》,法学家刘仁文著法学随笔。中国人民公安大学出版社2010年2月出版。

和散文,一般作家不见得能强过他。

在他"快递"寄来的样稿中,包含了散文的不少门类,有写情的《梦里才能再见母亲》,写景的《难忘弗赖堡》,议事的《活在农历公历间》《食物与文化》,游记《将军·文学·美人汤》等。每篇都是纯文学作品,都有各自独特的价值,如以小见大、见微知著的《活在农历公历间》和《食物与文化》,无不给人以增闻启智的愉悦;《将军·文学·美人汤》则不仅是文学作品,且具有文献价值。而最令我叹服的是《难忘弗赖堡》。

弗赖堡这个德国小镇,我也随中国出版代表团走访过。纯属走马观花式的走访,对它缺乏整体的了解,只觉得它美和静,但又说不出它之所以如此的道道来。仁文的此文却将此镇的美丽、悠闲、静谧写得淋漓尽致,有如陶渊明的《桃花源记》。

文章开头引用当地人的话,说"世界上有两种人,一种是住在弗赖堡的人,另一种是想住在弗赖堡的人",一下子就把读者抓住了,不得不跟着作者神游一番。文章写得极富层次,从街巷的鹅卵石路写起,迭出的路旁的商铺、市中的有轨电车、明斯特大教堂,以及遍布街巷的水渠,如彩画般历历在目。镜头由近及远,推向举世闻名的黑森林,以及黑森林中的湖泊。景是静的,作者和国内来的友人骑自行车去河边采摘苹果和对河流头尾的探究,便把静景激活了。以动衬静的例子还有对有轨电车的描写:"慢悠悠的有轨电车反衬出这个城市的不慌不忙,行人偶尔从它的前面穿过,它并不懊恼,只是铃儿叮当地提醒你。"写得真是绘声绘色。文章除了写自然景观外,还写了人文景观。丰富的层次和生动的描写,使作品显得舒展和灵动。

通观作者的这几篇散文,总的感觉是朴实、真切,资料翔实,内容丰赡。朴实、真切较好理解,诚如作者所说:"我写散文不刻意追求华丽的辞藻,而喜欢用事实来说话,将主观性的评论控制在尽量小的范围内……"作者"用事实来说话"的"事实",不仅是自己所经历的,还有耳闻目睹的;既有现实的,又有历史的;它们不仅仅限于中国本土,还涉及异国他乡。他对材料的使用,相当熟练,总是随手拈来,经绳墨斧斤,榫卯契入,不露痕迹。不像有的学术散文,甚至有的名家的学术散文、总难免有意无意中在炫耀自己的学问。作者驱遣的这些"事实",相当缜密精准,一般作家所慎用甚至忌用的阿拉伯数字,在他的散文中,却比比皆是。诸如事情发生的年月日,山的海拔,水的深浅,路的长短……这使我想起了徐霞客的《游记》和司马迁的《史记》中的许多篇章。他的散文,虽然篇幅不大,不是高山,而是小丘,但它分层次地长满了乔木、灌木和花花草草。它们不是阳台上的单株盆花,更不是几桌上的插花、门窗上的剪纸,总显得生机勃勃,显得相当丰满而又没有赘肉,这可能跟他"读万卷书,行万里路"的修养和阅历有关。总之,他的散文有沉甸甸的分量,是智慧的结晶,是启迪心智的钥匙。

文学是语言的艺术。一谈到文学语言,人们总以为是华丽的辞藻,形象的比喻,夸张的描述,排比的句式,铿锵的音韵……这些在仁文的散文中很少见到。不是他不会用,而是他不屑为。他的语言干净利落,不事雕饰,增一字太多,减一字嫌少,没有任何水分。具有语言的自然美,原生态的筋道。虽不敢说它是能发出金石般声音的磬石,但也能掷地有声。

仁文给我的任务是谈他的散文,集子中大部分的法学随笔另有高人评论。从他寄来的散文样稿来看,我猜测,在他的法学随笔中,肯定也有不少华章。我不能先睹为快,引为憾事。其实,文学并不褊狭到只认可专业作家的作品,如我就很喜欢先秦的诸子散文。诸子大多是政论家、哲学家和杂家,很多就是仁文的前辈法家。在他们那些析理论道、彼此论辩的文章中,感情激越,文采飞扬,其中不少是经典名作。它们不仅受中国读者喜爱,而且已"冲出亚洲,走向世界"。清代评论家章学诚早已看到这一点,他惊叹道:"后世之文,其体皆备于战国。"我希望仁文不要囿于成见,不要画地为牢地把他的法学随笔摒除在文学创作之外。

即使在他的文学散文中,这种成见也时露端倪,他似乎过于控制了自己的感情,很少用煽情的笔墨,也很少有时露机锋、鞭辟入里的议论。他似乎把学术和文学界限得过于苛严了。当然,每个人的文章都有自己独特的风格,不可强求。

我没有看到《法律行者》的全部稿件,上述的这些议论难免以偏概全,也可能是管窥蠡测,希望作者和读者谅解。仁文正值"如日中天"的最好年华,凭着他的学养、阅历和勤奋,我们当可期待他更多更好的作品问世。

2009 年 10 月 23 日于北京

《李吉庆装帧艺术》序

在我主持人民文学出版社工作的时候,曾立了一条规矩:凡学有专攻、在同行业中有造诣的从业人员,出版社应为其出书,总结其成果。听说出版社现今的领导,要为李吉庆同志出版一本总其大成的装帧艺术的书,是值得庆贺的事。

在人民文学出版社,我与李吉庆同志差不多是同时共进退的,共事近四十年,是可以随便聊聊的知己。虽然也曾发生过争执,但诚所谓不打不成交,争执之后,反而加深了相互的了解。"文革"时,我们属于同一派,他是我们这派的总头头。一九七一年初上海夺权风暴之后,我与他彼此心照不宣地成了逍遥派,虽在其位而无所作为。"文革"后期的各种运动,我们要么腹诽,要么冷眼旁观,置身事外。由此可见,李吉庆同志是一位很正直的人,在政治上是相当成熟的真正的共产党员。

李吉庆同志是经民选,而不是通过倾轧而当上美术编辑室主任的。自他主持美术编辑室工作以来,一切都顺了,室内工作顺了,与各部门的关系顺了,与制作单位的关系顺了,与装帧设计以及美术插图作者的关系顺了。虽然他的舞台不大,但烹小鲜者往往能当大厨。他很有领导才能。

至于他在装帧设计方面的造诣,我不便多说,因为我是门外汉,而且书中的所有图版,以及他在国内外所得的各类奖项,均可说明问题。但一些题外的话,似可作为佐证。

原三联书店的老总范用先生是很注重"三联"版图书的装帧

设计的，以致形成了自己独特的风格。人民文学出版社出版的都是文学类图书，很容易陷入"看图识字"的俗套。为此，我曾先后向主持美编室工作的同志多次提出过，能否充分利用色彩、图案、线条、明暗、文字等手段，以含蓄、典雅、厚重为追求目标，逐渐形成人文版图书的独特风格。在李吉庆同志的主持下，这种风格已逐渐成形，当然，今后的路还很长。

我曾经倡议，美术编辑应参与图书制作的全过程，文字编辑接到发稿任务时，应即时将书稿内容告知美术编辑，并提出装帧设计的大体要求。重点书稿，文字编辑可以向美编室点将，甚至可以采用竞标的办法，在多名设计者中去遴选。这无疑为人手有限的美编室增加了工作量。李吉庆同志对此并无怨言，总是毫无扞格地配合着文字编辑室的工作。

人文社肩负着出版古今中外文学名著的任务，因此，大作家的全集、文集以及各类丛书的出版量相当大。这类书是文学类图书中的洪钟大吕，装帧设计的要求高。李吉庆同志很善于为这类图书作设计，因此，文字编辑室总是点他的将。虽然他在美编室的分工是负责"五四"时期文学的图书，但古典文学编辑室、当代文学编辑室、外国文学编辑室一碰到重点书稿，都愿请他出任美术责编。他也比较好说话，几乎是来者不拒，有求必应。其中的艰辛，只有当事者可以体味。给我印象最深的是他负责鲁迅著作的全部装帧设计。其时，我正在鲁编室，他设计的每个样稿，我都与编辑室的全体人员参与审阅。他为一九八一年版《鲁迅全集》设计的图样，不知搞了多少种，我们这些外行仅凭观感，就七嘴八舌说得炸开了锅。他耐心地倾听大家的意见，吸取合理成分，对我们的外行话，也并不介意，做出耐心的解释。最后他又去印刷厂装订了真实的样本来，我们这些外行见了眼睛一亮，中央派来督阵的林默涵也首肯了。折腾了这一阵，才算大功告成。其实这对他来说，还只是万里长征的第一步。他还得去选料，在印制过程中，他还下厂去督阵,他为此付出的更多艰辛,我们就不得而知了。《鲁迅全集》的装帧设计为他也为出版社赢得了声誉。从此,他就几乎成了人文社重点图书装帧设计的专业户。亲自由我点将的就有二百多卷的"世界文学名著文库"、四部古典文学名著、《全元戏曲》(十二卷本)等。据统计,他为出版社设计了千余种图书,其中不少获得了新闻出版总署的图书奖、国家奖、国际奖以及行业奖等。

他成了装帧设计专家之后,表演的舞台越来越大了。但他的舞台始终构筑在北京朝内大街166号内。他默默地工作,不求闻达,且厌烦那些墙内开花墙外香的追逐名利之辈。编辑是为人作嫁的行当,要耐得住寂寞、经得起劳累。他是这样的表率和带头人。因此,在我主持人文社工作的十多年中,我就属意要他带出这样的一支装帧设计的队伍。新陈代谢是自然界和人类社会的规律,美编室的一批老专家相继退休颐养天年,有些已经离开了人世,亟需补充新生力量。凡美编室调入新人,我都把主权交付给他。我从领导岗位上退下来已十年,听说由他物色和组建的这支队伍正在茁壮成长。不少已在行业内成了翘楚。这是他的功劳,也是出版社的大幸。

我在前面说过,对装帧设计这行,我是外行,不敢妄评他的业绩,以免佛头着粪,只能说这些题外的话。聊表对他为人的敬佩,对他业绩的祝贺!

二〇一二年九月二十日

贺《网聚乡情》*出版（代序）

故乡，是你哇声落下的地方与睁眼看到的第一个世界，开始是混沌未开的，逐渐有了色彩，有了声音，有了形状……她是你牙牙学语、蹒跚学步、知识启蒙的第一所学校；是你张开翅膀、腾空起飞、翱翔而去的老窝与扬帆起航的母港；是铸就你性格和精神气质的第一只坩埚……故乡给你打下了深深的烙印，甚至是伤疤，伴随着你一辈子。但她使你魂牵梦绕，"月是故乡明"，她给你留下的印象总是美好的。狐死首丘，更何况万物之灵的人呢？不管是贩夫驺卒、平民百姓，还是巨贾高官、贤人达士，故乡属于你，你也属于故乡。

故乡对我来说，是熟悉的，熟悉那里的一草一木，一山一水，还有众多的亲人和乡亲，但我只熟悉那里的一个点和一条线。所谓一个点，即我出生的那所老宅和我童年经常嬉戏和劳作的那个村子。所谓一条线，即我走出故乡而后回家探亲所步行的那条山路，继而是坐车经过的那条碎石路。至于故乡隆回的全貌，所知甚少，虽然多年来，我经常饮用小沙江所产的金银花茶，食用北山的百合和"隆回三辣"，还有隆回北面的冬笋和猪血丸子，但对其产地的风貌却一无所知。

好了，现在有一帮年轻人所主编的《网聚乡情》在手（之前还有《网住那缕缕乡情》），为我补了这一课。它使我认识了隆回二

---

* 《网聚乡情》，由欧阳文邦主编。湖南文艺出版社2013年1月出版。

贺《网聚乡情》出版(代序)

十六个乡镇的山川风貌、佳胜美景、民情风俗、历史沿革,还使我领略了漂泊他乡游子们的思乡情怀,在书上认识了诸多的老乡。他们在各自的岗位上为祖国贡献力量,为家乡争光。为了打造高品质的图书,编者们可谓煞费苦心。例如,每篇文章的标题都经过了精心打磨,"乡镇大观"栏目每两篇文章以组对的方式出现;在图书的页脚以"百科条目"的形式介绍了故乡历代的各种人文故实。总之,这本书是庶几可以当作《水经注》和《徐霞客游记》的补编来看待的,不仅对隆回人有益,对丰富中华地域文化与乡邦文献也是大有贡献的。

本书作者来源丰富,有专业作家、网络写手,也有文学爱好者。他们的创作,都以故乡的山水、人物和习俗为主要内容,浸着脐带的血,蘸着故乡的泥土,染着故土的山光水色,发自肺腑,情真意切,是地道的乡土文学。他们描绘了一个真实的隆回,过去的,现在的,甚至未来的隆回。徜徉在书中,仿佛又回到了你久违的老宅,目睹了你魂牵梦绕的亲人,重游了你曾熟悉但已被岁月冲淡了印象的那山那水。

可以套用一句耳熟能详的广告词:"山美,水美,人更美。"一方水土养一方人。我寓京已近五十年了,在改革开放前的几十年中,很少听到乡音;可现在,无论是学校、机关,还是商场、工地,随处都可见到隆回人的身影。他们凭借着在故乡铸造成的钢筋铁骨,在相对艰苦的学习环境中学到的真本领,在各行各业中独领风骚。与我相熟的有限同乡中,就有政府官员、学科带头人、商界奇才,他们大都是中年才俊。这些人,都具有贫瘠土地造就的吃苦耐劳的品格,有雪峰山脉挡不住的广阔视野,有如山泉喷雾、辰河倾泻的思维……长江后浪推前浪,青出于蓝而胜于蓝!在北京和其他城市的高等学府,还有许多正在刻苦攻读的小老乡,我期盼隆回人社区推出的下一辑散文集,当以他们为主要作者群。

我从小就离开故乡,如前文所述,我对她了解不多,况且也没

有什么贡献,图书编委会嘱我为《网聚乡情》作序,实属不敢当。婉拒多次不成,只好从命,聊写了上面几句,不敢当作序言,只能算是对图书面世的祝贺。

2012 年 11 月 30 日于北京